KB073447

4SKY

서죽화 지음

45XY

초판 1쇄 인쇄일 2020년 6월 15일
초판 1쇄 발행일 2020년 6월 19일

지은이 서죽화
펴낸이 양옥매
교　정 조준경
디자인 임흥순 송다희

펴낸곳 도서출판 책과나무
출판등록 제2012-000376
주소 서울특별시 마포구 방울내로 79 이노빌딩 302호
대표전화 02.372.1537 **팩스** 02.372.1538
이메일 booknamu2007@naver.com
홈페이지 www.booknamu.com
ISBN 979-11-5776-897-4 (03800)

이 도서의 국립중앙도서관 출판예정도서목록(CIP)은
서지정보유통지원시스템 홈페이지(http://seoji.nl.go.kr)와
국가자료종합목록시스템(http://www.nl.go.kr/kolisnet)에서
이용하실 수 있습니다. (CIP제어번호: CIP2020020722)

* 저작권법에 의해 보호를 받는 저작물이므로 저자와 출판사의 동의 없이
  내용의 일부를 인용하거나 발췌하는 것을 금합니다.
* 파손된 책은 구입처에서 교환해 드립니다.

45XY

서죽화 지음

책과나무

『45 XY』는 구한말부터 제5공화국에 이르기까지 두 가문을 대비하며 본 외진 기슭의 한 들물와 날물이다. 살아 있는 인간 실험실 일본 731부대, 안중근 장군. 1946년 10월에는 대구로부터 전국으로 확산하여 경상북도 전체 인구의 25%인 77만여 명이 시위에 가담했으며 남한 전체에서 230만여 명이 참여하면서 대구·경북에서만 130여 명이 사망했던 10·1사건이 발생했다.

6·25 중 이승만 암살 자작극과 미군의 세균전, 전쟁을 이용한 부동산 재벌과 대기업 태동, 4·19 상(朿)을 받은 5·16에 국회 프락치 사건과 어둠에서 이것들을 조종한 UN 고문 '하우스만'이 있었다.

만주 일본 헌병 장교 아들 교사에게 대나무 총채로 두들겨 맞는 만주 독립군 어린 손자인 초등학교 6학년 Y 친구, 또한 1976년 대한민국 Y의 군부대서 행해진 인체 실험과 살인 누명, 전역 후에는 간첩 조작에 휘말렸다. 이러한 굴곡의 길에서 광복 후 친일파들은 카멜레온처럼 친미로 변신할 즈음 민중의 처지는 그대로 이어졌다.

필자는 이들과 민중을 'DNA'와 '프로이트의 정신분석학'으로 다가갔다.

2017년 '씨올의 소리' 송년호 '씨올의 시'로 우리 얼을 노래했다.

무궁화(無窮花) 예찬(禮讚)

동해(東海)서 솟구친 꽃

군자국(君子國) 훈화초(薰華草) 잇대온 다섯 천 년(千年)
사해(四海)의 나라꽃 황실(皇室) 꽃 과시(誇示)하나
백성(百姓)의 백성(百姓)을 위한 백성百姓)이 으뜸 화(花).

구당서(舊唐書) 왜기(倭記)도 짐 없어 우러러
시기(猜忌)한 잔나비 다섯 천 년(千年) 얼 꺾고자
휘든 칼 가소로움에 백두산(白頭山)서 웅크렸다.

굽이치는 토문강변(土門江邊) 제주마(濟州馬) 갈기 휘날리다
이어(離於), 진(津), 독도(獨島)로 까짓 매국(梅菊) 박차고
국기봉(國旗峯) 꽃봉오리로 동해(東海)서 솟구쳤다.

지지 않는 그 존엄(尊嚴)

국기봉(國旗峯) 게양대(揭揚臺)에 움트든 태극(太極)이
금오(金烏)등 타고서 드높이 비상(飛上)하니
오천 년(五千年) 겨레의 넋들 함성(喊聲)으로 맞는다.

광야(曠野)를 평정(平定)하고 하늘 끝 뻗치는
천만 종(千萬種) 꽃 중에 우뚝 선 그 하나

오천 년(五千年) 봉오리 여니 뭇 국화(國花) 숨죽인다.

사해(四海)를 돌았다. 우주(宇宙)를 휘젓다
진 듯하면 다시 피는 지지 않는 그 존엄(尊嚴)
오천 년(五千年) 배달족(族)의 얼 무궁(無窮)히 어우른 꽃.

오천 년(五千年) 거듭 핀

백두산(白頭山) 천지(天池)에 둥지 튼 하늘이
봉긋한 한 떨기 배달의 태(胎)열어
오천 년(五千年) 피고 지고 필 몽우리 틔웠다.

지휘봉(指揮棒) 한 박자(拍子)에 구천(九天)이 터진 듯
하늘 마당 좁다 하고 펄럭이는 태극기(太極旗)
오천 년(五千年)이, 하루인 양 한 얼이 피었다.

오천 번(五千番)째 해산(解産)임에 막 초태(初胎) 잉태(孕胎)한
가없이 오가나 오감서 벗어난
오천 년(五千年) 연(連)이어 갈 으뜸, 백록담(白鹿潭)에 거듭 폈다.

* 군자국(君子國): 예전, 중국에서 우리나라를 풍속이 아름답고 예절이
  바른 나라라고 하여 이르던 말.

* 훈화초(薰華草): 무궁화를 옛 중국은 그리 불렀다.
* 사해(四海)의 나라꽃 황실(皇室) 꽃 과시(誇示)하나: 대부분 국화(國花)
  는 황실 꽃이었으나 무궁화는 백성의 꽃이었다.
* 구당서(舊唐書): 중국 후진(後晉) 때에 유구(劉昫)가 편찬하여 945년에
  장소원(張昭遠)이 완성한 중국 당나라의 정사.
* 왜기(倭記): 왜본(본래 일본의) 역사책.
* 잔나비: 원숭이. 일본을 비하한 말.
* 토문강(土門江): 백두산 천지에서 시작하여 북으로 흐르는 쑹화강(松花
  江)의 지류. 광개토태왕비에 의하면 토문강 북쪽도 우리의 영토이다.
* 이어(離於): 이어도.
* 진(津): 대마도의 우리 옛 이름.
* 매국(梅菊): 일본 나라꽃 매화(梅) 일본 황실 꽃과 문양 국화(菊花).
* 금오(金烏): 해(배달족 신화−해 속에 삼족오가 산다 하여).
* 오천 년(五千年) 겨레의 넋들 함성(喊聲)으로 맞는다: 태극기가 펄럭이
  는 소리.
* 광야(曠野): 북방의 광대한 땅.
* 지휘봉(指揮棒): 국기봉.

어머니 양수에 이가 존재하면 태어난 아이 80% 이상이 범죄인이 되
었다는 미국 메릴랜드 연구소의 '45 XY 증후군'이 대한민국 그들 가문
86%에 나타난다는 사실과 여전히 그들을 지지하는 민중을 아리게 느
끼며 민중이 깨어나 법치와 윤리, 얼과 정체성을 되찾는 작은 촛불이
기를 바라며 소설을 취했으나 소설이 아닌, 틈바구니 역사이다. 죽화
의 변.

차례

들어가는 말　　　　　　　　　　　　　　　　　　　　　4

프로이트 그리고 731의 이시이 시로　　　　　　　　　10
- 조선의 산야에 나타난 하이에나 떼　　　　　　　　17
- 하늘을 울린 총성　　　　　　　　　　　　　　　25
- 왼손엔 일장기를 오른손엔 청천 욱일기를 높이 들고　43

대는 잇지 않는다, 다만 이어질 뿐이다　　　　　　　56
- 1970년대 중반에 행해진 한국에서의 인체실험　　　59

그물에 걸린 새　　　　　　　　　　　　　　　　　68
- 조작된 간첩　　　　　　　　　　　　　　　　　68
- 최용신과 김활란　　　　　　　　　　　　　　　87
- 천황에의 충성을 자랑스러움으로 안고 돌아온 조국　97
- 조선에서의 역사, 살았는가? 죽었는가?　　　　　104
- 목사, 그 야누스들　　　　　　　　　　　　　111

안중근 큰아들 문생을 독살한 박한철　　　　　　　142

기무라 렌(木村廉)은 살아 있다, 그리고 제3의 인물　152
- 한국전쟁, 그 6 · 25　　　　　　　　　　　　159
- 한국의 대기업 태동, 그리고 가계에 흐르는 DNA와 프로이트　177

45 XY　　　　　　　　　　　　　　　　　　　190
- Y가 불태운, 한국전쟁 때의 세균실험 증거들　　203
- 연좌제, 그리고 프리메이슨　　　　　　　　　217

에필로그(epilogue)　　　　　　　　　　　　　226

프로이트 그리고 731의 이시이 시로

어느 나라, 어느 기업, 어느 조직, 어떤 비밀이라도 반드시 밝혀 공개한다. 평화란 비밀이 없는 세상이다.

– FFF(Fighters for Freedom, 자유의 투사들)

1949년 9월 9일 09시 09분 도쿄에 핵폭발이 일어났다. 검은 버섯구름이 나가사키와 히로시마를 넘어 일본의 전 하늘을 가리더니 바람을 타고 태평양 건너 백악관을 휘덮었다.

도쿄 요코다 미 공군기지 내 제441 보안 첩보 부대 CIC 파견대가 발칵 뒤집히고는 일본이 제2차 세계 대전에 패한 후, 1945년 10월 2일부터 1952년 4월 28일 샌프란시스코 강화조약이 발효되기까지 6년 반 동안 일본 영토 내에서 일본을 통치하고 있었던, 일본에서는 통상 GHQ(General Headquarters)로 지칭한 SCAP(Supreme Commander for the Allied Powers: 연합군 최고사령부)에 비상이 걸렸다. 이는 제2차 세계 대전 종전 후 최초이며 최대의 비상으로 미 국무부 정보과인 G2 역시 갈피를 잡지 못한 채 먼저 GRU를 의심했다.

"GRU 놈들 짓이라면. 막바지에서야 일본에 선전포고하고 남하한 것은 만주의 일본 핵무기 시설을 가로채려는 의도였지 않았나?"

"그럴 가능성은 전혀 없습니다."

"일본은?"

"그런 정황은 보이지 않고 있습니다."

일본은 미국보다 더했다.

"9가 다섯 번이나 겹친 시각에?"

일본인은 숫자 9를 매우 싫어했다.

"양키 놈들 짓 아냐?"

1949년 7월 5일 시모야마 사건이 발생했다. 시모야마는 판사인 부친을 닮아 머리가 좋은 탓에 도쿄제국대학 기계공학과를 나와 철도성에 들어가 총재 자리에까지 올랐으나 1949년 7월 5일, 출근길에 미쓰코시 백화점으로 들어갔다가 실종된 다음 날인 7월 6일 밤 12시 30분경 키타센쥬역과 아야세역 사이의 선로에서 열차에 치인 채 토막 난 시체로 발견되었다.

그의 죽음은 대규모 감원을 앞둔 심리적 압박감이 조울증을 심화시킨 데다가 총선에서의 공산당 패배로 공산화가 저지된 탓에 자살했다는 설과 GHQ나 미 CIC가 아니면 노조나 일본 내 우익 비밀 조직이 일본의 공산화를 저지하려 살해하고 공산당 짓인 양 꾸몄다는 설이 혼재되었으나 미궁에 빠지고 말았다.

시모야마 사건은 잇따라 1개월 간격을 두고 일어난 미타카 사건이나 마쓰자카와 사건과 함께 '일본국철 3대 미제 사건' 중 하나이다. 시모야마 사건의 진실에 대해 자살설과 타살설이 엇갈리는 가운데, 수사 결과 발표 없이 사건이 마무리되고 연일 도배를 하던 신문이나 라디오도 단 한 줄의 보도 없이 모두 GHQ에 의해 침묵했다. 사건 배후에 여하한 모양으로든 미군정의 관여가 분명했기에 그 후 한 달이 채 못 되어 일어난 그의 실종에 으레 일본과 미국은 서로를 의심했다.

지난 추석 점심을 든 선배가 Y에게 한 이름을 내밀었다.

"아니, 이자는?"

"그래, 그자야.

일본 내에서 종적을 감추어 미국도 일본도 모든 역량을 기울여 찾았으나 결국 이 의문의 인물을 갈피를 잡지 못한 채 소재 불명으로 종결됐던 자였다.

"그래, 이왕, 제대로 한번 추적해 보자."

당시 스스로 사라졌다면 왜? 무엇 때문에?

책상에 산스크리트어로 된 티베트 불교, 특히 그가 심취한, 그의 성향에도 잘 맞는, 밀교 전통을 가장 잘 간직하고 있으면서 승려나 수행자 각각이 깊은 숲이나 동굴에서 혼자 수행하는 닝마파와 이를 연 파드마삼바바에 관한 책이 십여 권이 있었다고 하니, 파드마삼바바가 베일에 가려진 은둔의 인도 승려 싼타라크사쉬타와 세운 최초의 티베트 불교 사원 삼예사나 닝마파 수행처인 아청사(亞靑寺)에 은거했다면 닝마파와 이들에 관해서? 사라지게 했다면, 정말 GRU(소련 정보총국)나 일본 정부나 미국이 아니었나?

왜 그자 하나만? 30여 명을 훨씬 넘는 중요 인물 모두 사라지게 하기에는 이목이 너무 커서였을까? 혹 아청사에 든 그를 중국 정부가 사라지게 한 걸까? 그 무엇도 배제할 수 없었다.

세계 권력자들의 비밀 클럽 중 하나인 빌더버그 클럽(Bilderberg club)이 버지니아 첸틸리에서 갖은 비밀 내용 일부를 WFC가 공개했다. 헨리 키신저와 나토 사무총장 주도로 131명이 참석한 이번 모임에 아시아인으로 단 한 명의 중국인이 참석했다는데 누구인지는 베일에 가려 있다.

이들과 어슷한 그림자 정부인 삼각 위원회나 NWO(New World Order) 아니면 CFR(Council on Foreign Relations : 국제 은행가들이 운영하는 연방 준비 위원회와 인류에게 마이크로 칩을 장착하여 세계 단일 정부를 꿈꾸는 미 외교협회), 이들 중 과연 누가 배후일까? Y가 40여 년간 추적해 온 프리메이슨도 아니었으니 들수록 미로였다.

미국의 정보력을 무력화시킨 위키리크스(WikiLeaks)나 Y 자신이 속한 FFF도 정보가 없기는 매한가지기여서 찾은 절친, 그의 유일한 벗인 고타마는 히로시마에 원폭이 떨어진 날 그 중심에 있었기에 흔적 없이 사라졌다.

그예 일단, 그의 성향을 프로이트[1]의 정신분석학[2]적으로 분석해 보기

1　지그문트 프로이트(Sigmund Freud) : 1856년 5월 6일 오스트리아에서 유복한 상인의 아들로 태어나 법학도에서 의학도가 되어 정신분석학파의 창시자가 되었다. 그의 정신분석학에는 인간의 심리 발달 과정을 구강기(oral stage, 0~2세), 항문기(anal stage, 2~4세), 남근기(phallic stage, 4~6세), 잠재기(latency stage, 6~12세), 생식기(genital stage, 12세 이후)로 나누었다. 자기방어 기제로는 억압 · 동일시 · 부인 · 반동형성 · 투사 · 이지화(주지화 혹은 지성화) · 치환 · 승화 · 합리화 · 고착 · 퇴행 · 보상 등이 있다고 주장했다.

2　정신분석학(精神分析學, Psychoanalysis) : 지그문트 프로이트에 의해 시작된 심리학의 한 갈래로, 의식에 들어와 있지 않은 억압된 감정 · 욕망 · 생각 등 무의식이 인간 행동이나 사고에 영향을 끼친다고 여겼다. 인간 행동 양식을 내적인 욕구 충돌 및 조화를 위한 표출로 보았다. 이러한 심리 내적 욕구와 외부의 사회적 요구가 조화될 때에는 문제가 없지만 조화되지 않을 때는 정신적 질환으로 나타난다고 간주한다. 이러한 욕구는 프로이트가 주로 성적인 것으로 이해하였지만 모든 정신분석학자가 이에 동의하지는 않으며, 학자에 따라 다양한 방식으로 분석된다.

로 했다. 그는 부유한 집안의 외아들로 태어나 지독할 만치 친구 사귀는 기술이 서툰 탓에 절친 고타마 아니면 거의 공부를 하며 보냈다. 의과대학 시절에도 교우 관계가 별로 없던 그가 전선에서 질병과 환경 및 수질 오염으로 희생되는 황군이 적의 총탄에 죽는 이보다 많다며 황군을 돕는 것이 좋겠다는 아버지의 뜻과 직접 전투에 참여하는 것도 아니기에 임상 경험도 쌓을 겸 군의관이 아닌, 의무관으로 지원했다.

그 자신이 다다미[3]에서 자랐지만, 여유 있는 집이었기에 큰 억압[4] 없

---

3 다다미(畳 다타미): 일본의 메이지 이전 농가는 흙바닥 방이었다. 무사들은 짚을 다지고 왕골이나 부들로 짠 돗자리를 덮어 삼실로 꿰매 바닥에 깔았는데 이를 다타미(畳)라 했다. 지방마다 조금 다르긴 했으나 보통 3자×6자(910mm×1,820mm) 크기에 두께 4~6cm, 무게는 17~30kg이었다. 고급일수록 무겁고 두꺼웠으며 더 촘촘하게 꿰매었다. 오늘날도 다다미 장수로 방 크기를 나타낸다. 촉감과 보온·탄력감은 좋지만, 약한 내구성에 습기를 잘 받고 먼지가 많이 나는 데다 무엇보다 잘 더럽혀져 갈면 노동력과 돈이 많이 들어 항문기 때 배변 훈련을 엄하게 했는데 가난한 집안일수록 더할 수밖에 없었다.
신분제도는 에도시대 때 확립된 최고 신분인 무사와 서민, 천민의 3신분으로 칼과 피가 정의인 사회였으므로 칼로 피를 불러 문제나 갈등을 해결했다. 그러한 DNA와 가정과 사회적 프로이트가 흐르므로 시대를 초월해 강자 정의에 엎드리고 약자 불의에 무자비한 것이 매우 자연스럽다. 무사나 서민층에도 서열이 있었으며 서민은 공·상보다는 농업이 조금 더 나았다. 대를 잇는 장인정신으로 보이나 인도의 카스트제도처럼 신분 상승이 불가능해 가업을 그대로 이었을 뿐이다.
사회 및 심리적 토대로 잘 적응하고 힘과 권위에 저항 없이 복종하므로 오늘날도 세계 여느 나라와는 다르게 자본주의국이면서 민주주의국이 아니기에 중의원이나 참의원, 심지어 내각이나 총리까지 세습함을 당연시한다. 이러한 자존감 부족으로 천황이라는 인간을 신격화한 신정일치체제국이다.
할복, 가미카제, 나라나 영주를 위한 죽음만 해도 애국과 충정으로 보이나 실제는 이 때문이다. 거기에 다다미에서 자랐기에 꼼꼼함과 치밀함, 그리고 완벽함과 결벽증에 불안증 기질이 나타난다.

4 억압(抑壓, Repression): 사회적·윤리적으로 용납될 수 없는 생각·충동·욕구들을 의식에서 무의식으로 밀치는 것으로, 부모가 빨리 돌아가시기를 바라는 마음을 부정하나 무의식중에 그런 소망이 있다.

이 구순기[5]나 항문기[6]를 무던히 보냈다. 아버지 권유로 검도를 배우기도 했으나 이내 그만둔 것은 지나칠 만큼 집 안에서만 지냈던 어머니가 유난히 그에게 집착한 나머지 성기기[7]나 잠복기[8]에 비활동적으로 보낸 탓에 사회성을 발달시키지 못했기 때문이었다.

그러나 부모들은 여유 있는 삶인 데다가 나중에 의사가 될 거라는 마음에 큰 문제로 여기지 않았다. 의과대학 시절 이지화[9]로 혼란을 겪기

---

5 구순기(口脣期, Oral phase): 유아의 리비도는 입에 집중된 시기로 입을 통해 빨고 먹고 깨무는 행위에서 긴장 감소와 쾌락을 경험하게 된다. 성격의 정신 및 성적 발달의 첫 단계로서 0~2세로 생후 18개월까지의 시기이다. 자아개념과 개인적 가치감이 이 시기에 발달하게 되며 구강 욕구가 지나치게 만족되면, 성인이 되어 지나친 낙관론이나 오히려 의존적인 성격을 갖는다. 이 시기에 만족을 못 하면 항문기로 넘어가지 못하고 고착되어 빠는 것에 집착하게 되어 손가락 빨기, 과음, 과식, 과도한 흡연, 수다, 손톱 깨물기 등의 현상이 나타날 수 있다.

6 항문기(肛門期, anal phase): '리비도'가 항문으로 옮겨 가는 소아성욕의 제2단계로 생후 8개월부터 4세까지의 시기이다. 배설에는 많은 에너지가 필요함에도 느끼지 못함은 배설의 쾌감 때문이다. 역으로 변이 체내에 머물러 있음으로써 점막의 자극으로 쾌감을 얻는 수도 있다. 이 시기에 고착과 반동형성으로 성격이 형성되는데, 일본인들의 특징인 결벽·인색·고집·집착·꼼꼼함도 바로 이 시기 다다미 문화로부터 생성됐다.

7 성기기(性器期, Pregenital, 4~5세): 리비도가 항문에서 성기로 옮겨지는, 성격 형성에 가장 중요한 시기로 성기를 만지거나 환상을 통해서 쾌락을 느끼기도 한다. 오이디푸스 콤플렉스(oedipus complex: 남아의 어머니 집착)나 엘렉트라 콤플렉스(electra complex: 여아의 아버지 집착)와 같은 반대 성의 부모와 관련한 근친상간 욕망에 대한 환상과 남아의 거세공포(castration anxiety)와 여아의 남근 선망(penis envy)을 갖는다. 이 시기에 아이들은 자기 부모와 동일시함으로써 적절한 역할을 습득하여 양심이나 자아 이상을 발달시켜 나간다. 이 시기에 반대 성을 가진 부모와의 관계가 매우 중요하다.

8 잠복기(潛伏期, latency/latent stage): 6세에서 12세 사이의 발달단계로 행동의 동기 유발에 대한 본능의 역할이 미미하여 성적 본능이 억압되어 잠자는 시기이다. 아이들은 이 기간에 지적 탐색에 활발해져 학교나 종교 활동, 취미, 스포츠와 우정 관계 등을 통해 성적 충동을 승화시킨다. 부모나 교사는 이 시기에 아이에게 지나친 간섭을 하기보다는 아이의 사회적 활동을 적극적으로 도와주어야 한다.

9 이지화(Intellectualize): 정서적인 문제를 이성적으로 받아들여 의식, 혹은 무의식적으로 감정을 느끼지 않으려 하는 것을 말한다. 이를테면 첫 해부 실습을 하는 의대생이 '이것은 의학의 발전을 위한 것'이라고 생각하거나 '아기의 죽음' 옆에서 무덤덤하게 책을 읽음으로써 그 스스로 끔찍함이나 안타까움에 대한 감정을 피하려 하는 것이 이에 해당한다.

도 했으나 잠시뿐이었다. 성기기나 잠복기에 조금 억제[10]당한 것 외에는 흔히 겪는 반동성형[11]이나 억압·감정 전이[12]도 별로 없었으며 매우 윤리적이고 도덕적이었으나 자존적이라기보다는 순종적인 성향의 사람으로 그 스스로 사라지기에는 어려운 성격이었다.

"그래서였던가?"

몇 주 내내 허우적거렸지만, 사실 Y는 그를 조금은 알고 있었다. 다만, 그를 세상에 드러내려니 그 명분과 방법이 없었을 뿐이었다. 그리던 중 금요일 오후 낯선 미국인으로부터 한 통의 전화를 받고 만났다. 첫눈에도 학자임을 알아볼 수 있었다. 서울대학교 특별 강사로 왔다며 조금 색 바랜 서류 가방에서 꺼낸 누른색 A4 봉투 하나를 내밀었는데 FFF 메릴랜드 분파 The Leader인 오랜 벗 Dr T, J가 보낸 자료였다. 3F에서 Y는 Dr A, J로 부른다.

"딥 스테이트(Deep state)의 OS2가 국무부 1급 기밀 보관실에서 빼낸 것입니다."

딥 스테이트(Deep state)는 일루미나티(illuminati) 하부기관으로 정권은 물론 정책들을 좌지우지하는 베일에 가려진 배후 권력 집단이다. 자신

---

10 억제(抑制, Control): 바람직하지 못한 생각과 충동을 통제하는 것으로 억압과 같은 목적을 갖고는 있지만, 의도가 다분히 의식적이다.

11 반동형성(反動形成, Reaction formation): 자신이 가진 실제 감정을 직접 표현하기에 너무 강한 상대(부모, 상사 등)에게 드러내다가는 불이익이 올까 두려움에 의식적으로는 존경심을 표현하거나 혹은 죄의식을 본래의 행동과 반대 방향으로 바꾸는 것을 말한다. 미혼모가 아이를 유난히 더 사랑하는 것이 이에 해당한다.

12 감정 전이(感情轉移, Displacement): 자신이 느낀 감정을 직접 표현하는 대신, 다른 대상에게 표현한다. 예를 들어 어머니에게 꾸중 들은 것을 개에게 푼다든가, 남편에 대한 화풀이를 자식에게, 옛날 애인에 대한 감정을 남편이나 아내 혹은 비슷한 상대에게 표출하는 것을 말한다. 아무것도 모르는 상대의 저항에 더 격하게 반응한다.

도 3F임을 밝히며 준, 소형 카메라로 찍었다는 봉투를 막상 받고 보니 뒤섞인 감정으로 숨이 멎었다.

"이것이 판도라 상자라면….."

봉투를 감은 실을 푸느냐? 마느냐? 영겁 같은 찰나였다. 그렇게 판도라 끈을 푸니 조잡한 타이핑 체에 필기체 소문자와 대문자가 마구 섞여 있는 데다가 지독한 악필에 마구 휘갈기며 급히 쓴 탓에 철자나 문법도 틀리고 지금은 쓰지 않는 옛 어휘들과 띄어쓰기도 없어 읽기조차 어려웠다.

게다가 방향족탄화수소의 복잡한 화학방정식에, 밖에는 여러 가지 모양의 조금 크고 작은 육각형이 안에는 원이 그려져 있었으며 시계 방향으로 1~6의 아라비아 숫자가 육각형의 모서리마다 기록되어 있었다. 그러면서 O-, M-, P- 같은 약자, 아마 ortho(가수도(加水度)가 가장 높은 산을 나타냄. 벤젠고리 화합물로 1, 2- 위치환체(位置換體)를 나타냄), meta(벤젠환의 1, 3자리), para-(벤젠환의 1, 4자리)를 뜻하는 것 같았다. 이러한 약자들과 방정식이 복잡하게 나열되어 암호 해독하듯 풀어 나갔다. 순간 '토마스 수'가 떠올랐다.

조선의 산야에 나타난 하이에나 떼

조선은 세렝게티(끝없는 평원이라는 뜻의 마사이어), 조선인은 톰슨가 젤일 뿐.

— 서구(西歐)의 하이에나

조선의 산야 곳곳에 귀신 떼가 나타났다. 고양이 같기도 개 같기도 한, 하이에나는 모습이나 울음소리도 영락없이 귀신이었다. 그랬다. 조선인의 눈에 비친 처음 서양인의 모습은.

하이에나는 먹잇감이라면 자신들이 사냥하거나 다른 맹수들이 힘들게 사냥한 것을 빼앗기도 하고 썩은 시체라도 가리지 않는다. 뛰어난 후각과 힘센 턱으로 아무리 단단한 뼈라고 으깨어 먹는다.

"군침 흐르는 먹잇감!"

이미 오래전부터 열강의 하이에나들은 조선을 먹기로 서로 합의했다. 경인 철도 부설권은 미국·일본·프랑스가, 인천 월미도 저유 창고 건설권과 평안도 운산 금광 채굴권은 미국이, 강원도 당현 광산 채굴권은 독일이, 함경도 경원군과 경성군 전체 사금 채굴권과 은·철·석탄 채굴권과 그리고 함경도 무산과 압록강 유역과 울릉도 삼림 벌채권은 러시아가 가져갔다.

1896년 5월 러시아 제국 니콜라이 2세 황제 즉위로 일본 제국과 로바노프-야마가타 협정(Yamagata-Lobanov Agreement)을 맺음으로써 일본과 가까워지게 되자 러시아 제국은 조선의 지하자원 채굴권과 압록강과 두만강 및 울릉도의 벌채권과 같은 각종 이권을 요구했다. 친러파인 이범진 등은 베베르와 공모하여 아관파천을 주도하고 이완용같이 영특한 자들은 발 빠르게 친러에서 친일로 변색하고는 '을사늑약' 성사 공로로 일본 정부로부터 작위를 받았다.

이완용은 행적이나 품성과는 다르게 학인(學人)이었다. 그의 서예 필적을 보면 행서와 초서를 잘 썼으며 특히 정자체 해서와 흘림체 초서의 중간 서체인 행서가 뛰어났다. 작위는 을사늑약 체결의 공로로 '훈1등

백작'에서 1920년에는 '후작(侯爵)'에 이르렀다. 공(公), 후(侯), 백(伯), 자(子), 남(男) 오등작(五等爵) 중 왕이나 황제의 혈족이 다스리는 나라를 공국이라 했으니 다음 서열인 후작은 그 지위를 가늠할 수 있다. 후에 그의 아들 이항구는 친일 단체 간부를, 손자 이병길은 조부의 후작 작위를 물려받은 습작자(작위를 세습한 사람)였다. 일본으로서는 그의 가문은 작위 세습의 가치가 있었다.

이토 히로부미는 1841년 9월 2일 천한 농민 하야시 주조(林十藏)의 장남으로 태어나 1854년 하급 병사 이토 나오에몬(伊藤直右衛門)의 양자가 되어 이토 성을 가지게 되었으나 여전한 하급 신분에서 일인지하 만인지상에 오른 입지전적인 인물이었다.

이완용 역시 1858년 6월 7일 경기도 광주군 백현리에서 가난한 부친 이호석의 아들로 태어나 1867년 10세 때 예방승지 이호준의 양자가 되어 내각총리대신 자리에까지 올랐으니 인생 여정도 닮아 서로 이끌렸다. 을사오적 중 앞장선 적극성에 이토 눈에 들어 내각총리대신 자리에 오른 것도 이토의 추천으로서였다.

둘 다 어린 시절 리비도[13]의 작은 채움도 없었던 데다가 태생에 대한 열등의식에 대한 반동형성으로 자기애[14]가 강하고 자기 과시 표출의 성

---

13 리비도(libido): 출생 시 나타나 아동 행동과 성격을 결정하며 사랑과 쾌감의 모든 표현이 포함된 성적 본능 및 정신 에너지로, 집중적으로 모이는 곳이 성감대이다.

14 자기애(Narcissism): 리비도가 타인이나 대상보다는 자신에게(Excessive self-love) 향하는 것이다. 원초아를 억제하거나 이를 나쁘게 받아들이지 않고 초자아를 단지 지적 및 정서적 호기심과 또 다른 유희로 받아들인다. 구순기(口脣期, oral phase) 때나 구강기의 지나친 만족을 경험했기에 성인이 되어서도 자신만의 삶의 방식에 낙관적이며 의존적이나 그 의존적인 것 역시 자신의 부모 방식이나 현재 자신의 삶의 태도일 뿐이다. 모든 행동은 자기중심적이며 언제나 비합리적이고 다른 사람에 대한 가치는 전혀 고려하지 않는다. 이로써

향도 비슷했다.

이토 주선으로 천황을 알현한 이완용은 그 자리에서 읍소하며 충성을 맹세했다.

"천황 폐하께 충성을 맹세합니다. 충성의 증표로 고종을 바치겠사옵니다."

이 일은 조선인들은 물론 세계에 알려져 후 폭풍을 염려하여 극비에 진행했다. 초대 총독 데라우치 마사타게는 이 계획을 하세가와 요시미치 총독에게 전하고 그는 무색의 결정으로 수용성인 데다가 0.15g으로도 치사하는 맹독성의 청산가리를 이완용에게 직접 전달했다. 어의 안상호와 한상학도 관여했으며 1919년 1월 21일 아침 식혜에 타 고종이 들게 했다. 고종에게 식혜를 올린 두 궁녀는 나이 지났으나 속살이 제법 통통한 데다가 이완용이 금반지며 옥비녀 등 패물로 마음을 얻은 후 몇 번 품은 적이 있었다. 그리고 식혜를 두 궁녀도 마시게 하여 증인도 증거도 하늘에 묻었다. 장례마저 대행 태왕의 장례로 격하되었으나 고종 황제의 갑작스러운 승하는 의문과 함께 일파만파로 퍼져 분노한 민심을 격동케 했으며 3·1 만세 운동의 기폭제가 되었다.

벨기에 국왕 인간 백정 레오폴드 2세는 콩고를 사유하며 주민에게 상아와 고무를 요구했다. 할당량에 미치지 못하면 남녀노소를 불문하고 처음은 손목을, 다음은 팔을, 다음은 목을 자름으로써 3,000만 명의 콩고인을 900만 명이 되게 했다. 한 나라 백성의 3분의 2를 처참하게 죽인 그의 추도 미사가 1909년 12월 22일 서울 명동성당에서 열리는

갑질이 나타난다. 원초아가 유전이듯이 이도 정서적 DNA이다.

날이었다.

하와이 이민에서 돌아와 군밤 장수로 변장한 이재명 의사는 미사에 참석차 온 이완용을 수차례나 칼로 찔렀건만, 인력거꾼 박원문에 의해 저지당했다. 의사는 박원문을 제치며 찔러 그는 그 자리에서 절명하고 '대한 독립 만세'를 외치다가 일본 순사의 칼을 맞고 허벅지의 깊은 상처로 체포됐다. 이완용은 폐가 찔려 치명상을 입고는 대한의원(현 서울대학교병원)으로 후송되었으나 조선의 하늘은 다시 그에게 목숨을 연장시켜 주었다. 이재명 의사는 재판정에서 당당히 외쳤다.

"나는 흉수가 아니다! 당당한 의행이었다. 나의 이 의행을 2,000만 민족은 옳다 여길 것이다. 부당한 왜국의 법이 나의 목숨은 빼앗을지나 나의 충혼은 빼앗지 못하리라. 나는 이제 죽어 수십만 명의 이재명으로 환생하여 기필코 일본을 망하게 하고 말겠다."

처음 이재명 의사는 총으로 죽이려 했으나 무지한 아내가 울부짖으며 소리쳤다.

"당신 죽으면 난, 어찌하라고?"

누가 총으로 아내를 죽이려 한다기에 백범은 노백린과 함께 뛰어갔다.

"이 사람아, 이 무슨 짓인가?"

거사를 말할 수 없는 그는 침묵하며 총을 빼앗기자 칼을 들었다. 늦게 이를 안 백범은 그의 일지에 이렇게 적었다.

"그때 그의 손에서 총을 빼앗지 말았어야…."

조선의 하늘은 어찌하여 의로 의를 막았는지…. 1910년 이재명 의사는 서대문형무소에서 24세의 짙푸른 나이로 조선의 별이 되어 밤을 밝히고 이완용은 16년이나 더 부귀영화를 누리다가 1926년 2월 12일 지하의 왕 염라가 보낸 사자에게 끌려갔다.

"노다지!"

이 말은 조선 황제와 일행이 아관파천 이후 생겨난 말이다. 당시 금광업은 조선에서 절대 금기시한 일이었다. 금이 나는 것이 알려지면 중국에서 조공 물품으로 요구할 것을 꺼린 나머지, 나라에서 금광 개발 자체를 금했기 때문이다. 그것이 '아관파천'으로 러시아 · 미국 · 독일 · 영국 · 프랑스 등 열강이 눈독을 들인 것이 조선의 자원 중 특히 금광으로 이들은 거의 약탈하다시피 가져갔다. 당시 장비가 없어 곡괭이로 바위나 흙벽을 찍어서 파내는 순간 반짝반짝 노랗게 빛나는 것이 보이자 미국인 채굴 감독이 흥분을 감추지 못하고 외쳤다.

"노터치! 노터치!"

조선인 광부들이 말뜻은 못 알아듣지만 이들은 금맥이 드러날 때마다 혹여 금을 훔칠까 봐 소리치는 것인데, 미국인들이 지르는 소리는 똑같았다.

"노터치(No touch · 손대지 마라)!"

조선인 광부들이 이를 '노다지'로 듣고 금맥을 일컫는 말이 되었다가 후에 '큰 횡재'를 뜻하는 일상적인 말이 되었다.

한국에도 잘 알려진 영화 「왕과 나」의 율 브리너(Yul Brynner, 본명 율리 보리소비치 브리네르(Yuliy Borisovich Briner 1920~1985, 러시아 태생 미국의 연극배우이자 영화배우)의 아버지는 러시아의 블라디보스토크(당시, 극동 공화국)의 광산 기사였으나 어머니는 인텔리겐치아(intelligentia 사회 계급 중 지식 노동자 출신)였다.

보리스 브리네르는 대한제국으로부터 목재 벌채권을 얻어 막대한 부를 얻었으나, 러시아 혁명으로 몰락했다. '보리스 브리네르'에게 백두산 일대 벌목권을 준 자들은 대한제국 친러파로 고종의 아관파천을 주도했다. 조선의 황제가 러시아 공사관에 체류한 1년여 동안 나라의 권한이 러시아 수중에 들자 러시아 고문 알렉세예프(Alexeev)에 의해 많은 이권이 러시아와 서방 열강에 넘어갔다.

이 일의 중심에는 이완용이 있었으며 얼마 지나지 않아 친러파는 친일파로 카멜레온처럼 변색한다. '보리스 브리네르'는 천 년 고목의 산 백두산을 민둥산으로 만들었다. 율 브리너는 폐암으로 사망했다.

일본은 조선의 문화나 역사와 얼에 대한 열등의식이 지나친 나머지 이를 말살하고 조작하는 일을 벌였다. 그리고 이 일에 적극적으로 가담한 친일 사학자들이 있었다. 1894년 도쿄 제국대학 교수 시라토리 구라키치(白鳥庫吉)가 시작한 역사가 아닌 '얼 조작'에 나카 미치요(那珂通世) 하야시 다이스케(林泰輔), 요시다 도고(吉田東伍), 후쿠다 도쿠조(福田德三) 등이 있었다. 일본 강점기인 1916년 1월 '조선반도사편찬위원회' 발족에 미우라 히로유키(三浦周行), 이마니시 류(今西龍) 등은 그렇다 할지라도 조선의 식민사학자들인 어윤적·유맹·이능화·정만조 등이 조선 얼 말살에 적극적으로 참여했다. 지구상 어떤 나라도 식민지국의 역사나 얼까지 조작하려 한 나라는 일본이 유일하다. 그리고 어느 정도 성공했음에는 역사와 얼까지 판, 매국 사학자들이 있었기 때문이다.

1925년에 조직한 '조선사편수회'에는 이완용·권중현·박영효·이진호와 연이어 이병도·최남선·신석호 등 많은 얼을 판 매국노가 참여하여 단군을 신화나 귀신 이야기로, 삼국사(三國史)를 삼국사기(三國史記)로, 우리의 무대인 산동을 중국 땅으로 만들었다.

가(家)자만 해도 집 안에 돼지(豕: 돼지 시)가 있는 글자인데 집 안에 돼지를 기르는 민족은 동이족으로 지금도 산동 지방에서는 집 안에 돼지를 기른다. 한자를 만든 인물인 창힐은 물론 공자도 우리의 선조지만 이들이 조작을 넘어 아예 말살했다. 그리고 이들과 이들의 제자들이 대한민국의 사학계를 이끌어 온 통탄함이 지금도 이어 오고 있다. 친일 청산이란 처벌 개념만이 아니다. 이를 넘어 빼앗긴, 아니 친일 세력들이 자진해서 바친, 영토는 훗날로 하고 역사와 얼을 되찾자는 뜻이다.

泰山雖高是亦山 태산수고시역산 태산(泰山)이 높다 하되 하늘 아래 뫼이로다.
登登不已有何難 등등불이유하난 오르고 또 오르면 못 오를 리 없건마는
世人不肯勞身力 세인불긍노신력 사람이 제 아니 오르고
只道山高不可攀 지도산고불가반 뫼만 높다 하더라.

양사언은 어머니의 지혜를 닮아 문장에 능하고 글씨를 잘 썼는데 초서와 큰 글씨를 잘 써 안평대군·김구·한호 등과 함께 조선 전기의 4대 서예가로 칭함을 받았다. 특히 그의 한시는 천의무봉이라는 평을 받았으며 1583년 여진의 난과 1592년 임진왜란, 그리고 1607년 누르하치 난을 정확히 예언했으며 40년 관직으로도 청염하여 재산을 남기지 않았다.

그가 노래한 산둥의 태산은 중국 오대 명산 중 하나로 예부터 신령한 산으로 여겨 진의 시황제나 전한의 무제, 후한의 광무제 등이 천하를 평정한 후 하늘에 이를 알리는 봉선 의식을 거행한 도교의 성지이나 높이라야 겨우 1,532.7m에 불과하며 1,950m의 한라산, 1,915m의 지리산, 1,708m의 설악산보다 낮은 산이다.

1926년, 스웨덴 국왕 구스타프 6세가 왕세자 시절 금강산을 방문한 적이 있었다.

"하나님이 세상을 창조하실 때 하루는 금강산을 만드는 데 썼을 것이다."

그리 감탄한 금강산과 민족의 영산인 백두산이 있음에도 태산을 노래한 것은 왜일까? 그것은 태산이 있는 산둥은 광활한 평야 지대로 그 한가운데 우뚝 선 산이기도 했으나 우리의 무대가 한반도만이 아니라 대륙이었기 때문이다. 이 태산이 우리의 무대라는 증거는 우리말 속에도 녹아 있다. '걱정이 태산 같다.', '갈수록 태산', '티끌 모아 태산', '태산이 평지 된다.' 등, 태산은 우리에게 매우 친숙한 산이다. 이는 옛 배달의 나라, 고조선과 신라·고구려·백제·가야 4국 시대와 통일신라, 고려·조선, 우리의 무대가 대륙이라는 증거 중 하나이며 대륙이란 말 역시 한반도를 아울러서 황하강 유역을 포함한 말이건만, 중국 땅에 귀속시키고 말았다.

하늘을 울린 총성

壯士一去兮不復還. 장사일거혜불부환. 장사 한 번 떠나니 돌아오지 못하리.

– 협객 형가

『국화와 칼』(The Chrysanthemum and the Sword: Patterns of Japanese Culture)

은 미국의 인류학자 루스 베네딕트(Ruth Benedict, 1887~1948)가 1946년 출간한 저술서이다.

　1944년 태평양 전쟁은 비록 전세가 미국에 유리한 고지를 차지하고는 있었지만, 일본인이나 일본 문화에 대한 지식이 매우 부족했다. 미국은 일본이 항복 후에 어떻게 나올 것인지에 대해 예측조차 할 수 없었다. 이에 일본인과 일본 문화에 대한 연구를 그녀에게 부탁했다. 서양인인 미국인의 눈으로는 도저히 일본이 이해되지 않았다. 독일, 이탈리아군들은 말이나 정서도 통할 수 있으나 일본은 그렇지 못했다. 극한 상황에 겁에 질린 나약한 인간으로 돌아가는 독일군들과는 전혀 다르게 마지막 순간까지 비행기를 몰고 함께 자폭하는 일본은 두려움보다 이해를 넘는 행위였다. 루스 베네딕트는 『국화와 칼』을 1944년 제2차 세계대전 종전 1년 전 미국 정부 요청으로 일본과 일본인에 대한 인류학적 분석을 목적으로 저술하기 시작해 1946년 미국에서 출간했다.

　루스 베네딕트는 생애 단 한 번도 일본을 직접 방문하지 않았다. 다만 미국에 거주하는 일본인들, 그들은 침략자들이라 미국인들로부터 불신과 비난의 눈총을 받고 있었으나 그 일본인들과 그리고 일본에 대해 많은 정보를 가진 미국인들과 친분을 유지하고 있었다. 이를 토대로 일본을 한 번도 방문한 적 없이 간접적인 지식으로 조사했기에 비판을 받기도 하지만, 그런데도 일본인들 사이에서조차 매우 훌륭한 일본 연구서 중 하나로 평가받고 있다.

　제목은 일본 황실의 꽃인 국화(菊花)에서 따왔는데 국화와 같이 향기로운 예의에 섬뜩한 사무라이 칼의 정신이 함께 공존하고 있는 일본인을 겉 성품과 다른 피의 성품과 어린 시절부터 다다미에서 자란 탓에 완벽주의적인 기질에다가 인도의 카스트제도 못지않은 계급 문화에 젖어 자란 일본인을 프로이트의 심리학적으로 접근했다.

그러면서 베네딕트는 일본의 전통 사고방식의 형성 과정과 관습은 물론 메이지 유신, 사회문화체계 등의 여러 방향을 살폈다.

그녀 자신의 학문뿐만이 아니라 연구와 일에의 몰두로 일찍 떠난 외과 의사 아버지, 교사였으나 남편이 떠난 슬픔에서 벗어나지 못한 채 자리보전만 하다 돌아가신 어머니, 부모를 모두 잃은 어린 시절로 정서적으로도 양극의 성격인 일본인을 잘 이해할 수 있었다.

2005년 8월 2일 하얼빈일보는 생체실험 대상자였던 1,463명의 명단을 공개했으며 밝혀진 한국인 희생자는 6명으로 대부분 항일운동 또는 반파쇼 운동을 하다가 체포된 인물이었다.

심득룡(沈得龍 1911년생 · 소련 공산당 첩보원 · 1943년 10월 1일 체포)

이청천(李淸泉 독립운동가 · 1944년 7월 체포)

이기수(李基洙 1913년생 · 함남 신흥군 동흥면 · 1941년 7월 20일 체포)

한성진(韓成鎭 1913년생 · 함북 경성 · 1943년 6월 25일 체포)

김성서(金聖瑞 함북 길주 · 1943년 7월 31일 체포)

고창률(高昌律 1899년생 · 소련 공산당 첩보원 · 강원도 회양군 난곡면 · 1941년 7월 25일 체포)

분노와 서글픔이 혼재된 것은 이들 체포에 조선인 밀정들이 있었는데 어딘가 묻혀 있는 그 앞잡이들의 명단을 들춰내는 것을 국가가 막고 있다는 점이다.

안중근은 1905년 초대 조선 통감으로 본국에서 추밀원 의장을 지내던 이토 히로부미는 러시아와의 철도, 경제 및 러·일 전쟁 후처리 등을 논의하러 하얼빈에서 러시아 재상 코콥초프와의 회담을 위해 러시아에서 제공한 특별 열차를 타고 하얼빈역에 도착한다는 정보를 접했다.

거사 동지 우덕순, 조도선, 유동하 등과 함께 뜻을 모으고 역 검문 때 일본인으로 위장하고 각각 도착했다. 아무르강의 길고 푸른 물결을 보는 순간 「역수가」를 떠올리며 비장함에 젖었다.

風蕭蕭兮易水寒 풍소소혜역수한 가을바람 소슬한데 역수 물은 차갑고

壯士一去兮不復還 장사일거혜불부환 장사 한 번 떠나니 돌아오지 못하리.

探虎穴兮入蛟宮 탐호혈혜입교궁 범굴이 어딘가, 진왕 궁 드누나.

仰天噓氣兮成白虹 앙천허기혜성백홍 하늘 우러러 외치니 흰 무지개 드리울 뿐.

자객(刺客)으로 진왕(秦王, 진시황)을 암살하러 돌아오지 못하는 길을 가는 형가(荊軻)를 전송하는 연(燕)의 태자 단(丹)과 역수에서 이별주를 들고 고점리는 축을 타고 형가가 곡조에 맞춰 읊었다. 다르다면 번어기 목과 같은 식솔들 앞날과 독항 지도 같은 허허벌판 외로운 가족이 사는 땅, 촌철의 칼이 아닌, 총을 품었다는 것뿐.

"탕, 탕, 탕."

1909년 10월 26일 만주 하얼빈역에서 10·26 거사의 세 발 총성이 산천을 울렸다. 러시아 정부 재무상 코콥초프와 의장대 사열 틈 취재기

자로 가장한 안중근이 이토 히로부미로 향한 총탄이었다.

"감히 누가 나를 쏘았느냐?"

"조선인."

"내가, 저 더러운 조선 놈에게…."

마지막 말을 힘없이 뱉는 순간, 저승사자가 자신을 부르는 소리가 아련히 들려왔다.

"꼬레아 우라(대한 만세)! 꼬레아 우라! 꼬레아 우라!"

"조선의 기개가 살아 있는 분이시다. 난, 용기가 없어 그러질 못했지만, 면회라도 가 보자."

창대 아버지 장수는 대구 근교의 면 소재지의 작은 마을에서 가난한 농부의 첫째로 태어나 학문에 닿지 못한 채 대의의 뜻은 있었으나 심성이 유하고 용기도 없고 무엇보다 집안을 이끌어야 했다. 그러면서 독립운동가를 돕는 것도 작은 독립운동이라는 생각에 독립운동한다며 떠난 옆 마을의 그 집을 누구 모르게 도우면서도 이를 행하지 못한 자신을 탓해 왔다. 그러다 이토 히로부미를 저격한 조선의 청년 소식을 들었다.

"이등박문이를 쏘아 죽이다니…."

며칠을 고민한 끝에 기차역까지 한낮을 걸어서 긴 여정에 몸을 실었다. 낡은 자리에 덜컹거리며 석탄 타는 연기가 바람 따라 객실로 스며들어 왔다. 그렇게 오래 가다 보니 멀미가 심하게 일었다.

"찬바람이라도 쐬어야겠다."

객실을 나오니 화차에서 타는 석탄 연기가 가득하여 다시 객실로 들어왔다. 그렇게 압록강을 건넜다.

"안중근을 면회 왔소."

"안중근은 역도야. 어떤 사이냐?"

면회가 거절되어 사흘을 머물렀다. 여관이라야 화장실이나 세면장도 공동으로 쓰는 낡고 작은 구석방이었다.

"난, 황해도 해주 수양산 자락에서 왔다네. 여기선 나를 오 씨라고만 불러. 해주 오가거든."

여관 주인인 그는 은밀히 독립운동가들을 숨겨 주기도 하고 틈틈이 돈을 주기도 한다는 것을 알았다.

"간수를 구워삶아야 하니. 자네 돈은 얼마나 가져왔나? 자네, 기미가요나 군가 알고 있나?"

그날 밤 그 여관 주인에게 기미가요와 군가를 참 열심히 배웠다. 다행히 조금씩 공부한 한학과 일본어 공부로 큰 어려움이 없었다. 며칠 후 저녁 안중근을 직접 취조한 미조부치 타카오(溝淵孝雄)와 함께 식사를 겸한 술을 들었다. 술이야 자신 있었다. 벗들 말을 빌리면,

"대주가이면서 힘도 천하장사로 왼손으로 한 말 술을 들고는 숨도 쉬지 않고 단숨에 들이킬 정도."

녹아떨어진 것은 장수가 아니라 미조부치 타카오였다.

"내가 제일 좋아하는 군가입니다."

조국의 암울한 현실에 대한 울분과 한을 군가에 풀기라도 한 듯이 부르기를 도대체 몇 번이나 몇 십 번이나 불렀는지도 몰랐다. 격앙돼 부르는 군가에 주눅이 든 건 그였다.

"대단해. 조선인 중에 그대와 같은, 그도 젊은 친구가, 술도 나보다 센. 사실 말하기가 어렵지만, 나 역시 안중근을 존경하고 있었다네. 왜, 자네 같은 사람이 독립운동에 뛰어들지 않나?"

"전, 그만한 그릇이 못됩니다. 그저 하늘이 다 같은 생명, 어느 나라 누구든 서로 인정하고 돕고 함께 잘 지냈으면 하는 마음입니다."

"오! 서로 말이지?"

그렇지 않아도 간수인 관동군의 헌병 상병 치바 토시치(千葉十七) 역시 안중근을 존경하고 있는 터였다. 그들 덕에 안중근 장군을 면회하고는 손 한 번 잡고,

"장군님, 겨울 누비 솜옷 한 벌과 차입금 조금 넣었습니다."

그렇게 대구로 내려왔다. 그렇게라도 해야 독립운동에 뛰어들지 못한 양심의 가책에서 조금은 벗어나리란 마음에서였다. 나중에 아들들과 지인들에게 고백하기를,

"장군님은 눈빛도 예사롭지 않은 것이 한눈에 비범한 인물임을 알 수 있었다."

라고 했다. 장수가 안중근 장군을 장군님이라 부른 것은 안중근 장군의 신분이 '대한의군 특파독립대장'임을 알고 그리 부른 것이 아니다. 그분의 살아 있는 의기에 그리 불렀다.

"장군이다. 장군님이라 부르고 싶었다."

이런 말도 했다.

"미조부치 타카오나 치바 토시치는 일본인임에도 훌륭한 인품을 지니고 있었다."

며칠 지나지 않아 갑자기 순사들이 들이닥쳤다.

"너, 안중근이를 보고 왔다면서?"

"그 역적 놈을 거기까지 가서 보고 왔어?"

그러고는 지서에 끌려가 모진 고초를 겪었다.

"면회 장부에 내 이름을 쓰고 모두 승낙하에 만났습니다. 내가 잘못

이 있다면, 승낙한 분들도 함께 체포해야 하는 것 아닙니까?"

며칠을 그렇게 고생하다가 확인이 되어 풀려났다.

"장군님은 한눈에 비범한 인물임을 느꼈다!"

마을 친구들과 마을 사람들에게 술좌석에서 한 말을 누가 찌른 것 같았다.

"그 누가 누군지는 아무리 생각해도 모르겠다."

마을에 밝혀지지 않은 밀정이 있었다.

안중근의 이토 저격은 큰 반향을 불러일으켰다. 무엇보다도 가장 크게 당혹한 자들은 친일파들이었다. 그들은 분노하면서도 간담이 서늘했다.

"이런, 쳐 죽일 놈, 이토 각하에게 총질하다니."

"이러다, 따라 하는 놈들이 마구 총질해 대면, 우린 다 죽는 것 아니오?"

이완용은 즉각 성명을 발표하며 이를 성토했다.

"조선인의 이름으로 이를 성토한다! 그리고 이토 각하의 동양 평화의 숭고한 뜻을 계속 이어 가겠다."

그러나 안중근의 동양평화론은 한·중·일 3국이 서로 독립 국가로써 협력하여 서구 열강의 식민주의에 대응하자는 것인데 반면, 이토의 동양평화론은 한·중은 물론 소련을 넘어 다른 나라를 정복해 일본에 종속시키는 것이었다.

이토 죽음으로 친일 단체인 「일진회」는 드러내 놓은 채 노골적으로 경술국치 청원운동을 벌이며 국권 침탈 계획을 앞당긴 명분이 되긴 했으나 이미 세운 계획을 조금 앞당겼을 뿐이다. 이토가 죽은 지 일곱 달되던 1910년, 일본은 영국에 경술국치 결정 방침을 통보하고 「일진회」를 앞세워 8월 29일 강제로 합병조약을 체결했다.

이토 히로부미 사살은 동아시아에 많은 영향을 주었다. 중국은 장쉐량의 지시로 동북 각지의 36개 모범소학교에서 수업 전에 안중근 노래를 합창하였으며, 중일 전쟁 발발 이후에는 저우언라이와 궈모뤄 등이 우한, 장사 등지에서 화극 「안중근」을 연출해 반일 투쟁을 고무시켰다. 그러나 대한제국과 국민들은 안중근의 가족을 외면하고 잊었다. 안중근이 떠날 때 준생은 3살, 동생은 어머니 배 속에 있었다.

다카오 미조부치는 안중근을 동아시아의 의인이라고 평하였다. 안중근은 자신을 잘 배려해 준 일본인 간수 지바에게
"위국헌신 군인본분(爲國獻身軍人本分: 나라를 위하여 목숨을 바침은 군인이 해야 할 일이다)"
이라는 글귀를 선물로 주었으며 이 글은 대한민국 국군의 표어 중 하나이다. 청산리 대첩의 김좌진 장군은 안중근 의거에 영향을 받았다. 중화인민공화국 하얼빈시에 있는 안중근 장군 기념관에서 중국인들은 묻는다.
"안중근 의사가 추구한 동양 평화의 정신을 오늘 중국인도 배웠으면 한다."
"안중근 의사의 『동양 평화론』은 오늘의 관점에서 보아도 선구적인 사상."
"한국에서 안중근의 평화 사상을 왜 국제화하지 않는가?"
중국의 사상가 양계초(梁啓超)는 애도 시를 바치며 눈물을 흘렸다.

"영구(靈柩)의 마차는 앞을 서서 가고…. 하늘이 입은 구름 상복 자락이 천하를 휘감았도다."

중화민국 초대 대통령 쑨원(孫文)도 안중근에게 추모 시를 바쳤다.

"살아 100년을 이을 수 없었으나 죽어 천 년을 살리라."

안중근은 무장이면서도 뛰어난 학자이자 사상가였다. 대한민국은 지금도 이토 히로부미를 저격했다고만 알고 있지, 중국과 일본인조차 그렇게 흠모했던 그의 인품과 철학과 사상에 관하여는 무지하다.

1964년 제7차 한일회담의 일본 측 수석대표 '다카스기 신이치'는 이듬해 1965년 1월 외무성 기자들 앞에 이렇게 말했다.

"일본은 조선을 지배했다고 말하지만 우리는 좋은 일을 하려고 했다. 창씨개명만 해도 조선인과 일본인이 동일함을 위해 취해졌지, 착취나 압박이 아니다."

이 망언을 한국 정부는 문제 삼지 않았다. 한일조약은 처음부터 이렇게 한국이 오히려 고개 조아린 조약이었다.

메이지 천황은 아버지 고메이 천황의 서자로 태어나 체구도 왜소하고 병약했다. 그러나 어의의 극진한 보살핌과 양의의 권면에 따라 육류 위주 섭생과 운동으로 늘 하던 잔병치레에서 벗어나 건강해졌다. 1867년부터 1868년까지 바쿠후 쇼군 도쿠가와 요시노부(德川慶喜)가 1년간 섭정을 한 적이 있으나 1868년부터 1912년 사망할 때까지 재위 동안 친정하였다. 그는 한국의 동학 농민 운동·일본의 처음 근대 전쟁인 청일 전쟁·러일 전쟁의 연이은 승리로 만주에 진출하는 등(일본인은 침략이라는 단어는 쓰지 않는다. 그들은 섬나라이기에 '대륙으로의 진출'이라 여긴다. 이런 정서를 가진 그들에게 이 감정적 용어를 앞세우는 정치 외교가들을 보면 참 한심하다.) 이로써 국민적 숭앙을 끌어냈다. 그러면서 외교술을 발휘, 1909년 일본을 방문한 영국 왕자 '아더'와 사절단을 만나는 등, 영·일 동맹을 체결하면서 경제 및 군사적 성장을 가져왔다. 러·일 전쟁이 끝나고 1905년에는 대한제국과 '을사늑약'으로 대한제국을 실제적 속국으로 삼았다. 그는 일본 천하를 잡기까지, 그리고 잡고 나서도 음모와 술수, 타협과 통치가 뛰어났었다. 그의 즉위 후 1876년 급사한 고메이 천황이 공식적으로는 자연사라 하나 막부정권 측, 혹은 존왕파의 독살이라는 말이 나돌았다. 안중근이 법정에서 이토 사살 이유 열다섯 번째에 '천황의 아버지 태황제를 죽인 죄'라며 이를 천명한 것을 보면 이는 단순히 설만이 아니었다.

1889년(메이지 22년)에 이토 히로부미 등에 명하여 일본 최초의 근대적 헌법 '대일본제국 헌법'을 제정하고는 제정일치, 신도의 국교화, 천황의 '신격화' 등을 추진해 나갔다. 일본 근대화 확립, 부국강병을 달성한 군주로 평가받고 있으며 그가 태어난 11월 3일은 일본의 문화의 날이다. '메이지 천황'은 정한론자로 이토 히로부미는 '메이지 천황'의 총애를 받아 그의 사상을 그대로 이어받은 자였다.

그러기에 이토는 일본 정계에서 강력한 영향력을 가지고 있었다. 죽을 당시 69살로 호색한이었던 그는 10여 년은 충분히 더 살 수 있을 만큼 건강했다. 그러면서 한국인의 마음을 얻으려 교활하게 한복을 즐겨 입기도 했다.

1905년 안중근은 만주에서 을사늑약 체결로 일본에 조선의 외교권을 빼앗겼다는 소식에 국권 회복 운동을 하기 위해 상하이(上海)로 갔으나 상하이의 유력자들은 서로들 눈치만 보면서 시큰둥했다.

"이제 남은 기대는 신부들뿐이다."

"조선과 일본의 관계요. 더구나 종교가 정치적인 일에 관여할 수 없소."

"이는 정치적 문제가 아니라, 정과 의, 그리고 인권과 자유에의 문제요."

그러나 그들에게는 그 말이 의미가 없었다. 안중근은 비통함에 빠졌다.

"그래도 마지막 기대를 걸었건만."

가톨릭도 외면했다. 마지막 기대를 걸었던 천주교 신부들조차 비협조를 넘어 아예 협조 자체를 거절하자 자신도 가톨릭 신자로서 실망이 매우 컸다. 그렇다고 주저앉아 있기에는 조국의 앞날이 너무나 암담했다.

안중근은 아버지를 따라 일찍 천주교에 입문, 개화사상을 받아들여 자신도 1895년 천주교 학교에 입학하여 신학과 프랑스어를 배웠다. 1904년 평양에서 석탄 장사를 하다가 1905년 조선을 일본의 식민지로 만든 을사늑약의 체결로 독립운동에 투신했으므로 신부들에 대한 신뢰가 깊었다.

"독립이 더디 올 경우를 대비해 후진을 양성하자."

1906년 3월에 부친상을 마친 후 평안남도 진남포로 이사하고는 1907년 연해주로 건너가 의병에 가담했다. 삼흥학교(三興學校)를 설립하여 후진 양성을 시작으로 황해남도 남포 돈의학교(敦義學校)를 인수해 교사로서 아이들을 가르칠 즈음 남은 식솔은 굶주림에 젖어 있었다.

후일 안중근이 영웅으로 주목을 받으니 안중근뿐만 아니라 그 가족도 외면함을 넘어 아예 잊었던 한국 가톨릭교회는 이러했다.

"도마 안중근!"

"한국의 모세!"

"한국의 사도 바오로!"

그때 일을 교황에게 고해성사는 했는지는 모르지만, 자중도 회개도 없이 이스라엘 민족을 출애굽시킨 구원자 모세의 애국심과 사도 바오로의 신앙심을 가진 가톨릭교도임을 내세웠다.

안중근은 동생 정근에게는 조국 조선의 번영을 위해 공업이나 식림 같은 일을 부탁하며 미완으로 끝난 옥중 저서 『동양평화론(東洋平和論)』을 남겼는데, 글 속의 '쥐새끼'는 이토 히로부미이다.

丈夫處世兮其志大矣　장부가 세상에 처함이여 그 뜻이 크도다.

時造英雄兮英雄造時　때가 영웅을 지으니 영웅이 때를 지으리라.

雄視天下兮何日成業　천하를 응시함이여 어이 날에 업을 일구고

東風漸寒兮壯士義烈　동풍이 점점 차지니 장사의 의가 뜨겁도다.

憤慨一去兮必成目的　분개이 한 번 감이니 반드시 목적을 이루리라.

鼠竊伊藤兮豈肯比命　쥐 도적 이등이여 어찌 즐겨 목숨을 비길고.

豈度至此兮事勢固然　어찌 이에 이를 줄이 있으리오. 사세가 고연하도다.

同胞同胞兮速成大業　동포여, 동포여 속히 대업을 이룰지어다.

萬歲萬歲兮大韓獨立　만세, 만세 대한 독립이로다.

萬歲萬歲兮大韓同胞　만세, 만세 대한 동포이로다.

안중근의 거사가 식민지화를 앞당겼단 주장과 심지어 자충수란 말까지 있었다. 이는 이토가 경술국치의 원흉일지라도 실제 그는 일본 군

부 강경파인 '야마가타 아리토모'와 다르게 조선에 대해 회유적인 노선을 펴려 했기 때문이다. 소장파 개혁주의자로서 메이지유신으로 정계에 발을 디딘 이토는 40여 년간 장관·총리·전권대사·입헌정우회 정당의 총재·추밀원 의장 등 요직을 거치며 일본 근대사의 주역이 되었다. 일본의 전권대사로 미국·영국·러시아·청나라와의 협상하고 일본 헌법의 기초를 마련했다. 그러면서 한편으로는 일본 현대사에서 구석구석 다듬음으로써 21년간(1963~84)이나 1천 엔권 지폐의 초상 인물이 될 정도로 일본의 정치적 영향력이 큰 자였다. 그는 미국이나 유럽 등 서방세계에서는 국제 정치적 존재감이 비스마르크나 청나라의 리훙장에게 비교될 만큼 인정받고 있는 인물이었다. 서방세계에서는 그런 인물을 저격한 안중근은 조선의 한 테러리스트에 불과했다.

옥중에서 안중근은 어머니로부터 심금을 울리는 마지막 편지를 받았다.

"네가 만약 늙은 어미보다 먼저 죽은 것을 불효라 생각한다면 이 어미는 웃음거리가 될 것이다. 너의 죽음은 너 한 사람의 것이 아니라 조선인 전체의 공분을 짊어지고 있는 것이다. 네가 항소를 한다면 그것은 일제에 목숨을 구걸하는 짓이다. 네가 나라를 위해 이에 이른즉 딴마음 먹지 말고 죽으라. 옳은 일을 하고 받은 형이니 비겁하게 삶을 구하지 말고 대의에 죽는 것이 어미에 대한 효도이다."

"영웅의 어머니다운 기개이다. 저런 어머니에게 그런 아들이 나왔구나!"

뤼순 감옥은 1988년 중화인민공화국이 국가 주요 문화유물보호 시설로 지정하고는 접근을 금지하다가 2009년 외국인에게도 개방했다. Y는 뤼순감옥에서 순국한 안중근, 신채호, 이회영, 김병현, 그리고 수

감된 박희광, 우덕순, 조도선, 유동하, 김광추 등의 자취를 밟는 순간 불현 듯이 떠오른 아픈 의문이 있었다.

"장한 어머니는 며느리와 아이들을…. 어떤 생각이었을까?"

조선인 변호사 안병찬(安秉瓚)이 안중근을 위해 무료 변론을 했으며 함께 거사한 우덕순은 징역 3년, 조도선·유동하는 각각 징역 1년 6개월을 선고받았으나 안중근은 사형을 언도받았다. 안중근은 사형당하는 그 마지막 순간까지도 기개가 당당했으며 살벌한 재판소 내의 분위기에서도 '이토 히로부미'를 죽인 이유를 당당히 밝혔다.

내가 이토를 죽인 이유 15가지.

1. 한국의 명성황후를 시해한 죄.
2. 고종황제를 폐위시킨 죄.
3. 5조약과 7조약을 강제로 맺은 죄.
4. 무고한 한국인들을 학살한 죄.
5. 정권을 강제로 빼앗은 죄.
6. 철도, 광산, 산림, 천택을 강제로 빼앗은 죄.
7. 제일은행권 지폐를 강제로 사용한 죄.
8. 군대를 해산시킨 죄.
9. 교육을 방해한 죄.
10. 한국인들의 외국 유학을 금지한 죄.
11. 교과서를 압수하여 불태워 버린 죄.
12. 한국인이 일본인의 보호를 받고자 한다고 세계에 거짓말을 퍼뜨린 죄.

13. 현재 한국과 일본 사이에 경쟁이 쉬지 않고 살육이 끊이지 않는데 태평 무사한 것처럼 위로 천황을 속인 죄.

14. 동양 평화를 깨뜨린 죄.

15. 천황의 아버지 태황제를 죽인 죄.

"이토가 있으면 동양의 평화를 어지럽게 하고 한일 간이 멀어지기 때문에 한국의 의병 중장의 자격으로 처단한 것이다. 나는 한일 양국이 더 친밀해지고, 또 평화롭고 나아가서 오대주에도 모범이 돼 줄 것을 희망하고 있다. 결코, 나는 오해하고 죽인 것이 아니다."

안중근의 체포와 수감 소식이 접해지자 당시 국내외에서 변호를 위한 모금 운동이 일어나 안병찬 · 러시아인 콘스탄틴 미하일로프 · 영국인 더글러스 등이 무료 변호를 자원했으나 일본은 일본인인 미즈노 기타로(水野吉太郎)와 가마타 세이지(鎌田政治)를 관선 변호사로 선임했다. 안중근은 무장일 뿐만이 아니라 대단한 학자이기도 했기에 수감 중에 『동양평화론』을 저술하였으나 안타깝게도 미완으로 끝났다.

안중근은 옥중 순국 전, 많은 글씨를 남겼는데 몇몇은 보물 제569호 안중근의 유묵으로 지정됐다. 이 가운데 유명한 것이 보물 제569-2호이다.

"一日不讀書口中生荊棘(일일부독서구중생형극) 하루라도 책을 읽지 않으면 입속에 가시가 돋는다."

이토는 자신의 신분 노출을 극히 꺼린 탓에 신문에도 자신의 얼굴이 나가는 것을 금한 데다가 일행이 모두 비슷한 옷을 입어 누가 이토인지를 알아보지 못해 거사가 실패할까 매우 당혹했었다. 순간, 갑자기 멈춰서 뒤돌아서더니 군중에게 손을 흔들며 인사하는 자가 있었다.

"이토다!"

틈을 타 방아쇠를 당겼다. 제국의 천 년을 꿈꾼 만차닐(서인도 제도의 아름다운 나무로 향기도 빛깔도 고운 사과를 닮은 열매를 맺는다. 그러나 열매를 만지거나 즙이 피부에 닿으면 통증과 물집이 생기며 열매의 향과 탐스러움에 끌려 먹기라도 하면 죽음에 이른다. 옛 원주민들은 적과 싸울 때 이 열매의 즙을 화살촉에 발랐다) 거목은 밑둥치째 쓰러졌다.

김홍집·정병하·어윤중은 백성에게 살해되고 유길준·조희연 등은 일본으로 망명하고 이완용·이범진 등의 친러 내각이 조직되었으나 곧바로 친일주의자로 변색한 후이다.

그들은 다급해졌다. 또 다른 총부리가 언제 어디서 어떻게 자신들의 심장에 박힐지 모르는 일이었다. 박제순, 이지용, 이근택, 권중현은 약속이나 한 듯이 이완용의 집에 모였다.

"이를 어찌하는 것이 좋겠소?"

"무슨 뾰족한 수가 있겠소."

"온 국민의 가슴이 타오르고 있는 것 같소."

"어차피 일어난 일이니, 그 불길의 확산을 막아야 하지 않겠소."

"확산을 막다니, 어떻게 말이오?"

"안중근의 신분이 '대한의군 특파독립대장' 아니오? 아직 이런 조직이나 그의 이 신분을 모르는 국민이 더 많소. 이게 더 알려지지 않게 하고, 막는 것이오."

"어떻게 말이오. 지금 자칫 잘못하면 그 불똥이 우리에게 튈 거요.

안 할 말로 밤에 누가 집에 폭탄이라도 던지면 어떡할 거요?"

"안중근을 상황 판단 능력이 없는 어리석은 자로 부각하는 거지요."

"어떤 복안이라도 있는 거요?"

"아, 왜 1908년 7월경에 이런 일이 있었잖소. 안중근이 연해주를 무대로 항일무장투쟁 중에 숭고한 인간애와 국제공법이라며 살려 보낸 일본군 포로 10여 명으로 자신들 위치가 드러나 일본군 토벌대에 의해 동지들 대부분이 죽었잖소."

"그런 일이 있었지요."

"다른 대원들 반대에도 안중근 혼자의 뜻으로 결정했다는 거요. 이 일을 부각해 '이토 각하' 저격 역시 상황 판단 능력이 미숙해서 벌인 일로 부각하는 거지요."

"상황 판단 능력이 부족하다?"

"그리고 하나 더, 그러니까 안중근을 장군이 아닌, 일단은 의사로 하는 거요."

권중현은 의아했다.

"뭐가 다른 거요?"

이완용이 쏘아보았다.

"장군은 나라를 뜻하나 의사는 기껏해야 지사 정도요."

역사와 교과서는 이렇게 이어 왔다.

안중근 장군 자신도 재판장에서 자신을 스스로 일컬었다.

"나는 대한의군 참모 중장 특파 독립대장이다. 나는 독립군으로서 민족적인 차원에서 거사를 단행했다."

최후 진술에서도 당당하게 주장했다.

"나를 처분하는 데는 국제공법, 만국공법에 의해 처분되기를 희망한다."

안중근 장군이라는 공식 호칭을 회복하는 일은 그들이 일본 제국주의자들에 갖다 바친 역사와 얼을 도로 찾는 일 중 하나이다.

안중근 장군의 거사는 대한제국뿐 아니라 아시아 각국에 민족 운동의 불길을 일으키는 동기를 부여해 10년 후 1919년 3월 1일 그 묻혀 있던 불씨가 타올라 기미독립운동이라고도 부르는 3·1 만세 운동이 일어났다. 온 나라가 일제의 지배에 항거하여 한일병합조약 무효와 한국의 독립을 선언하고 비폭력 만세운동을 벌였다. 직접적인 계기는 대한제국 고종황제의 독살설로 고종의 인산일(因山: 국장國葬·예장禮葬·인봉因封. 태상황·황제·황태자·황태손과 그 비(妃)들의 장례. 또는 상왕·왕·왕세자·왕세손과 그 비(妃)들의 장례)인 1919년 3월 1일에 맞추어 한반도 전역에서 봉기했다. 이 운동으로 아시아 각국에 민족 운동이 일어났다. 1919년 중국에서 5·4운동이 일어나 '일본의 21개조 요구' 철폐, 반제·반군벌 민족운동·국공합작(1차, 1924, 2차, 1937)과 인도의 비폭력·불복종, 간디의 반자치운동이다.

왼손엔 일장기를 오른손엔 청천 욱일기를 높이 들고

왕의 치세는 천대를 이어 8천대나 계속될지니 작은 돌이 바위가 되어 이끼가 끼고 영원히 이어지리.

— 천황 찬가

강은 넓고 물은 맑았다. 가늘고 긴 대나무나 싸리나무 꼬챙이로 과수원 탱자나무 울타리 안에 떨어진 사과를 찔러 빼 먹기도 했으나 강변에 늘비한 과수원 탓에 떨어진 사과가 떠내려오는 경우도 허다했다. Y와 친구들은 위로 사과를 누가 멀리 던지는지와 떠내려가는 사과를 손대지 않고 빨리 베어 먹기 내기를 했다. 그야말로 물 반 사과 반이었다.

프로이트는 인간 성격을 원초아(id)·자아(ego)·초자아(super ego)란 세 가지 기능적 구조로 나누었다. 원 초아(id)는 성격의 가장 원시적이며 기초가 되는 부분으로, 쾌락은 극대화하고 고통은 극소화하기 위해 노력하는 에너지의 원천이기도 하나 무의식[15]과 쾌락으로 지배되는 비이성적 부분이다. 성격의 모체로, 유전되어 출생 시부터 존재하며 자아와 초자아가 여기서 분화되어 나오는데 동물적이며 규칙에 얽매이지도 않는, 정신 및 생의 뿌리이다. 자신을 괴롭히는 어떤 종류의 억압도 싫어하여 다른 사람은 고려하지 않고 자기애적이며 비합리적이고 충동적으로 행동한다.

여기에서 나온 자아(Ego)는 생후 6~8개월부터 발생하여 2~3세에 형성된다. 원초아의 충동을 충족시킬지라도 초자아 울타리 안에서이며 원초아의 욕구(yes)와 초자아의 거절(no) 사이에서 조정자 역할을 한다.

초자아(super ego)는 아동기 후반에 발달하는 원초아를 거부하는 정신에너지로 사회규범이나 도덕성, 기타 종교적 계율에 따라 옳고 그름을 판단하기도 한다. 초자아 역시 양심(conscience)과 자아 이상(ego ideal)이

---

15 무의식(unconsciousness): 전혀 의식되지는 않으나 보이지 않는 힘으로 감각이나 본능에 의해 조절되며 개인의 행동을 이해하는 중요한 단서가 된다. 이는 인간 정신세계 깊이 잠재해 있으면서 의식적 사고와 행동을 통제한다.

라는 두 체계로 나누어지는데 양심은 잘못에 대한 부모의 야단이나 처벌을 통해, 자아 이상은 부모로부터 받은 보상[16]이나 칭찬을 통해 꿈을 갖게 하고 긍지나 자존감을 가진다. 원초아가 길들지 않은 야생마라면 초자아는 길든 말이며 자아는 이 두 말을 동시에 모는 마부이다.

731부대장 이시이는 집무실 겸 방에 틀어박힌 지 벌써 사흘째이다.

"요시! 성공이야, 이제 비밀의 문만 열린다면."

건물 외형은 어두운 탓에 음산하기까지 하지만, 전통 일본풍으로 잘 정리된 자신의 방에서 상기된 얼굴로 새하얀 정종 잔을 두 손으로 높이 받자옵고 천황폐하 만세를 외쳤다.

"덴노헤이까 반자이! 덴노헤이까 반자이! 덴노헤이까 반자이!"

이것은 731부대 내에서도 극비 중의 극비로 오직 5인만이 알고 있었다. 겨우 빗장 정도 벗겼다고 하나 가슴이 벅찼다.

"벌레들은 사라지고 대일본제국인의 천하가 도래한다? 와, 하하하하!"

오른손은 흰 도자기 주전자를, 왼손에는 흰 정종 잔을 높이 들고 소리 내 웃었다. 그러다가 잔을 떨어뜨렸다. 하필이면 옆에 둔 그 일본도 위로 떨어져 깨어졌다.

"이런!"

조선에서 가져온 조선백자인 잔과 주전자는 그가 매우 아끼던 것이었다. 뒤로 넘어갈 만큼 놀랐다. 잔보다는 칼 때문이었다. 그 칼은 '昭

---

16 보상(補償, Compensation): 어떤 분야에서 탁월한 능력을 발휘하여 인정을 받아 다른 분야의 실패나 약점을 보충하여 자존심을 살려 보려는 기제이다.

和天皇 石井四□'라는, 천황의 존명과 자신의 이름이 나란히 새겨진 천황의 하사품이었다. 이시이 시로는 1928년부터 1930년까지 2년간 유학 중 세계 1차 대전 때의 화학무기와 세균무기에 관한 뛰어난 연구 실적으로 육군 대신 아라키 사다오의 인정을 받았다.

"오이! 대단하다. 이시이 시로라 했나?"

이렇게 육군 대신을 후원자로 두게 되므로 선한 자에게는 항시 피해만 가는 운이 이기심과 명예욕만이 가득 찬 그에게는 넘치게 다가왔다. 그는 아라키 사다오의 후원으로 생물학전 및 화학전 전문 연구소를 곳곳에 세워 연구소들을 천황의 직속이 되게 했는데 731부대는 그중 하나였다.

아라키 사다오는 이를 천황폐하께 올렸고 감동한 천황으로부터 이 검을 하사받았다. 검은 이시로 시로의 가보였다. 그는 이 검을 늘 곁에 두고 뽑기 전에 두 손 높이 받들고 감읍한 목소리로 외쳤다.

"덴노헤이까 반자이! 덴노헤이까 반자이! 덴노헤이까 반자이!"

그러고는 칼날을 흰 수건으로 닦고는 칼집에 넣고 두 손으로 다시 높이 받자왔다. 검도를 좋아하는 그는 평소 죽도나 목검으로 연습하지만, 진검으로 연습할 때에도 군도를 쓴다. 그러한 그가 그날따라 하사품인 그 검을 검 걸이에 걸지 않고 잠시 곁에 둔다는 것이 그만, 잔을 그 검에 떨어뜨리고 말았다. 자기 잘못도 남 탓으로 돌리는 감정 전이로 폭발했다. 잔을 용서할 수 없었다.

"감히 잔 따위가!"

들고 있는 주전자를 내동댕이치려는 순간 그의 뇌리에 섬광이 번쩍였다.

"와, 하하하 하! 와, 하하하 하! 와, 하하하 하!"

그 자신이 멈추려 해도 웃음이 멎질 않았다. 다시 만세를 불렀다. 그렇게 찾았고 누구도 알지 못했던 그 답을 발견했기 때문이다.

"천황 폐하께서 검으로 가르쳐 주셨다. 덴노헤이까 반자이! 덴노헤이까 반자이! 덴노헤이까 반자이! 바로 이것이다. 이렇게 하면 되는 것을."

그렇게 오랫동안 그를 곤혹케 한 의문이 풀리는 순간이었다. 마루타로 성공한 세균무기를 적국에 보낼 방법을 찾은 것이다.

"도자기 폭탄! 그래! 이러면 될 것을! 이제야 더러운 피들은 사라지고 대일본 제국의 숭고한 피만이 흐르는 세상이 도래했다."

별도 달도 잠든 우중충한 밤이다. 시각을 알 수 없으나 그렇다고 그냥 이렇게 날이 밝아 오기를 가만히 기다리고만 있을 수도 없다.

"어이! 어이! 지금 당장, 키타노 마사지와 후타키 히데오, 나이토 료이치데오, 그리고 나머지 모두 불러!"

세균폭탄을 미사일이나 장사정포로 쏠 수는 없다. 날아가는 중에 고열에 의해 균들이 모두 죽기 때문이다. 특공대가 짊어지고 가는 방법도 고려해 보았다. 그러다 적의 폭탄에 희생되면 까짓 병사보다 더 귀한 세균들이 모두 죽는다.

"도자기 안에 담아, 적진에 투하한다면."

눈 오는 날은 뒷산에 토끼 잡으러 가고 앞 빈 논에서 연줄에 풀칠해서 유릿가루를 발라 서로 연줄 끊기 시합도 하며 물장구치고 죽마 타고 놀던 상호, 영수, 길수, 경재, 한철, 모두 영길이 집에 모였다. 영길이가 입을 열었다.

"나라를 왜놈들에게 빼앗겼는데 이대로 있을 수만은 없제, 우찌들 생각하노?"

겁 많은 한철이 우울한 얼굴빛으로 입을 열었다.

"우리가 무얼 할 수 있다고?"

"집은 어떻게 하고?"

"그래, 넌 다리 저는 아버지가 계시니…."

경제의 말에 영길이가 상호를 보고 말했다.

"넌, 어때? 넌 형님도 계시고 남동생도 둘인 데다 사는 형편도 좋은 편이니"

"안 그래도 물어보고 싶었다. 너 요즈음 집에서 밤낮없이 공부한다는데 무슨 공부고? 억울한 우리 조선 사람들을 위한 변호사 시험공부가?"

한철의 말에 모두 상호를 쳐다보았으나 상호는 말없이 고개 숙이고 듣기만 했다.

"아무에게도 말하지 말고 며칠 생각해 보고 다시 모이자."

그렇게 며칠 후 상호는 빠진 그 자리에 다시 모였으나 어느 누구도 나서지 않았다.

"이 친구들은 아니다!"

그리고 3일 후 영길 엄마가 친구들 집을 찾았다.

"우리 영길이 못 봤나? 영길이가 없어진 지 사흘째다. 우짜면 좋노?"

"야야! 그러다 몸 상할라."

"하나둘 헉헉, 하나둘 헉헉…. 3월이야. 시험 날짜가 얼마 안 남았어. 누나."

일제가 조선인이라는 정체성을 말살하여 독립 의지를 꺾으려 추진해 나간 창씨개명으로 온 나라가 요동했으나 일찌감치 자신들 성씨 앞에 일본의 상징 후지산 이름을 붙여 자원해서 창씨개명한 집안이었다. 자원이 부족한 일제가 조선의 놋 제품들은 물론 제기까지 강제 징집하자 반발이 극심했으나 이기지 못했다. 그런 와중에 뼈대 있는 집안이 자원해서 그릇은 물론 제기까지 자원해서 바치고 대나무 그릇을 쓰는 것에 일제는 귀감으로 삼았다.

그 집안의 아들이 육군 소년 비행 학교에 합격했으니 대문 양옆으로 일장기와 욱일청천기가 높이 오르고 고위층과 친일 인사들의 하례가 이어졌다. 1943년 4월이었다. 그해 10월은 법문계 대학과 전문대학에 재학 중인 한국 학생들을 학도지원병으로 강제 동원했다. 명분은 한국인 대학생들에게도 일왕을 위해 전쟁에 참여할 기회를 부여한다는 것이었지만, 실상은 조선의 미래를 제거하려는 지식인 말살 정책 일환이었다. 이로 청년 지식인들을 침략전쟁에 총알받이로 끌어가려는 조치가 전격 시행된 해였다.

이들 대부분이 강압에 의해 지원했기 때문에 입대 이후 훈련 거부나 탈출 등의 방법을 통해 적극적으로 일제의 강제 동원과 식민 지배에 저항했다. 특히 중국 지역에 배치된 학병들은 많은 수가 탈출에 성공해 한국광복군이나 조선의용군에 투신하여 항일투쟁의 최전선에서 활약했다.

한국독립운동사 연구 제56집 논문에 의하면 학도병들의 항일투쟁은 징집 거부, 훈련 거부, 부대 탈출, 그리고 부대 내 투쟁 등의 네 가지로 나누어 살펴볼 수 있다. 징집 거부는 학병에 지원하지 않거나 지원한 이후에라도 부대 입대를 회피한 경우이다. 훈련 거부는 일단 입대는 했으나 훈련을 어떠한 형태로든 거부한 경우이며 부대 탈출은 일본군 부대 입대 이후 탈출을 도모하거나 탈출에 성공한 경우이다. 그리고 어떤 이들은 부대 내에서 일본의 침략 전쟁에 맞서 저항함으로써 투쟁했다. 이렇게 저항하고 투쟁할 때 어떤 자들은 자원해서 일본군에 입대했다.

일본 육군 비행 학교 혹은 육군 항공 기술학교는 통상적으로 4월과 10월에 만 15세 이상 17세 미만의 소년들로 체력검사와 국어 · 수학 · 역사 · 이과의 필기시험을 치러 뽑았다. 그러기에 이를 목표로 오랫동안 공부를 한 자만이 들 수 있었다.

학도병을 4월과 10월에만 끌고 가는 것이 아닌데 학도병으로 끌려가느니 비행 학교에 자원해서 들어간다는 말은 새빨갛다 못해 새카만 거짓말이다. 국어 · 수학 · 역사 · 이과의 필기시험 정도야 언제 어디서라도 평소 실력이면 충분하다는 말인데…. 국어는 일본어이며 역사도 일본사이다. 학도병으로 끌려가는 중에 평소 실력으로 합격했다? 소가 웃을 일이다.

요셉 괴벨스 나치 독일 선전 장관은 이렇게 말했다.
"우리가 어떤 나라에 들어가면 그 나라 국민은 세 부류 중 하나가 된다. 하나는 레지스탕스(저항 운동), 다른 하나는 콜라보들(내통자나 협력자), 그리고 그 둘 사이에서 머뭇거리는 대중이다. 우리는 머뭇거리는 대중이 레지스탕스 편이 아닌, 콜라보들 편에 서게 함으로 부당한 착취에도 잘 적응하게 한다."

영길이가 이영환 · 박기수 등 10여 명과 항일 비밀결사를 조직하고

1943년 4월 영천 신사와 대구 신사에 불을 지르고 대구에 주둔한 일본군 80연대 내에 세균을 투입한 후 대구 시내에 태극기를 게양했다. 또한, 일제 패전 전황을 알리는 유인물을 살포하고 일본군 24부대 병기고를 폭파하는 등 독립운동에 불태우다가 체포되었다.

"어느 놈이 찔렀다며?"

"그 새끼, 왜놈 앞잡이 노릇 하면서 재던 놈. 길복이 그 새끼."

1945년 5월 18일 징역 4년 형을 받은 영길이 소식에 온 마을이 술렁거렸다.

상호는 몸집은 작았으나 단단하고 운동신경이 뛰어난 데다가 머리도 영리했다. 아버지 상술을 이어받아 세상을 볼 줄 알았으며 시대와 환경에 대응하는 탁월한 감각도 있었다. 집이 전경이 뛰어난 강변에 위치한 탓에 잠을 쫓으려 물구나무서서 강으로 가서는 얼음을 깨고 세수한 후 얼음 조각을 이빨로 물고 다시 물구나무로 집에 와서 닭 울음이 들리도록 공부하는 바로 아래 동생이 누나는 안쓰러웠다.

막냇동생은 아직 갓난아기다. 엄마가 난산 중 죽었기에 누나가 엄마 노릇을 했다. 누나는 여자로서는 참 못생기고 또 당시로서는 병명도 생소한 다발성 신경섬유종으로 얼굴과 온몸엔 사마귀 모양의 크고 작은 돌기가 수천 개도 더 났지만, 심성이 곱고 헌신적인 여인이었다. 누나는 처녀의 몸으로 막내를 쌀죽을 쑤어 입으로 씹어 먹여 키우면서 위의 오라버니에게도 엄마 노릇을 톡톡히 하고 있었다.

상호는 그렇게 공부해 육군 비행 학교에 입학했다. 전장에 가는 일은 죽으러 가는 일이다. 더구나 전투기 조종사로 가는 일은. 그런데도 자원했으니 일본인들마저 경탄했다. 그의 나이 15세였다. 그때 조선에서 일본 소년 15명, 조선 소년으로는 유일하게 그 하나, 모두 16명의 소년이 입학시험을 치렀으나 오직 한 명, 조선인인 그만이 합격했다.

형 준호는 덩치가 큰 호남 형의 한량이었으나 바이올린을 잘 켜는, 멋을 알고 씨름대회에 나가면 황소를 타 올 만큼 힘도 천하장사였다. 친구, 나중에 제4대 국회의원으로 경북 제23선거구에서 자유당 후보로 출마하여 무소속 김귀암 후보 사퇴로 당선된 상도가 나가면 상도가 타고 준호가 나가면 준호가 탔다.

"작년엔 내가 나갔으니 올해엔 네가 나가."

씨름대회에 나가는 날 아침은 쭈그리고 앉은 채 여동생이 삶아 준 암탉을 5마리나 먹고 나갔다. 준호는 17살에 결혼했다가 19살에 이혼하고는 중등학교 영어 교사인 신여성과 재혼했다. 19세에 영어 교사가 된 재원인 그녀는 자기 어머니도 영어교사인 명문 교육 집안이었다.

하룻날 술이 거나한 가운데 집으로 오던 중 그 유명한 도둑을 만났다. 지게에 80㎏ 쌀 두 가마를 지고 달빛에 푸른빛이 도는 두 낫을 휘두르는 모습에 일본 순사는 총을 겨누고 있으면서도 겁에 질려 어찌하질 못했다.

"누구냐? 비켜라. 나, 팔봉이야!"

"팔봉이? 나, 준호다!"

"그래, 많이 들었다. 비켜라. 아니면 죽는다."

그렇게 둘의 격투는 이어졌고 등에 평생 남은 낫 상처를 입었지만, 팔봉을 잡았다. 천하장사 도둑을 잡아 경찰서에 넘기자 일인 서장은 준호의 뺨을 한 대 갈겼다.

"이런 무모한 놈!"

달걀을 얻으려 닭을 길렀다. 매일 밤 닭이 한 마리씩 사라져 관찰하다 늑대 발자국을 발견했다. 늑대를 무서워할 때인지라 여동생이 걱정하자 그가 나섰다.

"오라버니, 그냥 두세요. 자물통 큰 걸로 꽉 채우는 게 나아요."

숫돌에 삽날이 푸르게 갈고는 동동주 세 사발을 마시고 닭장 옆 문간방에서 기다렸다. 자정 무렵에 그야말로 거대한 늑대 한 놈이 성큼성큼 들어서서 닭장 자물통을 입으로 물어뜯고는 닭 한 마리 물고 나오는 것을 삽으로 내리쳤다.

"왝!"

외마디 소리에 놈의 왼쪽 뒷다리 허벅지가 떨어져 나갔다. 그 자리에서 불을 밝혀 보니 옆집 일본인 '가도'네 개로 개 값만 물어주고 일단락되었다.

가도 부친은 제법 큰 잡화상점을 운영하고 있었다. 가도는 순사였으나 일본인 특유의 싹싹함으로 조선인 어른들에게도 고개를 숙일 만큼 예의 발랐으며 인사성이 매우 밝았다.

"하이, 간밤에도 안녕하십니까."

"오, 가도 아닌가!"

"하이."

하는 일은 조선인들, 특히 영길이와 잘 어울렸던 동무들을 관찰하는 일이었다. 마을은 뒤에 놓인 철로를 경계로 마을과 마을이 나뉘었으며 앞의 국도로 또 다른 마을을 구분했다. 가도는 간혹 철로와 도로 사이에 있는, Y도 어린 시절 나갔던 작은 교회에도 나갔다.

동경제국대를 나온 엘리트인 경부 오가와는 가도에게

"가도. 나도 성경을 읽어 봤는데 무슨 소린지 통, 정말 재미없는 책이었어."

귀히 여기는, 흰색이 오래되어 싯누렇게 변한 고래 뼈 빨부리의 담배 연기를 길게 내뿜으며 무감각하게 말했다.

"이런 내용이 기억나는데 예수와 함께 십자가에 강도 둘이 못 박혔는데 기독교에서는 그중 한 강도를 매우 높인다는 거야."

가도는 눈도 껌벅이지 않고 부동자세로 서 있었다.

"교회는 나가지 않아도 믿음을 가질 수 있다는 걸 말이야. 우찌무라 간조 선생도 교회에 나가지 않는 기독교도야, 이를 무교회주의라 한다더군."

2017년 11월 29일 김대식(KAIST 교수 · 뇌과학)이 조선일보의 브레인 스토리에서 불평등에 대한 두 가지 이유 중 하나에 대해 '인간의 능력은 유전자, 환경, 그리고 우연의 결과로 정해진다.'라고 말했다. 논리는 용납하는 이성과는 달리 일어나는 매우 불편한 감성은 그녀를 떠오르게 했다.

"거미나 개미와 꿀벌은 같은 곤충이나 생존법은 아주 다르지요. 개미는 열심히 일하지만, 문화재 건축물의 기둥을 갉아 허물게도 하고 버린 과일 꼭지나 개똥도 치우며 다른 존재들에 유익을 끼치는 듯하나 모두 자신들을 위해서예요. 그러다 위험이 오면 땅속에 숨어들고요. 거미는 거미줄을 친 후 가만히 며칠, 혹은 몇 달을 기다리다 무엇이든 거미줄에 걸리면 재빨리 거미줄로 칭칭 감아 먹이로 삼지요."

그러고 보니 어린 시절 본 왕거미는 참새나 제비도 피를 뚝뚝 흘리며 잡아먹었다.

"꿀벌들은 잠도 쉼도 없이 일하는 무면 무휴의 생명체로 꿀벌이 사라진다면 인류는 멸종하고 말 거예요. 100여 종 식물의 70%가 열매 맺도록 하며 꿀까지 제공하기에 미국은 2014년 보호 가축으로 지정했지요."

존스홉킨스대학교에서 만난 곤충학자인 그녀는

"정말 놀라운 것은 공동체 정신이에요. 걔들 세계에는 이기심 따위는 없어요. 개미집에 불이 나면 수백 수천의 개미가 몸을 던져 몸이 타면서 나오는 불연성 진액으로 불을 끄지요. 꿀벌은 집에 천적인 말벌이 침입하면 때로는 전멸하기도 하지만, 수백 마리가 죽으면서도 달려들며 내는 열기로 말벌의 몸 온도를 높여 죽게도 하지요. 이러하기에 지구상에서 다른 모든 동물이 멸종해도 곤충들은 살아남아 지구를 지배할 거예요."

프로이트의 정신분석학을 전공하다가 곤충의 세계로 들었다며 환한 미소로

"툰드라행 핸들을 봄 나라행으로 돌린 셈이지요."

그녀는 인간을 이렇게 분류했다.

"인간도 나뉠 수 있는 듯합니다. 거미 성향 · 개미 성향 · 꿀벌 성향, 세 부류로."

"당신은 가슴이나 정신세계도 참 아름다운 분이시군요"

Y가 자신의 말에 빠져들자 생기 있는 음색으로 대화를 이어 갔다.

"DNA가 이들을 분류하듯, 98.8%의 유전자를 공유하고 있으나 1.2%의 차이가 인간과 침팬지를 가르듯이 서로들 닮았으나 조금 다른, 인성도 DNA로 정해지는 듯해요. 신앙이나 여타 이유로 변하기도 하는, 이 인성의 돌연변이는 마찬가지로 1.2% 정도의 극소수에 불과하고요."

대는 잇지 않는다, 다만 이어질 뿐이다

천도시야비야(天道是耶非耶)

– 사마천(司馬遷, 『사기』의 저자)

군 훈련소 생활은 힘들었지만, 재미도 있었다. 후에 생각하면 가장 재미있었던 일은 사단장 테니스장 가에 잔디를 심는 일이었다. 훈련 시간 때문에 6시 기상 점호 후 뒷산의 잔디를 뜯어와 심는 작업이 일주일 내내 계속되자 무척 힘든 탓에 요령꾼들이 생겨났다. 가로·세로 30cm야 눈에 금세 띄지만, 두께 20cm를 줄이는 녀석들이 점점 많아졌다. 잔디를 깔고 보니 움푹 들어간 곳이 한두 군데가 아니었기에 이내 드러났으며 한 녀석이 들켜 비탈을 뛰며 외치고 요령 모르는 Y는 뒤따르며 외쳤다.

"잔디는 나처럼 이렇게 뜯으면 안 됩니다!"
"잔디는 나처럼 이렇게 뜯어야 합니다!"

퇴소 후 그 사령부로 발령이 났다. 처음에는 누구나 경비 대대에서 일정 기간 근무하면서 부대의 구조나 움직임에 대해 어느 정도 파악하게 한다.

그러던 어느 날, 부대 내에서 살인사건이 일어났다. 부대의 가장 외곽지 근무자가 목이 겨우 중지 손가락 하나만큼의 살만 붙어 있게 거의 떨어진 채로 교대 근무자에 발견되어 비상이 걸렸다. 죽은 자는 김치열의 조카였다.

김치열은 박정희의 최측근으로 인혁당 사건 때 검찰총장에 내무부·법무부 장관이 된 친일인명사전 법조부문 1차 명단에 이름이 오른, 당시 중앙정보부 차장이었다. 그는 일본 중앙대학교 법학과를 졸업하고 일본 고등문관시험에 합격하여 법조에 들어왔다가 광복 후 이승만에 발탁, 서울지검장이 되었다가 박정희에 의해 중앙정보부 차장에 임명되어 1973년 김대중 납치 사건을 주도하고 남영동 대공분실을 만들었다. 5·17 신군부에 의해 중앙정보부에 끌려가 200억 원대 땅을 헌납하고는 2003년 소송으로 대한의 하늘이 1,000억 원대로 변케 한 재산을 다시 찾아 박근혜 후원회장직을 맡았다.

그날 밤 Y가 교대근무를 위해 신고하는 순간 근무지가 변경되었다.

"Y가 탄약고로 가라! 오늘 뭐가 들어온 줄 알지? 그래서 바꾼 거니 근무 잘해!"

항상 두 줄로 무리를 지어 교대해 주면서 함께 다른 근무지를 경유해 상황실로 돌아왔으나 그날 그 시각은 24시부터 02시 근무임에도 탄약고는 10분 거리에 있지만 꽤 먼 거리인 그 근무지에 혼자 보냈다. 이는 그간의 형태나 근무 규정상 있을 수 없는 방법으로 교대한 것이었다.

CID(군 특별범죄 수사대)에 잡혀가 물고문, 전기고문, 거꾸로 매달고 코로 고춧가루 물 붓기 등 모진 고문들을 받았다. 두 사람이 번갈아 고문했는데 한 사람은 도리 없이 하는 듯했으나 지금도 얼굴이 생생한, 일본 형사나 밀정들이 즐겨 쓰는 도루구찌모를 쓴 그자는 나이가 들어 곧 정년을 앞둔 것 같은데도 고문을 즐기는 듯했다.

"여기가 어딘 줄 알아? 죽거나 병신으로 나가고 싶지 않으면, 순순히 불어. 여기 들어온 이상 더는 인간이 아니야, 너 이 새끼 왜 바꾸어 나갔어?"

"저는 명령대로 했습니다."

"교대하러 가는 순간 바꿔? 짰잖아. 순순히 불면 사형은 면해."

그렇게 뺏은 총으로 큰 강도를 모의하던 중에 사람을 사살할 계획까지 꾸미자 공범 중 한 명이 자수하면서 모두 잡혀 사건이 드러나고 말았다. 그러자 그자는 어깨 두 번 툭툭 쳤다.

"군대란 게 다 그런 거야."

1976년 5월 초순, 그 사령부에서 일어난 일이다. 최고 사령부 산하에 특이한 전혀 다른 7개 예하 부대가 있었는데 때에 따라 상호 협력하는 경우도 있으나 독자적으로 움직이는 독립부대였다. 모든 예하 부대 내무반에 육·해·공·해병이 같이 있었으며 지금 이 부대도 Y는 육군이었으나 내무반장은 해군 하사였다.

점호나 지적을 받을 때는,

"육군 하사 홍길동!"

"해군 하사 김길동!"

"공군 하사 오길동!"

"해병 하사 박길동!"

그렇게 복창했고 직속 상관 관등성명은,

"국방부 장관 서종철!"

과 같이 복창하며 이루어졌다. 이 부대들은 국방부 장관의 명만 받는 국방부 직속부대로, 다음은 KMK(보안상 가명)라는 부대에서 있었던 일이다.

1970년대 중반에 행해진 한국에서의 인체실험

> 어떤 이에게 인간이란 비도덕적 메커니즘 디자인(Mechanism design-경제적 메커니즘과 인센티브 설계로 환경에서 원하는 것을 얻기 위해 합리적 행동의 기술적인 접근법)으로 존재화할 뿐이며 정의란 가지는 것이다.
>
> – 아브라함 제이 서(Abraham J. Suh, 기독교 사상가)

어느 날 약 30여 명의 부대원은 피를 뽑히고는 무슨 약인지, 그 약을 먹었을 때 무슨 일이 일어나는지, 혹시 있을 부작용을 어떻게 대처할 것인지에 대한 설명도 없이 알약 몇 알을 먹었다. 서슬 퍼런 부관(중대장을 그리 불렀다)의 참석 아래 의무관이 준 약이었다. 그러고는 다음 날 이른 새벽 다시 뽑힌 피는 어디론가 보내졌으며 이일은 3차례나 반복되었다. 바로 옆 동의 파견 보안대와 CID, 부관에게는 누가 준 무슨 돈인지, 정체불명의 돈이 주어졌으며 누구도 저항하지 못했다. 부대 내

실험실 사육장의 래트(큰 흰쥐)와 마우스(작은 흰쥐)처럼 군대라는 틀의 인간 마우스나 래트였다.

이를 시행한 의무관은 서울대 의대 출신으로, 그의 할아버지는 양반 출신 의관이기에 중인들처럼 의원이 아닌, 내의원 유의였으며 아버지는 일본강점기 관동군 군의관이었다.

그는 그 연구로 전역 후 의과 대학 교수 겸 대학병원 과장으로 갔으며 아내 역시 대학병원 의사였다.

일본군 장교 출신 서종철은 광복이 된 이듬해 1946년 영리하게 재빨리 육군사관학교 1기로 대한민국 육군 소위에 임관했다. 국군 장교 시절 경남 하동 화개장터 인근 야산에서 빨갱이 자식이란 이유로 어린 중학생 10여 명을 허리춤에 차고 있던 일본도로 직접 목을 베어 죽였다. 나찰의 심장을 가진 그는 더 잔인하게도 한 학생을 살려 친구들의 머리를 새끼줄로 줄줄이 묶어 등에 지고 내려오게 했다.

그는 육군 소장으로 박정희 쿠데타에 참여하여 육군참모총장과 국방부 장관을 지냈다. 육군 대장 시절 전두환 · 노태우를 부관으로 두고 이들의 사조직인 하나회의 든든한 후원자 노릇을 한 덕에 아들 서승환은 박근혜에 의해 국토교통부 장관에 이르렀다.

과거 시골 오일장이 들어선 날이나 도심 공터에 서커스단의 공연이 자주 있었다. Y는 초등학교 5학년 때 그 어떤 서커스보다도 기이한 서커스를 본 적이 있었는데 그것은 쇠창살 우리 안에서 개와 사자의 싸움이었다. 그 개는 진돗개나 호랑이와도 싸운다는 풍산개도 아닌 흔한 똥개였다. 그런데 이것은 싸움이 아니었다. 똥개가 짖으면서 달려들었더니 다 큰 수사자가 갈기가 부끄럽게도 네발이 하늘로 향하게 뒤로 누워서는 똥개에게 물려 피를 흘리면서 저항도 하지 못했다. 초원이 울리도록 '어흥'이라고 포효를 하면서도. 선전도 '사자와 싸우는 개'였다.

후에 알게 된 사실은 다 자란 똥개와 아주 어린 사자를 같은 우리에서 자라게 했기 때문이란다. 그래서 어릴 때부터 그렇게 자라 왔던 사자는 '나는 절대로 저 똥개님에게 대항할 수 없으며 이길 수 없다.'라 학습되었다는 것이다. 지금도 마음만 먹으면 그 똥개는 자신의 밥이지만 그렇게 하지 않는 것이 아니라 못하고 있었다. 똥개와 사자는 둘 다 자신들의 이성이 지극히 논리적이라 여기겠지만, 실제로는 어이없는 이성에 사로잡혀 있는 것이었다.

셀리히만(M. Seligman)은 24마리의 개를 세 무리로 나누어 전기충격을 주는 실험을 했다. A 무리에게는 코로 스위치를 누르면 전기 흐름이 멎게 하고 B 무리에게는 스위치를 눌러도 전기 흐름이 멎지도 피하지도 못하게 하고 C 무리에게는 전기충격을 주지 않았다. 24시간 후 세 집단 모두 다른 우리에 넣고 전기충격을 주자 A 무리와 C 무리는 담을 넘어 피했으나, B 무리는 피하려는 시도조차 하지 않은 채 구석에 웅크리고 '껑껑' 구슬피 울며 전기충격의 고통을 받아들이고 있었다. 어떻게 해도 상황을 극복할 수 없을 것이라는 무기력이 불과 24시간 만에 학습된 탓이다.

열등감에 사로잡힌 학생들이나 장애 학생들이 피할 수도 극복할 수도 없는 환경의 반복적 경험으로 실제 자신의 능력으로 피하거나 극복할 수 있음에도 스스로 포기한 나머지 어떠한 시도도 하지 않는다. 그러기에 부모나 교사는 작은 성취감이라도 맛보게 하여 무기력에서 그 스스로 탈피할 수 있게 도와주어야 한다. 심리학자들의 말에 따르면 공부 못하는 학생이 공부를 못하는 이유도 이것 때문이라고 한다.

"나는 공부를 못한다. 해도 안 된다."

이러한 생각이 공부를 못하게 한다고 한다.

"나는 안 된다."

라는 자기 생각에 학습되고 길들었다는 말이다. 이것을 심리학 용어로는 '학습된 무기력(learned helplessness)'이라고 한다. 자녀로 자신의 삶을 투사[1]하는 부모, 부모의 지나친 억제로 자녀의 무거운 초자아, 적당한 자기애도 없는 자녀, 자녀의 방어기제로 나타나는 저항, 이것들의 고착화[2], 그러면서 항문기나 구순기 때 부모들이 억압당하는 모습을 보며 자란 데다 그 부모는 자신의 삶이 대물림될까 염려한 지나친 억압이 오히려 학습된 무기력을 대물림되게 했다. 그에다 그 부모들이 고통스럽게 싫어했던 기질과 뇌 기능에 관한 DNA가 이어지고 있음을 모르고 있었다. 24시간이면 학습되는 무기력이 성인이 되기까지 학습되었으니 이가 가계에 흐르는 저주이다. 나라에도 흐르는 이를 보면 우울함을 넘는다.

어린 시절 Y의 집은 담벼락 안을 둘러 가며 크기나 모양도 도토리를 닮았는데 껍질째 볶아 까먹으면 매우 고소한 개암나무와 배나무 · 감나

---

1 투사(投射, Projection): 사회적으로 인정받을 수 없는 자신의 행동과 생각을 다른 사람 탓으로 여기는 것을 말한다. 그 예로, 지나치는 사람들의 표정에서 그들이 자신을 비웃는다고 생각하는 것을 들 수 있다.

2 고착(Fixation): 미숙한 발달로 욕구가 충분히 충족되지 않았던 시기에 머무는 것을 말한다. 어머니의 사랑을 충분히 받지 못한 아이가 나이가 든 후에도 어머니의 사랑을 계속 확인하고 의존하려 하거나 누나나 어머니 같은 여자를 좋아하기도 한다.

무·석류나무·호두나무 등 각종 나무와 동남쪽 담 모퉁이에 유월이면 자주색 꽃이 피는 회나무라 부른 큰 괴화나무 한 그루가 있었다. 그리고 그 아랜, 물에 은은한 괴화 향이 나는 우물이 있었다. Y는 어른들 몰래 그 나무에 올라가 다리와 팔과 몸을 안전히 널 수 있는 그 명당에서 꿈나라로 가기도 했다.

Y 아버지 창대는 논밭은 물론 큰 집까지 팔고 저당 잡아가며 그 집안 뒷바라지로 상호의 형 준호를 도의원에 당선시켰다. 자유당 시절 그 권한이면 다시 잃은 재산과 그 이상을 얻을 수 있다는 희망에서이었으나 5·16으로 모두 잃고 고향을 떠나 Y가 초등학교 3학년 2학기 때 대구에 정착했다. 여러 집이 함께 쓰는 공동 화장실과 방 하나에 부모님과 세 누님, Y와 동생, 이렇게 함께 살았다.

그 동네에서 한 친구를 만났는데, 책으로 나왔다가 영화로도 제작된 『저 하늘에도 슬픔이』의 실제 주인공 이윤복이었다. 솥이나 냄비가 오래돼 상하다 못해 구멍이 뚫리면 메워서 사용한 가난했던 시절이었다. 이글거리는 숯불에 양철 조각을 작은 토기 국자 같은 곳에 담아 녹이는 모습은 참 신기했다. 이를 크기나 모양이 주먹만 한 것에다 놓았다가 구멍 밑에 대고는 그 위에 같은 것을 눌러 메운 후 망치로 두들겨 다듬고 사포로 갈았다. 골목 어귀에서 한 아저씨가 이 일을 했는데 윤복이 아버지였다.

윤복이와 친구 몇이 윤복이가 이끄는 수확한 감자밭에 이삭줍기도 여러 번 갔다. 알뜰한 수확 탓으로 1개나 2개 많으면 3개로 신통찮았으나 밭에서 구워 먹는 감자 맛은 기가 막혔다. 입 주위가 시커먼 모습을 서로 쳐다보며 웃어 대기도 했다.

"키들키들 킥킥."

그때 상호는 현역 장군으로 한미연합사 사령관이었다. 자신들 집안을 일으키려다 창대 가정이 무너졌기에 도리로도 그대로 둬서는 안 되었다. 부대로부터는 매일 엄청난 양의 쓰레기가 나왔는데 처리는 민간 위탁업자였다. 당연히 그 권한은 사령관에게 있었다. 쓰레기라야 파손된 부품들, 비철, 폐목과 폐지 등을 처리 비용을 받고 했으며 가지고 나오면 또 돈이었다. 몰랐다. 친일한 것과 토사구팽한 것에 대한 방어 기제[3]의 발동으로 멀리했었다는 것을.

그 후, 창대는 갖은 고생을 다하였으나 자식들 교육도 제대로 시키지 못했다. Y의 초등학교 시절에는 학교에서 점심시간에 옥수수빵이나 죽을 주었는데 죽을 큰 찜통에 받아 오면 출석번호 1번부터 나가서 한 컵씩 마셨다. 죽과 빵은 초등학교 시절 내내 이어졌다.

"미국에서 보내 준 거야."

선생님은 옥수수가 미국에서 주는 원조라 했다. 매일 먹었으나 중학생이 되니 원조가 끊겼는지 빵도 죽도 없었다. 그러면 점심을 걸렀다. Y가 초등학교 졸업식을 앞두고 엄마와 큰누나가 자신의 진학 문제를 논의하는 것을 잠결에 들었다.

"그래도 중학교는 보내야 한다."

"어떻게 보내야 하는데… ."

엄마와 큰누나의 울음 섞인 이야기를 들었다. 큰누나는 초등학생 Y를 발가벗겨 목욕을 시킬 만큼 나이 차이도 많이 났으며 늘 잔병치레하

---

3 방어 기제(Defence mechanism): 자아가 합리적으로는 불안감을 어떻게 할 수 없는 경우 비현실적으로 이를 없애려는 무의식적 심리 기제지만, 개인이 불안에 대처하게 하며 상처 입은 자아를 방어해 주기도 한다.

는 동생을 안쓰러워했다. Y 엄마는 그런데도 동생 상호를 무척 자랑스러워했다. 어쩌면 반동형성인지도 몰랐다.

Y가 중학교 2학년 무렵, 상호는 소장으로 승진해 서울 본부로 떠났다. 그렇게 상호의 집안은 승승장구했다. 예비역 장군이 되어 일제 강점기에 학도병으로 끌려갔었다는 자신의 이야기를 『하늘 ⋯.』이라는 저서로 남겼다. 저서 어디에도 같은 시대 젊은이들이 조국을 위해 독립운동에 자신의 미래나 목숨과 부모와 처자를 버릴 때 일본에 충성하려 고시 공부하듯 밤낮으로 공부해 자원입대한 것이나 5·16 역모에 참여한 일에 대해 죄의식은커녕 자랑스러워하는 모습을 보였다.

그랬다. 그들의 뇌 작은 틈새에도 그런 건 없다. 창대는 시대에 투사하더니 처한 현실을 부정⁴하고 건강했음에도 병원을 자주 오갔다. 히스테리⁵였다. 그렇게 퇴행⁶하는가 싶더니 치매에 이르렀다.

상호가 일왕에게서 받은 일본도를 누나는 가마솥 걸이로 쓰다 흙에 닦으면 변함없는 빛에 겁이 나 모처에 묻었다. 아들 대수는 아버지 후광과 관운으로(?) 장관급에 이르더니 아버지의 충일(忠日)에도 뻔뻔하게 저서 『내가 살고 ⋯.』에서 '그래도 애국심⋯.'이라며 애국(?)에 대한 글

---

4 부정(Denial): 받아들이기 어려운 현실을 부정하는 것을 말한다. 죽어 가는 딸을 가진 부모가 슬픔을 '딸이 천국에 간다.'라 안위하며 태연한 태도를 보이는 것이 이에 해당한다.

5 히스테리(Hysteria): 어렵고 힘든 상태에서 벗어날 수 있는 신체적 증상을 발달시키는 기제로, 의학적 질병이나 문제가 없음에도 실제 신체적 고통을 느끼기도 한다.

6 퇴행(退行, regression): 생의 초기에 성공적으로 사용했던 생각이나 감정과 행동에 의지하여 자신의 불안이나 위협을 해소하려는 것으로, 심한 충격을 받은 사람이 갑자기 어린아이처럼 행동하는 것을 말한다. 불쾌감을 일시적으로 해소할 수 있을지라도 오히려 의존적이며 우유부단하면서 새로운 변화를 두려워한다.

을 썼다. 프랑스 유학을 한 큰딸 하란은 교수가 되었다.

어느 날 술을 거나하게 든 창대가 '죽장에 삿갓 쓰고…, 이제 배에 오를 때가….' 하고는 그해, 배 터 없는 아홉 강을 가려 송판 월선 홀로 오를 때 Y는, 흩날리는 눈발에 입술을 굳게 닫고 눈물을 가슴에 모으며 죽장을 짚었다. 나라나 남의 화나 누(累)가 자신의 복이 되었다. 그 집 안 누구도 창대의 장례식에조차 오지 않았다.

Y 어머니도 한평생 죄의식에 시달리다 가엽게 눈도 감지 못하고 길고 한 많은 길을 떠나셨다. 외가인 그들 누구도 장례식에 오지 않은 건 그때도 매한가지였다. 어머니를 산에 모시고 온 날 한밤중 어머니 방에서 어머니 신음이 들렸다.

"이럴 수가 어머니를 산에 모시고 왔는데…."

사흘을 그러다 아닌 줄 알면서도 신음이 너무 분명해 어머니 방으로 갔다가 뒤로 넘어갈 뻔했다. 빈방에 누워 계신 분은 분명히 어머니셨다. 환청과 환시를 심리적 문제와 정신적 문제의 경계로 보기도 한다.

"이제 내가 정신적 문제에 이르렀단 말인가? 이게 뭐냐! 밖에 둬도 고양이나 개도 물어 가지 않는 고소공포증에, 목이 차는 물에는 못 들어가는 물 공포증에, 이제는 환청과 환시까지…."

그 밤 내내 어머니 방에서 기도하고 뜬눈으로 보내며 지난 삶을 추슬렀다. 그러고는 그 밤 환청과 환시, 물 공포증과 고소공포증에서 벗어날 수 있었다.

불현듯 찾아간 Y의 옛집. 오십오 년 만에 만난 금호 초등학교 1학년 때 같은 반 벗 종길이와 간 일본도 묻힌 곳은 그대로인 것 같았다. 등기부 등본을 떼니 소유주는 봉죽리 독립투사 김영길의 소재를 제공해 체포케 한 길복이 손자로 대구 남구 봉덕동 부촌에 매우 큰 가게를 하고 있다는 이야기를 들었다.

김영길은 떠돌이별로 떠돌다 아득한 저 산 너머 쓸쓸히 진 후, 1968년 대통령 표창장과 1990년 건국훈장 애족장에 추서되고 2004년 10월 영천 항일 독립운동 선양 사업회에서 마현산 공원에 그 뜻을 기리는 추모비를 건립하면서 자녀들을 찾았으나 살아 있기나 한지 알 수 없었다.

레지스탕스들이 그렇게 흘린 피를 마시고 살찐 콜라보들, 상호는 양 어깨 위에 별을 두 개나 얹었다. 장군의 집에 상시 근무하는 우수한 병사를 두어 공짜 과외교사로 활용하여 자녀들을 명문대로 유학까지 보내 아들은 장관, 세 딸은 대림대 교수·T 어학원 운영, 사위들은 사업가로 금준 대표·순천향대 교수, 영국 유학파 손자 영복이는 두산 중공업 과장, 한 딸과 한 손녀만 노출을 극히 꺼리다가 2019년 93세를 향수하고 3월 8일 국립묘지로 들었다. 그렇게 독립운동과 친일의 대는 잇지 않고 이어졌다.

그물에 걸린 새

조작된 간첩

그는 고난은 함께 나누어도 영광은 함께 나눌 자가 아니다.

– 범려(范蠡 월나라 정치가, 와신상담) 구천을 떠나며

"허망한 세상!"

집시들을 떠난 Y는 기독교에 귀의해 신학을 마치고 수도원에 잠시 머물다가 그 교회 부목사로 부임했다.

담임목사 주영호는 징집영장이 나오자 도망가, 덩치도 미군과 비슷해 미 군복을 입고 미군 부대 하우스보이로 6·25가 끝나고도 수년을 그렇게 보냈다. 그렇게 영어를 배웠고 미 군목을 통해 통신으로 신학을 공부하다 비인가 신학을 하고 한국전쟁이 끝난 후 미 선교사 통역을 맡으면서 후에 선교사가 미군부대 앞에서 개척한 교회를 선교사 후임으로 맡았다.

Y는 그를 믿고 급여도 제대로 못 받은 채 15년을 사노비로 살았다. 교회 건축 때 부정확한 장부, 미국 교회들에 모금한 돈, 미국 선교부로 부터 받아 교회 대지 구매와 건축을 한 후 20년 거치 무이자로 갚아야 하는 돈이 교회에서는 지출되었으나 선교부에 다다르지 않자, 한국 목 사에 대한 불신으로 일본에는 살아 있는 그런 제도가 중단되었다. 그뿐 만 아니라 여러 여자 문제로 인해 참다못한 아내가 교회에 터뜨리자, 주영호는 내막을 잘 아는 Y에게 이렇게 말했다.

"자네가 이 교회를 맡아."

그러나 이는 기만이었다. 그는 인간관계는 참 잘한다. 이에 비해 Y는 미숙하다. 멀리서 선배 신 목사가 Y를 찾았다.

"난, 주영호와 빨가벗고 물장구친 죽마고우야, 너무 잘 알지. 자네도 오랫동안 유심히 보았어. 주영호를 떠나. 자네, 범려 알지? 토사구팽 말이야. 난, 일본 강점기에 그 아버지도 잘 알아. 주영호는 고난은 함 께 나누어도 영광은 절대로 나눌 자가 아니야."

순간, Y의 뇌리에 선명하게 한 사건이 스쳐 갔다.

1976년 7월, 가족 없이 홀로 지내는 교회 사찰 김창흡 할아버지와 매 우 친하게 지내면서 많은 이야기를 나누었다. 마키아벨리와 마르크스, 엥겔스와 에릭 홉스봄, 앤서니 기든스와 헤겔, 맬서스와 크리스천 마 르크시즘 등 보통 사람이, 게다가 나이 든 사람이 사회주의나 공산주의 이론에 이렇게 깊은 지식을 가졌다는 것에 놀랐다.

그리고 우주가 하나님의 창조에서 재창조로 끝난다고 믿는 기독교와 는 다르게 물질의 운동으로 시작해서 물질의 운동으로 끝난다고 여기 는 유물론자인 그가 어떻게 교회에 있는지 의아했다. Y는 영어를 완전

정복하려는 뜻으로 당시 금서인, 영어로도 무척 어려운 그 책들과 다른 공산주의 철학책들로 공부했었다.

"난, 북한 노동당에서 내려온 공작원으로 전향하고는 중앙정보부에 의해 교회에서 지내게 되었어."

그러다가 중앙정보부 요청(?)이기도 하여 그를 참조로 작은 전도지를 만들었는데, 표지 그림은 발의 쇠사슬이 끊긴 한 남자 그림을 바탕으로 '죄의 사슬을 끊고'란 제목에 자신은 남파 간첩이었으나 예수를 믿고 공산주의를 버렸다는 내용이었다.

처음 Y는 그가 유물론적 사상을 그대로 간직하고 있기에 전도지 제작을 반대했으나 중앙정보부 요청이 있었던 데다가 글 솜씨가 있다는 이유로 맡겨졌다. Y는 이를 복음을 전하는 기회로 삼자는 마음에 문맥이나 조사, 전치사 등 미려한 표현에다가 복음을 잘 표현하게 쓴 후 정보부에 보여 주고는 동의로(?) 미국 선교회 지원을 받아 십만 부를 제작했고, 그렇게 만들어진 전도지는 대구·경북 지역을 중심으로 전국에 뿌려졌다.

그러나 그의 전향이 거짓인 탓인지 그 전도지로 교회에 나온 이는 단한 사람도 없고 주영호의 신고로 그가 다시 체포됨으로 전도지 재제작은 중단되었다.

그러고는 며칠 지나지 않아 노을이 들 무렵, Y 역시 건장한 두 사내에 의해 양팔을 잡힌 채 검은색 지프차에 태워져 대구 앞산이라는 중앙정보부로 끌려가는 순간 군에서 당한 고문의 경험이 더 큰 두려움에 빠지게 했다.

작은 출입문 작은 방 왼쪽의 작은 욕조에는 물이 가득 채워져 있었으며 가운데 낡은 책상 하나에 마주 앉게 두 개의 의자가 놓여 있었다. 방은 도배나 페인트칠 없이 우중충한 시멘트 그대로인 데다가 여기저기 검은색 피로 얼룩져 있었다. 책상 위에는 핏자국이 선연한 큰 몽둥이가 하나 놓여 있었는데 '민주공화봉'이라는 글씨는 선명했다.

들어서는 순간 좌·우·위 어느 쪽인지 알 수 없는 곳에서 둔탁한 몽둥이 소리와 비명이 처참하게 들려왔다.

"자, 그럼 어디 시작해 볼까?"

"뭘 말입니까?"

"너 공산주의 공부 왜 했어?"

"그게 죄라면, 수사관님도 같은 죄 아닙니까?"

수사는 그렇게 시작되었다.

"너, 마르크스·헤겔 등 공산주의 책, 그것도 영어 원서를 어디서 구했어?"

빨갱이 잡는다며 인권도 법도 없이 무소불위의 권력을 휘두르면서도 공산주의 이론에는 정말 지독하게 무식한 그들이 고문보다 더 놀라웠다.

"책에 줄도 그어 놓고 공부 정말 많이 했잖아?"

"줄을 그은 부분이 사상적인 곳이 많은지 문맥의 특이한 표현이나 잘 쓰지 않는 어휘 등인지 한 문장임에도 6~7줄이 넘는 매우 긴 문장이어선지 제대로 보십시오. 대공 담당자면서 그리 분별이 안 됩니까?"

"이 빨갱이 새끼, 뭐라고 씨불이는 거야!"

김창흡은 보름 만에 입을 열었는데 두 마디였다.

"동무들 쓸데없이 시간 끌지 말고 빨리 끝내시라우."

그리고 Y 이야기였다.

"그 친구도 잡아 왔소?"

"김 선생과 함께 신고가 들어왔소."

"그 친구는 젊은이가 우리 공화국 정치 이론가들도 놀랄 만큼 깊은 지식을 가지고 있었소. 나야 북에서 왔지만, 그 친구는 아니오. 당신들 말처럼 대한민국이 진정 자유국가라면 사회주의 사상 공부했다고 덧씌우지 마시라우."

"태어나서 지금까지 다 써."

"그걸 어찌 다 씁니까?"

"기억나는 건 나는 대로, 안 나면 생각해서 모두 써."

수사는 2인이 한 조가 되어 진행했다. 고문 전문가의 고문이 끝나면 이내 다른 한 사람이 들어와 회유했다.

"이게 뭐냐? 앞길이 구만리인 젊은 사람이 그러지 말고 내게만 털어라. 잘 도와줄 테니까."

이 방법은 군에서 이미 겪었으나 이번에는 조금 특이했다. 처음에는 왜 이러는지 조금도 알 수 없었으나 후에 자신을 간첩으로 조작하려는 음모임을 알아차렸다. 처음에는 잠을 재우지 않았다. 그러면서 자신은 익숙해서 괜찮은지 수백 번이나 똑같은 질문을 했다.

"이름? 주소? 나이?"

이는 정말 극심한 정신적 고통이었다.

"정말 돌겠네. 당신들 바봅니까? 그거 그만 물어보십시오."

물고문과 전기 고문이 이어졌다. 그러다 느닷없이

"너, 평양 언제 갔었어? 지난겨울, 눈이 엄청나게 내린 그날이었어?"

그러더니

"그래, 오늘은 좀 쉬자. 밥도 먹고, 샤워도 하고, 잠도 자고…. 그런데 말이야, 마르크스·헤겔 책은 누가 줬어?"

이미 사나흘 잠을 못 잔 상태인지라, 정신은 혼미했다. 시간이 가고 있는지 여기 온 지 얼마나 되었는지 지금이 낮인지 밤인지도 몰랐다.

"그자에 대해서 아는 대로 다 말해."

"뭘 말입니까?"

"여동생 이야기부터 하지."

"모릅니다."

"그럼, 그자가 나온 김일성대학 이야기는 어때?"

"모릅니다."

"몰라? 네가 포섭된 거 다 드러났어. 너 이렇게 자꾸 끌면 너만 괴롭다!"

"모릅니다."

"야 인마! 김일성대학 수석으로 나오고 유일한 혈육인 여동생이 김일성 비서실에서 김일성 초상화를 그리고 있었어. 그런데 당료와 심장병을 앓고 있어서 여기에서 약을 보내 주었잖아?"

"모릅니다."

"몰라? 35호실에서 남파간첩 사상교육을 담당하고 있었잖아?"

"모릅니다."

"무조건 모른다? 이 새끼 진짜 빨갱이네."

그러다 무슨 이유인지 한동안 아무도 찾지 않는 고요함의 깊은 불안감이 가슴 깊이 가라앉힌 앙금들을 떠올리게 했다.

관악산 뒷자락 자하 능선을 끼고 우측으로 구불구불하게 깊숙이 돌아들어서는 집의 대문 좌측에는 가을이면 단풍이 유난히 잘 드는 우람한 단풍나무가 서 있다. 집 주위에는 숲과 지형이 집을 가려 주어 어느 방향에서도 보이지 않으면서 서울 근교임에도 조용하고 쾌적한, 주소도 없고 보존등기도 되어 있지 않으니 서류상으로는 존재하지 않는 집이다.

자유당 이기붕과 백한성이 몇 차례 이용했으며 후에 중앙정보부 안가일 때 Y가 간 날도 고풍스러운 집과 스산하게 지는 단풍잎과 먹구름에 비는 오지 않고 우레만 우는 탓인지 처량함을 자아냈으나 거나한 상차림의 지하 내실은 조용하고 아늑했다. 후에 1959년 9월 17일 추석날 발생한 태풍 사라 때도 괜찮았던 집이 1987년 7월 15~16일 이틀간의 태풍 셀마 때 창문으로 지하 내실에 물이 들이닥치는 바람에 Y도 아는 개인에게 넘어갔다.

Y와 하우스만 다음 서열자인 앤드루 화이트의 부인 미아는 '파비우스 후예들' 멤버였다. 미아는 레베카의 친한 친구로 레베카에게 '파비우스 후예들'을 소개했다. 레베카는 그곳에서 매튜를 만났으니 레베카와 매튜를 맺어 준 셈이었다.

이런 관계로 미아의 다 큰 딸, 엄마를 닮아 푸른 눈에 금발로 정말 장미꽃같이 예쁜 로즈는 엄마 배 속에 있을 때에도 귀를 대고 심장 뛰는 소리도 듣고 발로 차는 것도 느끼기도 하고 기저귀도 갈고 목욕도 시켰다. 그런 탓에 평소에도 애교를 잘 떠는 로즈는 누가 보든 말든 미국 애답게 Y에게 안겨, 아니 Y보다 크니 Y를 안고 **뺨**을 비비고 **뺨**에 키스했다.

그런가 하면 부인의 친정 식구들, 친정아버지는 먼저 가고, 엄마와 이모와도 매우 가까웠으며 하버드 수학과 재직 중인 머리는 천재지만, 내성적이고 붙임성도 없고 조금은 우울한 성격으로 엄마와 누나가 늘 걱정하는 친정 남동생 데이비드도 Y를 유난히 따랐다. 테일러는 Y와 함께 경북대학교 학생들을 상대로 '영어 성경 공부반'을 이끌었다.

Y는 테일러를 따라 진해에서 미 해군함을 타고 먼바다 큰 함정에 올라 레이더를 본 적도 있었는데, 북한은 물론 러시아와 중국까지 관찰하고 있었으며 미 해군 중령 테일러는 미 국무부 정보과 아시아 팀장이었다.

"고급 정보 하나 줄까? 대한민국도 북한도 지형적 특성으로 상대의 레이더에 잡히지 않는 활주로가 각각 두 곳이 있다. 그 네 곳이 여기여기이다."

한국중앙정보부는 미 국무부도 사상에 문제없다고 여긴 Y를 간첩으로 몰려 했다가 뒤늦게 이를 알고 대구 앞산이 아닌 서울 남산(중앙정보부를 이명으로, 대구에서는 앞산, 서울에서는 남산으로 불렀다)이 회유에 들었다.

"지난 일은 참 유감이오."

"앤드루 화이트 씨나 테일러 씨와는 어떻게 아는 사이오?"

"그것 때문이오?"

"아니오, 절대 아니오. 다시 말씀드리지만, 지난 일은 정말 유감이오."

"모두 털고, 우리 함께 일해 보지 않겠소?"

"때로는, 나 같은 지독히도 운 없는 놈을, 자신의 실적 제물로 삼아

간첩으로 조작도 하고 말이오?"

　대한민국 초대 내각에는 대통령 이승만(상해임시정부 초대 대통령), 부통령 이시영(임시정부 재무 총장), 국회의장 신익희(임시정부 내무 총장), 대법원장 김병로(抗日변호사), 국무총리/국방부 장관 이범석(광복군 참모장), 외무장관 장택상(청구구락부 사건으로 투옥), 내무 장관 윤치영(흥업구락부 사건으로 투옥), 재무 장관 김도영(2ㆍ8 독립선언 투옥), 법부 장관 이인(抗日 변호사), 문교 장관 안호상(철학교수), 농림 장관 조봉암(공산당 간부ㆍ사형), 상공 장관 임영신(독립운동, 교육가), 사회 장관 전진한(抗日 노동운동가), 교통 장관 민회석(철도교통 전문가), 체신 장관 윤석구(교육 사회운동가), 무임소 장관 지청천(광복군 총사령관), 무임소 장관 이윤영(抗日 기독교 목사), 국회부의장 김동원(수양동우회 사건으로 투옥), 국회부의장 金若水(사회주의 독립운동). 이상 19명은 거의 전부가 독립운동을 한 사람이다. 친일파는 한 사람도 없다. 반공 반일(反共反日)을 국시(國是)로 삼다시피 한 이승만이 친일한 사람을 장관으로 기용하지 않았다. 적어도 초기에는 이렇게 김일성보다 더 독립운동가를 둠으로써 대한민국이 김일성보다 훨씬 더 정통성을 세워 나갔었다.

　이렇게 되니 그들은 두려움에 떨었다. 북악산 수백 년 된 소나무들과 울창한 숲이 이어져 싱그럽고 아늑한 북촌 서울의 옛 성곽 북문이었던 숙청문 가까이 멀지 않은 곳에 고려의 충신 정몽주와 그 어머니 시조비가 있는 그 한옥에 다시 모였다.
　"이번 내각을 모두 보았으리라 믿소."
　"나 역시 입맛은 물론 밤잠도 못 이루고 있소."

"누군들 아니겠소."

"아무래도 이대로 있을 수 없을 것 같소."

"일본 정부의 도움을 요청해야 하지 않겠소?"

"미 군정청인들 일본 정부의 요구를 마냥 무시할 수는 없을 거요."

거기에 대한민국 요소요소에 그들, 친일파를 심으려 한 일본이 이를 두고만 있지 않았다. 일본은 미국을 움직였다. 미국으로서는 소련과 중공의 팽창정책에 일본과 자유중국, 대한민국의 공동 힘이 필요했는데 한국이나 대만은 하찮게 여겼으나 비록 패전국이지만 일본의 저력을 일찍이 알았다. 일본의 힘이 더 필요했기에 일본 요청과 계획에 함께하는 것이 미국의 영향력과 대한민국 통치에 유익하다고 생각했다. 친일파에게는 고소데(일본 속옷) 위에 양복을 걸칠 기회였다.

이승만 역시 미국의 도움 없이는 반공도 국가 발전도 불확실한 데다가 당장 미국의 원조가 필요했다. 무엇보다도 식량이 없어 국민이 굶주리고 있었다. 이러한 상황으로 미국의 눈치를 볼 수밖에 없었으며 미국의 요청을 거부할 수 없었다. 실제 해방한 한국에게 미국은 1970년 5월까지 20년 동안 물자와 외화를 무상으로 원조했다. 미국의 무상원조는 약 44억 달러로 유상원조 약 4억 달러와 함께 한국 경제의 투자재원 마련하여 경제성장과 가난했던 한국 정부에 크나큰 도움이 되었다.

또한, 국내 정치적 기반이 없어 재집권이 어려운 상황에 그들의 도움이 절실했었다. 미 군정청 보고서이나 영국 총영사의 보고서에도 일제 경찰 출신 그들에 대한 한국인의 분노가 대단했다고 적혀 있는 것을 보면 미국도 당시 대한민국의 분위기를 알고 있었다. 방선주의 '한

반도에 있어서의 미, 소 군정의 비교'와 강인철의 '미군정기 한국의 사회 변동과 사회사 1' 자료에 의하면 경상도의 한 지식인은 웨드마이어 특사에게

"친일 경찰을 청산해 준다면 한국인은 모두 공산주의를 반대할 것."

이라는 편지를 썼다고 했다. 미국은 이를 철저히 이용했다. 김일성 역시 자신이 월급을 4,000원 받으면서 기술자들에게 4,500~5,000원을 지급하면서까지 일본인이든 그들이든 공장 기술자들에게 특별 대우를 했다.

"어떤 상황에서도 생명을 물론 재산을 보장한다."

이러한 각서와 신분증에 생필품·주택 등 최고 대우를 해 주었으나 미 군정청은 일본인 기술자들을 모두 본국으로 송환시켰다. 대한민국의 급속한 경제 및 기술 발전보다는 점진적이고 더디 발전케 하면서 그 사이에 더 확고히 자신들의 영향권 아래에 두려 했다. 이로써 그들 친일파는 전면에 재등장하게 되었다.

제2공화국 장면 내각은 시대도 민중도 읽지 못한 채 정치·사회적 혼란만 가중했다가 결국은 어긋난 국가주의에 젖은 육사 8기생들과 박정희의 5·16 야욕에 명분을 얹어 주어 헌정사상 최초의 내각책임제가 다음 해 5월 18일, 겨우 9개월 만에 문을 닫고 말았다.

"쿠데타로부터 나라를 구하자!"

대세는 기울었고 측근 사람들도 박정희에 줄서기 하는 터에 장도영의 반혁명군은 약 한 달 보름 동안 준비했으나 모든 움직임을 포착하고 있던 중앙정보부 김종필의 명령을 받은 노태우 대위에 의해 7월 3일 장도영 외 43명 모두 체포되었다. 1962년 1월 10일 혁명재판소에서 사형

선고를 받은 장도영을 박정희는 5월 2일 사면했으나 대한민국은 이승만 민주 독재에서 박정희 군사 독재로 바뀌었을 뿐이었다.

　그 지하 밀실에 다시 모였다. 벌써 6번째 모임이다. 여름이지만 제법 선선했다. 여기까지 오는 중에 혁명군인지 진압군인지 분간할 수 없는 병력에 의해 여러 번 검문이 있었지만, 이를 통과하는 데 별문제는 없었다. 거한 상차림 가를 둘러앉아 상기된 모습들을 하고 몇 순배 술잔이 오고 갔다.
　"아무래도 장도영은 실세가 아닌 것 같소."
　"4 · 19 도 무사히 넘기지 않았소."
　"하기야 4 · 19는 지금 생각해도 등골이 오싹할 지경이니."
　윤보선은 한국군 내부 분열이 제2의 6 · 25를 가져오게 될까 염려했을지라도 매우 우유부단했다.
　"헌법대로 진압할지라도 적화되면 무용이다."
　답답한 것은 미군 측이었다. 마셜 그린은 윤보선에게 다시 힘주어 말했다.
　"이들이 성공하면 한국은 장기간 군사 독재 통치를 받게 될 것이오."
　미국은 위기에 대처할 능력이 없는 장면 정부, 사회 전반에 만연한 부정부패, 국민의 무의식, 지식인들의 자포자기, 누적된 군의 불만 등 불안한 정치 상황으로 군사 쿠데타가 일어날 수 있음을 예측했었다.
　민주당은 이런 상황에서도 장면의 신파와 윤보선의 구파 사이에서 주도권 다툼으로 시간만 끌다가 최초의 내각제를 무너뜨리고 말았다. 이는 임진왜란 때 동 · 서인, 대원이파와 명성황후파, 대한인국민회만 해도 그랬었다.

대한제국 외교 고문 스티븐스(Durham White Stevens)는 친일 외교관이었다. 그가 1908년 3월 23일 샌프란시스코에서 일본의 한국 지배를 동조·지지하는 언동을 하자, 전명운·장인환 의사가 페리 부두에서 그를 저격함으로써 만천하에 한국인들의 독립 의지를 드높였다.

이를 계기로 샌프란시스코 대한인공립협회와 하와이 한인합성협회를 통합하여 1909년 2월 국민회를 조직하고 이듬해 2월 대동보국회와 국민회가 통합, 대한인국민회가 출범했다.

이는 1912년 중앙총회, 상항, 하와이, 만주, 서백리아(시베리아의 중국어 음역)와 멕시코에 이르기까지 한국 최초의 세계적인 조직이 되었으며 1915년 이대위 목사가 인터탑입한글 식자기를 발명해 신한민보를 발행하는 등 독립운동을 활발히 활동했다.

그러나 독립이라는 과업 앞에서도 1921년 이승만이 탈퇴해 동지회를 설립하여 안창호가 속해 있는 대한인국민회와의 갈등이 시작되어 쇠락의 길을 갔으니 독립이라는 과업 앞에서도 갈등으로 분열했다. 힘을 하나로 모아도 넘기 어려운 절체절명의 위기 앞에서도 손잡지 못하는 대한민국 민중이었다. 일본 강점기 때 독립투사들도 그랬으니 무슨 말이 더 필요하랴?

나라의 독립을 위해 가정은 물론 자신의 미래와 목숨까지 내놓은 독립운동가들 사이에도 하나 되지 못하고 후에도 이승만·김구를 위시해 신익희·이시영 등의 기호파(畿湖派·경기·충청)와 안창호·주요한·이광수 등의 서북파(西北派 평안·황해의 이북파)의 어찌 보면 지역감정 같은 갈등은 우리에게 흐르는 사회 프로이트가 어떠함을 여실히 알 수 있게 한다. 그러나 DNA와 프로이트가 다른 이들은 하나 되어 분주히 움직였다.

"박정희도 재주넘는 곰이라면 의미가 없습니다."

"조 회장은 미국도 일본도 잘 알지 않소? 어떻소?"

그렇게 말하는 그들은 자신에게 권총을 겨운 자와 자신이 겨눈 자가 서로 손을 잡았다. 혁명이냐, 쿠데타냐는 중요치 않다. 그보다는 성공할 것인가, 그리고 성공자 중에 실세는 누구인가가 중요했다.

이때 이미 장도영의 명령이 떨어진 상태였다.

"혁명군은 반란군이다. 6관구 내의 이들에게 가담한 장교들을 색출하여 전원 체포하라."

명령을 받은 헌병 차감 이광선 대령이 6관구 사령부를 포위했다. 그러고는 범죄수사대원 70여 명을 6관구 내로 들여보내면서 그들을 체포하려 하자 꼼짝없이 갇힌 박정희 측 장교들은 비장한 각오로 허리에 찬 4·5구경 권총의 안전핀을 풀었다. 박정희가 도착할 약속된 시간이 이미 지났으나 아무 소식도 없다.

"6관구 사령부 장교 외는 누구라도 출입을 금하라."

6관구 사령관의 엄명도 이미 내려져 있었다. 3개의 사령부 출입문으로는 장교들이 속속 몰려들었다. 혁명군 편 장교들은 소집령과 관계없이 계획에 의해 모여들고 진압군 측 장교들은 6관구 사령관의 비상 소집령에 의해 반란군을 진압하러 같은 문으로 들어왔다. 긴박했다.

"누가 혁명군에 속한 자이며 누가 진압군에 속한 자인가?"

가슴에 의문은 엉킨 실타래 같았다.

"누가 우군이며 누가 적인가?"

"자신의 뒤에서 자신을 향해 권총의 불을 뽑는 자는 누구인가?"

살기가 안개 같이 덮여 있었으나 누구도 먼저 총을 뽑지는 않았다.

급박한 상황 중에 누가 자신도 모르게 중얼거렸다.

"누가 누구냐?"

이때 환한 두 불빛으로 지프가 철통같은 정문을 들어섰다. 12시 15분이었다.

"박정희 2군 사령관님이시다!"

호통 소리가 들리면서 6관구 위병소의 문이 열렸다. 2군 사령관 박정희 소장의 앞을 누구인들 감히 막지 못했다. 그 순간까지만 해도 거의 연금 상태가 되어 있었기에 죽음을 각오했던 6관구 내 장교들은 불안에서 벗어나기 시작했다. 자신들의 지휘관 박정희가 들어온 것이다.

5·16 직후 미 첩보부대(Counter Intelligence Corps: CIC)는 여론 조사로 10명 중 4명 우호적, 2명 다소, 4명 부정적으로 보았다. 그러면서 1961년 5월 31일 주한 미국대사관은 미 국무부에 이렇게 보고했다.

"서울대 학생들은 5·16을 찬성 50, 반대 50으로 보고 있다."

사흘이 3년같이 지나고 다시 만났을 때 그들의 정보는 같았다. 군 지휘관 일부가 혼란 속에 격앙되었으나 박정희를 선택할 수 있었음에는 늘 따르는 운과 그들 혈관에 흐르는 뛰어난 프로이트적 판단력이었다.

"혁명 성공 가능성 83%."

"실세는 박정희!"

박정희가 실세임을 알게 된 이상 머뭇거릴 이유가 없다. 더구나 박정희도 일본 육사 출신이다.

"참모총장님의 지시를 기다릴 여유가 없다."

쿠데타냐 혁명이냐는 의미가 없다. 성공 가능성이 높다는 사실과 실세가 밝혀진 이상 참모총장 따위는 안중에도 없었다. 참모총장 허락 없이 5·16 지지 공중시위를 주도했다. 어차피 하극상이다. 5·16 쿠데타를 반대하는 미군정에서는 허락 없이 전투기를 띄웠다고 미 정보국장과 고문단이 난리를 쳤으나 이들 역시 5·16의 성공 가능성을 알고는 더 이상 문제 삼지는 않았다. 전투기 지지 공중시위는 5·16 반대편의 진압군 측에게는 불안감을, 그 순간까지도 망설이는 지휘관에게는 5·16편에 서게 하는 결단을 내리게 했다.

"공군 측 연락은 누가 맡고 있어?"

"제가 맡고 있습니다."

"임자가? 총장이 김 장군이지? 지지 비행 편대를 띄워 줘서 내가 고맙다고 전해."

"김 장군이 아닙니다."

"아니야? 총장 허락 없이 편대를 띄운 자가 누구야?"

"작전국장입니다."

"작전국장이? 이봐 종필이, 임자가 잘 알아봐."

"공중지지 시위는 무척 적절했습니다. 이 판국에 총장 명령 없이 편대를 움직인 것으로 보아 배포도 있는 자 같습니다."

후에 6·25 경험으로 공군력을 절감한 박정희는 공군 근대화 계획으로지지 비행 편대를 띄운 상호를 미국에 세 번이나 보냈다. 이 일로 무엇보다도 하우스만과 관계를 더 돈독히 하는 계기가 되었으며 하우스만의 영향력으로 한국 최초로 제트기를 도입하게 되었다. 그리고 공군 말기에는 박정희의 뜻에 따라 판문점 정전회담 수석대표로 북 대표단과 협상을 진행하기도 했으며 하우스만과 박정희로 인해 소장으로 승진했다가 1970년 전역했다.

박근혜는 이 일에 대해 다음과 같이 말했다.

"… 하지만 정치에서 목적이 수단을 정당화할 수 없음은 과거에도 그렇고 앞으로도 그래야 할 민주주의 가치라고 믿습니다. 그런 점에서 5·16, 유신, 인혁당 사건 등은 헌법 가치가 훼손되고 대한민국의 정치 발전을 지연시키는 결과를 가져왔다고 생각합니다. 이로 인해 상처와 피해를 입은 분들과 그 가족들에게 다시 한번 진심으로 사과드립니다. …."

이미 폐지된 연좌제임에도 딸인 박근혜 전 대통령까지 사과한 5·16을 자신의 자서전 어디에도 사과는커녕 오히려 5·16쿠데타에 참여한 것을 자랑스럽게 썼다. 물론 조중훈도 기업가로 승승장구의 길에 들어섰다.

남로당 출신 박정희가 정권을 잡자 김일성은 기대를 걸고 박정희 형 박상희의 친구이자 박정희가 친형 이상으로 따른 차관급 무역상 황태성 부상을 밀사로 보냈다.

"나 목숨을 걸고 이 남쪽 땅에 왔소. 평화적으로 잘해 보자고 말이오."

"그전에 먼저 6·25를 일으킨 것에 대해 사과부터 해야 하는 것 아니오?"

"그건 남쪽에서 먼저…."

"그렇게 거짓말을 하면서 잘해 보자는 거요? 우리가 먼저 침략해 놓고 서울이 3일 만에 함락되었겠소? 그리고 당신들 평화란 매판자본가가 없는 세상을 뜻하는 것 아니오? 피를 흘릴지라도 말이오."

박정희는 그러잖아도 미국과 우익으로부터 사상적 발목을 잡힌 터였다.

"그냥, 없애 버려!"

김종필이 놀란 음성으로 말했다.

"각하, 밀사를 죽이는 일은, 그대로 돌려보내시는 것이. 더구나 황태성입니다."

"그건 밀사일 때 아니야? 임자는 북한을 나라로 인정한다는 말이야?"

황태성 사건 전문가 전명혁 박사는 어린 박정희가 형 친구 황태성을 형 박상희보다 잘 따라 황태성의 조언으로 대구사범과 만주 군관학교에 갔으며 훗날 박정희가 남로당에 입당할 때도 황태성이 보증을 섰다고 했다. 인간적으로도 박정희는 황태성을 돌려보냈어야 했었다.

황태성은 북한에서 외무성·상업성·무역성 등 고위관리를 지내다가 김일성의 특사로 내려와 박정희와 김종필을 만나려다 중앙정보부 요원들에게 체포되어 반도 호텔에서 조사받다 총살되었다. 박정희는 왜 최고급 호텔에 몇 달씩이나 투숙시켰는지, 김종필은 끝까지 침묵했다.

5·16무리 중 한 사람이었던 조웅 목사는 미 CIA에 한미합동조사단을 꾸려 철저히 조사할 것을 요구했다가 미국과의 관계를 우려한 중앙정보부장 김형욱의 반대에도 박정희로부터 암살 위험에 시달렸다. 박정희에게 황태성은 자신의 이데올로기를 의심하는 민중과 미국에 자신이 반공주의자임을 보여 줄 수 있는 하늘이 준 선물이었다.

남북관계는 더 냉각되고 김일성은 박정희를 친 공산당 인물이라고 주장한 자들과 5·16의 정보를 알지 못했던 대남 관계자들을 모조리

숙청했다. 김일성은 박정희의 공산주의자로 여겨지는 것에 대한 불안감을, 밀사를 죽이는 비현실적인 방법으로 없애려는 심리인 방어 기제를 알지 못했다. 또한, 박정희는 군 출신이었으나 국제 감각이 어둡지 않아 반공을 넘어 멸공을 국시로 했다. 미국은 심기가 불편했으나 그에 대한 사상적 안개를 걷었다.

곧이어 국무총리 장면이 사퇴하고 행정부·국회, 그리고 대법원의 역할과 권한을 아우르는 대한민국 전권을 군사혁명위원회가 가짐으로 겨우 60여 시간 만에 제2공화국이 끝을 맺었다. 박정희는 다음 날 이른 아침 군사혁명위원회를 '국가 최고재건 회의'로 바꾸고는 의장으로 허수아비 장도영을 세우고, 자신을 부의장으로 했다. 그러면서 1962년 12월 31일까지 모든 정치 활동을 불법화하고 언론의 사전 검열과 1,200여 종이나 되는 정기 간행물 모두를 폐간시켰다.

오다 노부나가와 도요토미 히데요시는 도쿠가와 이에야스와 더불어 중세 일본의 삼 영걸로 불리는 자들로 이들을 두고 천하를 논할 때 이렇게들 말했다.

"노부나가가 벼를 심어 무르익게 하고 사냥하고, 히데요시가 벼를 베어 쌀밥을 짓고 사냥한 놈으로 거나하게 상을 차렸더니, 배부르게 먹은 자는 이에야스였다."

4·19가 피 흘려 상을 차렸더니 5·16이 그 상을 받았다. 대한민국의 하늘은 늘 그러했듯 그들 편이었다. 미 대통령 '케네디'는 캐나다 방문 중이었으며 '딘 러스크' 국무장관은 라오스 14개국 외상 회의에 참석 중이었기에 이들은 이를 노렸다.

최용신과 김활란

힘과 권력자에 대한 예종이 애국이다.

– 야마기 카츠란

최용신은 대다수가 문맹자인 농민을 이대로 두면 민족의식이 상실될까 우려했다.

"민족의 살길은 농촌계몽에 있다!"

1931년 10월 안산 샘골에 YWCA의 농촌지도사로 파송된 최용신은 샘골 교회에서 마을 사람들과 함께 김을 매고 밭을 갈며 땀을 흘리고는 밤에는 야학을 열어 40여 명의 아이에게 한글·산수·재봉·수예·성서 및 노래를 가르쳤고 부녀자들에게 한글을 가르치자 불과 3개월 만에 110명으로 늘어났다. 천곡에서 강습소 교장 겸 교사, 마을 부인회 지도자, 마을 청년회의 후원자, 교회 전도사로서 천곡의 온 마을 구석구석까지 그녀의 손길과 마음이 닿아 있었다.

이 일이 알려지자 심훈이 그녀를 모델로 채영신을 등장시켜 『상록수』라는 농촌소설을 집필하였다. 『상록수』는 대한민국 소설이 북한 노동당에 의해 보급된 최초의 소설이 되었다.

친일 공립 보통 학교 지원자는 줄고 선교사 밀러(Miller)가 단기 강습소를 운영하다가 최용신에게 맡긴 샘골 학원 학생은 늘자 일본은 한층 탄압의 강도를 높이며 수업을 정지시켰다. 그러나 그녀는 굴하지 않고 태극기를 그려 놓고 조선어가 모국어라고 가르쳤다. 그러면서 학생들에게 무궁화가 그려진 학원의 마크를 모자 앞에 달고 다니게 했다.

최용신과 후원자였던 염석주를 감시하던 고등계 형사 오야마의 보고
서가 총독부에 이르렀다.

"샘골 학원의 재정 지원을 막는 것이 좋겠습니다."

"재정 지원? 어떻게 말이냐?"

"샘골 학원의 가장 큰 후원자는 염석주와 YWCA입니다."

"염석주는 그렇다 치더라도 YWCA는 기독교 단체야, 서방 제국들과
관계를 고려하면, 이는 어려운 일이야. 특히 기독교국 영국은 동맹국
이야."

"방법이 있습니다. 만일 조선인이, 그것도 조선인 기독교도이면서
사회적 명망 있는 자가 이 일을 한다면, 가능한 일입니다."

"적임자가 있는가?"

"있습니다. 야마기 카츠란입니다."

"민영휘는 어떤가? 조선 왕족이면서 총독부로부터 교육 표창장도 받
지 않았나?"

"그자보다는 야마기 카츠란은 상징하는 바가 더 클 것입니다. 야마기
카츠란은 여 제자들에게 정신대로 자원할 것을 여러 차례 강연하고 글
로 써 오지 않았습니까? 아마 적극적으로 협조할 것입니다. 더구나 조
선 YWCA 창설자 중 하나입니다."

일제의 사주를 받은 야마기 카츠란은 미국의 한국 담당 선교부에
YWCA가 지원하는 샘골 학원이 테러리스트의 정신을 가르치는 곳이기
에 자금 지원을 막아 달라는 요청을 했다. 미국은 안중근을 테러리스트
로 보던 상황이었다.

뒤늦게 밀러(Miller)가 미 선교부에 연락을 취했으나 미 선교부에서는
편향적 시각으로 야마기 카츠란의 말을 받아들여 자금 지원을 서서히

일본으로 돌렸다.

조선총독부 탄압에 이어 YWCA(기독교 여자 청년회)에서 매달 지원하던 30원이 15원으로 삭감되더니 급기야 끊어지자 최용신 자신은 물론 보조 교사의 급여도 주지 못하였다.

이렇게 야마기 카츠란은 샘골 학원 폐교의 일등 공신이 되었다.

1934년 봄, 최용신은 좀 더 공부하기 위해 일본 고베 여자 신학교 사회사업학과에 입학했지만 누적된 피로와 영양실조로 천곡으로 다시 돌아와 민족 얼의 레지스탕스 길에서 25세 꽃 같은 나이로 약혼자 김학준을 두고 하늘나라로 먼저 떠났다.

"학교가 잘 보이고 종소리가 잘 들리는 곳에 묻어 달라."

1,000여 명의 조문객들 애도 속에 그녀를 강습소가 보이는 교회 뒤편에 안장했다. 자신의 안위나 미래보다 빼앗긴 조국의 미래를 위한 찬란함이 참 아리다.

염석주는 주변의 만류에도 토지를 팔아 만주에 60만 평을 매입하여 안산 지역 주민 100여 명을 이주시켜 독립군 군자금과 군량미로 제공했다. 그러다 체포되어 18일간 계속된 고문을 이기지 못한 채 안타깝게도 1년 앞둔 조국의 광복을 보지 못하고 동대문 경찰서에서 그 귀한 생을 마감했다. 정부는 1995년에야 최용신의 잠든 넋에 건국훈장 애족장을 추서하였으나, 콜라보 길을 걸어온 야마기 가츠란은 이화여자대학교 총장에 영자 신문사 코리아 타임스 사장직 등 1970년 2월 10일까지 70년 이상 부귀영화를 한껏 누리다가 지옥의 왕 하데스의 부름을 받았다.

그녀의 저서 『그 빛 속의 작은 생명』 제2판을 인터넷 교보문고는 '한국이 낳은 위대한 여성 지도자'라며 높였다. 1963년 교육 부문 대한민국장에 사후 1970년 대한민국 일등 수교훈장 추서되더니 2008년 8월 학술지 『한국사 시민 강좌』 43호에서 대한민국 건국 60주년 특집 '대한민국을 세운 사람들'이라며 건국의 기초를 다진 32명 중 문화·종교·언론 부문 한 사람으로 선정됨으로 죽어서도 영광을 누리고 있다.

1882년 한국과 미국은 최초의 조약인 조미수호통상조약을 맺었다. 조약 제1조 2항에는 '만일 열국(列國)이 체약국의 정부에 대하여 부당한 압박을 가할 때는 이 사실을 통고하면 체약국의 우호 관계의 표시로서 체약국에 대하여 각각 최선의 조치를 마련한다.'라는 항목이 있다.

1905년 일본이 을사늑약을 강제하고 외교권을 강탈하자 고종황제는 이 조약을 상기하고 밀사를 파견했다. 밀사 헐버트는 1905년 11월 22일 미 국무장관 루트(Elihu Root)를 만나 조미수호통상조약 제1조 2항을 내세우며 도움을 요청했으나, 루트는 '내용을 모른다.'며 거절했다. 12월 11일에는 주불 한국공사 민영찬이 헐버트와 협의한 후 다시 미 국무장관에게 애원했으나 오히려 내용을 주미 일본 공사에게 누설했다. 조선은 서울 주재 미 공사 앨런으로 미국 정부를 움직이려 하였으나 1905년 7월 29일 미국은 필리핀을, 일본은 한국을 먹기로 태프트−가쓰라 비밀 협약을 맺었기에 공사관을 아예 폐쇄하고는 첫 조약인 조미수호통상조약을 폐기함으로써 조선을 배신했다.

미국은 배신을 이어 갔다. 1948년 3월 18일 중공과 상호방위조약 체결로 중국 공산군에 있던 조선군 2만5,000명이 북한군에 복속되었다. 소련은 1948년 10월 소련군이 철수할 때까지 4개 보병사단과 소련제 T34 중형전차로 장비한 제105 기갑대대를 편승하는 등 북한군을 현대화에 박차를 가하고 3월 18일은 중공과 상호방위조약 체결로 중국 공산군에 있던 조선군 2만5,000명이 북한군에 복속되었다. 소련도 북한에서 철군하였다 하나 지정학적으로 영토가 붙어 있는 데 비해, 미국은 정보를 알고 있었으며 태평양 건너 있었음에도 애치슨라인 선언과 함께 탱크·비행기 한 대 남기지 않고 약 500명의 군사고문단만 남긴 채 한국을 버리고 남한에서 철군함으로써 두 번째 배신을 했다.

"미국 놈 믿지 마라. 소련 놈에 속지 마라. 되놈(중국) 다시 온다. 일본 놈 일어난다. 조선 놈 조심하라."
Y도 친구들과 골목에서나 물장구치면서 참 많이 노래했었다.

'도쿠토미 소호(德富蘇峰)'는 「근세 일본국민사」에 임진왜란에 대해 본인이 직접 보고 느낀 것을 기록으로 남겼다.
"가톨릭으로 개종한 지방 영주들이 전쟁에 필요한 대포와 화약을 얻기 위해 자신의 영지 여자들을 짐승처럼 묶어 포르투갈 가톨릭 예수회 신부들에 팔았다. 그들이 가혹하게 다루어 울부짖는 여자들의 참담함은, 그곳이 지옥이었다."

'도요토미 히데요시'는 자국의 여자들이 포르투갈인들 노예로 팔려 나감에 강경하게 대했으며 이것이 후에 가혹한 가톨릭탄압으로 나타났다. 그러다 임진왜란을 이용해 조선인들을 노예로 팔았다.
400여 년 전 임진왜란, 포르투갈 신부들에 의해 전해진 조총은 일본이 조선을 정복할 자신감을 주었다. 수만 명의 조선인 포로가 일본에 끌려가 당시 세계적 노예무역항인 나가사키에서 이탈리아 상인들에게

1인당 6엔에 팔렸다.

　그러다 제2차 세계대전 전후로 당시 299개 기업(인수합병으로 현 287개)
에서 강제 노동한 한국인 수는 기록상으로만 약 14만 명이 넘는다. 그
리고 6·25로 군상이 되어 또다시 막대한 부를 축적, 근대화의 기술·
자본·자원으로 선진국의 반열에 올랐다. 이 맛을, 어느 나라보다 잘
본 일본은 미 군정청의 막후에서 그들을 앞세워 대한민국의 친일 정부
를 이어 가게 한 계획에는 미국으로서도 나쁠 게 없었다.

　그들의 공통적 특성을 살펴보면 이러함을 알 수 있다.
　하나, 명석한 기회주의자들로 어학, 일어나 영어에 남다른 재능이
있다.
　둘, 겉으로는 나라를 들먹이나 자신만을 위한다. 애국자인 양한 애
국자이다. 그들에게 애국은 곤충인 개미적(的)이다.
　셋, 권력자에게 아부하는 솜씨가 천부적이다.
　넷, 시대와 상황의 흐름을 파악하는 안목과 이를 자신의 영화에 이용
하는 능력에는 탁월한 감각이 있다.
　다섯, 카멜레온같이 변신의 귀재이다.
　여섯, 대체로 부나 권력의 상류층 가문 출신으로 부와 권력의 맛에
길들어 있다.
　일곱, 얼굴은 뻔뻔하고 성품은 얍삽하며 가슴에 음흉함을 숨기는 능
력, 그러니까 후흑의 대가들이다.
　여덟, 결단력이 있다.
　아홉, 그들은 그렇게 태어났고, 그렇게 성장했고, 그렇게 학습되어

있다. 그러니까 구순기나 항문기, 성기기·잠복기와 생식기[1]를 자기애로 보냈다.

열, DNA가 다르다.

열하나, 늘 운은 그들 편이다.

독립운동가의 그 자손을 보면 정말 어리석은 자들이 있다. Y가 벗과 지나다 들른 경기도 이천의 어느 독립운동가 사당에서 추모일에 누가 언제 다녀갔다는 정부 고위 인사의 명단을 보았는데 바로 상호의 아들 대신의 이름이었다.

"꼭 높은 자가 와야 하나? 자신들을 알아 달라는 추모냐? 지하에 계신 선생이 이를 어찌 여기시겠냐? 이름 없는 분이 와서 추모하면 안 되냐?"

생각이 거기에 이르니 화가 치밀어 올라 그 사당에 불이라도 지르고 싶었다.

"명예를 얻기 위해 독립운동했나."

"명예 때문에 독립운동하는 분들이 어디 있어."

부친의 친일로 자기도 성공한 자가 독립운동가의 사당에 추모하고

---

1 생식기(生殖期, genital phase): 마지막 발달 단계로 13세에서 19세 사이에 호르몬 영향으로 급격한 신체적 변화를 경험하며 성 에너지가 무의식 세계에서 의식 세계로 나오게 된다. 잠든 리비도가 깨어나 성기에 집중되면서 이성에 대한 관심과 성행위를 추구한다. 타인과의 관계로 만족을 추구하며 직접 성행위를 충족시키지 못할 시 자위행위로 긴장을 해소하면서 쾌락을 경험하기도 한다. 이 시기를 순조롭게 넘긴 청소년은 이타적인 사람으로 성숙하게 된다.
일반 인간의 자아(Ego)는 현실의 강한 요구와 법률과 사회적 규범, 도덕과 종교적 교리나 규례 사이에서 원초아를 억제하여 고통스럽게 발달해 가며 때로는 중재로, 때로는 양심의 가책으로 슬퍼하기도 한다. 이는 기질이 전혀 다른 두 말, 야생마와 훈련된 말을 동시에 모는 기수와 같다. 그런 두 말의 기수는 힘에 벅차며 고달프다.

그런 자의 추모를 고위직이라고 좋아하는 후손들 생각에 화가 나 얼굴이 달아올랐다.

"이런, 개 같은, 아니 개보다 못한 놈들, 지하에 계신 선생의 통곡 소리가 들리는데 더러운 때가 귀청을 막아서 듣지 못하는 한심한 놈들."

"그게 무슨 소리여?"

"친일하면 대대로 잘 먹고 잘살고, 독립운동하면 대대로 거지 된다고 욕하거나 원통히 여기지만 말고, 그 선조의 정신 백 분의 일이라도 물려받아라!"

"그게 무슨 소리냐니까?"

"알 가치도 없다. 이 개만도 못한 자손 놈들. 이러니 청산이 안 되지."

『전쟁 속의 여인』이라는, 책으로 나올 만큼 일본의 쉰들러라는 살아 있는 양심인인 '스기하라 지우네 & 스기하라 유키코'가 있었다.

"지우네, 너는 동경제국대 의학부에 들어가서 의사가 되어라."

"아버지, 저의 어릴 때부터 꿈이 외교관입니다. 저는 외교관이 되어 소련에 일본 대사로 나가고 싶습니다."

'스기하라 지우네'는 의사가 되기를 바란 아버지의 뜻과는 다르게 어려서부터 외교관이 되어 일본대사로 러시아에 가서 근무하는 것을 원했다. 그는 외무고시를 통해 1930년대 후반, 그의 오랜 소망대로 러시아 서쪽 리투아니아에서 근무하게 되었다.

1940년 7월 27일 이른 아침에 밖의 소란스러움에 깨어나 영사관 창문을 통해 200~300명쯤 돼 보이는 사람들의 무리를 보았다.

"저들이 누구인가? 왜 일본 영사관 앞을 저리 가로막고 있는가?"

부하 둘을 통해 상황을 알아보았다.

"저들은 유대인들입니다."

"유대인들이 왜 일본 영사관에 이르렀는가?"

"독일 나치 게슈타포 손길을 벗어나고자 폴란드에서 빌니우스(Vilnius)를 향해 대이동을 해 온 유대인들입니다."

"일본 비자를 받고 싶어서입니다."

'스기하라 치우네(杉原千畝)'는 알아차렸다. 그들이 일본 비자를 받으면 독일의 지배를 받는 유럽을 탈출할 수 있기 때문에 이른 아침부터 그곳에서 스기하라 영사를 기다린 것이다. '스기하라'는 즉시 본국에 유대인들에게 비자를 발행할 수 있도록 허락해 달라고 긴급 전보를 세 번이나 쳤으나 정치적인 문제로 동경에서 날아오는 대답은 세 번 모두 안 된다는 것이었다. 그때 그는 '그렇게 꿈꾸어 왔던 외교관' 그렇게 이룬 외교관으로서 풍요로운 삶과 출세를 하는 자신의 모습과 독일군에 비참하게 끌려가는 유대인들의 모습을 교차하여 생각했다. 하룻밤을 꼬박 새운 그는 다음 날 아침 일찍 부하 직원들에게 명했다.

"대사관 문을 활짝 열고 저들을 들게 하라."

"아니 됩니다. 본국의 명을 거부하고 지금 저들을 받으면 며칠 이내 수천 명의 유대인이 더 올 것입니다. 또한, 명을 거부한 본국의 처벌을 받게 될 것입니다."

"모든 책임은 내가 진다."

그날부터 무려 28일 동안이나 밤잠은 물론 음식도 거르면서 손수 비자를 쓰고 도장을 찍었다. 이로써 '스기하라 지우네'는 6천 명 이상의 유대인들 목숨을 구할 수 있었다. 당연히 그 일로 '스기하라 지우네'는 본국으로 송환되어 외교관 지위를 박탈당하고 일생을 작은 가게에서 전구나 팔면서 가난하게 살았다. 그러나 그와 그의 가족들과 주변에 이렇게 말했다.

"나는 사람들이 필요로 할 때 가장 옳을 일을 했다."

"다시 한 번 그런 상황이 주어진다 해도 그렇게 할 것이다."

'스기하라'와 그의 가족들은 한 번도 이 선택을 후회하지 않았다. 일본 우익은 살아 있는 양심을 그리 물었다.

친일 경찰들은 은밀하게 반민특위 요인들을 암살하려는 계획을 꾸몄다. 마쓰우라 히로(松浦鴻) 노덕술은 1899년 6월 1일 경남 울산에서 태어나 사법계에 있으면서 수많은 학생과 항일 운동가들을 취조하고 고문했으며 흑조회(1927년 봄 부산 제2상업학교 학생 김규직·양정욱·윤태윤·김봉갑·윤호관·윤병수 등 10여 명의 학생이 민족정기의 함양과 항일투쟁을 목표로 조직한 독서회)의 김규직·유진홍을 고문하여 사망에 이르게도 했다.

1948년 7월, 수도경찰청장 장택상 저격하려 한 박성근을 고문치사시킨 후 시신을 한강에 투기했다가 체포되었으나 내조자의 도움으로 도주했다. 도주 중에도 1948년 10월 수도경찰청 수사 과장 최난수 차석 홍택희 등과 백민태를 고용해 반민특위 핵심 관계자 김병로·신익희·유진산·이철승·김두한·권승렬·김상덕·김상돈·서용길·서성달·서순영·오택관·최국진·홍순옥·곽상훈 15명의 암살을 지시했음이 밝혀졌으나 역시 이승만에 의해 무죄를 선고받았다.

"그중에 국회의원 3명, 이 새끼들 말이야, 자네가 구국의 결단으로 38선상 그 지점으로 끌고 오면 그다음은 우리가 알아서 하겠다."

독립운동가 백민태는 양심의 가책으로 검찰에 자수하여 음모는 무산됐다. 노덕술은 누가 시장은 모르게 진행했는지, 울산시에서 울산의 인물로 선정했으나 뜻있는 시민들에 의해 취소되었다.

"미국 놈 믿지 마라. 소련 놈에 속지 마라. 되놈(중국) 다시 온다. 일본 놈 일어난다. 조선 놈 조심하라."

일본은 폐허 국에서 6 · 25 특수로 다시 경제 대국이 되고, 지금도 중국 몽니와 미국 협박을 겪노라니 격동기 때 조선 민중의 위대한 지성은 민족이 갈 길을 노래했건만, 아직도 기득권만 지키려는 정치인, 우매한 민중으로 아리다.

매국노의 DNA를 이어받아 그러한 프로이트[2]적 가정에서 자라 붉은 이빨을 드러내건만, 본인은 당선을, 당은 당의 의원 정족수를 늘리려 지역감정을 부추기고 온갖 치졸한 짓을 거리낌 없이 행함에도 민중은 그 장단에 맞춰 춤을 추고 있다.

천황에의 충성을 자랑스러움으로 안고 돌아온 조국

조국은 땅이 아니다. 땅은 그 토대에 불과하다. 조국은 이 토대 위에 건립한 이념이다.

– 주세페 마치니(Giuseppe Mazzini, 이탈리아의 혁명가)

---

2 프로이트(Freud,S.): 성격이 심리성적 발달 단계에 따라 형성된다고 보았다. 심리성적 단계의 주요한 특징은 정신 에너지인, 정신분석학 용어로 성 본능(性本能)이라는 뜻을 가진 '리비도(Libido)'가 신체 부위의 어디에 집중되어 있느냐 따라 구순기 · 항문기 · 성기기 · 잠복기 · 생식기로 구분했다. 인간이 각 단계에서 내재적인 갈등을 어떤 원인으로든 해결한다면 성인이 되었을 때 어느 정도 정신병리에서 벗어나, 그렇지 못하면 정신 내면의 (Intrapsychic) 갈등, 고착(Fixation), 잠재적으로 심각한 정서 문제를 겪을 수 있다고 보았다.

"조종사 훈련 중 목이 말라 군화에 오줌을 받아 마셨다. 모든 것이 황은!"

상호의 편지들엔 충성과 일본군의 승전과 자랑스러움이 담겨 있었으며 훈련의 고됨 속에서도 제2차 세계 대전 때 일본 비행사들이 카미카제를 하러 떠나기 전에 가장 먼저 산화하겠다는 결의로 불렀다는 동기의 벚꽃을 인용해 황은을 담아 보냈다.

"항공대의 연병장에 핀 벚꽃이 되어

저녁노을이 지는 이 남쪽 하늘

돌아오지 못할지나 일번으로 산화하여서

야스쿠니 신사의 벚꽃 가지에서 질지나

황은으로 다시 피어나리라."

"동생이 전장에서 보낸 것이야!"

동생을 자랑스럽게 생각한 누나는 장롱 깊숙이 편지를 보관해 두었다. Y는 어머니 유품에서 발견한 누른색의 얇고 조잡한 편지 봉투에 든 그 편지들을 독립기념관이나 민족문제연구소, 혹은 유사한 기독교 단체에 기증하러 몇 사람을 만나기도 했다.

전쟁이 끝나고 조국으로 돌아오면서 일본 군복을 입고 허리에 긴 일본도를 찬 그를 부산 부둣가 사람들이 그를 보고 외쳤다.

"저기 왜놈이 있다!"

"나는 조선인입니다."

누나는 칼집은 뒤 안에 묻고 '昭和天皇 富士 安東相互(천왕이 부사 안동 상호에게 내린 하사품)'라는 글귀가 새겨진 칼은 가마솥 걸이로 사용했다. 부사 안동(富士 安東)은 일본 후지산과 본관을 성씨로 개명한 상호의 이름이다.

그렇게 일 년여 지난 후, 가마솥 불집 갈이를 할 때 검게 탄 칼을 흙에 문지르니 얼굴이 비쳤다. 겁이 난 누나는 칼을 아무도 모르게 묻었다. 어머니에게 들은 Y도 잘 아는 그곳은 그대로였다. 그 옛집은 매우 낡았으나 칼은 있을 것 같았다. 현 소유주를 알아보려 등기부 등본까지 확인하고는 끝내 덮어야만 했다.

통일혁명당 사건에 세상이 떠들썩했다. 특히 그의 고향에서는 고향을 두렵게 했다. 1965년 11월 김종태, 이문규는 통일혁명당 창당 발기인으로 1967년 5월 월북하여 북한노동당에 가입한 후 23일간 교육을 받고 돌아왔다가 이듬해 1968년에 검거되었다.

김질락의 옥중 수기 『주암산』의 머리글에 딸 수아가 적은 '아버지 나라도 지금 꽃이 피나요'란 글은 애절하다. 1969년 7월 10일 그를 공산주의의 도구로 만든 종태가 사형되고 그는 1972년 7·4 남북 공동성명 10일 후 38세에 형장의 이슬로 사라졌다.

혹자는 그가 심약한 사람 같다고 했으나 Y 기억에는 마음씨 좋은 아저씨였다. 시대의 흐름을 잘못 읽은, 그 흐름에 적응하지도 못한 채 도구로 이용만 당한, 공산주의 이론에 심취해 공산주의 운동을 하면서도 늘 고뇌했던 지성인, 채워지지 않는 마음의 공간으로 아파 신음하는 소리를 뜻 모르는 주변에서 불평분자로 오해받은 한없이 고독했던, 사람을 잘못 만나 인덕도 지독히 없었던 불우한 천재, 그 아림이 남다르게 Y의 가슴을 적셨다.

『어느 지식인의 죽음』으로 바뀐 책명으로도 그는 공산주의자가 아니었다. 성품이 유하고 생각이 깊은 사람은 결코 공산주의자가 될 수 없다. 조카 질락을 사상적 도구로 이용하고 종국에는 죽음에 이르게 한

종태는 질락의 셋째 삼촌으로 Y 어머니 말씀에 원래 머리도 배짱도 언변도 뛰어난 데다 일본강점기 때 혈혈단신으로 일본 유학을 한 탓에 자부심을 넘어 거만했다고 했다.

10·1 사건 때 좌익폭동에 연루되어 계곡이 많아 숨기에는 그만인 고향 뒷산에 움집을 파고 한동안 지내다가 자유당 국회의원인 중형 김상도의 비서로 정치권에 발을 디뎠는데 김상도는 기골이 장대하고 와세다대학 법문학부를 수료한, 문무를 겸비했다. 잔정도 많아 Y를 보기만 하면 툭 하고 꿀밤을 주었다. 대문도 마당도 매우 큰 대로변 집 대문을 들어서면 큰 연못 동쪽에 부들과 연꽃 같은 물풀이 우거져 있었는데 풀숲의 무슨 손잡이를 당기면 뒷부분 숲의 지하로 들어가는 문이 열렸다.

"아재한테 들키면 혼난다."

"한 번만 더 해 보자."

"키들키들! 킥킥!"

1961년 6월 김종필에 의해 대통령 직속으로 만든 3천 명의 중앙정보부가 이때 37만 명에 이르렀다. 그러자 비대해진 조직 간의 충성 경쟁으로 어린 Y와 친구들도 다 아는 이 문이 무슨 대단한 비밀인 양 굶주린 이리 떼같이 물고 늘어졌다.

"나에게 한 문장만 달라. 그러면 누구든지 범죄자로 만들 수 있다!"

나치 선전부장 괴벨스 같은 자들로 대한의 오천 년 넋은 광복되지 않았다.

1926년 2월 12일 이완용이 죽자 일왕이 관 뚜껑을 내렸다. '조선총독부 중추원 부의장 이위대훈위 우봉이공지구(朝鮮總督府 中樞阮 副議長 二位

大勳位 牛峯李公之柩)'란 글씨가 쓰여 있었다. 이를 원광대학교 박물관에서 소장했으나 이완용의 친척 친일 사학자 서울대 교수 이병도가 역사 흔적을 지우려 총장을 설득해 가져가서는 그도 사학자임에도 단 하나뿐인 역사적 증거를 불태워 버렸다.

이병도 아들들은 아버지의 대를 이어 장무는 서울대 총장이, 건무는 문화재청장이 되었다. 원광대학교는 이 희귀하고 피로 물든 역사적 증거를 이병도에게 넘긴 이유를 밝히고 민족과 역사 앞에 용서를 구해야 함에도 여전히 침묵으로 일관하고 있다.

장수 둘째 아들 창대는 독실한 불자이기에 4월 초파일에는 주로 가까운 사찰이나 간혹 은해사를 찾았는데 그해는 사명당의 시를 좋아한 탓에 영정을 본다며 김천 직지사를 찾았다가 1938년 1월 1일자『불교 시보』를 만났다. 1면에 '히로히토 일본 천황과 고준 황후'의 사진과 「황위가 사해에 떨치다」라는 제목에 매우 놀랐다.

"이게 무슨! 관보나 친일 잡지도 아니고….."

그러다 발행인 김태흡 승려가 김대은(金大隱) 혹은 석대은(釋大隱)으로 알려져 있었으며 일본에서 인도 철학을 공부한 일본 유학파란 사실에 또 한 번 놀랐다. 더 놀란 것은 일본군의 무운장구와 국방헌금 납부를 독려하는 시보의 내용이었다. 또한, 시보를 통해 직지사가 국방헌금을 냈다는 기사와 태평양 전쟁 시기에 중앙불교 전문학교 교수로 재직하면서도 시국 강연과 기고 등을 통해 전쟁에 적극적으로 협력하더니 「승려 지원병에 대하야」(1940)라는 글에서는 임진왜란 때의 승병을 예로 들었다.

"청년 승려들이여 지원병으로 참전하라!"

며 역설했다.

"어디 비유를 해도 그리 비유를."

더 나아가

"전쟁 승리가 곧 성불!"

이라는 기괴한 친일 논리의 집대성 격인 단행본 『임전의 조선불교』(1943)를 간행하고는 국민총력조선연맹 참사를 맡았다.

"대은인지 소은인지, 상론지, 이자들은 승려 탈을 쓴 마군(魔軍)이 중에도 상 마군이 아닌가? 이대로 두고 볼 수만 없다."

창대는 은밀히 계획을 꾸몄다. 친구 영걸과 같이할까 하다가 만에 하나 실패하여 붙잡힐지라도 혼자가 좋겠다는 마음에 어렵사리 휘발유를 구해 물병에 넣고 4월 초파일을 기다렸다. 1944년 이 계획은 출판사에 불을 지르는 일이었다.

"장군님은 이토도 죽이셨는데, 이까짓 불이야."

무슨 이유에서인지 그날 직지사에서 들은 이야기는 4월 15일 발간되는 제105호를 마지막으로 폐간된다는 소식이었다. 전국 학생들과 승려들에게 '학병으로, 승병으로'를 외쳤던, 안동이 본관이어서 '안동 상로'로 일본식 성명으로 개명했던 권상로. 그가 1953년 동국대 초대 총장으로 취임하자 창대가 동국대에 반대 서신을 보냈으나 뒤바뀌지는 않았다.

1879년 경상북도 문경에서 태어난 권상로는 동국대 초대 박사로 국사편찬위원회 위원이기도 했으며 이완용, 이종욱, 변설호, 이회광, 이동인 등과 한국 불교 최대의 친일자로 혹자는 '이화여대에 김활란이 있다면 동국대에는 권상로가 있다'고 했다. 나라가 모두 부패해도 종교와 교육만 살아 있으면 미래가 있건만, 근·현대 시작이 이렇게 되니, 대

한민국의 미래도 얼도 부패할 수밖에 없었다. 광복 후는 물론 그 뒤로
도 창대는 술이 거나한 날에는 그날 일을 두고 늘 자신의 우유부단함을
탓했다.

"장군님은 이등박문이도 죽이셨는데, 그까짓 불도, 제대로….."

그리고 그들은 대한민국의 반공과 미래와 변화라는 명분으로 자연스
럽게 친미로 변신하여 부귀와 명예를 누렸다.

어리석을 만큼 착한 창대는 상호 누이와 혼인했는데 누이는 염색체
이상으로 말미암은 유전병을 안고 있었다. 그들은 자신들의 부와 권력
의 힘으로 시골 양반가의 어리석게 착한 청년과 집안을 속여서 딸을 보
냈다. 그렇게 태어난 Y와 형제자매들은 거의 단명했으며 남은 형제자
매도 투병 생활로 이어 가고 있다. Y는 외가 누구로부터 단 한 번도 용
서를 받아 본 적이 없었다. 그러나 Y 자신은 자신의 집안으로부터 이어
져 유전질환을 앓고 있는 생질과 생질녀들에게 외숙으로서 두 번이나
간곡히 용서를 구했다.

일왕이 항복했다.

"짐은 세계의 대세와 제국의 현 상황을 참작하여 비상조치로서 …
미 · 영 · 중 · 소 4개국에 그 공동선언을 수락한다는 뜻을 통고하도록
하였다. … 타국의 주권을 배격하고 영토를 침략하는 행위는 본디 짐의
뜻이 아니다. … 장래의 건설에 총력을 기울여 도의(道義)를 두껍게 하
고 지조를 굳게 하여 맹세코 국체의 정화(精華)를 떨치고 세계의 진운(進
運)에 뒤지지 않도록 하라. 너희 신민은….."

어디에도 전쟁을 일으킨 것과 전쟁 중 범한 그 끔찍한 죄에 대한 잘

못이나 뉘우침도, 패전이나 항복이라는 말도 없다.

조선에서의 역사, 살았는가? 죽었는가?

모든 역사는 현대사이다.

– B 크로체(Benedetto Croce, 1866~1952 이탈리아 철학자)

중국 인민대학 교수이며 인간학의 대가 렁청진(冷成金)이 저서『변경』에서 한 말은 Y는 자신이나 그들이 그만한 그릇이 되지 않음에도 그들에게 이리 대한 것에 대해 뒤늦게야 땅을 치며 후회하고 지독히 아파하고 있다.

"겸양하려면 사상적 깊이와 고귀한 품성, 지혜와 인품, 거기에다 권위와 힘이 뒷받침되어야 한다. 그렇지 않으면 상대방으로부터 멸시당하게 된다. 하나 더 중요한 것은 어리석고 완고하며 이치를 모르는 사람에게는 겸양함이 오히려 호구로 여김을 당하게 되기에 절대로 겸양하면 안 된다."

대한민국의 토종벌 사육은 2,000여 년을 이어 왔으나 양봉은 1954년 '세계 기독교 봉사회'로부터 이탈리안 꿀벌 10군을 기증받아 축산시험장에서 기르면서 시작되었다. 양봉업자들에 따르면 양봉과 토종벌을 함께 칠 경우, 토종벌의 수가 월등히 많으면 평화롭게 공존하나 양봉의 수가 많으면 양봉들이 토종벌을 모두 물어 죽이기에 토종벌은 살아남지 못한다고 한다.

"조선, 우리가 30년 이상 살아온 나라이지만, 이해할 수 없는 나라이다. 만일 일본이었다면 절대로 이렇게 무사히 돌려보내지 않았을 것이다."

광복 후 조선에 살던 일본인들이 일본으로 돌아가면서 한 말이다. 일본인들이 그렇게 무사히 돌아갈 수 있었음에는 미 군정청과 그 권력을 이은 친일파들의 비호가 있었기 때문이기도 하지만, 조선 민중의 토종벌 기질이 더 컸다.

산업화한 국가들은 수요를 초과하는 공급의 처리 문제 해결로 새로운 시장 개척을 위해 약소국을 식민지화했는데 일본의 조선 침략도 그러했다. 때에 제정 러시아 남하에 조선이 러시아 식민국이 될까 매우 두려워하던 중 정한론을 실행에 옮겼다.

조선의 관리들은 일본의 광대 춤을 추면서도 바람에 요동하는 촛불 같은 나라는 안중에도 없이 일본이나 명성황후나 대원군에게 빌붙어 기득권 쟁취에만 분주했다.

1946년 5월, 조선공산당의 정판사 위조지폐 사건이 터졌다. 미군정이 공산당을 불법화하여 주요 간부들에게 체포령을 내리자 공산당은 지지 기반을 상실했다. 그해 7월 조선여론협회가 서울시민 6,671명을 대상으로 한 대통령에 관한, 여론조사는 이승만이 29%(1,916명), 김구(702명), 김규식(694명), 여운형(689명)이 10%, 공산당 박헌영은 1%(84명)밖에 얻지 못했다. 이를 두고 박헌영은 이같이 말했다.

"조선 인민은 아직도 너무나 무지하다. 이론과 논리로 이 무지를 깨트리려 했으나 프롤레타리아 혁명이나 공산주의 건설은 무력이 아니고서는 이룰 수 없다."

자신들의 비존 제시나 도덕성 상실로 인함은 생각지 않고 책임을 민중에게 전가했다. 충남 예산 출신인 박헌영은 서자로 태어난 울분으로 삐뚤게 자랐으나 머리는 영리했다. 사회적으로 인정받을 수 없는 출신이었던 그는 행동과 생각을 다른 사람 탓으로 여기는 심리적인 투사로 마르크스–레닌주의에 빠져들었는데 무엇보다 영국의 마르크스주의 역사학자 에릭 홉스봄(Eric Hobsbawm)에 심취했다.

1919년 경성고등보통학교를 졸업한 뒤, 영어 공부도 하고 승동교회에 다니면서 미국 유학을 꿈꾸었다. 그러다 1920년 9월 중국 상해로 가서 조선 중앙기독교청년회 부설 강습소에 다니며 영어 공부를 하던 중 알게 된 임원근·김단야·최창식 등과 함께 김만겸의 이르츠크파 고려공산당 상해지부에 입당하여 본격적인 공산주의 길로 들어섰다.

그의 극좌 성향의 무상몰수·무상분배 노선과 인간 존엄성에 관한 어긋난 잣대에 조봉암·여운형 등이 남로당과 결별했다. 분노한 그는 평안남도 군우리 출신으로 소작인 아들의 한을 만주 지역에서 일본 헌병 밀정으로 풀다가 공산주의자가 되어 자신을 따른 김태식에게 여운형 암살을 지시했으나 실패했다. 여운형은 1947년 극우파로 이제 21세인 이필형(李弼炯)에 의해 암살되었으나 배후는 베일에 가려 있다.

박헌영은 미 군정청이 정판사 위폐사건과 여운형 암살 배후로 자신을 체포하려 하자, 1948년 관에 누워 시신인 양 가장해 월북했다. 그는 서울시민 6,671명을 대상으로 한 대통령지지도가 1%(84명)밖에 얻지 못했음에도 과대망상에 빠져 있었다.

"중앙당 간부들을 설득해 무력으로 공산화할 수밖에 없다. 만일 북에서 내려온다면, 남조선 당원들이 무장봉기할 것이며 한순간에 공산화될 것이다. 그러면 통일된 조선에서의 나의 입지가 더 공고히 될 것이 자명하다."

그렇게 함께 6 · 25를 일으켜 인민군 중장으로 참전했다. 그러나 그의 주장과는 달리 그의 하찮은 영향력인 데다가 권력 투쟁에 패배하고 1953년에 김일성이 남로당계를 숙청할 때 1955년 12월 15일 처형되었다.

1946년 10월 1일, 대구 10월 사건이 일어났는데 대구 · 경북 인근 지역으로 해서 전국 각지로 퍼져 약 3개월 동안 지속되었다.

10월 3일, 영천에서는 1만여 명의 시위대가 경찰서를 습격하고 군수, 경찰, 관리들을 살해하고는 경찰서와 우체국을 불태웠다. 영천은 1,200여 호의 가옥이 전소 · 파괴되었으며 사망 40명, 중상 43명, 피해액도 10억여 원이 넘었었다. 선산 구미의 주동자 박정희 형 박상희는 2,000여 명의 시위대를 이끌고 경찰서를 습격해 경찰들과 우익 인사를 감금하고 부호들 가산을 파괴, 약탈했다.

시작이 어떠하든 이를 그대로 보고만 있을 공산주의자는 없다. 처음 희생자는 거의 친일파 악질 경찰들이었다. 공산당은 이를 프롤레타리아혁명으로 이용하려 했으나, 무신론을 반대한 기독교의 저항이 의외로 커지자 기독교도들을 처형할 목적으로 영일에서 여운형을 암살하려 했던 김태식이 무죄한 교회 전도사를 무참히 살해했다.

이로 민심이 공산당을 더 떠나게 되자, 김태식은 숨어 지내다가 박헌영의 운구자로 월북하여 6·25 때 인민군 중좌 계급장을 달고 박헌영 부관 노릇을 지냈다. 그러다가 군우리 지형에 밝다는 이유로 중공군의 길잡이로 왔다가 1950년 11월 27일부터 29일까지 벌어진 평안남도 북동쪽 군우리 전투에서 터키군에 의해 사망했다.

10·1사건을 역이용한 정치권과 경찰 지도층, 친일파들은 공산혁명과 반공으로 서로를 부추기고는 자신들은 그 뒤에 안전하게 숨었다.

노조가 가장 활발했던 영천 금호에서는 얼마나 극렬했는지 금호강 다리 기둥에 경찰과 우익 인사 등 6명이 두 손을 뒤로 묶인 채 머리 위를 도려낸 시체가 발견되어 주민들이 공포에 떨었다. 그중 한 사람이 창대의 친구였다.

그날 금호 북쪽 석섬이라는 산기슭 마을에서 일본 강점기 시절 악질이었던 권오근의 지붕에서 저녁노을이 들 무렵 까치 몇 마리가 요란하게 울기에 Y 어머니가

"저 짐승이 어찌 이 시간에 저리 우나. 지금 당장, 중요한 물건 몇 개만 챙겨 우리 집에 와 있어라."

하셨다.

사흘째 되는 날, 이른 점심을 먹은 권오근이 혼자 조심스럽게 방문을 여는 순간 소름이 끼쳤다. 펴 놓고 떠난 이부자리는 칼과 낫으로 난도질되어 있었다. 겁이 난 그는 재산을 급히 처분해 대구 남문시장 가까이 이사했는데 Y가 이사한 동내였기에 몇 달 후 창대와 얼굴을 맞닿았다. 창대를 알아본 그는 창대 아내와는 먼 집안이기도 하고 지난번 도

움도 있었던지라 도와줄 뜻을 비쳤으나,

"저 왜놈 앞잡이 놈!"

이라며 경북 여자고등학교 가까이 이사했고 그 덕에 Y는 10분이면 가는 학교를 비바람 맞으며 한 시간이나 가야 했다. Y가 초등학교 5학년 때였다. 그는 그 동리에서 제법 큰 가게를 열었는데 아들이 입주 가정교사 덕에 행정고시에 합격했다.

진압 경찰들의 소탕 작전으로 경북 금호의 참새미라는 동리에 좌·우가 무엇인지도 모르는, 술만 먹으면 조금 정신을 놓는 김복돌이 흉작의 서러움에 동동주 몇 잔 마시고 비틀거렸다. 그 순간 경찰 진압군 트럭이 지나갔다.

"뭐야, 저 새끼!"

"그냥, 콱 쏴 뿌러!"

3발의 총성이 하늘을 울렸다. 창대 아내이자 상호의 누이와 여러 사람 눈앞에서 일어났다. 김복돌과 가까이 지냈다는 이유로 창대와 몇 사람도 잡혀가 몽둥이와 소총 개머리판으로 얼마나 두들겨 맞았는지, 사람인지 잡아 놓은 멧돼지인지 분간이 어려울 정도였다.

바람이 스산한 11월 초순 깊은 밤, 종태가 준호를 은밀히 찾아와 보따리를 하나 내밀었다. 거기에는 엄청난 돈이 들어 있었다.

"장군님이 내리시는…."

장군님이란 김일성을 뜻했다. 준호는 동생 상호를 생각했다.

"자네 중형을 생각해서…."

이 일로 인해 불고지죄로 체포되었으나, 5·16 때 공중시위로 박정희를 지지한 동생으로 박정희가 석방해 주었다. 준호의 한량 끼는 계속해서 이어져 여러 여자를 두었다. 본부인에게 딸 하나를, 둘째에게 아들 하나, 셋째에게 딸 하나를 두었다. 그는 겨우 집이라도 하나 마련한 창대에게 동생 이야기를 했다. 동생인 상호는 당시 한미 연합 공군 사령부 사령관이었다.

"폐기물 처리업과 납품으로 5 · 16 때 잃은 재산을 찾게 해 주겠다."

창대는 어린 두 아들, 혼처가 되어 가는 세 딸 생각에 불가능한 일도 아닌 데다 준호의 능수능란한 말솜씨에 그 집을 넘겼고, 준호는 집을 넘기고 받은 돈을 허랑방탕하게 썼다. 형과는 우애가 깊은 상호는 형의 본부인에게 난 외딸에게 아버지 잘 모시라며 청량리 제기동 시장의 가게 하나 사 주면서 창대는 외면했다.

후일에 장관이 된 상호 아들 대수나 딸들도, 죽을 쑤어 입으로 씹어 입으로 먹여 키워 공군 중령인 된 막냇동생도 자녀들도 고모부나 고모의 죽음에 누구도 찾지 않았다. 유전병자 딸에 속아서 결혼하고도 처남들을 도의원과 장군의 반열에까지 올랐으나 모든 것을 잃고 고향을 떠나 끔찍한 가난 속에 살아간 한 어리석게 착한 남자.

Y는 상호 아들 대신이 이명박 정부 말기 언론에서 총리 후보 셋 중 하나라는 보도에 만일 후보로 정해지면 빛바랜 상호의 편지들과 그 칼을 찾아 청문회 증인과 증거로 나서, 윗옷을 모두 벗어 자신의 유전 질환의 몸을 보이는 문제를 언론인 · 교수 · 목사 벗들과 심도 있게 논의했으나 늘 따른 관운에도 일인지하 만인지상의 자리에는 이르지 못했다.

목사, 그 야누스들

앞뒤가 없는 門, 그 문의 神 야누스.

– 그리스 신화

중앙정보부에 끌려가 마치 몇 년이라도 지난 것같이 가늠이 안 되는 어느 날, 그자는 보이지 않고 낯선 자가 대신하더니 백지 한 장을 내밀었다.

"틀려도 괜찮으니까 저자에 대해 아는 거나 들은 이야기나 뭐든지 다 써."

들은 그대로 썼다. 이것은 함정이었다.

"너 이를 어떻게 알았어?"

"먼젓번 수사관님께 들은 대로 썼습니다."

"이 새끼, 말이 돼? 수사 중 비밀을, 수사관이 빨갱이인 너한테 털어놨다고? 지금 그걸 믿으라는 거야? 이렇게 된 이상 그러지 말고 다 불어."

"도대체 뭘 불라는 말입니까?"

"그걸 인마 내가 어떻게 알아, 네놈이 알지. 김창흡은 네놈을 보호하려 네놈은 풀어 주라고 했어."

"모릅니다."

"또 모른다?"

이 자도 늘 도루구찌모를 쓰고 다녔다. Y는 이 두 번의 고문 후유증으로 유전적 질환의 약을 먹어야 하지만, 먹지 않음은 물론 도루구찌모를 쓴 사람을 만나면 낯선 사람임에도 격한 분노가 일어나는 트라우마를 겪고 있다.

  김창흡은 10여 년 전 남파된 간첩으로 김일성 대학을 수석으로 졸업
하고 유일한 혈육 여동생이 김일성 비서실에서 김일성 초상화를 그리
고 있으나 당뇨와 심장병을 앓고 있다가 세상을 뜨자 전향했었다. 그
리고 1여 년 조금 지나서 위장 전향임이 밝혀져 다시 체포되었다. 그는
수사관들이 묻는 말에 한 가지, Y에 대한 것만 제외하고는 순순히 답했
고 이내 무기형을 받아 대구 달성 화원 교도소로 이송되었다. 매스컴에
는 '대구 모 교회에서 간첩이 체포되었다'라고 보도되었다. 그리고 그
첫 보도를 Y에게 들려주었다. 김재규의 지시가 떨어졌다.
  "어떻게든 전향시켜!"
  후에 김창흡은 수사 중에도 자신에 대해 예우를 해 주었다고 했다.
그의 신분을 아는 정보부에서 완전 전향시키는 것이 남북 정치 및 자신
들의 업적으로도 유리하다고 판단했다.
  동시에 Y에 대한 이들의 태도 역시 달라졌다. 후에 알게 되었지만,
김재규의 지시가 떨어진 데다가 김창흡과 Y를 엮는 것이 김창흡의 전
향 계획에 걸림이 될 것 같아 회유에 들었음을 알았다. 그러하던 어느
날, 그의 심중에 변화가 일어났다.
  "전향하겠소."
  "김 선생, 정말 잘 생각했소."
  "부탁 하나 해도 되겠소?"
  "무엇이든 말해 보시오."
  "그 친구와 사상논쟁을 했던 유물론에 대해 정말 많은 생각을 했소.
아직 그대로 있다면 풀어 주시오. 전향한 나를 선전에 이용해도 좋소.

그 친구, 젊은이가 참 성실한 사람이었소. 만일 그런 친구가 이 남조선에서 성공하지 못한다면, 남조선도 그만큼 부패하고 권모술수가 난무하고 암울하다는 게지. 그 친구는 이런 것과는 거리가 한참 먼 친구니까."

경상남북도 총책으로 원체 거물인 김창흡이 전향했기에 그와 Y를 더는 엮을 수 없어서 며칠 간격으로 함께 풀려났다. Y를 그의 전향에 도구로 이용한 약 10개월 만에 이층 어느 작은 방에 갇혔다가 '보고 듣고 경험한 모든 내용은 여하한 경우에도 발설하지 않는다.'는 각서 한 장 쓰고서.

1977년 10월 26일이었다. 그때 중앙정보부장이 김재규였다. 이날을 잊지 못하는 것은 풀려난 날이기도 하지만, 그로부터 2년 후인 1979년 10월 26일 소위 말하는 10·26 사건으로 대통령 박정희가 사망했기 때문이었다. 그리고 1909년 10월 26일 그날은 만주 하얼빈역에서 안중근의 이토 히로부미를 향한, 10·26 거사의 총성이 산천을 울린 날이기도 했다.

Y가 거의 10개월 만에 교회로 와 보니 그동안 일곱 집사와 주영호는 매일 밤 그렇게나 다투고 있었다.

"다음 주 서로 논의한 후에 신고할지 말지 결론 내기로 하지 않았소?"

"나는 교회를 지키려고….."

"그러면 받은 보상금을 교회 장학금으로 내놓으시오."

주영호는 끝까지 내놓지 않았다. 가장 연장자 홍 집사가 상기된 채 물었다.

"넌 대체 이 판국에 열 달이나 어디 갔다 왔어?"

결국 집사들은 교회를 떠났다. 그들이 떠나며 Y에게 많은 권면을 했으나 Y는 의리를 지키고 싶었다.

　Y가 교회 온 지 한 달쯤 되었을 때, 교회에 중앙정보부에서 누군가가 찾아왔다.

　"교회에서 그를 좀 이용해 보시오. 전국의 여러 교회에 다니면서 신앙 발표나, 간증이라는 거 있지 않소? 전도지도 다시 만들고, 말이오."

　주영호와 윌리엄 선교사는 사위 클락 선교사가 대한민국의 영주 허락을 받지 못해 정기적으로 일본으로 출국했다가 재입국하는 번거로움으로 심기가 상해 있었다.

　"한국 정부가 미국인인 우리에게 어떻게 이럴 수가 있단 말인가?"

　그러면서도 한국 정부에 밉보여 더 큰 불편을 겪을까 염려하여 이를 외면하지 못했으나 Y는 달랐다.

　"까짓것, 한 번 끌려갔었는데 또 끌고 가진 않겠지."

　지난번 끌려간 것에 대해 분풀이도 할 겸 그의 면전에서 반대했다.

　"이게 뭡니까? 대한민국이 무슨 전제국가도 아니고. 왜 국가가 교회를 통치하려 합니까? 왜 하나님의 교회가 이런 독재에 굴복해야 합니까? 그가 무슨 신앙이 있다고요? 지난번 전도지 내용도 거짓이었지 않습니까? 또 하나님을 속이시럽니까? 절대 반댑니다."

　결국 전도지 재제작은 이루어지지 않았다.

　그로부터 일 년이 조금 지난 1978년 10월 7일, 충청남도 홍성 일대에서 진도 5.0의 한반도의 지진치고는 강진이 일어나 100여 채의 건물이 파손되고 1,000여 채의 건물에 균열이 생겨 4억여 원의 재산 피해로 나라가 어수선할 즈음 공교롭게도 그달, 10월 26일 느닷없이 김창흡이 Y를 찾아왔다. 자신의 교회에서 홍성 지역 교회를 위한 모금 운동을 하기에 Y가 생각났다고 했다.

"내가 자네를 찾은 건 젊은 시절 나를 너무도 닮은 자네한테 꼭 이르고 싶은 말이 있어서네. 나는 내려올 자가 아니었네. 계급투쟁에 휘말려 밀려난 거지. 북한은 얼음 지옥이고 남한은 사막 지옥이네. 반만 하게, 지금처럼 하다간, 반드시 토사구팽될 거네. 자네는 지나쳐, 충성심도, 성실함도, 의리도, 사람에의 신뢰도. 또 꼭 기억하게 그 누구에게도 그 어떤 경우에도 마음을 열어 보이지 말게. 이 말은 꼭 하고 싶었네."

북한은 남파 공작원 교육 때 그를 영웅으로 칭하며 사진을 걸어 놓고 그의 투쟁을 표상으로 삼았다. 그가 예수를 알고 예수를 믿고 공산주의 사상을 버렸다고 서약하고 지장을 찍었는지는 모르지만, Y가 보기에 그는 예수를 가슴에 영접한 것도 유물론적 공산주의 논리에서 돌아선 것이 아니었다.

중앙정보부는 무엇을 근거로 전향했다고 여겼는지, 아마 둘 중 하나이거나 둘 다인 것일지 모른다고 생각했다. 하나는 무엇인지 모르는 정치적 이유, 또 하나는 중앙정보부의 사회주의 및 공산주의 이론에 관한 지독한 무지이다.

약 이십여 년의 시간이 흐른 후 Y가 워싱턴주의 어느 침례교회 특별 강사로 갔다가 그 교회에서 Y를 간첩으로 조작하려 했던 자를 만났는데, 그는 교회의 중추적 집사 중 한 사람이었다. 그가 Y에게 말했다.

"혹시, 우리 어디선가 만나지 않았습니까? 낯설지가 않습니다."

다음 날 그는 Y를 자신의 가정으로 점심 초대를 했다. 그의 가정은 5

공화국 정권이 막 태동할 무렵 이민을 와서 비교적 여유 있게 살고 있었는데 딸 하나는 의사로, 아들 둘 중 하나는 그 도시에서 제법 큰 레스토랑을 운영하고, 하나는 시애틀 공항에 있다고 했다.

수십 명, 어쩌면 그 이상 고문했으니 자신은 다 기억하지 못하고 있을지나 고문당한 자는 결코 그의 얼굴과 목소리를 잊지 못했다. 더한 것은 그때도 여전히 잿빛 도루구찌모를 쓰고 있었다는 점이었다.

그런 주영호가 또다시 여성 문제로 문제가 커지자 Y에게 이렇게 말했다.

"나 미국에 한 석 달 다녀오겠다. 와서 위임할 테니, 그때 이 취임식 하자."

그러나 또 속임수였다. 3개월 동안 교회를 지키게 한 것뿐이었다. 3개월 후 부산의 김의역 목사와 서로 바꾸었다. 3년 후 부산 교회에서 또다시 여성 문제를 일으켰다. 이때에 김의역 목사도 문제를 일으켜 두 목사는 다시 자리를 바꾸었다. 그 과정에서 둘이 심하게 다투었는데 김의역 목사는 분이 풀리지 않아 집사들을 불렀다.

"주영호 말이야, 그 양반 부산에서 문제를 또 일으켰는데, 그 여자 남편이 나한테 와서 이야기했어."

그러고는 다른 이들에게는 이렇게 말했다.

"나는 부산 교회에 다시 갈 수 있으나 그 양반은 여기 다시 못 올 거야."

Y는 그 말을 듣는 순간 어릴 때 어머니의 가르치심이 떠올랐다.

"아랫도리 달렸다고 다 사내가 아니다. 난 널 사내로 낳았다. 네 비록 남의 머슴살이할지언정 사내다워라."

교회의 순수성을 지키자며 그들이 속한 교회들이 양분되었다. 이 중심에 그 두 목사가 있었다. 그들은 같은 편에 섰으며 자신들을 정체성이라 불렀다. 주영호 목사는 은퇴 후 그리스도인은 비록 지옥은 가지 않으나 이 땅에서 삶의 공로에 따라 평가의 심판을 받는다는 뜻의 베마 선교회를 창설했다.

때에 대구 수성구 만촌동 한식 식당, 미국 선교사도 몇 참석한 대구·경북 지역 목사들 모임에서 미국 선교사 'C 데이지'가 반일과 이산가족 문제에 대해 이렇게 말했다.

"일본에 있는 선교사들 말을 들으면, 하나같이 일본인들은 예의 바르고 질서 의식이 뛰어나고 정직·성실하고 그러면서 자신의 말을 반드시 지키며 남에게 작은 누도 끼치지 않는 사람들로, 지구상에 이런 민족이 있다니, 놀랍다고 했다."

그는 여기서 끝내지 않았다.

"한국인은 이해할 수가 없다. 그렇다고 여길지라도 그것이 언제인데 아직도 일본 지배 때 운운하는가 하면, 헤어져 50여 년 만에 만났는데 무슨 마음이 있는지."

급여는 선교비에서 주었다. 달러 가치가 높을 때였기에 교회당을 구하거나 땅을 사서 건축도 했다. 선교사에게 잘 보이면 길이 열렸다.

"맨날, 저런 것만 나오나. 야구 중계는 안 하고."

이산가족의 눈물바다를, 자신의 교회에서는 안타까운 마음인 양 설교하는 포항의 한창수 목사도 그 자리에 있었다. 그는 모 교회인 대구그 교회에서 자신에게 지급하라는 특별선교비를 주영호가 가로채었음에도 그 교회 후임자로 부임하려는 야욕에 이를 덮었다. 굴욕적임에도 하나같이 침묵하자 Y가 식탁을 뒤집을 듯하며 소리쳤다.

"한국을 얼마나 알고 왔느냐? 일본이 우리를 침략한 횟수가 700번이 넘는다는 것을 알고 있느냐? 731부대를 알고 있느냐? 1919년 4월 15일 일본의 아리다(有田俊史) 중위는 헌병과 경찰을 이끌고 수원의 채암리(采岩里) 가옥 42채 중 38채를 불태우고 39명을 학살했다. 다시 제암리에 와서 기독교도·천도교도 30여 명을 교회당 안에 몰아넣고 문을 잠근 후 집중사격으로 모두 죽였다. 한 부인이 어린 아기를 창밖으로 내놓으며 아기만은 살려 달라고 애원했으나 아기마저 일본도로 찔러 죽인 제암리 학살사건을 알고 있느냐? 외국인임에도 우리의 국립서울현충원에 잠들어 있는 위대한 영혼 스코필드 선교사님은 이 참혹한 악을 「수원에서의 일본군 잔학행위에 관한 보고서」로 세계만방에 폭로했다. 당신도 같은 선교사인데 어찌 이렇게 우리의 역사와 문화, 얼을 짓밟는가? 그렇게 일본이 좋으면 일본으로 가라."

Y는 의분이 풀리지 않았다.

"평화로운 너의 집에 총칼 든 떼강도가 들어와 너를 묶고 눈앞에서 아내와 딸들을 강간하고는 어린 딸을 끌고 가서 성적 노리개로 삼았다가 죽이고는 아무 일 없었다는 듯이 이웃에서 잘살고 있으면서 한마디 사과도 없는 자를 어떻게 하겠느냐?"

침묵하는 한국인 목사들에 더 화가 나 소리쳤다.

"당신들 목사야? 민족적 존엄은커녕 자존심도 없어? 우리의 존엄을 이리 짓밟는데도 입 다물고 있어? 이 모습을 당신들 교회 성도들이 본다면 어찌할 것 같으냐? 선교사가 자신의 선교지에서 군림하며 선교하는 나라는 대한민국밖에 없다. 당신들 같은 자들이 있기 때문이다."

Y는 반일주의자나 반미주의자가 아니다. 그렇다고 국수주의자도 아

니다. 글로벌시대(global 時代)에 무슨 주의자로 편향될 만큼 어리석지 않다. 미국과 일본과의 관계를 굳이 일컫는다면 용미주의(用美主義: 미국을 이용하다)나 용일주의(用日主義: 일본을 이용하다)가 더 어울릴지 모른다.

그러나 이로 미 선교사들과 한국 목사들 양쪽 모두에게 기피 인물이 되었다. 야누스가 아니면, 그들 세계에서 교류도, 그리고 인간의 내적 품성보다 드러난 기질로 더 잘 따르는 교인들로 목회 성공도 할 수 없음을 깨닫는 순간, 고문보다 더한 내적 고통과 갈등이 엄습해 왔다.

몇 해 후 목사들의 범아시아 모임(이들은 친교회fellowship라 부른다)이 불광동 교회에서 열렸다. 일본 · 필리핀 · 자유중국 등 아시아 지역 목사도 많이 참석했다.

일본의 미국인 선교사 '조지 킹'은 일본에 대한 한국인의 정서를 잘 알고 지혜롭게도 비행기 안에서 사진이 수록된 스코필드 선교사의 「수원에서의 일본군 잔학행위에 관한 보고서」를 일본인 목사들에게 읽게 했다.

"김포공항에 도착하기 전에 반드시 읽으시오. 반드시!"

이틀째 날 두 번째 시간, 일본 목사 13인이 강단에 올라 흐느끼며 허리를 굽혔다.

"우리 선조들이 한국인들에게 저지른 이 끔찍한 죄를 마음으로 사죄드립니다."

그랬다. 초기에는 그렇지 않았지만, 언제부터인가 한국에 온 미국 선교사 중에는 학문이나 인격, 신앙이 미치지 못하는 이들이 많았다. 일본의 미국 선교사들은 한국에 보내진 미국 선교사들보다 인격이나 신앙이 현저히 높았다. 이는 미 선교본부의 한국과 일본에 대한 인식이었다. 이들에게 영향을 받은 일본 목사들 역시 한국 목사보다 신앙과 인격 등 모든 면에 높은 것은 당연했다.

1896년 무어 선교사는 에비슨 선교사와 함께 노비철폐와 천민의 권익을 보장해 줄 것을 고종 임금에게 탄원하였다. 이로써 조정에서 먼저 복장 제한(服裝制限) 제도를 철폐함으로 양반과 천민의 동등한 권리를 보장하는 데 기여했다.

"백정(白丁) 해방운동의 지도자!"

"사랑의 사도!"

로 불렸으며 무어 선교사는 천민층으로부터 많은 신뢰와 존경을 받았으며 '에비슨 선교사'는 1893년 3월 19일 승동교회를 시작으로 대현교회 · 동막교회 등 모두 25개 교회를 설립하고는 1906년 7월 12일에는 그리스도 신문 사장에 취임했다. 그러다가 장티푸스로 제중원에서 치료를 받다가 15년간의 선교사역을 끝내 중단하고 1906년 12월 22일 소천 하여 양화진에 안장되었다. 그의 묘비명에는 이렇게 쓰여 있다.

"예수그리스도의 충성된 종, 아름다운 인격과 정신의 소유자, 한국인에 대한 헌신적인 사랑을 몸소 실천하셨다(Devoted servant of Jesus Christ Beautiful in character and spirit, unselfish in his love for the Korean people)."

이를 6 · 25 때 인민군들은 총탄으로 읽을 수조차 없게 만들었다. '무어 선교사'가 소천한 후 부인 '로즈 엘리(Rose Ely) 선교사'는 한동안 한국에 더 머물다가 1907년 11월 18일 한국을 떠났다. 한국도 초창기에는 이런 선교사들이었다.

고등학생 영태가 신학을 하겠다기에 Y가 말렸다.

"일반 대학에 들어가서 영문학이나 철학을 공부해라. 논리학을 공부하면 강해 설교를 잘할 수 있다. 2학년 때 군대 가고 졸업 후에, 다시 기도해 보고 결정해라. 그때도 소명이 있거든 너는 집안 형편이 괜찮은 편이니, 유학을 하여라."

그 아버지가 집사이기에 함께 이야기를 나누었다.

"어떻게 하는 것이 좋겠습니까?"

"애에게 이야기하지 않았습니까? 그대로입니다."

"나중에 어떤 목사 밑에 들어가야 하는지, 누가 좋은 목사님인지 어떻게 알 수 있는지요?"

"정치나 교회나 지도자는 같습니다. 그를 따르거나 세우려 한다면 두 가지를 봐야 합니다. 반드시. 하나는 그의 자질입니다. 자격이 아닌, 자질입니다. 그가 자신을 따르는 무리를 위해, 목사를 끊임없이 괴롭히는 나쁜 놈일지라도 그런 성도를 위해 죽을 수 있어야 합니다. 또 하나는 그의 아내입니다. 지도자의 고뇌·고독·욕망 등등을 채워 줄 수 있는 여자인지를 봐야 합니다. 태도나 외형을 보면 안 됩니다. 내면입니다."

아이의 장래를 위해 여러 번 이야기를 나누었다.

"신학을 마치고 어떤 교회에 가야 합니까? 어떤 목사에게 가야 합니까?"

"큰 교회이든 작은 교회이든 이전 부 교역자들, 그러니까 부목사나 전도사에게 어떻게 대했는지, 그들을 어떻게 개척을 시키거나 다른 사역지로 보냈는지를 보면 확실히 알 수 있습니다."

그날 그들의 집 안방에서 많은 이야기를 나누었다. Y는 무엇보다 그 아이의 장래에 모든 마음을 담아 정성을 다해 조언했다.

"개척을 몇 개나, 어떻게 했는지를 보면 또한 그 교회 재직들과 성도들의 영적 및 인격적 수준도 알 수 있습니다."

그 부모들은 매우 유능한 인생꾼이었다. Y도 잘 알고 있었지만, 자신들 외아들 문제인 데다 Y가 진심 어린 조언이었기에 잘 받아들였으리라 생각했다. 그러나 그것이 Y의 프로이트였다. 그들은 어쩌면, 아들을 선한 목자, 참목자로 만들지는 못할지라도 성공적인 목사로는 만들 수 있는 자들이었다. Y의 마음 어린 조언은 그대로 담임목사 주영호에게 들어갔다. 그는 진심으로 학생의 장래를 위하는 마음인 양한 태도를 그 부모에게 보였다. 그렇게 교인 한 사람 한 사람을 매우 귀하게 대했다. 그러나 이는 인간의 존엄성으로서의 가치나 예수가 이른 '한 영혼이 천하보다 귀하다'는 것이 아닌, 헌금을 하는 재무의 가치로 보기 때문이었다.

"너 이 새끼, 정말 매장당하고 싶어? 일반대학은 무슨, 더구나 유학이라니, 교회에서 빨리 써먹어야지."

'차마, 의와 체면을 놓지 못하고 품은 마음을 누구에게나 쉽게 노출하는 착한 마음의 소유자는 패배한 뒤에 땅을 치고 통곡할지나 되돌릴수 없으리니.' 후흑, 얼굴이 뻔뻔하고 시커먼 마음을 감추는 능력. 청나라 말기 사람 『후흑학(厚黑學)』의 저자 이종오(李宗吾, 1879~1944)는 그리 주장했다. 그는 후흑학厚黑學의 대가란 칭호를 얻었으나 이론적 후흑학인(厚黑學人)인 것 같다. 실천적 후흑학인(厚黑學人)은 아마 복수심을 감추고 아내를 적의 품에 안겨 준 월왕 구천이나 조조 같은 자이었는지 모를 일이다. 혹자는 유방이 그러했고 사마의가 그러했다고 하나 어디 그들뿐이겠는가? Y는 이후 선교사 한국 목사, 심지어 어떤 교인, 실천적 후흑인인 이들 모두로부터 외면받았다.

정치인은 자신의 최종 학력과 재산, 그리고 재산 변동 사항을 신고하게 되어 있다. 나라의 정치 지도자이기 때문에 요구하는 도덕성이다. 정치인이 이러할진대 민중의 정신에 영향을 끼치는 종교 지도자들에게는 더 높거나 아니면 최소한 그러한 잣대와 법이 필요하다. 종교 지도자의 권력은 가히 절대적이다. 자유와 권력에는 그만한 책임과 의무가 따라야 한다. 일 년에 한 차례 성직자의 재산 변동 사항과 종교 재정 장부를 공신력 있는 기관으로부터 검증받아야 한다.

'아서 배리'는 1920년대에 대서양의 북위 20~30도 해역에서 활동한 매우 기이한 이름을 떨쳤던 최고의 보석 도둑으로 예술품의 전문 감정가이기도 했다. 그의 명단에는 재물이나 돈, 희귀한 보석을 가진 사회 고위층들이었기에 그의 명단에 올라 있거나 그의 방문을 받고 도난당하는 것이 곧 그 사람의 지위를 나타내 주는 척도가 될 정도였다고 하니 희한한 유명인사이다. 이런 생각들에 경찰들도 당황했다. 어느 날 '배리'는 도둑질을 하다가 충격을 당해 몸에 총탄이 박히고 눈에도 유리 파편이 박혀 고문을 받는 것 같은 고통을 당했다.
"결코, 다시는 도적질을 하지 않겠다."
성공적으로 탈출하여 3년 동안 숨어 지내던 중 한 여자의 고발로 체포되어 18년의 징역형을 선고받았다. 그 후 출소하여 도둑 생활을 청산하고 조그마한 뉴잉글랜드 읍에 정착하여 성실하게 생활한 결과, 그 지방의 사람들 존경을 받아 지역 대표로까지 뽑히게 되자 예전의 유명한 보석 도둑이라는 말이 퍼져 전국에서 기자들이 그와 인터뷰하기 위해 모여들어 그에게 많은 질문을 했다. 그때 한 젊은 기자가 질문을 던졌다.

"게리 씨, 당신은 그 시절에 수많은 부호의 재물을 훔쳤다고 하는데, 그 가운데 누구의 것을 가장 많이 훔쳤는지 기억하십니까?"

그러자 '배리'는 조금도 주저함 없이 다음과 같이 대답했다.

"나는 성공적인 사업가가 될 수도 있었다. 월가의 실업가나 사회의 공헌자가 될 수도 있었다. 그러나 나는 도둑이 되었다. 그로 인해 감옥에서 내 귀한 인생의 3분의 2를 소비했다. 내가 가장 많은 재산을 훔쳐 낸 사람은 바로 나 자신이었다."

'아서 배리'는 자기 자신을 가장 많이 훔쳐 낸 도둑이었다.

그들은 자신은 물론 조부나 부친의 친일로 훔친 부와 명예를 대물림받은 자들, 그들이 가장 많이 훔친 애국자의 피와 이들 자녀들의 미래와 의와 애국과 역사와 얼을 훔쳐 군림하는 자들, 그들에게 미래를 빼앗기고 그들에게 지금도 버러지같이 여김당하며 사는 이들. 그들에게 배리의 양심이 미생의 땀방울만큼이라도 있기를 기대하는 것 자체가 억지인지 모른다.

유대 군중의 의도적인 선택으로 예수 대신 풀려난 바라바는 이름 없는 인물이면서도 오랜 세월 사람들의 호기심을 자아냈다. 복음서에 의하면, 예수가 예루살렘에서 재판을 받을 때 로마 총독 빌라도는 사형수 하나를 풀어 주는 유대인들의 유월절 관례에 따라 두 사형수 중 예수를 풀어 주려 했다. 그러나 유대교 지도자들은 이참에 자신들의 종교적 기득권을 흔들고 있는 예수를 제거하기로 결정했다. 그러고는 우매한 군중을 선동했으며 이들의 선동을 받은 유대 군중은 악명 높은 살인자이자 혁명가인 바라바를 선택했다. 빌라도는 최종 결정권이 자신에게 있었음에도 이 또한 관례였기에 바라바는 풀려났고 예수는 십자가에 못박혀 처형되었다. 이는 빌라도나 로마인들도 원하지 않았다. 바라바는 로마 정부의 반역자이기에 장차 또다시 말썽을 일으킬 게 뻔했기 때문이기도 했다.

바라바가 어떤 사람인지는 모른다. 반란에 가담한 것으로 미루어 보아 열심당원인 것 같다. 바라바는 풀려난 뒤에 열심당으로 돌아가 로마에 대한 저항을 계속했다. 바라바란 '아버지의 자식'이라는 뜻으로 이는 아마 신앙적으로 죄 없는 예수가 죄인인 '모든 아버지 자식들' 죄를 대신해 죽은 그리스도교 신앙의 핵심을 상징한 것인지도 모른다.

스웨덴의 노벨 문학상 수상자인 '페르 라게르크비스트(Pär Lagerkvist)'의 장편 소설『바라바(Barabbas)』에 의하면, 풀려난 바라바가 타락한 동료들에게 돌아가 보니 아내는 그리스도교로 개종해 돌을 맞아 죽고 난 후였다.

1951년도 노벨문학상 수상작인 이 소설은, 예수가 대신 십자가에 못박혀 죽게 되어 처형을 모면한 바라바의 이야기로 비극적 운명을 타고 난 주인공 '바라바'의 내면세계를 신·인간·숙명이라는 커다란 문제들을 진지하게 성찰케 함으로써 참된 신앙과 사랑의 의미를 모른 채 살아가는 현대인의 비극성을 장엄한 문체로 묘사했다.

'바라바'는 처형을 모면하고 석방되어 자유를 얻었으나 왜 나사렛의 예수라는 사람이 자기 대신 십자가를 지고 죽어야만 했는지 알 수가 없었다. 바라바의 마음은 감당할 수 없는 의문으로 들끓었다. 성서에나 역사서 어디에도 석방된 바라바가 그 후 어떤 삶을 살았는지에 대한 기록이 없다.

'라게르크비스트'는 '바라바'로 2천여 년을 거슬러 예루살렘과 로마를 넘나들며 담담하게 바라바의 행적을 그려 내었다. '바라바'는 다시 감옥에 갇히고⋯. 총독은 바라바 앞으로 가서 바라바의 노예 표찰을 같은 방법으로 뒤집어 보면서 물었다.

"너도야? 너도 이 신을 믿느냐?"

바라바는 대답하지 않았다.

"대답하라. 너도야?"

바라바는 머리를 흔들었다.

"아니라고? 그런데 왜 그의 이름을 표에 새겨 넣었지?"

바라바는 여전히 입을 다물고 있었다.

"나는 신이 없습니다."

너무나 작은 목소리로 드디어 바라바가 입을 열었다. 사하크는 실망과 고통에 찬 눈으로 바라바를 보았다. 총독 사하크는 바라바의 말을 못 믿겠다는 얼굴이었다.

"이상하군. 그렇다면 왜 '예수 그리스도'라고 새긴 표를 가슴에 달고 있지?"

"믿고 싶기 때문입니다."

바라바는 사슬에 묶인 죄수의 몸으로 그리스도교도가 되어 십자가에 처형된다.

역사는 아내를 돌로 쳐 죽인 자들, 정치 종교적 지도자들인 자들은 여전히 군림하며 그 군림을 대를 잇고 있다. 열심당원들과 바라바는 그 뒤 어떤 삶을 살았을까?

Y의 머리는 혼란스러웠다.

"한국의 바라바들, 독립운동가들은 바라바였는가? 대한민국이라는 나라의….”

갈등과 의혹을 넘는 순간 불현듯 떠올랐다.

“많은 한국의 기독인들은 바라바 신드롬(The Barabbas syndrome)[3]을 앓고 있다. 자기 스스로 믿는다고 여길지나 실제는 믿고 싶을 뿐인.”

네덜란드의 룰 헤르만스(Roel Hermans) 연구팀은 라드바우드 대학교 실험실에 식당을 만든 후 학생들에게 음식을 제공하면서 음식이 입에 들어가는 순간을 식사하는 상대와 함께 3,888번이나 살폈다. 나아가 입속에 넣는 음식의 양과 전체 식사량까지 살핀 결과, 식사량이나 방법을 자기 스스로 선택한다고 여기지만 앞에 앉은 사람의 영향을 받았으며 앞사람 역시 앞사람의 영향을 받았다. 연구팀은 이 연구를 확장한 결과 다른 선택의 문제도 그러한 경향이 있음을 알았다.

이를 심리학적으로 ‘카멜레온 효과(The Chameleon Effect)’라 하는데 1966년 피츠버그 대학에서도 학생들을 상대로 ‘카멜레온 효과’를 조사한 바에 의하면 이 모방 행동은 21㎜ 초 만에 이루어졌다고 한다. 1㎜ 초는 1,000분의 1초로 인간이 빛에 반응하는 속도이다.

그러나 한국의 선거 때 여전히 나타나는 몰표는 ‘민중의 사회 프로이

---

3 바라바 신드롬(The Barabbas syndrome): 스웨덴의 노벨 문학상 수상자인 ‘페르 라게르크비스트(Pär Lagerkvist)’의 장편 소설 『바라바(Barabbas)』에서 저자가 따온 말. 자기 대신에 예수가 십자가에 못 박혀 죽게 되어 처형을 면한 바라바는 신·인간·숙명 앞에 몸부림치다가 다시 감옥에 갇혔을 때 예수의 이름표를 달았다. ‘너도야? 너도 이 신을 믿느냐?’는 총독의 질문에 ‘나는 신이 없습니다. 믿고 싶기 때문입니다.’고 답한다. 후에 바라바는 그리스도교도가 되어 십자가에 처형된다. 기독인들이 제 스스로는 믿는 줄을 알고 있지만, 그렇게 믿고 싶은 마음이 감춰져 있을 뿐이다.

트[4]'에 의해 '카멜레온 신드롬(The Chameleon syndrome)[5]'이 자리하고 있음을 알 수 있다.

애덤 갈린스키(Adam D. Galinsky) 같은 학자는 이에 대해 이렇게 말했다. "집단 생활하는 인간이 그 무리가 커지면서 믿을 수 있는 자와 그렇지 않은 자를 알아내어야 집단에서 존재할 수 있기에 무리나 개인의 삶의 태도에 자신의 행동을 일치시킴으로써 생존하려 했다."

그렇게 카멜레온 효과는 인간 생존 욕망에 그 근원을 두었다. 그것은 모든 인간의 내면에 은밀히 존재하는 '카멜레온 신드롬'이다. 그들의 DNA에는 이 카멜레온 효과(The Chameleon Effect)나 카멜레온 신드롬(The Chameleon syndrome)이 잘 발달해 있다.

카멜레온은 채색 변화 때문에 툭하면 변절자나 지조가 없는 인물에

---

4 민중의 사회 프로이트: 작가가 나라와 민중이 태어나 겪어 온 사회적 · 정서적 의식구조를 프로이트의 발단 단계로 분석한 것. 예로 근현대사의 대한민국은 자연분만이 아닌, 인공 중절로 광복되었으나 지독한 가난에 개인 및 사회적 구순기나 항문기를 작은 채움도 없이 굶주린 채 보내야만 했다. 사회는 이웃 간 서로 의지해도 힘든 삶을 좌 · 우로 반목하고 일제강점기 권력은 그대로 유지되어 군림하고 억압하기에 억눌린 분노가 10 · 1사건, 4 · 19로 폭발했다. 해결할 수 없는 불안에 대한 방어 기제, 이어 온 힘에 대한 반동형성, 가진 자들에 대해 투사로 표출된 자기 비하로 원시적 인간으로의 퇴행, 이성과 논리는 사라지고 '나만이, 우리만이 선(善)'이라는 '지저스 콤플렉스(Jesus complex)'에다가 민중은 민중대로, 정치인은 정치인대로 논리와 이념이 다른 측에 '저항과 상황의 분노'를 감정 전이함으로써 심리적으로라도 보상받으려는 기제가 당시 대한민국 민중과 정치였다. 그리고 이는 지금까지 이어져 사회적으로는 구강기로부터 생식기에 이르기까지 우여곡절로 넘겼으나 정서적으로는 미성숙한 채로 머물고 있다.

5 카멜레온 신드롬(The Chameleon syndrome): 민중의 사회 프로이트가 특정할 때, 카멜레온 효과가 개인이나 집단으로 나타나는 심리적 현상을 저자가 일컬은 말이다. 예를 들면 정치 · 문화 · 이념에 관한 자신과 다른 생각을 하는 타인과의 관계에 있어서나 집단적으로는 종교 생활이나 선거, 시위 등, 집단 속에서 표출하는 자신의 태도나 심리 현상이다. 이는 자신은 자신의 이성으로 결단하고 행동한다고 여기나 자신의 미성숙한 자아를 인지하지 못한 나머지 미성숙한 타인, 미성숙한 집단, 미성숙한 사회에 의해 지배받는다.

비유된다. 카멜레온에게는 불편한 진실이나 그것이 카멜레온에게는 정의이다.

모든 것이 부패해도 교육과 종교만 맑으면 장래는 밝다. 방법이 있다. 목사도 4~5년마다 재신임을 물으면 된다. 주영호는 80이 넘도록 자리를 지키다가 미국에서 자다가 세상을 떴다. 그에 반해 Y에게 그렇게 조언한 신 목사는 올곧게 살아왔지만, 두 딸과 아내에게 빈궁한 삶만 물려주고는 치매로 요양원에서 쓸쓸함에 묻혀 있다. 사람을 못 알아본다는 그가 Y는 알아보았다.

"나, 누구요?"

"너, Y잖아."

그에 대한 기억으로 가슴이 주체할 수 없이 아렸다. 안중근의 제1 10·26도 김재규의 제2 10·26도 10·26은 여태 진실이 다 밝혀지지는 않았다. 제2 10·26은 중앙정보부장 김재규가 경호실장 차지철로 인해 물러나야 할 위기에 처했다는 것과 박정희의 핵 개발을 저지하려는 미 CIA의 음모라는 등 그 자신은 법정에서 이렇게 변호했다.

"유신독재는 끝내야만 했다. 이제는 자유민주주의를 회복하고 더는 국민의 희생을 막고 악화된 미국과의 관계를 회복해 적화를 막아야만 했다."

그가 말하진 않았으나 어쩌면 주군에 대한 마지막 충심이었는지도 모른다.

"인제 그만, 주군을 영웅으로 만들고 바람처럼 가리라!"

신 목사는 Y도 잘 아는 톰퍼슨 박사와 여행 중 내비게이션이 없을 때이기에 지도와 나침판, 그리고 이정표에 의지하다가 어느 외진 길을 잘못 들어 강어귀에 닿았는데 소변을 보고 무심코 강 건너 한 인물을 보았다. 그렇게 넓은 강이 아닌 탓에 건너편 사람이 누군지 확연히 알 수 있었다.

매우 놀란 나머지 혹시라도 잘못 보았을까 하는 마음에 자세히, 또 자세히 살폈으나 틀림없이 1980년 5월 20일, 사형 집행되었었다는 김재규였다. 기슭에 보트나 아니면 뗏목이라도 건널 만한 것을 찾았으나 찾지 못해 얼른 자동차에서 카메라를 가져왔을 때는 사라지고 없어 하다못해 주변 경관이라도 담으려 카메라를 열었다. 그러고는 톰퍼슨에게 이곳의 지도상 위치를 확인하고는 돌아온 즉시 공항에서 집보다는 먼저 Y를 찾아 사진과 함께 이를 알렸다. 신 목사는 Y의 권면이 있음에도 다른 이들에게 알린 한 달 채 못 되어 중앙정보부에 끌려갔다.

"당신, 유언비어가 뭔지 알아?"

"정보부가 간첩은 안 잡고 그런 수사도 하나? 당신들 나하고 가자. 보여 주겠다. 갈 때 삽과 곡괭이도 가져가."

"삽과 곡괭이는 왜?"

"만일, 내가 거짓이면 그 깊은 산 어딘가에서 총으로 쏘고 날 그냥 묻어!"

그는 풀려나서도 Y 앞에 지도를 펴 놓고 확신 있게 말했다.

"김재규는 여기에 있다! 위치는 톰퍼슨이 잘 알고 있다."

1971년 농촌진흥청이 개발한 통일벼는 많게는 이삭 하나에 200~300개까지 열리는 데다가 박정희는 모심기와 벼 베기까지 하며 쌀 생산을 독려하여 쌀 생산이 늘자 쌀 막걸리를 허용했는데 1977년에는 4,000만 석이 생산되었으니 그럴 만도 했다.

이에 신 목사는 박정희에게 항의 서신을 보냈다. '귀한 쌀로 술이라니… 그게 나라의 대통령이 할 소립니까? 대통령님과 나라에 하나님께서 천벌을 내리실 겁니다.' 이런 내용이었다.

그로부터 일주일쯤 되는 날, 지역 경찰 서장으로부터 출두 명령서를 받았다. 의아한 마음으로 갔더니 그 편지가 서장 책상 위에 놓여 있었다.

"이 편지 당신이 보냈어?"

"그게 왜 거기 있습니까?"

"당신 죽고 싶어? 감히 누구에게 이런 편지를 보내?"

신 목사의 분노가 폭발했다.

"야, 이 개새끼야! 너, 나 언제 봤다고 말 놓나? 이 도둑놈아? 너 뭐랬어? 감히 누구라 했나? 박정희가 하나님이냐? 야, 이 개새끼야 박정희도 내가 그 자리 준거야! 너 이 자리에서 나 안 죽이면 바로 고소한다. 남의 편지 도둑질한 도둑놈아! 너 같은 놈이 바로 나라 망하게 하는 간신이야! 이, 간신 새끼야!"

신 목사의 호통에 새파랗게 질린 서장은 결국 사과했다.

이미 일정을 잡았기에 마지막 강의가 끝난 후 동서 횡단 90번 도로를 7일간 달려 좌로 강을 끼고 달리기를 3시간, 강 좌·우로 세 개의 작은 도시가 형성되었으나 총인구라야 2만 명이 채 되지 않는 소도시 강변의 노을 진 전경이 참 아름다웠다.

소도시치고는 제법 큰 모텔의 작은 방을 요구한 Y에게 조금 살이 쪘으나 갈색 눈에 선한 미소의 백인 여성 지배인은 가장 좋은 방과 아침으로 팬케이크와 우유를 주었다. 3일을 머무르며 찾았으나 결국은 찾지 못한 채 떠나는 아침, 마지막 팬케이크를 먹는데 그녀가 물었다.

"이 외진 도시에 무슨 일로 왔어요?"

"나는 Y입니다. 특강 강사로 왔다가 어떤 인물을 찾기 위해 왔습니다."

이야기 끝에 서로가 거듭난 침례교도임을 알게 되었다.

"괜찮으시다면, 이번 주일 우리 집에 오실 수 있습니까?"

금요일이었다.

"모텔비는 내가 알아서 하겠습니다. 우리 집에서 약 30여 명의 형제자매들이 모여 기도하고 성서를 읽고 예배를 드립니다. 우리는 모두 독립 침례교도입니다. 이 도시에는 독립 침례교회가 없습니다."

그날 저녁 그녀에게 몇 사람 소개를 받고 저녁과 신앙을 나누었다. 그러고는 3주를 머물며 매주 그녀의 응접실에서 함께 예배를 드리고 성서를 가르쳤는데 30여 명 중 흑인 2명, 멕시코인 2명, 그리고 나머지는 모두 백인이었다.

"우리는 이 응접실로부터 교회를 시작하기를 원합니다. 당신이 원한다면 영주 문제는 우리가 도울 수 있습니다. 우리는 하나님께서 독립 침례교 목사를 보내 주시기를 기도하고 있습니다."

마지막 예배가 끝나고 그들에게 김재규 사진을 보여 주었다.

"나는 이 사람을 찾으러 왔습니다."

웨슬리라는 나이 든 사람이 그를 알아보았다.

"던 씨네요. 데이비드 던, 참 좋은 분이었어요. 맥도날드 가게에서 간혹 만났습니다. 늘 홀로인 그와 나이도 나와 엇비슷해 이야기를 여러 번 나누었습니다. 그러다가 외로움 탓인지 작년 5월에 자녀들 곁으로 간다며 떠났습니다. 그는 누구이며 어떤 사이입니까?"

순간, 그는 생이 다하는 날까지 끊임없이 이렇게 떠돌아다닐지도 모른다는 생각이 뇌리를 스쳐 갔다.

일정이 달라졌음에도 공항에는 두 사람이 기다리고 있었다. 보안요원과 함께 찾은 그는 공항의 어느 사무실로 가서는 자신의 신분을 밝혔다.

"그 도시에는 무슨 연유로 갔습니까?"

"그 도시를 간 것이 미국 국내법에 저촉된 일입니까?"

"아닙니다. 예정보다 3주나 더 머물면서 누굴 왜 찾았습니까?"

"정직하게 말해야 나 역시 정직하게 말할 것입니다. 누굴, 왜 가 아니라 그를 왜라고 물어야지 않습니까?"

그는 미소만 지었다.

"나는 최근 팩션 소설을 쓰고 있습니다. 질문에 답이 되겠습니까?"

"찾는 사람이 그곳에 있는지 아닌지 어떻게 알고요?"

Y가 숨김없이 신 목사 이야기를 했다.

"그는 지구가 거꾸로 돌아도 거짓말할 사람이 아닙니다. 더욱이 내게…. 기왕, 이야기가 나왔으니 도와주지 않겠습니까?"

그는 이렇게 말했다.

"당신은 정직한 사람 같군요. 우리가 당신을 도와줄 수 있는 일은 이것뿐입니다."

그러더니 공항의 게이트로 안내해 주었다. 후에 화이트와 테일러, 그리고 Dr T, J를 통해 위스콘신강(Wisconsin River) 지류인 키카푸강(Kickapoo River) 상류 어느 작은 마을에 정착한 것 같다는 이야기를 들었다. 위스콘신이야 Y도 간 적이 있다. 지금은 거주지를 또 다른 곳으로 옮겼을 것이다. Y는 그를 만나지는 못했으나 존재는 확인된 셈이었다. 심지어 보안요원과 함께 찾은 국무성 요원인 그의 침묵이 존재를 증명해 준 것이나 마찬가지였다. 후에 신 목사와 함께 톰퍼슨에게 김재규의 사진을 보여 주었다.

"누군지, 알겠느냐?"

"혹시, 그때 그 강변에서 본 자 아냐?"

톰퍼슨이나 웨슬리는 하늘나라로 떠났다. 그의 동생 규는 승려의 길을 가고 있으며 부인 김영희 여사와 후처의 딸은 조용히 거하고 있었다.

"신군부는 그렇게까지 서두를 필요가 없었음에도 형 집행을 단행했다. 지금 모두 경기도에 안장되어 있다. 김재규는 광주, 박선호 고양, 박흥주 포천, 이기주는 양주에. 일각에서처럼 김재규를 국립묘지에 안장한다면 이들도 함께 들지 않겠어? 대통령이 몇 번 바뀌면 10·26의 진실이 수면 위로 올라오겠지."

"정말, 그리 믿습니까?"

김재규는 서울 용산구 서빙고동에 내연녀 장정이와의 사이에서 낳은 아들과 거주하다가 2008년 그녀는 먼저 가고 아들이 2010년까지 거주했으나 그동안 가만히 있던 서울 교육청과의 기거하고 있는 서빙고동 토지 건물에 관한 소유권 다툼에서 패소했다. 김재규가 중앙정보부장으로 있을 때라면 결코 있을 수 없는 일이었다.

5공화국은 자신들에게 무소불위의 권력을 얻게 해 준 은공으로라도 남은 가족을 돕는 것은 물론 이를 해결해 주었어야 했다. 이를 들은 Y가 만난 중앙정보부의 그의 지위면 충분히 가능했음에도 진척시키지 못했다.

언제나 그랬다. 대한민국은 법치는 물론 정의나 의리도 없다. 간혹 정의가 승리하는 모습은 그 정의가 정의이기 때문이 아니라 힘이 있었기 때문이었기에 결국은 힘이 의리이며 정의이다.

요양원에서 오는 길에 분신 같은 신 목사를 통해 본 Y 자신으로 낯선 곳에 내려 한동안 멍하니 서 있었다. 아무리 묻으려 해도 틈만 나면 헤쳐지는 원통함과 분함 탓인지 때에 부는 작은 바람이 비수가 되어 가슴을 파고들었다. 반동형성으로라도 아버지 창대와는 다르기도 하련만, 지나치게 성실하고, 지나치게 충성스럽고, 지나치게 책임감이 강하고, 지나치게 의리가 있고. Y는 15년을 이용당하고는 토사구팽되었다.

전도사나 부목사는 교인들의 상황이나 상태를 담임목사에게 보고하게 되어 있다. 그래야 담임목사가 교인을 더 잘 알 수 있기 때문이다. 그리고 이는 부목사나 전도사의 의무와 윤리이도 했다. 어느 날 갑자기 부목사인 Y에게 흐르던 분위기가 급변했는데 알고 보니 그동안 Y가 보고한 내용을 교인들에게 밝힌 것이었다. Y가 자신의 참 많은 비밀을 알고 있음을 매우 잘 알고 있다.

"돈 있어?"

치졸한 싸움에 교회가 상처를 입을까 염려가 되어 Y가 말없이 떠나자 Y에게는 없는 것이 오가고는 여러 교회를 전전하던 떠돌이 목사 이정수라는 낯선 자가 왔다.

이들은 기독교 철학자 키르케고르(Kierkegaard)가 주창한 인간 실존의 첫 단계에 불과한 미와 향락을 추구하고 제 뜻대로 즐기며 사는 삶인 미적 실존(美的實存)에 있는 자들이었다. 이를 추구하여 윤리적 규범에 따르는 윤리적 실존(倫理的實存)에도 이르지 못하면서 실존의 최고 단계인 모든 유한한 것을 포기하고 신앙으로써 신 앞에 나아가는 삶인 종교적 실존(宗教的實存)을 추구하는 것인 양 외치는 것을 보면 인간이 어떻게 이리 철면피할 수 있는지 싶다.

더 나아가 키르케고르의 기독교 사상의 가장 중요한 개념의 하나인 시간적 간격을 초월하여 종교적 실존이나 순환하는 문화 현상이 영원한 곳에서 되풀이되거나 대면하는 일로 그리스도와 기독교 신자가 역사의 시간을 넘어서 결부되는 동시성(同時性)을 주창함에는 아연하다.

"그리스도처럼! 그리스도와 하나! 그리스도를 따라!"

"직함은 인간을 절대 높여 주지 않는다. 오히려 인간이 직함을 더 빛나게 한다."

르네상스 시대 이탈리아 정치 사상가인 마키아벨리(Niccolo Machiavelli) 말처럼,

오직 담임목사라는 직함으로만 자신을 유지한다. 이들은 카를 마르크스, 니체와 같은 이론적 무신론자들과는 아주 다른 것은, 마치 하나님은 존재하지 않는다는 것을 삶과 행동으로 증명해 보이기라도 하는 자들이다. 가톨릭교도인 프랑스의 신토마스주의 철학자 마리탱(Jacques Maritain)은 이런 자들을 프랙티컬 에이씨스트(practical atheist: 실천적 무신론자)라 일컬었다. 그런데도 그들은 스스로 '지저스 콤플렉스'에 사로잡혀 있다.

"나 외에 누가?"

이러한 '지저스(예수 그리스도) 콤플렉스'가 10년 20년 30년 이어도 교인만 바뀌었지 정체된 채로 존경과 신뢰가 사라졌으나 재신임을 묻지

도 않으니 군림만 하고 있다. 1980년 32개 교단 평신도 대표들이 설립한 한국교회 평신도단체협의회가 앞장서 교회마다 정관이나 내규로 재신임 제도를 세운다면 조금은 더 맑게 되련만….

　Y가 기독교 부목사와 전도사 106인을 대상으로 심층 상담해 본 결과, 담임 목사는 가장 가까이 있는 부목사나 전도사로부터 신뢰와 존경은커녕, 오히려 최고의 갑질 자였으며 단 한 목사 예외가 없었다. 그 갑질은 교인은 물론 일반인들의 상상을 뛰어넘는다. 그것은 대통령보다 더한 절대 권한인 안수, 급여, 인사, 심지어 평판까지 모두 가지고 있기 때문이다. 혹여, 이들이 견디지 못해 교단을 바꾸기라도 하면 '저 친구 전 교단에서 쫓겨났대.' 건너온 평판으로 새 교단에서의 적응도 불가능해진다. 그가 소명감(하나님의 부르심)이 크면 클수록 그 고통 또한 더 크다. 이를 잘 아는 담임목사인 야누스 신 뒤에는 자신들 일터에서는 불평 부당함에 대해 정의로움이라며 노조를 형성해 법도 도덕도 명분도 없이 피 흘리며 투쟁하면서 이 희대의 갑질을 강 건너 불 보듯이 종교라는 신선한 내적 유희를 즐기는 성도라기보다는 기독 종교인들이 존재하고 있다.

　담임 목사의 그러한 갑질에는 이 '침묵의 공모자!' 때문이다. 기독 종교인은 그러지 못할지언정 참성도는 만연한 이 침묵을 깨뜨려야 한다. 만일, 담임 목사의 갑질이 사라지고 인간에의 최소한 존엄과 정의의 기본만이라도 흐른다면 세상이 변할 것이다. 아니면, 목사는 태생적으로 변할 자가 아니기에 국회에서 법으로 막아야 한다. 이는 종교탄압의 문제가 아니라 인권의 문제이다.

담임 목사들은 2014년 일본 (주)엔터콘이 내놓은 성인 게임 브랜드 CLOCKUP(클락업)의 프리테르니테(fraternité: 프랑스어로 '신우회' 직장이나 단체 내 기독교인 모임)가 미묘 · 복잡하고 비현실적인 데다가 부도덕한 에로틱 게임임에도 주제로 '진정한 행복과 구원이란 무엇인가? 사회의 일반적인 상식인가? 개개인의 가치관인 자신 스스로 느끼는 행복인가?'라 던진 철학적 질문의 답을 가지고 있다. 자신 스스로 느끼는 행복이라는…. 내면세계에 던질 철학적 뇌리가 감히 없기에.

그냥 분노 · 슬픔 · 갈등 · 미혹 · 채워지지 않는 욕망 등으로 무질서한 내면세계와 병든 프로이트적 자아를 강단에서는 설교로 일상에서는 부목사나 전도사에 풀고 있다.

교인 또한, 예수그리스도의 몸(교회)의 지체라지만, 성서에 기록되었을 뿐, 실제 자신도 그리 여기거나(지知) 느끼지(정情)도 행동하지도(의意) 아니하므로 교회를 프리테르니테가 되게 했다. 이는 자신이 교회에 속해 있을지나 지독히 고독하고 지독한 외톨이임으로도 스스로에게 증명한다.

칼 마르크스는 이런 인간을 두고 이렇게 논했다.

"인간의 사유가 객관적 진실이 있느냐 아니냐는 문제는 이론적 문제가 아니라 실천적 문제이다."

실천은 없이 사유의 객관적 진실이라며 이론만 앞세우는 이들 야누스들은 억겁을 죽었다가 다시 깨어난다면 깨달을 수 있으려나…. 「세상에서 가장 치욕스럽고 지저분한 것이 그런 지저분한 자의 수하라는 것임을」.

이정수 목사가 왔다는 소식에 지나간 또 다른 기억이 떠올랐다. 교회 대학부에 Y를 잘 따르는 진수·장수·희수 세 남매가 있었다. 매우 부유한 가정으로 아버지는 영남대학교 교수였으며 어머니는 훌륭한 품성의 전업주부였다.

세 남매 모두 IQ가 일반인을 넘었으며 그중 큰아들 진수는 천재 중 천재였다. 여린 심성에 홀로 계시는 어머니와 같이 있으려 장수와 희수는 경북대로 진수는 어머니 권유에 의해 서울대 공대를 들어갔으며 셋 다 4년간 전면 장학생이었다. 진수는 졸업 후 MIT에서 박사 학위를 받은 후 모교에서 교수직 약속을 받았으나 돌아온 2주 전에 이미 그 자리에는 총리 동생이 앉아 있었다.

Y가 놀란 것은 진수가 귀국한 일주일쯤 지날 무렵, 미국 정부에서 진수를 찾아온 일이었다. 그는 진수에게 국무부 장관 사인이 된 백지 한 장을 내밀었다.

"원하는 건 무엇이든 적으시오. 그리고 가족 이외에 함께 하고 싶은 사람 누구라도 괜찮으니 그도 적으시오."

진수는 두 동생들과 함께 이 백지를 가지고 Y를 찾았다.

"어찌하면 좋습니까?"

"너희 생각은 어떠냐?"

"형 뜻을 따르기로 했습니다."

"어머니는?"

"오늘 전도사님 뜻을 받는 대로 우리 뜻을 따르시겠답니다."

"이 한국, 비전(VISION) 없다. 미련도 망설일 것도 없다. 어머니께서나 너희 셋 다 영어도 어려움 없겠다, 어머니 모시고 떠나라."

장수와 희수는 중·고등학교 교직에 몸담고 있었으며 부모님은 아버지의 동료 여교수와의 불륜으로 이혼한 상태였다.

"그렇다면, 전도사님 함께 갑시다. NASA 근교에서 개척하십시오. 이미 한 가정은 확보했지 않습니까? NASA에도 인간성 괜찮은 사람 많을 겁니다."

주영호의 반대로 결단을 못 내린 줄로 알고 있던 어머니는 세 남매와 함께한 자리에서 말했다.

"우리 가정과 애들을 잘 알지 않습니까? 작은아버지 둘과 얼굴도 모르는 사촌들, 외가 쪽도 남보다 못하게 지내는 것을요. 게다가 애들이 친화력이 없어 교우 관계도 좁고요. 다행히 전도사님을 친형님·친오빠 이상 신뢰하고 따르니 함께 갔으면 좋겠습니다. 우리 집은 미국 정부에서 준다니 전도사님 집은 우리가 하나 장만해 드리겠습니다. 애들 모두 기꺼이 찬성입니다. 우리 형편은 잘 아시니 그 정도는 별것 아니지 않습니까?"

남매는 Y가 간디처럼 일 따라가는 사람이라며 '서간디!'라 불렀다. 그들의 뜻을 주영호는 이렇게 반대했다.

"자네는 앞으로 이 교회를 맡아야 해."

워싱턴주의 한 침례교회에 세미나 강사로 갔었다. 월요일부터 금요일까지 5일을 예정하고 갔으나 교회의 요청으로 3주나 계속되었다. 3주가 지난 마지막 날, 어느 집사 가정에서 몇 분의 집사·성도들과 점심을 들고 담소하던 중에 나온 말은 Y의 잠든 아픔을 일깨웠다.

"그때 우리 교회는 목사님이 계시지 않아 6개월이나 매주 외부 강사를 모셨습니다. 당시 한국에서도 몇 분 모셨는데 주영호 목사님도 한 주 강사로 오셨습니다. 우리는 주 목사님께 부목사님이나 전도사님에 계시면 우리 교회 목회자로 한 분 보내 달라고 말씀드린 적이 있었습니다."

그때라면 그 세 남매가 어머니 모시고 미국으로 막 떠날 시점이었다.

마키아벨리는『군주론』에서 인간의 재산에 대한 가치를 이렇게 설파했다.

"인간은 부모 죽인 원수는 세월이 가면 잊을 수 있을지나 아내와 땅을 빼앗아 간 원수는 죽기 전까지는 절대 잊지 못한다."

목회지는 부귀도 명예도 모두 버린, 소명이 뚜렷한, 특히나 가난한 부목사, 전도사에게는 마키아벨리의 그 땅이다.

정신분석학 대상관계이론가 도널드 위니캇(Donald Woods Winnicott, 1896~1971)은 이를 이렇게 논했다.

"내가 나라고 말할 때 나 아닌 것들부터 공격을 받게 된다."

대한민국 땅에는 나를 나라고 말하는 것은 차지하고 내 존재조차 없는 곳이 있다. 자신의 내면에 침묵하고 있는 정의로운 신앙심과 착한 저항심을 애써 외면하고 억누르는 종교인들이 거하는 모퉁이.

Y가 오래전 손에 넣은 글로벌 기업 IBM의 대외비인 총 6권으로 된 인재 육성용 간부 교재는 세상의 일개 기업임에도 놀라움을 넘었었다. 제1권 인재 육성 100가지 법칙 몇을 보면, 기업은 사람이다. 간부 업무의 50%는 자신의 고유 업무이며 50%는 부하 육성이다. 부하 지도 육성 목적은 부하를 변화시키는 데 있다. 선배는 후배의 인생을 좌우한다. 부하는 내 임무 육성의 수단이 아니다. 사심을 버리지 않으면 부하의 신뢰를 얻지 못한다.

안중근 큰아들 문생을 독살한 박한철

카멜레온, 자신도 자신의 본색을 모르는 변색의 천재 짐승.

- 이가와 히로유키(731부대 출신 생물학자)

두 다리 뻗기 어려운 대구 남문 시장 부근 단칸방에 일곱 식구가 안착했다. 그러고는 Y 두 누나는 외삼촌 상호의 한미 연합 공군사령부 사령관 관사 식모살이로 들어갔다. 창대의 노동판, 경비원, 복덕방, 중학교도 못 다닌 자녀들, 어머니는 죄의식 속의 한 많은 한평생으로 눈도 감지 못했다. 유전질환으로 일찍 간 자매형제들과 남은 자매형제들의 투병 생활, 대를 잇는 유전 질환. 그리고 사회적 상류층에 진입한 상호 가족들로부터 외면당한 집안, 대를 잇는 가난과 부귀영화.

인간은 원초아(id: 본능이라는 말이 이해가 더 쉬울 듯하다) · 초자아(superego)라는 길들이지 않은 두 마리의 야생마를 자아(ego)라는 기수가 모는데 이를 잘 다루는 자가 건강한 정신이다. 그저 보통인 사람들이

몰면 때로는 한 녀석이 때로는 두 녀석 모두 속 썩어 애를 먹는다.

더 속상한 것은 그중 한 마리가 유난히 다루기가 어렵다는 점이다. 놈이 매우 거칠기 때문이다. 양심과 도덕, 정의와 윤리, 종교인이라면 신앙이라는 그 초자아라는 놈은 정말 거칠어 다루기 어렵다. 어느 때는 기수인 자아가 울기까지 한다. 그래도 막무가내이다. 그런데도 그 거친 놈을 내치지도 채찍으로 갈기지도 무시하지도 못한다. 오히려 그놈 뜻에 자아인 자신이 맞춘다. 그것이 더 편안하고 더 쉽다. 그러나 그들에게 그런 일이란 없다. 그들의 두 말을 다루는 솜씨는 능수능란하다. 그들에게는 유독 그 말은 온순하다. 그런 데다 6살 이전부터 그 말들을 다루는 법을 보고 자랐기에 몸에 배어 있다. 세상이 제아무리 눈보라·비바람이 거칠지라도 앞만 보고 갈 수 있다. 비난과 도덕, 달리다 토끼 새끼 몇 마리 짓밟혀도 개의치 않는 것도 이 까닭이다. 어느 정신과 의사는 이에 대해 '분노조절장애' 그러니까 자신은 조절하고 싶지만 자신 스스로도 조절이 되지 않는 것 때문이라고 말했는데, 이들은 여태 그랬듯이 자신들 의지로 분노를 폭발했다.

가족 모두가 그러함을 보면 이가 드러난다. 그들에게 자아는 DNA가 다른 데다 구순기나 항문기도, 자신의 부모와 동일시[1]하며 보냄으로 처신과 군림의 자아이상(自我理想)을 형성하며 남근기를 보낸다. 그러다 활발한 탐색과 지적 호기심이 활동하는 시점에 하인이나 하녀 같은 가정교사, 부모의 아랫사람들이 자신에게 굴종하는 것을 체험하며 미래의 에너지를 충족시켰다. 태어나 그렇게 축적된 무의식 세계에 잠든 에

---

1   동일시(同一視, Identification): 자기가 좋아하거나 존경하는 대상이나 자신보다 강한 상대의 가치관이나 특성과 자기 자신 또는 그 외의 대상을 같은 것으로 인식하는 것을 말한다. 한 예로, 청소년들이 인기인의 의상을 모방함으로써 자신의 가치를 찾는 것을 들 수 있다.

너지를, 늘 그랬듯이 드러내어 비행기 안에서조차 갑질한다. 이 감정 전이는 그들에게는 매우 자연스러운 것으로 이들에게는 광야를 달리다 말갈기에 부딪치는 바람이다.

1970년 11월 13일, 전태일이 분신자살했다. 이를 계기로 전태일 어머니 이소선과 그의 동료들이 핵심이 되어 전국연합노동조합 청계 피복 지부를 결성했다.

상호의 집을 찾은 Y와 경북대학교 학생으로 테일러의 성경 공부 반에 나오다가 전태일의 죽음에 분노를 느껴 노동운동에 뛰어든 섭이에게 상호도 그리 말했다.

"수레바퀴에 개미 몇 마리 깔려 죽는다고 수레를 멈출 수는 없지 않나."

섭이가 Y의 눈치를 힐끗 살피고는 말했다.

"장군님, 개미는 누구이며 수레를 탄 자는 누구입니까?"

"수레는 나라이다."

"나라를 탄 자는 누구이며, 나라를 탄 자에게 깔려 죽는 개미는 누구입니까?"

그렇게 자란 그들의 자녀들, 초등학생조차 자연스럽다. DNA가 다르다. 종교는 또 다른 유희 중 하나이다. 조금이라도 다른 면을 보인다면 카멜레온의 변색이다. 개미의 생리이거나. 그리고 그것은 일상의 진수성찬에서는 맛볼 수 없는 별식이다.

관동군 사령부는 군의 편제하에 있지 않고 일왕 아래에 있었기에 그 권위가 특별하여 군 대좌가 관동군 소좌의 지시를 받는 것은 다반사였다. 그럴지라도 자신들 관할하에 일어난 이 엄청난 사건에 몇 날 며칠을 넋 나간 채 보냈다.

"이토 각하가 쓰러지셨다. 우리 관할하에서 어떻게 이런 일이…"

"대체, 안중근이란 인물은 누구인가?"

"안중근의 식솔을 찾아라!"

관동군 관할 모든 밀정이 동원되었다. 박한철이 안중근의 식솔들을 찾아 며칠간 동향을 파악한 끝에 장자를 제거하리라 마음먹고 실행에 옮겼다.

안중근의 식솔들은 굶주리고 있었기에 어렵지 않게 준비한, 중국의 전병이 일본에 전해져 일본에서는 센뻬이라 부른 청산가리가 든 과자를 혼자 양지 녘에 앉아 허기져 졸고 있는 일곱 살 난 큰아들, 아버지가 그리 아꼈고 신부가 되길 바랐던 문생에게 먹였다. 문생은 조금만 먹고 배고픈 동생들 생각에 품고 집으로 돌아가는 길에 죽음을 맞이했다. 자칫했으면 온 가족의 죽음으로 이어질 뻔했다.

"오이, 매우 잘했어!"

관동군 헌병대에서는 체면을 조금이나마 살린 그를 높이 칭찬했다. 이후 최정규가 1920년 일본의 행정력이 미치지 않던 남만주 지역의 무장 항일 세력을 파괴하고 민간인에 대한 통제와 사찰 및 선전 활동을 목적으로 보민회라는 밀정 조직을 설립하자 최정규 참모 노릇을 했다.

1945년 8월 15일 정오 일왕의 항복 방송이 나왔다. 이날 중대 발표가 있으니 모든 조선인은 경청하라는 벽보가 나붙었으나 라디오를 가진 조선인이 많지 않은 데다가 잡음이 심했다. 특히 일상적인 일본어가 아닌, 어려운 한자와 일본 황실 언어였기에 알아들을 수 있는 사람은 극소수였다.

　박한철의 DNA가 빛을 발하는 순간, 누구보다 먼저 이해하고 3일 후 1945년 8월 18일 어슬녘에 미리 체포하러 파악해 두었던 몇몇 독립운동가와 함께 만주 외곽과 평양 외곽의 떠날 채비에 분주한 지서에 불을 지르고 독립운동가인 양 얼을 세탁했다.

　가족을 버리고 만주로 떠나 일생을 독립운동에 바친 Y의 친구 길상이 할아버지는 어쩌다 이자가 누군지 모른 채, 함께 그 일을 도모했다. 그는 보민회 활동 때 수집해 둔 조선 사대부 명문가의 모두 죽은 한 가정으로 DNA가 뭔지도 모를 때이기에 쉽게 호적 세탁을 했다. 성과 이름이야 일찌거니 창씨개명 했기에 그에게는 아무 의미가 없었다.

　대한민국의 하늘은 또 운을 주었다. 비껴간 6·25 참화 후 밀정 때 갈취한 재물로 기반을 잡고는 그 문중 잔치와 제사에 여러 번 참석하자 어른들이 물었다.

　"춘부장 함자가 어찌 되고?"

　"자당은 어느 집안사람이고?"

　막 전쟁이 끝나 어수선할 때 괜찮은 형편에 훤칠하면서도 사람 좋고 문중 자랑인 독립운동가에다가 배움도 깊어 한문이며 일본어도 밝았다. 또한, 문중 역대 인물과 족보에 관해 문중 누구보다 깊이 알고 있으니 문중 일을 맡겼다.

　후에 아들딸들은 공직자와 국회의원이 되므로 문중의 자랑이 되었다. 아들딸들은 알고 있지만, 손자·손녀들은 집안의 추악한 비밀을 모르고 있는 것이나 TV나 신문에서 그 아들 국회의원이 애국자인 양 한 짓거리를 보면 피가 역류했다.

　"저 새끼!"

그 문중과 피를 섞어 태어난 손자·손녀들은 이제 DNA도 그 문중과 같아져 완벽하게 변색에 성공했다. 뒤늦게 그자의 실체를 알게 된 길상이 할아버지는 마지막 순간에도 한이 어찌나 깊었는지 눈도 감지 못했다.

"내 일생 가장 큰 죄는 그놈을 독립운동가로 탈바꿈하는 일에 동조한 일이었다."

대한민국의 하늘은 길상이 할아버지를 통째로 삼킴으로 이 땅에의 증거를 지웠다.

박한철과 길상이 할아버지는 국립묘지에서 그자는 편히 잠들어 계시(?)나 할아버지는 나날이 통한의 밤과 낮이다. 윤석경 광복회 전 대전충남지부장은 CBS라디오 '김현정의 뉴스쇼'에서 가짜 유공자의 이야기를 하면서 전국적으로 100여 명 정도는 가려낼 수 있다고 주장했다. 반역자가 유공자로 변색한 자는 또 얼마인지…. 유관순이 유공자 4등급이다. 보훈처는 지난 10년간 가짜 유공자 39명의 서훈을 취소했다.

Y가 고등학교 때만 해도 대한민국은 지진 안전지대로 배웠으나 최근 지진이 잦다.

국립묘지에 안장된 가짜들과 그 후손들의 뻔뻔한 영광과 연금까지 받고 있음에도 대를 잇는 자기 후손의 하층민 삶에 지하에 잠든 독립운동가의 통곡이 땅을 가르고 있기 때문이다. 그런데도 법과 제도, 정치인과 침묵하는 민중, 이 기묘한 연합이 대한민국 민중의 사회 프로이트이다.

영국은 같은 섬나라로 식민국을 가혹하게 착취하고 남자가 아내를 얻게 되면 취득세를 납부하고 자기 재산이기에 자기 성을 부여했다. 궁

하면 재산 증식 취지로 성매매를 시키고 더 궁하거나 싫으면 목줄을 채워 노예시장에 조금이라도 더 받으려 경매로 팔았다.

이러다 이토가 죽기 겨우 46년 전인 1853년에 이르러서야 '아내 판매 금지법'을 시행했으나 뇌리에 잔흔이 낀 탓에 자기네와 참 많이도 닮은 일본과는 정서적으로도 매우 잘 통했기에 영국의 「타임스」지는 이토 사망을 크게 애도했다.

"이토는 조선에서 일본의 정책과 통치에 유화적 인물이었다."

그러나 안중근의 거사로 한국 독립운동과 중국 공산당이나 국민당의 항일 투쟁도 불 일 듯 더 일어나고 '반일운동'이 동아시아 곳곳에서 일어나는 분위기 속에 전혀 뜻밖의 사건이 이 모두를 놀라게 했다. 안중근 아들이 이토 영전에 머리를 숙이고 용서를 구한 일이다.

영웅은 조국을 위해 가족을 버렸다. 조국은 영웅의 가족을 버렸다. 일본이 두려워 임시정부 사람들까지 모두 떠난 상해에 버려진 가족들 품으로 돌아온 아들에게 떨리는 음성으로 한 어머니 김아려의 한마디였다.

"고생했다!"

어머니는 과연 어떤 마음이었을까? 가장을 잃고 큰아들 문생은 7살 때 과자로 독살당하고 배고파 하는 어린 남매를 안고 흐느끼는 모습이 울분과 애처로움을 넘는다.

2010년 7월 27일 「나는 너다」 속 안준생의 절규하는 모습은…. 역할을 너무 잘해 준 송일국, 의미 깊게 청산리 영웅 김좌진 장군의 손자를 택한 연출가 윤석화, Y 가슴을 처절하게 한 그녀를 늘씬하게 패 주고 싶으나 차마 그 매력적인 여인을….

창대는 단칸방에서 갖은 고생 끝에 겨우 작은 집을 하나 장만했다. 집 좌우로 사람이 걸으면 다른 사람은 지나갈 수가 없는 좁은 골목이 나 있는 집의 가운데 삼각형 집으로 왼쪽 길 세 번째 판잣집이 Y의 같은 반 친구 길상이 집이었다.

길상이 아버지도 아버지가 만주로 독립운동하러 떠난 탓으로 워낙 못 먹고 자라 왜소하고 병약했으며 거기에 글을 읽지 못했다. 이어 온 가난으로 굶는 날이 더 많은 녀석이 하루는 술을 먹고 학교에 왔다.

"이 새끼, 어린 새끼가 술 처먹고 학교에 와?"

키와 몸집이 큰 선생에게 대나무 총채 자루로 참 많이 맞았다. 육십 줄에 이른 선생은 툭하면 긴 일본도를 찬 일본 헌병 장교 차림의 사진 을 보여 주며 자랑했다.

"우리 아버지야!"

"이야!"

반 친구들은 감탄사를 연발하곤 했다. 그때 독립군을 잡아 고문하고 죽인 일본 만주 헌병 장교 아들이 해방된 조국에서 만주 독립군 손자를 대나무 총채로 두들겨 팼다. 6학년 아이에게 특히나 왜소한, 총채는 그 선생 아버지의 목검이었다.

"배가 고파 동네 도가에서 술지게미 얻어먹고 왔어."

친구들은 하나같이 우울함에 빠져 한동안 헤어나질 못했다. 그러다 터졌다.

"복수하자!"

"복수? 선생님께? 어떻게?"

한참 머리 맞대고 심도 있게 논의하던 중 그 기발함에 감탄도 하고 킥킥거리며 웃기도 했다.

"히야!"

"킥킥 킥….."

"어때? 할래, 안 할래?"

"하자!"

생각할 것도 없이 모두 대찬성이었다. 그렇지 않아도 Y의 옆 짝인 부잣집 아들의 엄마는 사흘이 멀다고 학교에 찾아왔다. 녀석이 90점이면 90점부터, 80점 맞으면 80점부터 '수'이다. 녀석 엄마는 항상 수만 받아 오는 아들로 매우 흡족했었다. 이에 대해서도 반 아이들은 불만이 많았으나 어쩌지 못하고 있었다.

월요일 첫 시간, 지난 토요일 치른 시험 채점이 끝나자 교실에서는 한바탕 난리가 났다. 성적이 상위권 아이들과 하위권 아이들이 뒤바뀐 것이다.

"선생님, 저는 1번 답을 3번이라 했는데 1번으로 되어 있어요."

"저도요!"

놀란 교사가 조사하던 중, 뒷문 쪽에 촛농 자국과 많은 양의 지우개 때가 흩어져 있는 것이 지난밤 누가 침입하여 시험지 조작을 했음이 밝혀졌다.

"책상에 엎드려 눈감아. 누구야? 누가 그랬어? 용서해 줄 테니까 손들어!"

아무도 손들지 않아 수업이 진행되지 않았다. 셋째 시간에는 교장까지 왔다.

"교장인 내가 약속하겠다. 처벌하지 않고 용서할 테니 손들어라."

사건이 일파만파로 이웃 학교에까지 퍼져 나가자 장학사와 사람들이 왔다. 장학사가 뭔지는 몰랐지만, 무척 높은 사람이라기에 멋진 복수로 신나게들 웃었다.

"키들키들 킥킥킥!"

그러나 그렇게 그냥 끝이 났다. 이 나라에 진실과 정의가, 이를 위한 투쟁이, 의미 없다는 것을 받아들이기에는 너무 어렸기에 한동안 누구도 말이 없었다.

"… ."

그러고도 그럴 수 있는지 수 · 우의 평가도 그대로인 채 우울한 방학에 들어갔다.

등교하면 교실은 물론 학교 곳곳에 머문 우울함이 내내 떠나지 않아 졸업이라는 이름으로 우리가 그 우울함의 장을 떠났으나 초등학교 시절 가장 큰 아픈 추억이 되어 지금도 아련히 남아 있다.

후에 알았는데, 마음 여린 어머니께선 그때 저녁노을 지경에 지붕 위에서 운 까치로 우리 집에 피신케 하여 화를 모면케 한 권오근의 집으로 아버지 몰래 간혹 내왕하고 계셨다. 어머니는 학교에 온 장학사가 그의 아들이었다고 하셨다.

"독립군 손자까지… ."

부모님은 길상을 데려와 돼지고기를 볶아 밥도 먹이고 쌀이며 연탄도 사 주셨다. 담임교사 그는 정년을 그 자리에서 누렸다. 연금과 함께.

기무라 렌(木村廉)은 살아 있다, 그리고 제3의 인물

역사는 빛바래나 돌을새김이기에 조금만 문지르면 형형히 드러나
나니.

– 아브라함 제이 서(Abraham J. Suh, 기독교 사상가)

더글러스 맥아더(Douglas MacArthur)의 보호 아래 일본으로 무사히 귀
국한 731부대원들은 일본 정부와 미 군정청 보호 아래 승승장구하여
중요한 자리를 이어 갔다. 위키 백과에 등록된 자만 봐도,

* 제1 · 3대 부대장 이시이 시로(石井四郎): 신주쿠구 와카마츠 쵸에서
  여관 경영.
* 제2대 부대장 키타노 마사지(北野政次): 녹십자 공동 설립자 · 이사.
  일본 학술회의 남극 특별의원. 문무성 백일해 연구소장.
* 나이토 료이치(内藤良一): 육군 군의학교 방역 연구실 녹십자 공동
  설립자.

* 후타키 히데오(二木秀雄): 결핵 연구반 녹십자 공동 설립자.

* 요시무라 히사토(吉村寿人): 동상 연구반 교토 부립 의과대학 학장. 일본 학술회 남극 특별위원. 생물기상학회 회장.

* 카사하라시로(笠原四郎): 바이러스연구반 키타사토 연구소 연구원.

* 다나카 히데오(田中英雄): 페스트, 벼룩 연구반 오사카 시립대학 의학부장.

* 미나토 마사오(湊政雄): 콜레라 연구반 교토대학 교수.

* 다나베 이와(田部井和): 티푸스 연구반 교토대학 세균학 교수. 효고 현립 의과대학 교수.

* 도코로 야스오(所安夫): 유행성출혈열 연구반 도쿄 대학교수. 테이쿄 대학교수.

* 에지마 신페이(江島真平): 이질 연구반 국립 예방위생 연구소 연구원.

* 오카모토 코우조(岡本耕造): 병리 연구반 교토대학 의학부장. 킨키 대학 의학부장.

* 이시카와 다찌오마루(石川太刀雄丸): 병리 연구반 가나자와 의학부장. 가나자와 암 연구소 소장. 일본 학술회의 회원.

* 쿠사미 마사오(草味政夫): 약리 연구반 쇼와 약리 대학 교수.

* 야기자와 유키마사(八木沢行正): 식물학 연구반 국립 예방위생 연구소장. 일본 항생물질 학술협회 이사.

* 아사히나 세이지로(朝比奈正二郎): 발진티푸스 · 백신 제조반 국립 예방위생연구소 연구원.

* 소노구치 타다오(園口忠男): 세균전 연구반 육상 자위대 위생학교 부교장.

* 마스다 미호(増田美保): 세균전 연구반 방위대학교 교수.

* 안도 코우지(安東洪次): 다롄 지부장 도쿄대학 전염병 연구소 교수. 실험동물 중앙연구소 소장.

* 카스가 타다요시(春日忠善): 다롄 지부장 기타자토 연구소 연구원. 문무성 백일해 연구회장.

* 무라다 료스케(村田良介): 난징 1644부대 제7대 국립 예방위생 연구소 소장.

* 오가와 토오루(小川透): 난징 1644부대 나고야 시립대학 의학부 교수.

* 미야가와 요네지(宮川米次): 도쿄 제국대학 전염병 연구소 소장. 도시바 생물 물리 연구소 소장.

* 오가타 토미오(緒方富雄): 도쿄 제국대학 전염병 연구소 조교수 도쿄대학 의학부 교수.

* 호소야 세이고(細谷省吾): 도쿄 제국 대학 전염병 연구소 교수 도쿄대학 전염병 연구소 교수.

* 야나기자와 켄(柳沢謙): 결핵 연구 국립 예방 위생 연구소 소장.

* 코지마 사부로(小島三郎): 도쿄 제국대학 전염병 연구소 교수. 국립 예방 위생 연구소 소장.

* 고바야시 로쿠조(小林六造) 도쿄 제국대학 교수. 국립 예방 위생 연구소 소장.

* 도다 쇼우조(戸田正三): 도쿄 제국대학 교수 남극 특별 위원. 카나자와 대학 교수.

* 기무라 렌(木村廉): 도쿄 제국대학 교수. 행방불명.

어느 날 한순간에 그가 들판의 연기처럼 사라졌다. 731부대원들은 부대장 이시이 시로를 포함해 다른 731부대 연구원 모두 일본 정부와 미 군정청의 보호 아래 부와 명예까지 얻어 호의호식하며 천수를 누렸지만, 기무라 렌(木村廉)만이 행방불명되었다.

기무라 렌의 방은 여느 일본인 같이 다다미에서 자란 탓에 항문기 때 배변 훈련을 잘 받아 결벽증적일 만큼 잘 정돈되어 있었다. 이시이의 추천으로 들어간 이시이의 모교인 도쿄 제국대 그의 교수 연구실도 책이나 노트며 필기구도 가지런한데 사람만 사라졌다. 원체 중요한 인물 중 하나였기에 CIC의 수사 전문요원들이 백방으로 행적을 뒤지고 언론들도 그를 애써 찾았다.

이시이 시로는 731부대 제1·3대 부대장이었으며 제2대 부대장 키타노 마사지와 후타키 히데오, 나이토 료이치 이 셋과는 매우 친분이 두터운 사이로 후에 일본 제약회사 녹십자를 공동으로 설립한다. 이들이 1959년 녹십자인 미도리쥬지의 이사나 도쿄 공장장에 취임할 막 첫눈이 올 무렵 옛 동료 기무라 렌이 사라졌다는 소식에 특히 이들 31명은 두려움에 잠을 설쳤다. 무엇보다 일본 땅에도 많이 사는 조선인들만 보면 더욱 두려워함에도 이 넷은 무덤덤했다.

"다들 두려워하건만, 어찌 이들은 이리 무덤덤할 수 있단 말인가?"

32세 프리랜서 기자 다나카는 작은 키 왜소한 몸에 눈이 나빠 색 변한 테 안경을 썼는데 작은 코 때문인지 안경이 자꾸 흘러내려 왼손으로 안경을 올리는 습관이 있었다. 그러나 명석하면서도 무척 정의롭고 집요한 성격의 소유자로 여기에 어떤 단서가 있으리라 추측하고는 이들과 그의 행적을 백방으로 추적하였으나 작은 연관도 발견할 수 없었다. 겨우 알아낸 것이라고는 기무라 렌이 집과 연구실 사이 큰 사거리를 지나 우측으로 꺾인 작은 도로변 모퉁이에서 정말 연기처럼 사라졌다는 것뿐이었다.

그러다가 다나카는 의외의 사실 하나를 발견하고는 놀라움을 금치 못했는데 실종된 또 한 사람, 이가와 히로유키란 인물로 인해서였다. 기무라 렌과 같은 731 출신임에도 수사 당국은 물론 언론도 모르지는 않았을 텐데 전혀 언급도 않고 있는 사실이 너무나 의아했다.

이에 오키나와 도쿄를 오가며 집요한 추적 끝에 이가와 히로유키는 다롄 지부장 도쿄대학 전염병 연구소 교수로, 실험동물 중앙연구소 소장을 하는 안도 코우지와 731에서 건너편 실험실을 사용한 자라는 사실을 어렵게 알아냈다. 안도 코우지는 그의 이야기만 나오면 무조건 모른다기에 같은 실험실 동료를 찾았으나 무슨 까닭인지 그들은 존재 자체가 없었다. 물론 부대장이었다는 이시이도 세 번이나 찾아갔으나 매한가지로 모른다는 말뿐이었다.

"그는 또 왜 사라졌는가? 무엇보다 렌과는 다르게 사라진 자체를 침묵하는가?"

사라진 기무라 렌보다 이 베일에 가려진 인물에 대한 의문이 더 컸다.

"대체, 그의 연구 분야가 무엇이었기에….."

도저히 더는 추적할 수가 없었다. 미쓰비시 연구소에 있었던 것 같으나 그 어떤 연구원도 모르고 있었다. 더구나 그는 호적까지 지워져 존재 자체가 아예 없어졌다. 다시 한 번 이시이를 만날 생각도 했으나 그가 받은 이시이의 느낌은 남달랐다.

"눈매부터, 무척 야비하고 교활한 자, 알고 있을지라도 입을 열지는 않을 거야."

추적한 지 약 3개월 조금 지날 무렵 알게 된 또 하나의 사실은 그가 미쓰비시 연구소에 온 지 사흘 남짓해서 자취를 감추었기에 안도 코우지도 모르고 있을 수도 있다는 것과 취미로 카멜레온을 기른다는 것도 알았다. 토종개 아키다를 기르는 다나카는 취미라야 꽃이나 새 아니면 개 정도로 알고 있었기에 희한한 취미라 느꼈다.

"별난 성격이다. 틀림없이 거대한 음모가 있다!"

이들의 첫 기착지인 오키나와 그 항구에 다시 가면 무슨 단서라도 있을지 모른다는 생각으로 지난번에 뱃멀미로 고생한 오사카가 아닌, 오키나와에서 가까운 가고시마 항만 사무실에 배편이나 몇 가지 확인하려 전화도 하고 지프차 정비도 했다.

"이번은 좀 더 머물지라도 제대로 알아봐야겠다. 이렇게 가서는⋯."

무척이나 피곤한 하루를 사케 몇 잔으로 씻고 막 자리에 들려는 순간 전화벨이 그를 깨웠다. 굵고 차가운 목소리였다.

"가족을 생각해 멈추시오!"

그러고는 전화는 끊겼다. 이른 아침 다시 울렸다. 요미우리 신문사 사장 쇼리키 마쓰타로(正力松太□)였다. 그는 기사를 제공하러 갈 때도 편집부에만 들렀으며 간혹 편집장과 사케도 들었지만, 감히 사장을 볼 수는 없었다. 그런데 이례적으로 자기 같은 프리랜스 기자에게 사장이 직접 전화를 했다.

1924년 도쿄대학을 졸업한 경찰 관료 출신인 쇼리키 마쓰타로는 신문사를 인수한 후 친정부적으로 바꿨다. 그는 여느 신문사와는 다르게 라디오 방송 난이나 일요 석간을 발행하는 등 의욕이 대단했으며 정부는 물론 미군정과도 사이도 돈독했다.

"다나카 군 오늘 저녁, 사케나 한 잔 들지."

하루를 의혹 속에 보내고는 몇 순배 돌 즈음 단 한마디였다.

"어린애들 생각도 해야지. 태중에도 있지 않나? 그리고 외곽으로 돌지 말고 들어와서 일하는 것이 어떤가?"

협박과 회유였다. 두 살배기 나나코와, 만삭의 아내 미코의 모습이 떠올랐다.

"매우 감사합니다마는 전 얽매이는 건 싫습니다."

의문이 배가했으나 추적을 멈출 수밖에 없었다.

"이들을 사라지게 할 수 있다면, 나 하나쯤이야, 까짓것 그건 두렵지 않으나. 심성 고운 아내 미코와 아이들은 어떻게 되려나….”

생각이 거기에 이르니 더 나아갈 수 없었다. 그렇게 사건은 대중의 기억 속에서 그 두 사람처럼 흐릿하게 실종되어 갔다.

1978년 대구의 한 작은 교회에 일본 도쿄 교회 성도 10여 명이 방문했다. 평소에 그 교회와 관계를 맺어 온 Y도 연락을 받고 그들을 만났다. 한국에 일주일 정도 머무는 동안 교인들이 돌아가면서 한 사람 혹은 두 사람씩 집에 초대했다. Y도 다나카 장로와 한국에 오래 머물러 한국에 능통한 그 교회 일본인 장로 한 사람과 함께 초대했다.

"저는 한국이 처음입니다. 경제 발전을 보면 일본이 약 50년 앞선 것 같습니다. 그러나 정신문화는 특히 기독교 신앙 문화는 한국이 50년 앞선 것 같습니다."

놀랍게도 그는 다나카 기자의 손자였다. 그는 Y에 할아버지 이야기를 해 주었다.

"할아버지께서는 기무라 렌의 발자국을 찾아 전쟁으로 폐허가 된 한국의 철원과 대구에도 가셨다고 했습니다. 이제는 제가 대구를 찾았습니다. 비록 다른 뜻이지만."

김을 무척 좋아한 그는 할아버지의 일기 이야기를 했다.

한국전쟁, 그 6·25

한반도에서 정치는 피 흘리지 않는 전쟁이며, 전쟁은 피 흘리는 정
치이다.

— 마오쩌둥

태평양 전쟁 막바지에 일본이 가미카제 특공대를 조직하자 상호의
잠들은 피가 요동치기 시작했다. 영어 공부를 시작했다.
"일본의 패망이 이르렀다. 미국이 세계 강국이 될 것이다!"
동료들이 상호의 기이한 행동에 이상한 눈빛으로 보면서 하나같이
토했다.
"저 친구 드디어 미쳐 가는구나."
놀랍게 뛰어난 안목과 무모할 만한 결단력의 발동에 하늘이 함께한,
한국에서 성공한 이들의 공통적 특성이 서서히 고개를 들었다. 포켓 영
일사전을 다 외워 갈 무렵 가미카제 특공대로 차출되었다. 기이한 일은
그가 마지막 출격을 며칠 앞두고 일본이 항복했다는 점이다.
해방 후 미 군정 도움으로 초등학교 교사가 되었으나 그리 오래지 않
아 교장과의 갈등으로 그만두었다. 말들이 많았다.
"미국 원조 물품을 교장이 가로채서."
라 했으나 실제는 교장이
"너 일본에 충성하려 전투기 조종사로 자원했었잖아! 머리 싸매고
공부해서 조종사 시험에 합격해 온 면민이 다 알게 청천 욱일기와 일
장기가 네 집 마당에 나풀거렸잖아! 면 아니, 군에서 모르는 사람이
누군데?"

분노한 상호는 몽둥이로 교장실 유리창과 집기는 물론 교장을 개 패 듯이 두들겨 패고는 도망갔으나 겁이 덜컹 났다.

"어떻게 해야 하나, 일본으로 도망가야 하나….."

그즈음에 연락이 왔다.

"어이! 그러지 말고 비행기 타자고. 잠자리 기야."

당시 L-4/5기를 잠자리라 불렀다. 그렇잖아도 전운이 감돌고 있음을 읽고 있던 차인지라 L-4/5 전투기를 몰고 구름을 뚫는 자신의 모습을 상상만 해도 가슴의 먹구름이 걷히는 것 같았다. 군으로 도망갔다. 황 교장이 알았으나 도리가 없었다.

한국 전쟁이 터졌다. 전쟁 중 한탄강 야전 병원에는 군의관과 간호사 막사 외에 별개의 작은 막사에는 늘 마스크를 쓴 왜소한 한국인 군의관 한 명이 있었다. 한 달에 두 번 정도 4명이 함께 올 때도 모두 같은 일을 했으며, 더 이상한 것은 오른쪽 막사의 해병 특수부대원들이 병원보다는 그들을 보호하고 있는 듯했다.

그는 말이 없었으며 누구와 눈도 맞추지 않으면서 부상자들보다는 주로 병들어 죽은 병사를 살피며 이들의 혈액과 토사물을 채취했다. 3~4일 만에 다시 그 구급 헬리콥터를 타고 남쪽으로 날아갔다가 날씨가 심히 궂지 아니하는 한 3~4일 후에 다시 날아와 같은 일을 반복했다. 전선을 적에게 빼앗겼을 때를 제외하고는 전시 내내 그러했다.

왜 이렇게 오가는지, 그가 누구인지, 무엇을 하는지, 야전 병원장 마크 대위도 병원 부대장 클라크 중사도 아무도 몰랐다. 그나 간혹 같이 오는 그들을 늘 태우고 다니는 헬리콥터 조종사 무어 중위도 팔공산 자락에 있는 K2 비행장에 착륙하는 것밖에 몰랐다. 무어도 모를 것이,

밤이 되어야 군 구급차로 아양교 건너 K2에서 약 1시간 남짓한 서남쪽 모처로 이동했기 때문이다.

후에 시애틀에서 개업한 존스홉킨스 의대(Johns Hopkins University) 출신 인 마크는 Y에게 이렇게 말했다.

"무슨 세균전 같다는 생각이 들었다."

그가 기무라 렌(木村廉)이었다. 그가 사라질 무렵 GHQ 사령관은 더 글러스 맥아더의 후임자인 매튜 벙커 리지웨이(Matthew Bunker Ridgway) 였다. 리지웨이가 이를 알고 있었는지는 확인할 수는 없었으나 기무라 렌을 맥아더가 알고 있는 것을 보면 그저 추측할 뿐이었다.

리지웨이는 한국전쟁 중 1950년 12월 23일 교통사고로 순직한 미 제 8군 사령관 월턴 워커 중장 후임으로 참전해 뛰어난 리더십으로 전세 를 역전시켰다. 당시 미군 합참본부는 이미 대한민국을 포기하고 한반 도에서 철군하기로 결정을 내려 대한민국을 세 번째 배신했을 때이다. 그러나 리지웨이가 중공군의 약점을 들어 승리를 장담하며 철군 의견 을 무마시켰다.

핵무기에 집착한 나머지 이성적 판단을 잃은 맥아더는 1951년 4월 해임되고 제2대 유엔군 사령관 및 미 극동군 사령관으로 취임한 리지 웨이는 중공군의 진격을 끝내 저지하고 대한민국을 지켜 냈다. 이로 보 면 대한민국의 적화를 막은 일등 공신이 리지웨이인 셈이다.

기무라 렌은 한국의 낙동강 남쪽 실험실과 한탄강을 오가며 미군 특 수부대의 은밀한 보호 아래 중공군과 인민군, 그리고 한국인을 상대로 못다 끝낸 731의 연구와 실험을 이어 가고 있었다. 감금하지 않고 대상

자들의 변화 과정을 은밀히 살피고 있는 것이 그때와 달랐다.

　미 특수부대원들은 외형으로는 일본인이나 한국인을 구별 못 해 그를 한국인 군의관으로 알았다. 곁에서 보면 기무라 렌은 마치 뇌가 없는 사람같이 보였다. 느슨한 걸음걸이, 멍한 눈, 수수한 옷차림, 무표정한 얼굴, 어쩌면 본인도 그런 생각을 하고 있는지도 몰랐다. 그런 그가 모처럼, 가슴이 환한 듯했다.

　한탄강과 대교천 현무암 협곡 층은 화산에서 흘러내린 용암이 굳어지면서 기둥 형태를 이룬 모양의 주상절리였다. 가까운 기반암은 약 1억 8,000만 년 전부터 1억 3,500만 년까지 450만 년의 쥐라기 때 화강암이었다. 대교천 현무암 협곡의 폭은 25~40m이고 높이는 30여m로 세계에서도 드문 기이한 이곳을 보니 경탄을 넘어 마음이 씻기어 흘렀다. 해발 250m의 신선한 바람, 황토에서 재배되고 있는 철원 쌀 밥맛은 쌀밥을 좋아하는 일본인이라면 누구나 감동할 맛이었다.

　멀지 않는 곳에 있는 작은 샘에서는 사시사철 수온이 13도를 유지하는 천연암반수가 솟았다. 한탄강 중류에 있는 장흥리의 고석정은 철원 팔경의 하나인 강 중앙 고석정자와 현무암 계곡으로 조선 명종 때 임꺽정이라는 도적이 각 지방 관청의 공물과 부자들 재물을 빼앗아 가난한 서민들에게 나누어 주었다는 곳이었다.

　자신도 이제 한국어가 제법 익숙하나 한국인들이 임거정(林巨正)을 임꺽정이라 읽는 데는, 누구에게 물어보진 않았으나 이해하지 못했다. 또한, 도적이라기보다는 민중 봉기의 수장이라는 말과 그가 아버지를 이어 천민 중에도 최하층민이었다는 말에 정말 놀랐다.

　"각 지방 영주는 물론 왕실까지 위협한 민중 봉기의 수장이 백정이었다니…. 일본? 이는 꿈도 꿀 수 없는 일이다."

이 민중 봉기를 보니 조선이라는 나라나 조선 사람들은 일본 사람들과는 많이 다른 것 같았다. 임꺽정으로 두드러진 일본의 저항을 보니 1877년의 세이난 난도 기득권층인 사무라이들이 주동했으며 메이지 정부 때 과중한 세금과 전제적 정치에 분노해 죽창 든 30만 명의 농민을 이끈 이들도 사무라이들이었다.

가장 최근, 기껏해야 14~5년 전인 1936년 2월 26일 육군 황제 숭배파인 황도파 청년 장교 1,483명이 군부의 지나친 독재에 항거하여 '황제 친정'을 명분으로 일으킨 2·26 사건만 해도 27일 계엄령 선포에 28일 천황의 원대복귀 명령으로 명분을 잃고 부사관들과 사병들을 원대복귀시키고 일부의 자결과 투항으로 끝이 났다.

결국 일본 민중은 황실은 고사하고 지방 영주를 상대로 라도 저항한 적이 없었다. 권위에 저항한다는 것은 정서에 아예 없는 나라, 이를 '민중 저항이 없는 나라'라는 부끄러움을 감추려 '민중 봉기'로 역사를 꾸미고 있었음도 알았다.

약 23m의 우뚝 솟은 고석바위와 유유히 흐르는 한탄강 물줄기의 순담 계곡에는 기기한 바위와 깎아내린 벼랑에 연못 등이 수없이 이어져 있었다. 여름에는 많은 물이 고이다가 흐르다가를 반복하고 계곡에서는 드물게 천연의 하얀 모래밭이 형성돼 있었다. 겨울이면 나뭇가지들과 풀잎마다 눈꽃이 핀 모습은 절경이라기보다는 선경이었다.

이곳을 무슨 까닭에 미군과 이시이 시로가 자신에게 실험장으로 삼으라고 했는지 의아했다. 물끄러미 계곡의 물을 보니 지나온 날들이 흐르는 물같이 뇌리를 지나갔다.

"저렇게 물이 되어 흘러갔으면, 물이 되었으면…."

731부대에서 탈출할 때가 떠올랐다. 자신과 부대장 이시이 · 제2대 부대장 키타노 마사지 · 나이토 료이치 · 후타키 히데오, 이들만 가장 먼저 야음을 타고 뒷산을 넘어 달렸다. 앞뒤로 작은 트럭과 큰 트럭 등 대 여섯 대가 넘어 보였다. 관동군 헌병대에서 나왔다는 일군 장교 지프차의 안내를 받으며 소변볼 여유도 주지 않은 채 밤 내내 달렸다. 어디로 가는지 묻지 않았다. 묻지 못했다는 말이 더 옳았는지 모른다. 그곳에 배가 기다리고 있었다. 배에 올라 조금 기다리니 부대원들이 연이어 올랐다.

"본토로 돌아간다!"

막상 오른 배가 미 해군 소속임을 알고는 불안한 마음이 감추어지지 않아 얼굴빛이 잿빛이 되었다. 칠흑 같은 밤에 어느 섬에 잠시 내렸는데, 자기뿐 아니라 뒤이어 온 다른 부대원들도 어딘지 초조하고 불안해 보였으나 곁눈질로 본 이시이와 키타노 마사지는 태연한 것 같아 다들 조금 안도했다.

"한국의 인천 월미도야, 미군 저유 창고가 있지."

무슨 연유인지 그곳에 잠시 머문 순간 화장실을 갔으나 역한 냄새 탓인지 소변이 제대로 나오지 않았다. 다시 출발했다. 심한 뱃멀미에 얼마나, 어디로 가는지 내내 불안했다. 그러다 이시이의 조금 들뜬 소리가 들렸다.

"오키나와야!"

그제야 안도의 숨소리가 여기저기서 터져 나왔다. 기무라 렌은 그 순간 두 가지 마음이 혼재되었던 기억이 난다.

"자신의 목숨은 이렇게 소중히 여긴다는 말인가?"

많은 사람이 내렸다. 어둠 속에서도 얼핏 보니 간혹 낯익은 자도 보였으나 낯선 이도 많이 보였다. 이시이는 천황폐하의 하사품이라는 검과 무엇인지는 모르지만, 매우 무거운 가방 두 개, 짐작건대 황금이나 중국과 한국에서 가져온 그가 아끼는 자기류 같았다. 그러고는 무덤덤한 이시이 시로의 표정이었다.

"왜? 하필이면, 이 순간 그 마음이 떠오를까?"

전후 극동 국제 군사 재판에서 731부대원들에 대한 생체실험 문제가 언급되었으나 미국 탓에 처벌을 받지 않았다. 미국은 731부대가 일본 내에서 소수의 미국인을 생체실험으로 살해하였을 때에는 관련자들을 처벌하였지만, 자국민 이외의 사람이 실험을 당하였으면 전혀 처벌하지 않고 오히려 4,000만 엔이라는 돈을 지급하며 보호했다.

이시이 재산은 철수 시 가지고 나온 금, 스위스은행의 10억 엔, 미스비치 채권 7억 엔, 한국전쟁 때 다른 일본 군수업체들의 채권 12억 엔, 일본이 중국과 한국에서 빼앗아 한국의 동해안 해안 동굴에 보관한 황금과 일본인이라면 누구나 사족을 못 쓰는 고대 중국과 한국 도자기 등을 포함하면 40억 엔이 훨씬 넘는다.

만주 지역 일대의 물은 질이 좋지 않아 전염병이나 빌 하르츠 주 흡혈 충 같은 기생충에 의한 질병의 온상이 되었기에 만주에 주둔한 군부대에서는 깨끗한 물이 절실했다. 오염된 물에도 살아가는 동물이나 생명체를 보고 인간을 그렇게 실험했다.

마루타로 쓸 사람들을 잡아 오는 일을 담당하는 자들이 따로 있었다. 이들은 자신들이 사냥한 인간들이 마루타가 됨을 알고 있었다. 그러나 전후 이들 역시 미군의 보호로 아무런 처벌을 받지 않았다.

마루타 실험은 1945년 8월 15일 항복한 뒤에도 동아시아 주둔 미군의 지원을 받아 가며 그런 반인륜적인 실험을 계속했다. 실험에 참여한 자는 기무라 렌과 낙동강 남쪽 그 실험실의 신원을 알 수 없는 미 군의관 몇 사람과 일본에서는 이시이였다.

미국은 부산이 무너지면 군 40만 명, 친일파 20만 명 등 60만 명을 선별해 사모아 제도 부근 사바이섬이나 우폴루섬에 신한국을 세울 계획을 세웠다. 전쟁 이틀 만에 명단이, 친일파가 20여만 명이었으니, 40여만 명 군은 누가 어떻게 무엇을 근거로 작성하였는지 6 · 25 미스터리 중 하나이다. Y가 이 비밀을 추적했으나 한국의 딥 스테이트(Deep state)가 이를 막았다. 전장에는 미국인들이 가장 좋아하는 찬송가 '나 같은 죄인 살리신(Amazing grace)'이 끊이질 않고 흘렀다.

나 같은 죄인 살리신 주 은혜 놀라워
잃었던 생명 찾았고 광명을 얻었네.
…….

작사가 존 뉴턴은 11살 때 계모의 박해에서 벗어나려 아버지를 따라 탄 노예 수송선에서 열악한 위생 상태로 도착하기 전에 사망하는 수많은 노예가 바다에 던져지는 것을 보았다. 어느 날 거센 폭풍우 속에서 살아난 것이 처음 드린 기도 탓인 것으로 믿고는 노예들의 처우를 개선하고 하선했다.
후에 성공회 사제가 되어 1772년 노예무역에 종사한 죄와 인간의 근원적인 죄의 회개와 하느님의 은총에 감사하는 마음을 이 기도문에 담았다. 곡은 1838~1839년경 미합중국에 의해 거의 몰살당했던, 미국사(美國史)에서는 '눈물의 길', 체로키 언어로 '우리가 울었던 길'이라는, 체로키 인디언들이 죽어 가는 형제들의 영혼을 달래 주는 진혼곡이다.

미 대통령 앤드루 잭슨은 노스캐롤라이나주와 조지아주 · 앨라배마주 일대에 살고 있던 이들을 고향에서 3,540㎞나 떨어진 오클라호마의 허허벌판으로 내몰았다. 추위와 굶주림과 질병으로 15,000명 중, 4,000여 명이 도중에 숨졌다. 추장 쥬날루스카는 앤드루 잭슨의 목숨을 구해 준 은인이었으나 기독교도인 잭슨은 은혜를 종족 멸망으로 갚았다.

1776년 영국으로부터 독립한 후, 학살과 강탈로 전 국토의 97.7%를 빼앗고 2.3%만 인디언 보호구역 명분으로 남겨 두었다. 그리고는 총과 기관총 등 최신 무기를 동원해 멕시코 서부 지역 영토 3분의 1을 편입시키고는 바다 가운데 섬나라 하와이 왕국을 무너뜨리고 50번째 주로 편입시켰다.

제16대 인권 대통령 링컨만 보더라도 1863년 11월 19일 게티즈버그 국립묘지 헌납 식 연설 '국민의, 국민에 의한, 국민을 위한 정부'의 국민이란 백인만을 지칭했다는 것은 알려진 사실이다. 한 예만 보더라도 1904년 미국의 St. Louis의 만국 박람회 동물원 우리에 '진화 중인 기이한 사람'이란 표가 붙은 사람은 당시 꽤 유명한 아프리카 탐험가였던 새뮤얼 버너(Samuel Verner)에 의해 콩고(Congo)에서 붙잡혀온 23살의 선주민(원주민 이전, 원래부터 산 사람) '오타 벵가'였다. 그는 비인간적이라는 항의에 석방되었으나 그 상처 때문에 자살로 생을 마감했다.

미국은 이렇게 기독교라는 탈을 쓰고 제국주의의 틀을 세운, 무죄한 피 위에 세운 나라이다. 당시 체로키족과 함께 살면서 대통령 앤드루 잭슨의 정책을 반대해 법정 투쟁까지 하며 도운, 살아 있는 양심인 백인 선교사 새뮤얼 워시스터(1798~1859)는 이 노랫말을 체로키 말로 전해 주었다. 그때의 죄를, 2010년 5월 20일 버락 오바마 미 대통령은 공식적으로 사과했다.

1950년 12월 21일 국민방위군 설치법으로 제2국민병에 해당하는 17~40세의 남자들로 조직된 준군대조직인 국민방위군이 창설되었다. 자원자가 순식간에 50만 명을 넘어섰으며 이승만은 군대 경험이 전혀 없는 자신의 청년 친위대 대한청년단 단장, 신승모의 사위 김윤근에게 별을 달아 주고는 사령관에 임명했다.

꺼져 가는 나라의 등불을 살리고자 조직한 방위군 간부들은 나라의 존망이 갈리는 이때를 이용해 막대한 돈과 물자를 부정으로 착복했다. 그 결과 보급품 부족으로 처음 1천여 명에서 나중에는 10만여 명 이상이 아사했다. 전세를 역전시킨 인천상륙작전 병력이 7만 5천 명이었으니 10만 명이라면 인천상륙작전 없이 북진해 백두산에 태극기가 꽂혔을 것이다.

사건이 드러나자 방위군 간부 몇 명만을 기소하여 무마하려 하다가 국민 여론에 겨우 국무총리·국방부 장관 경질에 방위군 사령관 김윤근, 윤익헌, 강석한, 박창언, 박기환 등등 5명을 총살했으나 사건을 무마하려는 의도로 너무 일찍 처형되었기에 누구에게까지 상납되었는지는 아예 수사도 이뤄지지 않았다. 국회에서 이철승 의원 등이 문제 삼아 정치 비화하였으며, 1951년 4월 국민방위군은 해산되었다. 김창룡 합동 수사본부장은 이 일에 당시 육군참모총장 정일권을 두고 내사하던 중, 이승만은 정일권을 해임하고 미국으로 유학을 보냈다가 후에 제2사단장으로 임명했다.

1953년, 이승만은 국민방위군을 해체했으나 인류 역사 어느 전쟁 어느 나라도 없었던 전시 중 아군을 대량 몰살시킨, 보도연맹사건과 함께 전시 중 아군을 대량 학살한 하늘도 운 범죄임에도 국민방위군 간부들을 자신의 정권 유지에 필요한 인물로 간주하여 그대로 두었다. 이들이 착복한 현금이 23억 원, 쌀 2천 섬, 빼돌린 금액이 20억 원에 이르러 72억 원을 착복하여 일부는 자유당으로 흘러 들어갔다.

이승만은 사건을 황급히 마무리 지었고 이로 인해 대한민국의 얼이 병들고 찢겼다. 이로 '군대 끌려간다.'는 말이 나왔으며 방위군 수도 50만인지 100만인지 그 수도 모른 채 그때 조사 결과 이상 나아가지 않았다.

1952년 6월 25일, 임시수도 부산 충무로 광장에서 열린 6 · 25 1주년 행사에서 이승만 암살 미수 사건이 발생해 당사자 유시태는 현장에서 체포됐다. 김창룡은 배후에 정치인이 있음을 직감하고 미 문화원으로부터 받은 16㎜ 필름에서 김시현이 모자에서 권총을 꺼내 유시태에게 주는 장면을 포착했다.

어떻게 전시 중임에도 사건 단 2시간 만에 70세 국회의원 김시현이 체포되었는지 기이했다. 이르쿠츠크파 고려 공산당원인 그는 1923년 3월 의열단의 제2차 대암살파괴계획을 주도했던 독립투사로 메이지대학 법학부를 졸업한 엘리트였다. 1954년 1월 30일 김시현과 유시태는 대법원에서 사형이 확정되었으나 4 · 19혁명 직후 1960년 4월 28일 정치범 가운데 1호로 석방되었다.

자작극에 이용당한 김시현은 독립투사 출신임에도 공산주의자였기에 대한민국 하늘은 이승만과 친일파들에게 반공이라는 명분을 주어 기득권을 이어 가게 했다.

　전시 중 대통령 저격 사건이 일어났음에도 어둡고 깊은 동굴에서 카멜레온들의 회합이 이루어졌다. 이런 대규모 회합은 자유당 시절 몇 차례 후, 오랜만이었다.

　"휴전을 끌어내는 것이 좋겠소."

　"지금 휴전이라 했소? 종전이 아니라?"

　"우리 발아래 짓밟히며 숨도 제대로 못 쉰 것들에게 친일 청산이니 뭐니 하면서 우리 목을 조르도록 한단 말이오?"

　"안되지! 차라리 할복하거나 일본으로 망명해야지…."

　"그러니 영구 휴전, 안보 불안으로 가는 거요. 친일 청산이란 말도 이에 묻히지 않겠소?"

　"문제는 맥아더요. 맥아더 역시 이승만과 같은 북진주의자요."

　"맥아더 뜻대로 블라디보스토크와 심양, 그리고 하얼빈 등 30여 곳에 원폭을 투하하면, 소련도 원폭을 서독의 프랑크푸르트와 함부르크, 미군 보급기지창이 있는 인천과 부산항에 투하한다면, 제3차 대전으로 이어져 이는 핵전쟁이 될 거요."

　"그렇소. 맥아더 교체, 핵전쟁 막자. 이만하면 명분도 충분하지 않겠소?"

　이 순간 양측은 은밀히 휴전협정을 진행하고 있었다. 그야말로 극비였다. 이제 친미로 변색한 그들은 정보를 미리 알고 또 하나 이권, 이 기회를 놓치지 않았다. 일본이나 미국으로 숨어든 자들은 대리인을 내세워 달러와 쌀로 적지에 두고 온, 주로 남쪽의 집과 땅, 논과 밭, 산 등을 추수하듯 거두어들였다.

낙동강 전선이 치열하던 영천 창대의 집. 유난히 어두웠던 그날 밤 일단의 침입자들이 방문을 박차고 들이닥쳤다.

　"북이냐? 남이냐?"

　다짜고짜 그렇게 묻는 이들이 누군지, 남인지 북인지 모르는 상황에서 두려움과 얼떨결에 내뱉은 한마디로 뜻 없이 많이 죽어 갔다. 그녀는 작은 체구에 어디서 그런 용기와 기지가 나왔는지, '범에게 물려가도 정신만 차리면, 품에 있는 늦둥이 첫 아들로 태어나면서부터 병약한 첫아들 Y를 지켜야 한다.'는 생각뿐이었다.

　"네놈들은 누구냐? 화적패들도 자신이 누군지는 밝힌다. 네놈들은 누구냐?"

　호롱불이 켜졌다. 인민군들이었다.

　가장 치열한 낙동강 전선 뒷산이기에 창대는 당시 지게 부대원으로 지게에 탄약과 식량이나 다른 보급품, 때로는 부상자나 전사자의 시신을 실어 나르는 일을 하다가 얼마 만에 집에 들어온지도 모른다. 자신은 집이 넘어지면 코 닿을 곳인지라 간혹, 들어올 수가 있었다. 군번이나 계급장은 물론 군복도 없이 총알이 빗발치고 때로는 포탄이 터지고 폭우나 눈보라로 앞도 보이지 않고 자칫하다가 미끄러지면 어느 계곡으로 떨어질지도 몰랐다. 군복 없는 덕에 목숨을 건졌으나 문제는 다른 데서 터졌다.

　"밖에 국방군 군화는 누구 거냐?"

　흙투성이 군화를 본 것이다.

　"저 군화는 죽은 자의 발에서 벗긴 거다. 그것도 죄냐? 남조선 해방을 이렇게 하러 왔느냐? 김일성이 이렇게 시켰느냐?"

곁에 있는 작은 키에 눈매가 살기로 찬 놈이 말했다.

"이 에미나이가."

"아들이오?"

"우리 Y 대감님이시다."

"대단하오. 여성 동무. 통일 전사로 키우시오."

이내 어둠 속으로 사라졌다.

지게 부대는 전쟁이 끝난 후에도 인정받지 못했다. 친구 정균이는 그러다가 죽었으나 여러 번 보아 얼굴이 익어 증인 될 군인 몇은 모두 낙동강 전투에서 숨졌다. 무더위, 혹독한 추위, 굶주림, 부상과 죽음, 적의 포로, 10대 소년 · 노인도 있었던, 군번도 없는 전사 한국 노무단 (KSC · Korea Service Corps), 이들이 진 지게 모양이 알파벳 A를 닮아 A 부대(A Frame Army)라 부른, 포탄과 탄환 및 전쟁물자 운송, 부상자 후송, 도로 및 진지 보수 등을 맡은 부대였다.

때로는 전투에 참여도 했으나 무기는 지급되지 않았다. 이들의 수는 약 20여만 명으로 미 국립문서기록관리청 자료에 의하면 2,640명이 전사하고, 4,282명 부상당했으며, 실종자 2,448명 대부분은 북으로 끌려갔다. 포로 교환이나 송환자 명단에도 없는 이들을 두고 미 8군 사령관 '밴 폴리트 장군'은 이렇게 말했다.

"이들이 없었다면 10만 명 이상의 미군을 더 파병해야 했을 것."

어린 딸과 아내, 늙은 부모를 두고 이들의 희생은 그렇게 묻혀 갔다. 전쟁은 끝났건만, 예우는 고사하고 누군지도 모른 채…. 단 하나의 보상만으로.

"살아남은 것만도 천운이다!"

장 폴 사르트르 말이 가슴을 적신다.

"전쟁은 부자들이 일으키나 죽는 이는 가난한 이들이다."

미국과 캐나다 등은 한국전쟁이 세계 제2차 대전과 베트남 전쟁 사이에 벌어져 젊은 세대들이 잘 알지 못하기에 잊힌 전쟁(The Forgotten War) 혹은 알려지지 않은 전쟁(The Unknown War)으로 부르는 한국전쟁의 원인은 몇 가지가 있었다.

하나, 남침이다. 김일성의 뜻을 받은 구소련 스탈린과 중화인민공화국 모택동의 지원 약속받고 일으킨 남침이다. 후에 이는 미국과 구소련의 비밀 문서를 통해 증명되었으며 소련공산당 흐루쇼프의 회고록에서도 밝혔다. 북한도 남침이라고 하나 그들의 남침의 뜻은 남쪽에서 먼저 침략했다는 뜻이다. 평화통일(平和統一)이란 뜻도 대한민국은 무력을 사용치 않고 상호 합의로 이루는 통일을 뜻하나 북한의 평화란 뜻은 이 땅에 매판자본가가 없다는 뜻이다. 피를 흘려서라도. 용어의 정의가 서로 다르다.

둘, 스탈린이 김일성에게 말했듯이 '미국은 대한민국을 지켜 주지 않을 것'이라는 오판이었다. 이는 영국 정보기관에서 밝혀진 것이다.

셋, 조선민주주의인민공화국의 남침 가능성을 낮게 평가하여 '조선민주주의인민공화국은 소련의 위성국가일 뿐, 독자적인 전쟁 수행능력이 전혀 없다'라는 한국 전쟁 발발 엿새 전의 CIA 보고서처럼, 미국의 오판이었다.

넷, 한국 전쟁은 순전히 스탈린에 의해 발발했다. 당시 북대서양조약기구의 압력을 극동으로 분산, 미·일 평화조약의 견제 등으로 아시아 지역의 공산화를 촉진하기 위함과 중국 공산당의 독자 노선을 견제하기 위해 스탈린이 적극적으로 개입했다. 그 증거가 소련의 기갑부대 군사 1,500여 명과 전쟁 초 서울에 나타난 인민군 탱크는 모두 이들이 조종했다.

다섯, 이승만의 준비되지도 않은 어설픈 북진 통일론이 김일성을 자극했다. 맞장구치듯이 채병덕 육군참모총장은 라디오 방송에서 '아침은 개성에서, 점심은 평양에서, 저녁은 신의주에서 먹겠다.'며 호전적인 발언도 하였다.

여섯, 작은 내전의 확산이다. 1950년 이전부터 정치·이념적 대립으로 국지적 무력 충돌이 수십 차례 계속되었으며 그것이 확대되어 전쟁이 되었다. 초기 희생이 큰 이유도 기존의 국지전 중 하나로 인식하여 피난을 가지 않았기 때문이다.

일곱, 대한민국도 미국도 군사적인 것은 물론 이념적 무장도 하지 못했으며 공산주의의 실체에 대해 인식이 부족했다.

여덟, 1950년 1월 애치슨 선언이다. 주한 미군이 철수하고 미국의 극동 방위선을 타이완의 동쪽 즉, 일본 오키나와와 필리핀을 연결하는 것을 선언했다.

아홉, 김일성이가 내려오면 무장 폭동은 물론 대한민국 민중이 쌍수를 들어 환영하리라는 박헌영의 오판이다.

열, 대한민국의 내부 혼란이다. 북한은 조선민주주의인민공화국이라는 이름으로 내부 통일이 되었다. 김일성은 조선로동당이라는 이름으로 반대파인 민족주의자·종교인, 그중에도 개신교, 지주와 마름이나 기업가 등을 숙청하여 자신의 정치적 입지를 강하게 다졌다. 점령군 지위에 있는 소련군은 1948년 12월 시베리아로 철수시켰다. 그러면서 모스크바 계획이라는 전쟁 준비로 만주의 조선인 의용군 부대를 조선민주주의인민공화국으로 귀속시켜 5개 사단과 8개의 전방사단과 8개의 예비사단, 500대의 탱크를 보유한 2개의 기갑사단을 갖추고 있었으나 대한민국은 자신의 정치적 기반이 약한 이승만의 통치 스타일로 정치적 혼란을 겪고 있었다. 좌익의 박헌영, 민족주의자 김구, 국내파 독립운동가들과 이승만과 같은 해외파 독립운동가들의 서로에 대한 불신으로 정당의 난립에 따른 심각한 정치 사회적 문제에 직면하고 있었다. 좌 · 우파 합작과 협력을 추진해 온 김규식 등이 한 차례 평양을 방문하는 등 노력을 기울였으나 장덕수가 암살되는 등 혼란이 이어지고 있었다.

열하나, 반공주의자인 존 포스터 덜레스 미 국무장관 고문의 1950년 6월 20일 38선을 시찰한 것을 김일성은 미국의 북침에 대한 위협으로 느껴 먼저 남침했다.

열둘, 무능한 자들의 대한민국 군의 각료 포진이 김일성에게 승리의 자신감을 느끼게 했다. 이승만의 각료들을 보면, 신성모는 영국 런던 항해대학을 나온 일등 항해사로 영국 상선 선장으로 일했다. 해방 후 우익청년단체인 '대한청년단'의 초대 단장과 2대 내무부 장관을 지낸 후 1949년 3월 국방부 장관에 임명된 군 경력은 전혀 없는 자가 국방부 장관이었다. 육군 총참모장 채병덕은 일본 육사 49기 출신의 전투병과나 야전군 지휘 경력이 전혀 없는 병기 장교로 1950년 4월 말 제4대 육군 총참모장 겸 육해공군 총사령관으로 임명되었다. 서부전선의 2사단장 이영근 준장과 7사단장 유재흥 준장은 모두 충성 맹세로 자신의 영혼을 일왕에게 바친 일본 육사 출신들이다. 유재흥은 1949년 4 · 3 사건 때 민간인 학살의 명령자로 전투 때마다 패전했으며 전전이 불리해지자 3군단을 버리고 항공기 편으로 혼자 도주해 3군단이 해체되기까지 한 자였다. 수도 경비 사령관과 육군본부 작전국장도 일본 육사 출신이다. 이렇게 군 수뇌부들은 애국이나 능력보다는 처신에 재능 있는 친일파들이었다.

열셋, 북한 사정에 대해 전혀 정보는 물론 동태 파악도 하지 않았다.

열넷, 가장 큰 원인은 애치슨라인의 원형인 1946년 비밀리에 수립한 핀서 계획과 문라이즈 계획이다. 이는 미국이 대한민국을 '전략적으로 포기한' 계획이다. 미국은 '소련이 동북아시아에서 3차 대전을 일으킨다면' 소련 육군과는 달리 미 육군은 군사학적인 한계가 있었다. 소련은 대한민국과 연결되어 있지만, 미 육군은 태평양을 건너야 했다. '그러하면 공군과 해군을 우회해서 수행하면 된다.' 이러한 계획으로 미군을 철수시키고, 소련이 침략하면 대한민국과 중화민국은 포기하고 북태평양의 알류샨 열도와 일본을 도서방위선으로 소련과 3차 대전을 수행한다는 계획을 세웠다. 이 계획으로 대한민국 정부가 강력히 반대함에도 미군은 500여 명의 군사고문단만 남기고 마지막 부대가 1949년 6월 29일 철수했다.

한국전쟁은 핵무기를 제외한 당대 최신 전쟁무기 시험장이었다. 미군은 폭탄 46만t, 네이팜탄 3만 2,357t, 로켓탄 31만 3,600발, 연막로켓탄 5만 5,797발, 기관총 1억 6,685만 3,100발을 쏟아부었다. 인류 역사상 단위면적당 최대의 포탄 양이었다.

미국의 발표에 의하면 60만 명 사망에 참전국 사망자를 포함하면 200만 명에 달했으며 한국인 사망자는 백여만 명이 넘었는데 85%가 민간인이었다. 그런데도 원래 3·8선과 비슷한 위치에서 휴전선이 그어졌다.

한국의 대기업 태동,
그리고 가계에 흐르는 DNA와 프로이트

자본은 전쟁을 원한다.

- 자크 파월(역사학자, 정치학자, 『엄청난 계급전쟁』, 『시간의 먼지 아래』 등의 저자)

국민방위군으로 너도나도 자원해 보상도 이름도 없이 피 흘릴 때, 그는 미군으로부터 구한 트럭 한 대를 몰고 전선으로 가는 군 트럭을 따라다니며 포피를 수집했다.

"뭐 이런 놈이 다 있어? 누구는 목숨 걸고 가는데 돈벌이로 가?"

상호가 허리의 권총을 들이대니 낯간지러운 웃음을 띠며 오른쪽 중지 손가락을 세웠다가 두 손을 모아 합장했다.

"헤헤헤, 한 번만 봐주십시오."

부산 부둣가 창고로 가져온 포피는 깨끗한 것과 찌그러진 것을 분류했는데, 전시 중 미군용 새 트럭을 어떻게 구했는지 어느 전선에 포대가 있는지, 이 군사 기밀은 어떻게 아는지, 신기하게 잘도 가져왔다. 포피의 깨끗한 것은 매우 비싼 가격으로 일본 군수업체에 수출되었다.

후일, 인천 해안동에서 트럭 한 대로 '한진 상사'를 창업, 사업 수완으로 2년 만에 화물자동차를 10대나 보유했다. 대통령 박정희 후광으로 1969년 대한항공공사를 인수해 대한항공으로 개명한 후 기업은 승승장구했다.

한 예만 보더라도 1980년 항공기는 대한항공이 유일했다고는 하나 공직자가 해외 출장 시 국적기만 타야 한다는 GTR(Government Transportation Request) 제도로 소유주 일가 배만 불렀다. 배불러 온 총수

일가의 갑질이 도를 넘어 국민 공분이 일어나자 이 제도를 폐지함으로써 연 약 80억 원의 국가 예산 절감과 서비스 분야 일자리가 창출되었으니, 이런 정부들이었다. 그렇게 국민 희생으로 얻은 특혜를 국가나 사회로 환원하기는커녕 오히려 국민에게 갑질만 해 왔다.

이러한 데에는 2~3세의 구순기 때 입, 혀, 입술 등에 집중된 리비도를 충분히 만족하며 보냈으나 좋은 환경에서 잘 받은 배변 훈련이 오히려 항문기 고착 현상으로 나타나 비행기 안에서조차 아랫사람의 작은 실수를 용납하지 못하고 자신의 것인, 입은 옷이나 지위를 아끼고 소유하려는 심한 인색함이 나타났다. 자신이 거세되었다고 인식하여 성적 장애감과 신경증으로 발전해 자기애가 상처를 받았다.

이 '남성성 콤플렉스(masculinity complex)'가 여성으로서 남근 선망(penis envy)의 고착화로 미성숙한 자아 발달에도 물려받은 힘은 있어 가장이나 아내, 아들딸 할 것 없이 가족 모두 하나같이 없는 절제력을, 있는 갑질로 표출했다. 에로스(Eros)를 삶의 자기 보존적 본능과 성적 본능이 결합한 본능으로 이는 공격적이며 죽음의 본능으로 삶의 본능에서 온 성 본능인 리비도(libido)가 자신의 생명과 타인에 대한 사랑으로 이어진다면 이는 자신뿐만 아니라 타인과 환경을 파괴하려 타인을 공격하여 싸움에 이른 타나토스(Thanatos) 본능들을 나타냈다.

이들 두 본능은 때로는 타협을 이루기도 하나, 구순기 항문기에서 성기기는 물론, 지나치게 리비도를 충족시킴으로 거부당함과 갈등에 대한 대처법이 미숙한 탓에, 무엇보다 타인들이 자신이 가진 것에 대해 굴종할 뿐 마음으로부터 신분이나 지위에 맞는 신뢰와 존경을 받고 있지 않음을 자기 스스로도 잘 알고 있다.

비록 육체적으로는 성인이나 정서적으로는 미성숙하지만, 가진 것은 있어 그렇게 여러 번 성형 수술을 했으나 만족할 만한 미를 얻지 못한 욕구 불만까지 더해져 본능을 아무데, 누구에게, 아무렇게, 표출하는 것이 습관화되었다. 결국 다른 사람들로부터 긍정적 기대를 받게 되면 긍정적 행태를 보이는 피그말리온 효과(Pygmalion effect)와는 반대로 부정적인 평판으로 더 나쁜 형태를 나타내는 스티그마 효과(stigma effect · 낙인 효과)를 보인다.

이들이 검찰에 불러오기라도 하면 거의 휠체어를 타고 오는데 '뮌하우젠 증후군(Münchausen Syndrome By Proxy)'을 앓고 있기 때문이다. 이는 일종의 정신질환으로 실제 멀쩡함에도 관심을 끌기 위한 행동을 보이는 것인데, 그 정도는 아님에도 심하게 아픈 척하거나 나아가 자해까지 서슴지 않는다. 이를 미국의 정신과 의사 리처드 애셔(Richard Asher)가 쓴 『허풍선이 남작의 모험』의 주인공 '뮌히하우젠 남작'의 이름을 따서 1951년 처음 발표함으로 명명되었는데 주로 남성에게 잘 보인다.

뮌하우젠 증후군은 우수한 두뇌의 소유자로 전문 연기자보다 뛰어나며 남을 속이는 데 탁월하다. 검찰에 오기 전에 그들을 돕는, 수사를 잘 아는 검찰 출신 변호사로부터 철저히 연기 수업을 받는다. 참 재미있게도 동정받을 사회적 하층민이 아니기에 동정을 유발하러 그러한 행동을 한다는 점이다.

이들을 돕는 변호사들 역시 정의나 법치를 위해서가 아닌, '사회적 뮌하우젠 증후군'자들이다.

미국의 경영 전문지인 『하버드 비즈니스 리뷰』에서 이들을 경계해야 하는데 '팀원들을 이간질로 갈등을 조장하여 해결사로 능력을 인정받는다. 그러나 그런 자들로 말미암아 조직이나 사회는 희망이 없고 사기는 저하되고 구성원들의 결속력은 약화되고 생산성 저하로 조직이나 사회는 죽는다.'면서 잘 살펴보면 구별할 수 있다고도 했다. 그러나 실제 소설 속의 주인공 뮌히하우젠 남작의 거짓말 같은 이야기들은 이들과는 다르게 사실이며 귀족임에도 그저 유머러스하고 활달한 성격의 소유자일 뿐이다.

이들은 어린 시절 받은 정신적인 상처로 다른 이의 관심에 집착하는 사람들이거나 대기업 총수·변호사, 검찰·정치인들처럼 구순기나 항문기·성기기는 물론 잠복기에 이르도록 과잉보호받아 정서적 미성숙으로 나타난다. 이들과 변호사, 그리고 '휠체어 명분'을 받은 정치 검찰과 한 지붕 세 가족의 기막힌 동거로 일반인들은 대를 잇는 돈과 권력에 무너지는 '정의와 법치'에, 어차피 없는 줄 알고 있었음에도 사회적 절망감과 위화감은 물론 상실감은 필설로 이를 수 없다.

이들의 자아라는 기수는 두 말을 다루는 데 능수능란하다. 이러한 기수 기법은 자기 스스로 터득했다기보다는 물려받은 것이다. 구순기 때부터 부족한 것이 없이 돈·권력·명예 모두 지나치게 만족하며 보냈다. 항문기에도 배변이란 그저 아무 때나 어느 곳에나 하면, 치우는 이가 따로 있기에 특별하거나 조급할 필요가 없었다. 때로는 배설의 쾌감보다는 변이 체내에 머물러 있음으로써 점막 자극으로 쾌감을 느끼며 보냈기에 고착과 반동형성에 의한 성격으로 자신이 가진 것, 권력·돈·명예에의 집착이 강하다.

후손 정치인들만 봐도 그들은 자리를 내놓는 것에 인색하며 겉으로는 소신이라고 하나 고집이 세고 상대의 소신이나 철학, 정책을 받아들이는 데 인색하다. 내 것이 소중하면 상대방 것도 소중함에도 그런 것에는 익숙하지 않다. 항문기를 그렇게 보냈기에 상대나 정적들에 대해 사소한 것도 문제 삼는 치졸함이 나타나며 그것들이 내면에 고착되어 그 힘의 유지에만 전력을 다한다. 이 힘의 유지라는 것은 그럴듯한 명분을 내세우나 누구보다 힘의 위력과 군림을 잘 알기에 그렇게 장난치며 어울려 놀던 맹수 새끼들이 먹이 앞에서 피 흘리며 싸우듯이 더 많은 상속 앞에서는 형제 따위는 없는, 추함도 서슴지 않는다.

그들과 그 후손들은 다른 많은 인간이 받아 온 초자아 형성에 대한 교육과 경험이 다르기에 도덕과 사회 규범이나 경험, 혹은 종교적 신앙이나 교리와도 무관하다. 종교가 있다면 이도 자신의 또 다른 정서적 유희 중 하나일 뿐이다.

한국전쟁 중 특이한 병이 한탄강 유역에서 주로 늦가을(10~11월)과 늦봄(5~6월) 건조기에 집단 발병했다. 나중에 알고 보니 절지동물이 숙주인 바이러스들과는 다르게 설치류를 숙주로 삼는 바이러스인, 들쥐 중 72~90%에 해당하는 등줄쥐의 배설물이 건조되면서 호흡기를 통해 전파되는 한타바이러스(hantavirus)로 전염되었다.

이는 731부대에 대량의 쥐를 공급한 오자와 시부로와 이시이 시로가 한국전쟁에 6천 가구 일본 농가에서 위탁 사육한 실험용 쥐 10만 마리를 주일미군 406부대 등에 제공함으로 나타난 것이었다. 맑고 깨끗한 한탄강이 미군과 기무라 렌의 공동 실험 장소였다. 이시이는 731부대 출신답게 증거를 남기지 않으려 한탄강 유역 등줄쥐 1,000마리를 잡아 일본 농가에서 사육시켰다.

열악한 장비와 실험기구, 비협조적인 미군정, 부족한 자료, 이러한 악조건에 더욱이 전시 중임에도 이를 밝혀낸 사람이 한국의 이호왕 박사였다. 이호왕 박사는 이 바이러스를 한탄강 이름을 따 한탄 바이러스(Hantaan virus)라 명명했다.

"이 낙후된 작은 나라에 그런 인재가 있었다니."

"이렇게 된 이상, 중단해야 할 것 같소."

406부대 1,000명의 일본인 연구원 중 상당수는 731부대 출신이었다. 이들 중 기타노 마사지 · 후다츠키 히데오 · 미야모토 고이치는 이시이와 함께 등줄쥐와 일본 빈민들로부터 값싸게 사들인 혈액을 406부대와 한국에 판매하여 거액을 벌어들였다.

관동군 예하 부대임에도 731부대를 다른 만주 주둔군보다 더 안전하게 철수시키자, 관동군 사이에서도 울분이 터졌다. 관동군 참모장교 미우라는 후에 이렇게 비난했다.

"내가 받은 명령을 이행하러 간 순간, 그 태도에 분노가 치밀어 올랐다. 그런 자들이 오직 자기네 안전 철수만 생각하다니…."

은밀히 귀국한 이시이 시로는 후에 붙잡혀 전범 재판에 넘겨지는 것이 두려워 심지어 자기 장례식을 자기 스스로 치르고는 이름을 바꾸어 숨어 지냈다. 그러다 일생을 숨어 지내지는 못할 것을 알고 미군정에 옛 부하를 보내 협상을 시도했다.

"그때 미처 넘겨주지 않은 내가 가지고 있던 세균전에 대한 다른 자료 모두 소련에 넘기지 않고 미국에 넘기겠다. 대신 전범 재판에서 사면해 달라."

마치 모든 자료를 소련에 넘길 수도 있을 것 같이 은근히 협박까지 하면서 협상했다. 그러고는 미국의 종교 기독교도로 전향한 것처럼 일요일에는 작은 교회에도 나가며 개종한 것으로 위장했다. 그러면서 여관을 겸한 윤락업소를 경영하면서 이미 의사면허가 박탈된 상태였음에도 지역민들에게 무료 의술을 베풀며 선한 사람으로 포장했다.

그러다가 한국전쟁이 발발하자 미군의 요청으로 유행성 출혈열을 일으키는 바이러스로 무기화하려 함께 사면받은 731부대원 몇과 한국을 오갔다. 파죽지세로 남하하던 중공군이 멈춘 것은 이 세균무기의 두려움 때문이었다.

한순간 맥아더와 미국은 허탈했다. 이시이 시로가 자신의 사면을 조건으로 준 연구 자료는 살아 있는 사람으로 얻은 자료이기에 백신이나 치료제 등을 기대했었는데, 거의 대부분이 대량살상에 관한 자료였다.

"각하! 다른 자료가 더 있었다고 합니다."

보고를 받은 맥아더는 진노했다.

"그놈들을 살리려 나의 명예를 더럽히며 어떤 짓을 했는데."

맥아더는 자신도 모르게 그의 이름을 불렀다.

"기무라 렌!"

측근들은 무슨 뜻인지 의아했으나 물어볼 수는 없었다.

일본으로서도 태평양전쟁 이후 최대의 국가 비상사태를 맞이해야만 했다. 자신들이 만주를 소련에 빼앗길 때 731의 흔적을 지우는 데 분주한 나머지 채 폐기 못 한 핵무기 제조 공장으로 소련이 핵무기 제조에 성공했다.

미국이 핵으로 블라디보스토크를 폭격한다면 프랑크푸르트와 함부르크, 인천과 부산항뿐 아니라 일본의 군수공장과 동경이 핵 공격을 받을 것이며 소련은 미국과는 다르게 천황가를 중심으로 감행할 것이 명확하다.

"천황폐하가 어찌 되시면 일본의 혼은 모두 죽는다!"

친미적인 데다가 맥아더의 후원으로 총리가 된 요시다는 일본의 외교 노선으로 안보는 미국에 맡기고 최소한의 군사비용만을 지출하고는 모든 역량을 국가 경제발전에 집중한다는 요시다 독트린(Yoshida Doctrine)으로 경제발전에만 집중할 때이기에 다급했다.

"핵전쟁은 안 된다!"

요시다의 밀명을 받은 자들은 A급 전범이었으나 부총리급인 국무대신 오가타 다케토라, 제2차 세계 대전 후 요시다 내각의 대미 협조 외교에서 중요한 역할을 담당했던 외무대신 오카자키 카츠오, 외무 정무차관 고다키 아키라, 방위 정무 차관 에토 나쓰오였다.

오카자키 카츠오는 이오지마에서 미군 사이의 항복 협상 초반부에 참여한 외상 시게미쓰 마모루와 함께 1945년 9월 미주리호 함상에서 항복 문서 조인식에 참여한 인물로 1954년에 상호 방위 원조(Mutual Security Assistance, MSA) 협정에 미 대사 존 앨리슨(John Moore Allison)과 서명한 자이다. 그리고 나쓰오는 일본과 미국에 빼앗긴 나라 류큐 공화국 출신으로 임진왜란 때 조선에서 끌려간 대장장이 후손이었다. 선조 할아버지 고향 부산에도 여러 번 오가고는 천하게 산 선조의 한으로 혐한주의자가 되더니 지나칠 정도로 친미적으로 되고는 트루먼이 놀랄 만큼 영어는 물론 미국 역사나 문화와 정치에도 매우 밝았다.

그들은 혼신을 다해 트루먼을 설득했다. 무엇보다 고다키 아키라는 여느 일본인과는 다르게 8척 장신에 몸무게가 120kg이 넘는 거구에다 극우 성향을 가진 자이면서 일본인 특유의 약자는 잔인하게 짓밟고 강자에게는 한없이 굽히는 자였다. 능통한 영어로 추켜세우는 그의 태도는 승전국 수장인 트루먼을 한껏 들뜨게 했다. 요시다는 5차례 총리에 이를 만큼 국민의 지지도 받는 자였다.

1953년 3월 5일 스탈린이 사망했음에도 미국이 휴전으로 가려 하자 5월 30일 이승만은 아이젠하워에게 친서로 미 상호방위조약을 요구하면서 휴전협정을 방해하려 6월 18일 전국 포로수용소에 있던 2만7,000여 명의 반공포로들을 석방했다. 이 일로 인해 막 대통령에 취임한 아이젠하워에게 이승만은 골칫덩이였다.

미국은 이승만을 제거하려 8군 사령관 테일러 아래 에버레디 작전까지 추진했으나 계획보다 일찍 급작스럽게 다음 달 7월 27일 휴전되었다. 3년 1개월에 걸친 전쟁으로 450여만 명의 목숨과 부상, 1천만 명의 이산가족과 고아들, 가옥과 기간산업, 도로와 전기 시설 파괴로 황폐해진 동족상잔의 전쟁으로 국토도, 반공도 허리가 잘려 두 토막이 났다.

그러나 친일파들에게는 반공주의자 대열에 끼어 안주함을 넘어 더 득세케 한 '동족상잔의 축복'이었다.

휴전, 전장의 부동산 수확, 군상(軍商)…. 대문호 톨스토이는 이들을 알고 있었다.

"전쟁은 가장 비열하고 부패한 인간들이 그 속에서 힘과 영광을 얻게 되는 상황을 만든다."

『전쟁론(Vom Kriege)』은 12세 소년병으로 전투에 참여한 프로이센의 클라우제비츠(Carl von Clausewitz)가 육군 대학 교장 때인 1818년부터 1830년에 걸쳐 집필한 병법의 고전서이다. '동양에 손자병법이 있다면 서양에는 전쟁론이 있다'고 할 만큼 전쟁의 바이블이다. 철학, 정치학, 군사학을 아우르기에 군사 이론가는 물론 정치학자의 필독서로 자리한, 공산주의자인 F. 엥겔스나 N. 레닌도 『전쟁론』을 '군사 과학의 고전'이라며 높이 평가했다.

클라우제비츠는 전쟁론 전쟁의 본질 편에서 이렇게 말했다.

"전쟁은 정치적 수단과는 다른 수단의 정치이다."

미국, 소련, 중공, 일본, 서구 열강의 전쟁 정치에 한반도 강토는 피로 물들인 채로 두 동강이 났다.

추리소설 작가인 프레더릭 포사이드의 원작을 영화화한 1974년 미국 콜롬비아사의 영화 〈오데사 파일(the Odessa File)〉에서 29세의 주인공 피터 밀러(Petter Miller)가 우연히 자살한 유대인 노인의 일기를 통해 리가(Riga) 강제수용소에서 유대인 학살을 자행한 나치 SS 장교 에두아르드 로쉬만(Eduard Roschmann)의 생존 사실을 알게 된다. 그는 르포라이트로서 이스라엘 정보부 모사드의 도움으로 그를 찾아 처형하게 되는데, 로쉬만과 동료들은 주인공을 죽일 기회가 몇 차례나 있었으나 못한 것은 자신들 이름이 적힌 그 파일이 그가 죽고 난 후에 드러날까 두려워서였다.

「오데사」는 제2차 세계대전 종전을 앞두고 패배를 예측한 나치 전범자들이 종전 후의 탈출로를 확보하기 위해 만들어 낸 조직의 이름을 딴 것이다. 주인공은 「오데사」의 명단을 가지고 있었다. 영화의 흥미를 돋우려 꾸며진 점도 있었지만, 대체로 역사적 사실로 받아들여지고 있다. 아우슈비츠에서 생체 실험했던 '요셉 멩겔레'나 유대인 문제에 관한 최종해결책을 입안한 학살자 '아돌프 아이히만' 등 다수의 나치 전범들이 모두 이 조직의 도움으로 남미로 탈출한 것이 확인되었다.

「오데사」 조직은 독일 사회·정계·경제계·군·경찰 깊숙이 침투되었기에 과거 청산을 방해했으나 그들은 결국 체포되었다. 그러나 나치와 히틀러를 지지했던 일부 가톨릭 사제들이 이들의 탈주를 도왔음에도 가톨릭에서는 아직도 이를 참회하지 않고 있다.

대부분의 「오데사」 멤버들이 체포된 얼마 후 서독의 어느 전자부품공장이 원인 모를 화재로 전소했다. 당시 이집트 대통령 나세르는 이스라엘을 이 땅에 멸절시키고 그 영토가 바닷물에 잠기게 하려고 극비리에 미사일 400기를 준비했다. 그런데 아무 연관 없는 서독의 공장 화재는 사실 그 미사일 400기의 유도를 위한 핵심 전자 부품생산 공장이었다. 배후에 이스라엘의 모사드가 있었다.

법적 정당성 없이 출범한 제5공화국은 기득권자인 친일파의 지지를 끌어내려 대한민국 오데사 파일인 친일 명단 사용을 헌법으로 금지할 때 우매한 민중은 그 개헌에 동조했다.

"역사적으로 인간에 관해 이렇게 깊이 통찰한 자가 또 누구인가?"

마르크스(Karl Heinrich Marx)가 그렇게 극찬했던, 기원전 42년 원로원이 로마의 신으로 공식 추앙한 인물 시저(Gaius Julius Caesar)가 했던 말,

"인간은 보고 싶은 것만 보고 듣고 싶은 것만 듣는다."

끼워 넣기 개헌에 그들은 연좌제 철폐만 보았고 민중은 직선제만 보았다.

한 봉이, 양봉인 미국이나 일본을 대하는 것은 매우 어리석다. 일본인 의식 안으로 더 들어가 보기 위해 일본인에 대한 의식 구조를 두 예로 살펴보자.

한 일본인 집안에서 딸에게는 하층민의 삶을 물려주지 않으려 온갖 험한 일을 마다하지 않고 교토대학을 보냈다. 졸업 후에 딸을 전통 명문 집안 가풍을 배우게 하려는 의도로 아버지가 딸을 그 집 하녀로 보냈다. 그런데 그 명문 집안 나이 든 가장이 딸을 범해 딸이 수태했다. 놀라운 것은 일본인이 아니면 어떤 나라 사람도 이해하기 어려운 그 딸의 아버지 태도이다.

"나리같이 고귀한 피를 우리같이 천한 집안에 주셔서 감사합니다."

그에게 엎드려 감사드렸다.

또 다른 예시를 살펴보자. 남편의 직장으로 일본에 거주한 어느 한국 주부는 몇 년 지나다 보니 가까이 지나게 된 이웃도 생겼다. 어느 날 이웃들이 모여 차를 마시며 아줌마들의 수다를 듣던 중에 청소년 자녀를 둔 아이들 이야기로 화제가 옮아갔다.

한 어머니가 엊그제 일어난 일을 이야기하는데, 아들의 방에 무심코 들어가니 아들이 야한 비디오를 보면서 성적 충동과 흥분에 사로잡혀 주체치 못하고 있었기에 엄마가 자신의 몸으로 아들의 성적 욕구를 해소해 주었다는 것이다. 그 이야기에 한국 주부는 정말 놀랐다.

그런데 더 놀란 것은 함께 그 이야기를 듣는 다른 엄마들의 반응이었다. 고개들을 끄떡거리며 이해한다는 표정들에 한국의 그 엄마는 기절할 뻔했다. 그 한국 엄마도 한국의 명문대학원까지 나온 재원이었다. 그리고 그녀는 이렇게 느꼈다고 했다.

"지구상에 문화는 오직 둘뿐이다. 일본문화와 타문화."

국화와 칼과 이러한 일본 정서에 대한 무지함을 안은 채 감성적으로만 일본을 대하는 일부 외교관이나 정치인을 보면 참 아연하다.

대한민국의 친일주의자들의 가슴을 다른 예로 열어 보자. 한국 녹십자와 731부대 출신자들이 설립한 일본의 제약사 미도리쥬지와의 관계 등에 대한 더팩트의 공식 질문에 한국 녹십자는 이렇게 대답했다.

"1998년 폐업한 미도리쥬지와 지배ㆍ종속 관계가 전혀 없다. 예전에 기술 도입 및 합작사 설립은 했지만, 이게 문제 될 게 있느냐? 혈액분획제제 사업 진출을 결정할 당시에는 국내에 관련 전문가나 기술 보유자가 전무해 해외 기술도입이 절실한 상황이었다. 그렇게 따지면 삼성이나 현대 차나 일본에서 기술 도입 안 한 기업이 어디 있느냐?"

731이 어떤 부대였는가? 이 큰 정서적 문제에 대한, 초자아적 질문을 원초아적으로 답하는 한국 녹십자의 정서적 태도가 대한민국의 사회 프로이트이다.

45 XY

마키아벨리의 성공 조건 세 가지인 운명, 베풂, 준비됨. 이는
DNA인가? 프로이트인가? 둘 다인가?

― 아브라함 제이 서(Abraham J. Suh, 기독교 사상가)

제 몫들 잘해 왔지만, Y만이 빌빌한 가운데 몇 달 만에 만난 벗들이다.

"어쩌면 DNA가 다를지도, 자네들도 잘 알잖아, 김 박사 말이야. 그
제, 저녁을 들면서 놀랍기도 하고 기이한 이야기를 했어. 어떤 임산부
들의 양수에서 우연히 특이한 인자를 발견했는데….'

"특이한 인자?"

"1900년 말, 미국 어느 의학연구소의, 밝힐 수 없어 묻어 둔 일이 있
었대."

"조사해 놓고 그 결과를 묻었다고?"

"자칫하면, 수많은 태아가 배 속에서 죽어 나갈 것 같아서이지."

"태아가, 엄마 배 속에서 죽어 나가? 왜? 누가 죽이는데?"

"산모! 아니면, 주변 사람들."

"엄마가 자신의 태아를? 주변인들은 또 왜?"

"일각에서는 10,000명이니, 7,000명이니 하지만, 실제는 약 12만 명의 어머니 양수를 검사했대. 그런데 다른 양수에서는 발견되지 않은, 무척 활발하고 강한 것 같기도 하고 가장 작은 듯하면서도….."

"그게 뭔데?"

"연구자들도 낯선 것이기에 이름을 '45 XY'라 명했대. 45구경 권총과 인간의 성염색체에서 따왔지."

"그것이 태아 생명에 지장이 있다거나 아니면 장애아로 태어나거나 하는 건 아니고?"

"그런 건 없었대. 특이한 것은 오직 양수에서만 발견되었다는 거야."

"양수에서만? 태아의 세포나 혈액도 아닌, 양수에서만? 그렇다면 뭐가 문제야?"

"40년 동안 45 XY가 검출된 아이들을 추적해 본 결과, 놀라운 사실을 발견한 거지."

"도대체 어떤 결과가 나왔기에….."

"양수에서 45 XY 증후군이 나온 아이가 성인이 된 후, 12만 명 중 약 80% 이상이 엇나간 길을 간다는 거야. 남들과는 다른, 사회 및 규범을 벗어난 삶을 산다는 거지."

"그럼, 남들보다 특이한 삶? 뛰어난 인물? 뭐 그런 삶을 말해?"

"80% 이상 범죄인이 되었다고 했어."

"어찌 그런 일이, 그렇다면 범죄자는 타고난다는 말이야?"

"그 45 XY 증후군이 우리나라 어떤 임산부 양수에서도 발견되었단 말이야?"

"대부분 상류층인 임산부 양수에서 그게 발견되어 자신도 놀랐다는 거야."

"대부분 상류층이라니."

"또, 이는 서양인에게만 있는 것인 줄 알았거든."

"조사를 서양인을 대상으로만 해서인가?"

"그럴지도 모르지. 의아한 생각에 존스홉킨스대학교(Johns Hopkins University) 스승에게 검사 결과를 보내 드렸더니 스승도 조금 더 조사해 보라 했다는 거야."

"어떤 임산부들 양수에서 45 XY 증후군이 발견되었다? 이도 상류층 집안에서."

"그랬더니, 그런 집안 산모 중 86%나 45 XY 증후군을 가지고 있다 는 거야."

세계 2차 대전이 끝난 후 731부대원들은 도쿄 전범재판소에서 오스트레일리아의 윌리엄 웹 경을 재판장으로 재판관진은 캐나다의 에드워드 스튜어트 맥더걸, 중화민국의 매여오 중장, 프랑스의 앙리 베르나르, 인도의 라다비노드 팔 캘거타, 네덜란드의 베르트 륄링, 뉴질랜드의 하비 노스크로프트, 필리핀의 델핀 하라니야 대령, 영국의 혼 로드 패트릭, 미국의 존 P 히긴스와 마이런 C 크레이머 소장, 소련의 이반 미혜예비치 자랴노프 소장에 의해 사형 선고를 받았으나 이시이 시로와 핵심 연구원들은 살아남아 부와 명예까지 얻어 천수를 누렸다. 이는 전범 재판의 총 책임자였던 맥아더가 받은 한 통의 전화 때문이었다.

"제너럴 맥아더, 이시이를 석방하고 그 일행 모두 무사히 돌아가게 하시오."

맥아더에게 이 엄청난 죄를 사면하라고 했다면, 누구의 전화인지 짐작하기가 어렵지 않다. 미국이 이토록 이시이 시로와 731부대원들을 사면하고 보호한 이유는 731부대의 생체실험 자료를 얻기 위해서였다. 후일 세계적 비난에 미국은 이렇게 변명했다.

"731 자료는 사라지기에는 너무나 아까운 자료이다. 이미 희생은 지나갔다. 그것이 폐기되면 인류에게는 크나큰 손실이다. 지나간 희생에 연연하기보다는 731 자료로 인류의 의학을 한 단계 도약하는 것이 더 인류를 위한 것."

그렇게 하고는 그 자료는 공개하지 않았다. 미국은 명분과 실리, 모두 얻고 책임은 연합국과 나누려 연합국에 투표를 붙였다. 중국과 소련이 반대했으나 찬성 7표, 반대 4표로 이시이 시로는 사면되었다.

미국은 겉으로는 다른 나라의 자유와 인권을 명분으로 내세우나 자신들 외에 다른 나라의 자유는 원치 않는다. 미국이 인권이나 인간의 존엄을 내세우는 이유는 지도층의 힘을 약화하기 위함이다. 러시아나 중국도 북한 인권이나 자유에 대해서는 침묵하고 UN 결의에도 늘 반대표를 던지는 이유도 그렇게 되면 북한을 다스리기 어려워지기 때문이다. 독재국가는 지도자 하나와 지도층 몇 사람만 잡고 있으면 그 나라 다스리기는 어렵지 않다.

이를 즈음하여 1969년의 한국 상황은 정치 군사적으로 급박했다. 미 대통령 닉슨은 7월 25일 괌(Guam)에서 기자회견을 가졌다.

"길지 않은 기간 동안 미국은 세 번이나 태평양을 넘어 아시아에서 싸웠다. 일본의 태평양전쟁, 한국전쟁, 이어서 지금의 베트남 전쟁이다. 제2차 세계대전 이후 아시아처럼 국가 자원을 소모한 지역은 없었다. 아시아에서 미국의 출혈은 더는 계속될 수 없다."

이 닉슨독트린(Nixon Doctrine)으로 한국 주둔 미 7사단이 23년 10개월 만인 1971년 4월 2일 한국에서 철수하게 되자, 한국은 '자주국방'이라는 이름의 율곡사업(국군현대화계획)을 적극적으로 추진하게 됐다.

당시 나라는 1968년 중앙정보부가 조작한 '남조선전략해방당'이라는 간첩 사건으로 경제학자인 육사 교수 권재혁의 사형과 이일재 등이 무기징역을 받아 정치적으로 매우 어수선했다. 부장 김형욱은 창시자 김종필이 1년 8개월, 이후락도 3년밖에 못한 그 자리를 1963년 7월 2일부터 1969년 10월 20일까지 6년 3개월간 차지한 최장수 부장으로 후에는 박정희에게 버림받아 파리에서 의문의 실종되었으나 그때만 해도 무소불위의 권력을 휘두른 박정희의 충복 중 충복이었다.

후에 2011년 고등법원에서, 2014년 대법원에서 무죄로 확정됨으로 조작임이 밝혀졌으나 닉슨 독트린은 이 조작된 사건으로 흉흉한 민심이 '안보'라는 이름 앞에 잦아들게 함으로 결국 닉슨이 박정희를 정치적으로 살린 셈이었다.

1945년 8월 15일 광복 후, 문패나 학교에서도 조선 이름으로 바꾸는 등 일상생활에서는 원래 이름으로 회복해 나갔다. 그러나 호적상에 등재된 이름을 바로잡기 위해서는 미 군정청이 허락해야 했다. 얼과 역사를 모르는 미 군정청은 어차피 80%가 문맹이니 친일파 중에 하수인이 될 만한 자들을 파악하느라 차일피일 미루더니 얼과 대한민국의 정서와 상처는 무시된 채 그럴듯한 명분으로 그들을 내세웠다.

"경험 있는 군인 · 경찰과 서류나 문서를 다룰 줄 아는 행정 관료가 필요하다."

대한민국 하늘은 친일파들을 친미주의자로 변색하는 또 한 번의 기회를 주었다.

극적인 상황에서도 이시이답게 미국 측에 넘겨주지 않은 자료가 있었다. 자료는 지금도 놀라울 만큼 뛰어난 카멜레온 연구였다.

놈들은 자신의 피부색을 자신의 의지대로 바꿀 수 있는데, 이는 심리적인 것으로, 알려진 바와 같이 주변 환경에 맞추는 것만은 아니다.

놈들은 두 눈을 각각 따로 움직이며 360도로 굴리는 능력으로 사각지대가 없다. 놈들은 먹잇감을 발견하면 먼저 몸 색깔을 주변에 맞게 바꾼 후 체온을 더 낮춘다. 그리고 가까이 접근하기에 먹잇감은 바람이나 온도에 민감한 놈도 전혀 눈치를 채지 못한다. 거리 측정과 먹잇감의 위치를 정확히 판단하고 380㎜까지 뻗는 긴 혀로 20분의 1초도 안 되는 짧은 순간에 먹잇감을 잡는다. 그리고 쉴 때나 잘 때, 흥분했을 때나 먹잇감이나 경쟁자, 짝짓기 상대를 만날 때 평상시 혼자 있을 때 때맞춰 색이 모두 달라지며 죽었을 때 색도 다르기에 본색이 아예 없다는 것도 알아내었다.

"색이란 무엇일까? 보이지 않는 색이 정말 존재할까?"

1665년 영국의 로버트 훅에 의해 세포는 알려져 있었으나 아직 DNA · RNA는 그 메커니즘은커녕 존재조차 모를 때이기에 이가와 히로유키는 카멜레온 피부 세포에서 그 원인을 찾으려 했다. 이때까지만 해도 염색체 단백질 안에 유전 정보가 들어 있을 것으로 알고 있었다.

그도 그럴 것이, 스위스 의사이자 생화학자인 요하네스 프리드리히 미세르는 버려진 붕대 고름의 세포를 조사하던 중 낯선 물질을 발견하고는 뉴클레인(핵물질)이라 명명했는데 바로 DNA이다. 그해가 1869년이었다. 그 후 1950년 앨프리드 허시와 체이스에 의해 DNA가 유전물질임이 밝혀졌으니 DNA는 20세기에 들어서야 밝혀진 셈이다.

"비행기도 가능할까? 적의 레이더는 물론 시야에도 띄지 않는….."

히로유키는 한 걸음 더 나아가 이놈들의 색바꿈 세포와 인간의 생체적 세포와 연관시킬 수 있는지도 연구했다. 정신이나 성격 역시 단순히 인간의 뇌의 작용으로만 알고 있었기에 이성과 비이성을 인위적으로 조종할 수 있으리라 여겼다. 인간도 카멜레온처럼 상황에 따라 자신을 변화시킬 수 있는지, 인간에게 카멜레온 눈을 이식하기도 하고 소년·소녀, 심지어 태아에게 카멜레온의 피를 수혈하기도 하고 여인의 자궁에 카멜레온의 세포를 심어 연구했다.

심지어 태아에게 카멜레온의 눈을 이식했는데 가장 많은 희생자가 중국인들이었다. 그 자료는 731부대 모든 자료를 미군 측에 넘겨주기 전에 은밀히 폐기했는데 그전에 이시이와 이 연구를 실제 주도한 이가와 히로유키 머릿속에 담아 두었다.

"머릿속 깊이 담아 두게. 전혀, 다른 곳에는 남기지 말게."

"사령관님, 그러다 내가 죽으면, 이 모든 것이 허망하게 사라지게 됩니다."

"어떻게 얻은 자료들인가? 누구든, 쉽게 넘겨줄 수는 없지. 남기지 말게. 소련군이나 영국군, 미군에게 붙잡히더라도 말이지. 무덤까지 가져가게. 만약에 말이야, 자네가 죽으면, 영원히 사라지더라도."

1897년 칼 벤더(Carl Benda)에 의해 세포 속의 미토콘드리아 존재는 이해하고 있기에 이 저급한 연구물을 대단한 성과물로 알고 있었다. 미국 역시 그러했다.

"이 연구에 참여한 저 세 연구원은 어떻게 됩니까?"

"천황폐하를 위해 영광스럽게 산화하는 것이네. 다른 황군들처럼."

일본 극우주의자들은 그렇게 미화했다. 제로센 조종사 '하라다 가나메'는 일본 전역을 돌며 청소년들에게 반전 강연을 하면서 이렇게 폭로했다.

"제로센 조종사들이 '텐노헤이카 반자이(천황폐하 만세!)'나 '대일본제국 만세!'를 외치며 죽어 갔다고들 하나, 난 그런 자를 단 한 사람도 볼 수 없었다. 누구나 마지막 순간에는 '오카상(어머니)!'을 불렀다."

전우애가 남달라야만 하는 특수부대 동료이자 부하의 목숨도 하찮게 여기는 이시이는 미천한 태생으로 감히 천황으로부터 일본도까지 하사받고 육군 대신 아라키 사다오를 후원자로 두었기에 그것에 대한 반동 형성으로 더 극우주의가 된 자이다.

1945년 8월 6일 일본 히로시마에 원자폭탄이 떨어졌다. 그리고 사흘 뒤인 8월 9일에는 나가사키에 2번째 원자폭탄이 투하됐다. 미국의 명분은 분명했다.

"일본의 항복을 앞당겨 앞으로 일어날 엄청난 인명 피해를 사전에 방지했다."

히로시마와 나가사키에 대한 원자폭탄 투하는 엄청난 피해를 가져왔다. 35만여 명이 숨졌으며 14만여 명이 방사성에 의한 질병으로 사망했다. B29 폭격기 '에놀라 게이'에 의해 투하된 원자폭탄 '리틀 보이'의 가공할 위력에 1945년 5월 8일 나치 독일 항복에 이어 1945년 9월 2일에 일본제국은 포츠담에서 항복문서에 서명함으로 세계 제2차 대전은 이로써 끝이 났다.

8월 15일 일본의 항복으로 조선이 광복되었다. 대한민국에는 슬프게도 미국이 가져다준 적선 같은 광복이었다.

천황의 항복 소식에 731부대는 통곡 소리에 묻혔다. 특히 신분 상승을 넘어 이제 귀족의 반열에 들길 기대한 이시이 시로는 반미치광이가 되었다. 사흘 후 미군이 들이닥쳤다. 그러나 이미 이시이 시로는 모든 것을 소각하고 파괴하여 흔적을 지웠다.

1970년 5월 5일 11시 대구에서는 앞산이라고 부르는 대덕산 북쪽 자락 미군기지 캠프 워크에서 검은색 머리칼에 갈색 눈을 가지고 있으면서 체구는 Y의 두 배쯤 되는, 미군 중에도 큰 편이었던 육군 상사 토마스가 늦깎이 결혼을 했다. 아내 역시 몸집이 조금 큰 편인 충청도 여자답게 후덕한 성품의 노처녀였었다.

Y는 오동나무로 직접 깎아 만든 원앙 한 쌍을 결혼 선물로 주었다. 토마스는 과거 한국의 풍습에는 여아가 태어나면 뜰에 오동나무를 심어 정성껏 가꾸었다가 딸이 시집갈 때 그 나무로 가구를 만들어 보낸다는 오동나무에 얽힌 이야기와 금실이 좋은 원앙의 뜻을 알고는, 투박하나 직접 만들었기에 최고의 선물이라며 아이같이 좋아했다.

결혼식은 캠프 내에 있는 미군 교회에서 군목 스티브 중령의 주례로 치러졌는데 수 인디언 피를 이어받은 그는 미 정부로부터 인디언 보호기금도 받고 있었으며 성품이 여느 미국인답지 않게 무던했다.

아버지 와콘다(Wakonda) 이름 뜻은 모든 지혜와 힘의 원천인 천둥 새란 뜻을 가지고 있었으나 어린 시절 마을에 온 선교사가 주술사인 아버지를 개종시켰다. 선교사는 조상의 얼을 배신했다고 여기는 아버지에게 토마스란 이름을 주었다. 부활한 예수를 만난 열두 제자 중 하나인

토마스가,

"당신이 정말, 예수입니까?"

"내 손에 난 못 자국에 손가락을 넣어 보라. 그리해서라도 의심을 버리고 믿음을 가져라."

의심 많은 토마스는 그제야 믿음을 갖게 되자, 예수가 토마스에게 말했다.

"보지 않고 믿는 자가 복되다."

그렇게 선교사는 아버지에게 새 이름을 주었다.

"부활한 예수의 못 자국 난 손에 손가락을 넣어 보고서야 의심을 버리고 후에 인도로 건너가 기독교 한 분파인 토마스교를 세운 위대한 인물이 토마스요."

토마스는 자신의 마을에서 선교사로서의 삶을 살았다. 토마스는 아들에게 자신의 이름을 주었다. 토마스 상사는 그 토마스의 아들이다. 토마스 상사에게 사내아이가 태어났는데 아들 역시 부모를 닮아 체구가 또래보다는 컸다. 토마스 상사는 아들에게

"우리 뿌리인 수 인디언 족과 땅을 기억하라."

고 말하면서 아들의 이름을 '수 토마스'라 지었다. 수족은 세 갈래의 작은 족으로 나누어져 있는데 샌티 · 얀크톤 · 테톤족이다. 이들 스스로는 나코타 · 다코타 · 라코타라 칭했는데 그는 미국의 강이라는 '미시시피강' 상류 수원지에 근거를 둔 다코타족 피가 흐르는 것에 대해 자부심이 대단했다.

아기 때도 다들 의아하게 여길 만큼 낯가림도 하지 않고 Y에게 잘 안기더니 자라면서도 Y를 유난히 따른 수는 겉보기에는 눈빛이 맑다거나 깊지도 않은 갈색 눈을 가진, 그저 그런 눈빛에 몸집이 조금 큰 혼혈아

로 보였으나 IQ 196인 천재였다.

수는 존스 홉킨스 대학교(Johns Hopkins University)를 수석으로 들어가 생화학에서 파생된 분야로 핵산(DNA · RNA)의 구조와 기능을 다루는 학문인 분자생물학(分子生物學, molecular biology)으로 13세에 박사 학위를 받았다.

국무부에서 그를 NASA로 데려갔으나 아버지를 닮은 외모와는 다르게 성품은 엄마를 닮아 조용하고 붙임성이나 사귐성이 없었다. NASA에서 외계생명체 흔적 찾기 팀에 있었는데 수에 의하면 현재 확인된 외계행성이 3,779개나 되며 행성일 가능성 있는 천체만 수천 개에 이른다고 했다. 그러나 흥미도 갖지 못했고 적응도 못 했다.

일요일에는 Y도 '사회심리학적으로 본 신흥종교'란 제목의 세미나 강사로 갔었던 침례교회에 나갔는데 300여 명 교인 중 간간이 서울대나 타 대학 출신 여성들도 있었으나 이대와 숙대 출신의 미와 재원을 가진 여성들이 많았다. 남편은 거의 NASA에 근무했다. 세미나 기간 중 점심 식사 초대로 몇 가정에서 본, 검은색이 우성이라는데, 동양적인 자태에 푸른 눈 여아들의 신비로움에 아림이 순간 스쳤다.

"왜 이렇게 우수한 미토콘드리아DNA를 미국에 이어야 했나?"

수가 교회 생활조차 적응하지 못하자 국무부에서 그를 이 연구소로 데려왔다. Y는 수가 이곳에 도착한 지 3달 남짓 될 무렵 전화를 받았다. 이곳은 그의 천직이었다.

일리노이 주도인 시카고 공항에서 자동차로 메릴랜드로 이동해 폭포의 계곡과 숲으로 둘러싸인 아름다운 장소인 이곳이야말로 은밀한 연구를 하기에는 최적의 장소였다. 오는 길도 절경이었다. 해가 떴을 때 모습은 왼쪽은 원시림 같은 아름드리나무들에는 거미줄처럼 이끼와 넝

쿨들이 늘어지고 감겨 있었다. 오른쪽 계곡에는 면경수가 소리 내 흐르고 있었으며 간간이 숨어 있는 폭포는 가슴을 씻어 주었다.

수는 쾌적한 공기와 조용하고 아늑한 주변 환경이 매우 좋았다. 인적이 드문 작은 샛길로 빠져 30분쯤 들어온 이곳은 얼핏 보기에는 조금 큰 별장 같기도 하고 요양원이나 쉼터 같기도 했다.

여기에 다른 연구원들이 '후크 선장'이라 부르는 한 노쇠한 연구원이 있었다. 그는 원래 일본의 최고위층 몇과 미 국무부 최고위직 몇 사람만이 알게 오키나와 근교에 있는 미쓰비시 기업 연구소에서 여전히 세균과 바이러스를 연구하고 있었다. 한국전쟁이 발발하자 한국을 오가다 한국 전쟁이 끝나기 3개월을 앞두고 그동안의 자료들을 은밀히 일주일간이나 혼자서 챙겨 다시 일본 연구소로 왔었다. 그곳에서는 그리 오래 있지 않았다.

어느 밤이 깊어지자 군 앰뷸런스를 이용해 서남쪽으로 한참이나 달려 도착한 곳은 한적하고 낯선 비행장이었다. 후덥지근하고 공기는 텁텁했으나 별은 초롱초롱했다. 후크 선장은 무척 사색적인 성격이었다.

"별 하나 나 하나."

"별 둘 나 둘."

"별 셋 나 셋."

"그들은 어디에 무엇 하고 있을까? 히로시마에 살던 그 녀석은 원폭이 떨어졌을 때 죽었을까? 심성이 바보같이 착한 놈이었는데….

어린 시절 동무들과 인도에서 들여왔다는 도쿄 근교에도 제법 많이 재배했던 서리한 참외를 먹으며 별을 헤아리던 생각이 났다.

"앞으로 어떻게 될까? 살아 있다는 것이 무엇일까?"

마루타로 죽어 나가는 수많은 얼굴이 환영으로 구름 조각조각이 되어 나타나는 것 같았다. 그곳에서 간단하게 요기한 햄버거는 비릿한 밀가루 냄새로 조금 역겨웠으나 먹을 만했다. 잠시 쉴 틈도 없이 다시 미 공군 단발 프로펠러 관측기 DC-2로 자정에 출발해 오키나와에서 하와이로 갔다. 샤워도 하고 잠시 눈을 붙인다는 것이 얼마나 잤는지 모른다.

다시 밤이 되자 다시 그 DC-2를 타고 시카고 공항에 도착해 기다리던 작은 탑차를 타고 며칠이나 흐른 것 같은 몇 시간의 지루함을 지나 이곳으로 왔다. 모든 이동은 거의 밤에 이루어질 만큼 비밀스러웠다. 새벽녘에 도착했을 때 하늘은 맑고 사방이 숲으로 둘러싸여 있어서인지 공기도 참 신선했다. 개울이라기에는 크고 강이라기엔 조금 작은 내가 천천히 흐르고 있었으며 인간이나 다른 동물들을 싫어하여 수면을 꼬리로 두드려서 멀리 있는 동료들에게까지 알린다는 비버들이 부지런히 나뭇가지들을 물어 나르는 모습이 신기하고 참 한가로웠다.

그는 이곳에서 이가와 히로유키를 만났으나 자신의 끝나지 않은 연구를 이어받을 사람을 찾지 못해 매우 초조해했다. 그러다 수를 만났다. 성품도 두뇌도 비슷한 둘의 만남은 환상적이었다. 수는 국무부로부터 연구의 목적을 듣고는 기대를 했었다.

한국에서 실험장은 한탄강 유역이었으나 실험실은 Y가 근무한 바로 그 부대였다. 그 부대장과 그 실험을 한 군의관은 자신의 연구였는지는 알 수 없으나 서종철의 잔혹한 성품으로 보아 그의 지휘로 진행되었음이 분명했다.

Y가 불태운, 한국전쟁 때의 세균실험 증거들

> 매우 이성적인 사람일지라도 설득력 있는 상황에서는 윤리적 규범
> 을 무시하고 명령에 따라 잔혹한 행위를 저지를 수 있다.
>
> – 스탠리 밀그램(Stanley Milgram, 예일대 심리학 교수)

실험실은 낙동강 건너 동남쪽 아래 지역에 있었다. 전시 중이었음에
도 어떻게 그리 지었는지 2층으로 된 2개의 큰 건물은 각각의 실험실이
구분되어 있었다. 낡은 실험도구를 교체하면서 실험실 벽을 터 확장하
는 대공사가 있었다. 부대 말로는 부대 창설 후 약 30년 만에 처음 하
는 공사라 했다. 이중의 벽 사이에 든 보온과 방음을 위한 블록 두께와
같은 두께의 압축된 합성 섬유는 대검으로 찔러도 조금도 들어가지 않
을 만큼 질겼으며 블록의 강도는 어지간한 포탄에도 견딜 것 같았다.

Y는 공사 중 부서진 블록과 폐자재 등 쓰레기 틈에서 나온 줄 끝이 약
50㎝ 정도 늘어지게 삼 실로 칭칭 감겨 묶인 누렇게 색 바랜 노트 한 권
을 발견했다. 어린 시절 노트 같다는 생각에 줄을 풀어 펼쳐 보니 날짜
별로 기록된 무슨 일기 같기도 하고 익숙하나 모르는 일본어와 복잡한
화학방정식들이었다.

그리고 여러 개의 육각형 안에 원이 그려져 있었는데 육각형 모서리
에는 각 1에서 6까지의 아라비아 숫자와 가운데는 지름 5cm에 둘레 약
5㎜ 두께의 6개로 정렬된 어긋난 원이 그려져 있었다. 원의 선이 때로
는 가늘고 때로는 조금 더 굵게 그어진 것이 지금의 바코드였다.

그리고 제일 바깥 원을 돌아가며 단위가 큰, 100만 단위를 넘는 아라
비아 숫자들과 루트($\sqrt{\ }$)로 된 숫자나 파이(π)로 된 숫자도 있었다. 수와

수의 간격은 원이어서 그런지 π와 비슷했다. 아마 앞서 말한 O-, M
-, P-, 1825년 M.패러데이가 발견한 벤젠환(環)과 6개의 π 전자와
관련 있는 것 같았는데 조금도 이해할 수 없었으며 기껏해야 세균·바
이러스(virus)·혈액·Blood bank나 낯익은 virus 이름 몇 개나 세균 몇
개 정도와 표지 맨 아래 목촌염(木村廉)이라는 석 자였다.

"목촌염? 睦 씨가 아니라 木 씨? 성도 희성인 데다 이름도 특이하구
나! 아버지가 아들이 한적한 시골에서 꾸밈없이 유유자적하게 살기를
바란 모양이다."

"야! 뭐야? 나오는 모든 서류나 종이는 무조건 여기 담아!"

"인사계님, 여기는 과거 6·25 때 미군들의 연구소라 들었습니다.
그런데 어떻게 일본어로 된 연구 노트가 있는지 이상합니다."

"그게 뭐가 이상해? 일본계 미국인일 수도 있잖아."

"이름도 특이합니다. 이를 위에 보고해서 이 노트 내용이 무엇인지,
이름도 특이한 목촌염이 누구인지 알고 태워도 태워야 하지 않겠습니
까?"

"너 고참이잖아? 알 만한 놈이 그래. 야, 인마, 그러다 조금이라도
이상해서, 이를 누구 누가 봤느냐 물으며 오라 가라 하면? 그냥 태워,
그게 군대서는 오야."

목촌염이 누구인지 또 이게 뭔지, 알아보지도 않은 채 제 딴에는 보
안 유지를 이유로 소각되었다. 후에 목촌염이 누구인지 알고 통탄하
고, 사라진 731 자료로 통탄하고, 사라진 한국전쟁 때 사용한 세균무
기 자료로 통탄했는데, 얼마나 분노했는지 몇 번이나 그 인사계 놈을
쏴 죽이고 싶은 충동이 일어났다.

"세상에! 어찌 이럴 수가! 이 무식한 개새끼가….."

부대는 외부에서나 하늘에서 보면 무슨 창고와 같이 보였다. 그곳에서 앞에서 언급한 피를 뽑고 약을 먹고 다시 피를 뽑는 실험이 이루어졌다. 그곳이 기무라 렌(木村廉)의 실험실이었음은 누구도 몰랐다. 그냥 한국전쟁 중 미군 실험실로만 알았다.

예하 7개 독립부대 전체 내무반까지 난방을 위한 한 개의 거대한 보일러가 배에서 떼어 냈다는 사실에 놀라움을 넘었다. 항공 실에서 본 보일러는 실로 어마어마했다. 전체 부대 시스템도 미국식으로 전문 기술인은 모두 민간인이었다. 그렇게 기무라 렌은 역사 속으로 영영 사라지고 말았다.

메릴랜드 실험실의 공기는 쾌적했다. 실험실 벽은 특이하게 녹색이었는데 아마 실험자들 눈의 피로를 덜어 주기 위함인 것 같았다. 입구 오른쪽에는 속세시관(큰 오이같이 굵고 곧은 유리관 속에 용수철처럼 꼬인 새끼손가락 굵기의 유리관 안에 흐르는 뜨거운 액체를 싸고 있는 유리관 속에 흐르는 차가운 물이 식혀 주는 시험관)으로 노란색 액체가 흐르고 옆의 워터 베이스(담긴 물의 온도를 임의로 조절하는 장치)에는 증기가 오르고 있었다. 벽 가장자리를 두르듯, 그리고 가운데 세 줄의 긴 테이블에는 낯익은 실험 도구들이 즐비했다.

한쪽에는 흰 가운을 입은 나이 든 연구원 몇이 현미경으로 무엇을 열심히 들여다보고 있었다. 세포나 조직을 관찰하고 있는 것 같았다. 세포나 조직을 파라핀에 넣어 굳힌 후 냉동시키고는 냉동된 파라핀을 10,000분의 1㎝ 두께로 잘라 워터 베이스의 따뜻한 물 위에 올리면 기름처럼 뜨게 된다. 이를 서서히 식혀 굳힌 후 가로 5㎝, 세로, 3㎝, 100분의 1㎝, 두께의 크리스털 위에 놓고는 같은 크리스털을 겹친 후

세포나 조직을 현미경으로 들여다보며 관찰한다.

건너편 사육장에는 카멜레온들이 사육되고 있었는데 원래 자신들의 환경이 그대로 재현되어 있었다. 그런데 많은 카멜레온이 눈이나 귀, 꼬리나 발 등에 상처로 붕대를 감고 있었다. 넋 나간 듯 보는 중에 한 나이 든 연구원이 다가왔다.

"자네가 수인가?"

무척 노쇠한 탓에 기력은 쇠하여 발을 끌었으나 눈은 빛난다기보다는 날카로웠다.

"놈들의 모습이 기이한가?"

그러면서 카멜레온을 보고 있는 완전 백발의 한 연구원을 소개하며 말했다.

"인사하게, 이 친구는 이가와 히로유키라 하네. 자네가 소개하게."

작은 키에 매우 두꺼운 안경을 쓴 모습은 영락없이 학자였다.

"이가와 히로유키라 하오."

"수, 토마스입니다. 뵙게 되어 반갑습니다."

그가 수에게 미소를 띠며 말했다.

"아, 참 늦었네. 여기선 나를 '후크 선장'이라 부르네. 앞으로 그리 부르게."

연구소 옆 강 하류로 2~300m 내려가면 굽어지는 지점에 제법 큰 늪이 있는데 그 늪 한가운데 작은 섬이 있었다. 연구원들은 그 섬을 '피터 팬'에 나오는 신비의 섬 '레버 랜드'라 부르며 낚시나 모형 배를 띄우며 연구의 고달픔을 씻었다. 섬에는 연구소에서 기르는 순한 개 나나, 피터 팬 · 팅커벨과 웬디 · 존 · 마이클도 있었다. 모형 악어 배 속에 큰 소리를 내는 시계도 두었는데 그는 '후크 선장'이 되기를 즐기므로 다들 그리 부르게 되었다.

"이 친구는 카멜레온과 사랑에 빠진 친구네."

그러고는 느닷없이 자기 족보 이야기를 했다.

"이래도 난, 귀족의 피가 흐르고 있네. 세상에 나무가 사라진다면 세상이 사막 아니면 빙하로 덮이지 않겠나? 나무가 지구의 생명을 주고 있지. 지금 한국에서는 사라졌지만, 고대 한국의 백제 귀족 8성 중 하나였다네. 백제 멸망 때 한을 품고 일본으로 건너가 지금까지 명맥을 이어 오고 있다네."

백제에 대해 잘 알지 못하는 수의 눈을 한번 쓱 보고는 말을 이어 갔다.

"만일, 저놈들처럼 적이 눈치를 채지 못하게, 그러니까 적의 눈앞에 있는데도 적의 눈에는 보이지 않게, 전투기가 레이더도 모르게 적지에 침투할 수 있다면…."

그는 이렇게 말을 이어 갔다.

"연구가 지지부진한 가장 큰 이유는 이 카멜레온이란 놈의 원래 피부색 그러니까 피부의 본색이 무엇인지 아직 모른다는 것이네."

그렇게 말하고는 돌아다니며 시험관에 들어 있는 카멜레온들을 보여주었다. 카멜레온은 같은 장소, 같은 환경임에도 천적을 만날 때나 먹잇감을 발견할 때, 그리고 짝을 만날 때, 어느 때는 아무 일이 일어나지 않았음에도 자신의 감정에 따라 색바꿈을 했다.

미 국무부는 이미 이시이로부터 받은 뇌의 생물학적 구조에 대한 것과 염색체와 미토콘드리아에 관한 자료와 DNA에 관한 자료는 충분히 확보되어 있다. 지금도 6 · 25 때 한국인들을 상대로 과거 731부대원들과 함께 실험한 자료와 그들은 물론 자녀들의 신체 의료 자료뿐만이 아니라 정신 및 의식 세계에 대한 자료들이나 감기로 치료받은 의료 정보까지 세세히 챙기고 있다.

　왼쪽으로 꺾어 건너편으로 200여m쯤 가니 전자 장비들과 전자파 기능이 있는 전자 총, 이외 그에게 익숙한 장비들이 잘 정돈되어 있었다.

　"여기가 수 자네가 있을 곳이야. 이곳과 조금 전 본 그 실험실을 오가며 그쪽 친구들도 함께할 거야. 좀 더 자세한 것은 천천히 이야기함세. 오늘은 좀 쉬게나."

　수는 혼란스러웠다. 수는 카멜레온에 대해서는 거의 아는 바가 없다.

　창밖의 구름 위를 가만히 떠 있는 것 같으나 빠르게 가는 이 비행기처럼 삶은 삶일 뿐이건만, 참 많은 시간과 일들이 지나갔다.

　"얼마 만인가⋯."

　초청 강사로 간 Y는 메릴랜드주 볼티모어에 있는 퀘이커교도이자 은행가인 J.홉킨스가 존스홉킨스대학교를 설립하면서 세운 교훈인, 신약성서 요한복음 8장 32절을 따온, 「Veritas vos Liberabit(진리가 너희를 자유롭게 하리라)」 돌을새김의 글을 넋 나간 듯 보고 있었다.

　주위의 작은 바람이 회오리가 되어 왼쪽으로 넘긴 머리칼을 오른쪽으로 쓸었다. 순간, 외로움과 싸우느라 푸르게 날 선 궁핍함이 배가 아니라 때로는 가슴을 벨지언정 애써 외면하며 자아와 인간의 존엄과 자유에 대해 그렇게 고뇌했던 유학생 시절이 교훈의 글씨체처럼 돋아 올랐다.

　보급로를 끊는 지구 전술로 한니발을 격파한 로마 장군 파비우스처럼 사회주의 국가 건설을 점진적이고 유기적이며 민주적으로 이루려했던, 후에 노벨상도 거절한 버나드 쇼 등이 이끌어 영국 노동당 정책에 큰 영향을 미쳤으나 크게 넓히지는 못했던 페이비언협회(Fabian

Society)가 새삼스러웠다.

이를 존스홉킨스대학교를 중심으로 이루자며 Y와 에버그네일, 위치토와 매튜가 조직해 50여 명이나 모인 '파비우스 후예들'의 활동들, 후에 페이비언협회가 프리메이슨 하부 조직임을 알고 해체한 일이 그 작은 회오리를 떠오르게 했다.

에버그네일은 자유인이 되고자 고등학교 교사직을 벗고 기타 치는 거리의 악사로, 고향 텍사스의 위치토(Wichita)강변 아메리카 선주민(원주민 이전 거주민) 인디언인 위치토족이 주로 거주하는 위치토 카운티 출신으로 아버지가 고향의 강 이름을 따 그리 지었다는 위치토 녀석은 휴스턴에 몸을 담더니 3년이 못 되어 아버지 목화 농장을 이어받았다. 지금도 녀석은 간간이 Y에게 전화나 장문의 이메일을 보낸다.

"다 놓고 농장으로 오라. 애들마저 떠난 황량한 농장이 늘 허허롭다. Y 네가 오면 늘 머물던 게스트하우스를 더 크게 개조하고 베란다에는 좋아하는 그네의자도 매달고 흔들의자도 하나 놓아뒀다. 에버그네일도 매튜도 돌아오도록 같이 기다리자."

매튜는 미국인임에도 Y처럼 작은 키에 참 못생겼지만, 첫눈에도 깜짝 놀랄 만한 미녀 레베카와 결혼하고는 언어도 풍습도 다른, 100여 개 이상 종족이 살며 대한민국 넓이의 70배나 된다는 아마존 오지 마을 선교사로 떠났다.

"그들 부족 중 몇 개 부족 언어를 알며 그 언어를 어디서 어떻게 익혔느냐?"

"하나도….'

"언어도 모르는데 어떻게 예수그리스도를?"

"눈으로."

"눈으로? 어떻게?"

"내 눈을 봐."

그녀 눈빛은 천사의 눈빛이었다. 그녀의 눈을 보면서 말했다.

"그곳에는 재규어도 있다. 녀석은 나무 위에 숨어 있다가 뒤에서 소리 없이 뛰어내리며 목덜미를 문다. 아나콘다도, 어마어마하게 큰, 참새만 한 자이언트 모기도, 그 모기에 물리면 오렌지만 하게 부풀어 오른다. 그러면 자모병에 걸린다."

"자모병이 뭐야?"

"자이언트 모기 병, 또 있다. 스페인 전사들이 그렇게 혼난 용맹한 여전사 아마조나스들도 있다. 그녀들은 네 미모에 질투가 나서 그냥 두지 않을 거다. 이제 너 큰일 났다."

Y의 짓궂은 협박에도 그녀는 자신의 뺨을 Y 뺨에 살짝 맞대고는 환하게 웃었다. 녀석은 그렇다 치더라도 한 여성으로서 인생도 꿈도 행복도 내려놓고 오지 마을 아이들에게 글과 꿈과 예수그리스도를 알게 하겠다는 그녀의 영혼이 신비롭다는 생각이 들면서 마치 그녀의 혈관에 아마조나스의 피가 흐르는 것 같았다.

Y는 집시들과 한동안 떠돌았는데, 경쾌하고 격동적이나 한이 스민 플라멩코를 몸치인 Y가 추면 함께 추던 대여섯 살 된 계집아이들이 배꼽을 잡고 깔깔거렸다.

"속없는 녀석들, 티 없이 맑은 영혼을 가진 녀석들이었는데…. 그리고 보니 녀석들도 세상과는 등진 길을 가는구나."

풀밭 여기저기 여학생들의 여전한 웃음소리는 독일 괴팅겐대 교수로 1925년 노벨 물리학상까지 받았으나 히틀러와 나치를 반대하여 인간의 존엄과 자유를 찾아 망명해 존스 홉킨스 대학교 교수가 되었던 제임스 프랑크(James Franck)를 잠든 뇌리에서 깨웠다.

그의 존재가 인류의 행운인지 불운인지 1938년 제2차 세계대전 중 시카고대학교에서 맨해튼계획에 참가하여 플루토늄 239로 1945년 7월 16일 뉴멕시코주 아라마고드에서 최초의 원자폭탄 실험에 성공했다.

"자유와 존엄을 찾아 망명해서 한 일이 원폭이라니, 아이러니하게 그것이 대한민국의 해방을 가져왔다니…."

그는 1945년 인구 밀집 지역에 원자폭탄 투하를 반대한다는 프랑크 보고서를 제출했으나 일본 역시 원자폭탄 성공이 임박했다는 정보는 미국을 초조하게 했다.

암호명 루스벨트, 루스벨트 별명의 '리틀 보이'는 3대째 공군 조종사 폴 티베츠의 어머니 이름에서 따온 B-29 에놀라 게이에 의해 히로시마에 투하되었다. 이어 프레더릭 복에 의해 리틀 보이보다 더 강력한 팻맨이 나가사키에 떨어지자 일본은 항복했다. 이로써 대한민국이 광복되었으니 대한민국 광복의 일등 공신인 셈이다.

베르너 폰 브라운(Wernher Magnus Maximilian Freiherr von Braun)과 쿠르트 데부스, 아서 루돌프 등 전범들과 130여 명의 나치 과학자들은 승전국의 지위를 이용한 미국의 또 다른 전승물이었다. 후에 이들은 1969년 7월 20일 아폴로 11호 달 착륙 성공이라는 선물로 미국에 보답했다.

로켓의 아버지라는 폰 브라운은 1912년 3월 23일 독일 프로이센에서 태어나 1977년 6월 16일 미국 버지니아주 알렉산드리아에서 사망한, V2 미사일과 주피터 로켓, 아폴로를 밀어 올린 새턴 로켓을 개발한 장본인이다.

V2 로켓 생산 책임자 루돌프는 작업이 부진한 유대인 12명의 양손을 생산 라인 뒤로 묶고 비명도 못 지르게 나뭇조각을 물린 채 그들의 목을 매달았다. 그 앞을 친위대 소령 브라운은 재미있다는 표정으로 오가며 로켓 개발에 몰두한 것도 모자라 극심한 노동으로 2만여 명은 물론 V2 공격으로 약 7,250명을 사망케 했다.

달 착륙은 런던을 흔적도 없이 날려 버리려 했던, 두뇌는 우수했으나 잔혹한 성정의 이러한 피의 흔적은 감춰진 채 2019년 미국 전역에서 50주년 행사를 열어 희생자들이 보는 앞에 가해자들인 이들에게는 부귀영화를 누리게 하고 영웅이 되게 했다. 그러나 지옥의 왕 하데스가 1977년 65세의 창창한 폰 브라운을 췌장암으로 데려가자 통분의 마음을 달래면서도 이미 원폭 소형화에도 성공했다. 이로 폭격기에 힘들게 실어 적지에 투하하는 위험하고 원시적 방법에서 벗어나 안방에서 지구촌 어디나 투하하는 힘을 가지고 세계를 군림하게 되었다.

"잔인한 놈!"

한때 미 국무부는 제임스 프랑크 · 폰 브라운 · 쿠르트 데부스 · 아서 루돌프를 함께 뇌관과 공기 저항에 따른 열처리 등을 연구하게 했으나 서로 받아들이지 못했다. 그중에도 프랑크는 더 그러했다. 2만여 명이 죽자 폰 브라운이 한 말을 상기했다.

"까짓 2만 명이 대수냐? 그런 노예들은 얼마든지 있다."

자신은 히틀러와 나치당이 싫어 망명했다. 후에 히로시마와 나가사키에 투하된 원폭으로 히로시마에서 14만 명, 나가사키에서 7만 명이 사망했는데 그중 4만 명이 한국인이었다. 1972년 한국원폭피해자협회가 조사한 바에 의하면 피폭된 생존자 3만 명으로 2만 1,000명은 귀국하고 7,000명이 일본에 잔류했으며 2,000명은 북한으로 들어갔다. 이를 두고 폰 브라운이 제임스 프랑크를 비난했다.

"나보고 잔인하다더니 제 놈은 도대체 얼마를 죽인 거야?"

이들을 빼돌릴 때 미국이 범한 가장 큰 실수는 은밀하게 서두른 탓에 설계도와 시설 장비들과 부품들을 미처 다 챙기지 못한 일이었다. 뒤늦게 도착한 소련이 비록 연구원들은 챙기지 못해 분하게 여겼으나 미국이 가져가지 못한 설계도와 남은 시설과 장비 및 부품들은 모두 챙김으로 스푸트니크 1호를 1957년 10월 4일 19시 28분 34초 바이코누르 우주 기지에서 발사함으로써 일류 최초의 유인 우주선에 성공하는 쾌거를 올렸는데 이는 ICBM(대륙간 탄도탄)의 성공이기도 했다.

세르게이 코롤료프는 V-2 로켓의 설계도대로 사정거리 278㎞인 R1 로켓과 사정거리 600㎞ 이상인 R2 로켓을 개발하면서 가장 중요한 기술인 단분리까지 성공했다. 선발된 우주비행사 4인 중에 최초의 우주비행사로 선택할 때 완성된 우주선 내에 직접 들어가 보는 과정에 신발을 벗고 오르는 자가 있었는데, 세심하고 깔끔한 자로 타인을 배려할 줄 아는 성격의 소유자였다.

"내 우주선을 귀하게 대해 주는 자!"

그가 유리 가가린이었다. 이 일로 미국의 자존심은 크게 상했으나 이를 회복시켜 준 이가 폰 브라운과 그 130여 명의 흡혈귀였다.

의대 캠퍼스를 벗어나면 치안 문제가 흔치 않게 발생하는 볼티모어 최악의 슬럼가이나 조금 못 미쳐 왼쪽 굽은 길로 들어서면 조용한 벤치 몇 개가 있다. 가장 경관이 좋은 끄트머리에는 먼저 차지한 여학생 셋이 무엇이 그리 유쾌한지 재잘거리며 웃음소리를 흘리더니 힐끗힐끗 쳐다보았다. 미국인치고도 큰 덩치와 동양인 중에도 작은 체구의 두 사내 등장에 시선을 빼앗긴 것 같았다.

얼마 만에 만났는지…. 악수도 포옹도 없이 서로 눈을 쳐다보다가 마치 약속이라도 한 듯이 동시에 눈을 피했다. 서로의 아린 내면세계가 선명히 보인 탓에. 이미 떠난 렌처럼 수도 혼자였으나 바람은 스치지만 않고 어느덧 40대 초반에 이른 이 고독한 천재의 고뇌도 실어 갔는지 그런대로 평안해 보였다. 부모님은 선조의 뿌리 미시시피강 상류, 오지인 다코타족 옛 마을에 계신다고 했다.

"저 하늘나라가 아닌, 이 땅에서 한번 뵐 수 있을는지…."

국무부나 CIA가 어디에선가 둘의 모습과 대화를 엿보고 있을 것 같은 괜한 생각도 들었으나 이내 떨쳤다. 둘 다 말이 없는 편인 데다가 Y가 고요한 심연 깊이 잠든 수의 고뇌를 읽고 있듯 수도 Y를 읽고 있었기에 가슴으로는 참 많은 말들을 주고받았다. 가만히 구름을 보던 수가 느닷없이,

"US 뉴스&월드 리포트가 2009년 전 미국 2만1천 개 고교 중 최우수 고교 100개를 발표했는데 그중 1위로 선정된 버지니아주 알렉산드리아에 있는 '토마스 제퍼슨 과학기술고'의 인류 최고의 수학자 가우스 이름을 따 만든 '가우스(Carl Friedrich Gauss)파'란 동아리가 하버드·옥스퍼드·콜롬비아·예일 등 세계 명문대학 수학과 선배들에게 보낸 문제인데 한 번 풀어 보지 않겠어요?"

연구원 중 하버드 수학과에 다니는 아들이 보낸 문제라는데 자기뿐만 아니라 연구원들도 무척 당황했었다며 땅에 적었는데, '3, 345, 37, 999, 27, 456, 74, (   ), 49, 523. 이 괄호 안에 들어갈 수는?'이었다.

"선배들이 학기 초에 보낸 문제를 여름방학에 들 무렵까지 답을 보내지 못했답니다."

Y가 웃자, 수도 Y가 웃는 뜻을 알고 따라 웃었다.

"요, 악동들, 수학계에서 독이든 성배라는 '리만 가설'보다 더 어려운 문제로 머리를 싸맨 선배들을 떠올리며 제 놈들은 배꼽을 잡았을 것 아냐?"

"선배들이 전전긍긍했겠지요. 연구원들도 쩔쩔 맸었으니까요."

어느 미련으로 떠나지 못하는지, 구름 결 거스르는 낮달이 이내 지고 지평선에 노을이 깃드니 이국의 낯선 풍광이 올 때보다 더 쓸쓸함을 자아냈다. 카 오디오에서는 Melanie Safka의'Dust in the Wind'가 흘러나왔는데 곡과 가사, 그녀의 우울하고 허스키한 목소리가 유난히 가슴을 적셨다.

"I close my eyes only for a moment(잠시 난 눈을 감아).

And the moment's gone(그 순간은 지나가지).

All my dreams(내 모든 꿈).

Pass before my eyes a curiosity(내 눈앞으로 호기심이 지나가지).

Dust in the wind(바람 속의 먼지).

All they are is dust in the wind(그건 모두 바람 속의 먼지).

……."

"그래, 그건 모두 바람 속의 먼지였어!"

막 지는 노을 속 뷰 포인트에서 끝없이 펼쳐진 숲과 늪을 보노라니 내일이면 또 내일인, 존재하나 실체 없는 그 내일이 아득하게 와 닿더니 시간이 흐름을 멈췄다. IQ 165의 바보, 예서야 깨닫게 되다니, 가장 지혜로운 자였다는 솔로몬이 성서 전도서 7장 16절로 이른 뜻을….
「지나치게 의로운 자가 되지도 말며 지나치게 지혜로운 자가 되지도 말라. 어찌하여 네가 네 자신을 멸하려 하느냐?」

　이시이 시로는 치바현에서 가난한 농민의 아들, 신분제도가 뚜렷한 일본의 계급사회에서 하층민으로 태어난 어린 시절을 울분과 서러움으로 보냈다. 지바는 해변가인지라 간혹 간 바다낚시 중에도 낚싯대가 다 찢어지고 잡은 물고기가 형체 없도록 내동댕이치며 벗어날 수 없는 신분의 울분을 감정 전이하거나 전가했다.
　그러다 머리는 우수한 편이라 교토제국대학 의학부에 입학, 수석으로 졸업했다. 그때부터 그의 잠재된 잔혹함이 드러나기 시작했는데 미군 포로에 대한 생체실험을 자행하며 산 채로 해부된 미 병사의 간을 먹은 혐의로 기소된 일도 있었다.
　억눌린 구순기와 항문기에서 가난한 집인지라 일본 문화인 다다미 바닥이 더럽혀지면 자리를 갈 수 있는 형편이 못되었다. 그러기에 배변 훈련을 지나치게 받아 자신의 것을 유난히 아끼고 집착하는 성격으로 형성되며 자랐다. 그것이 부대 예산을 착복하여 상층민의 상징 같은 저택을 지었다가 문제를 발생시키기도 했다.
　6세 이후 사내아이들이 그렇듯이 아버지와 동일시하며 보내지 않고 하층민 아버지가 천하게 취급당하는 모습을 보며 역으로 동일시를 거부하며 보냄으로 인간의 자아 이상이 어긋나게 발달시키며 보냈다. 12세 이후에는 확실히 알게 되었다. 권력욕과 명예욕이 차고 넘쳤으나 자신이 어떻게 할지라도 절대로 대대로 이어 온 신분을 뛰어넘지 못한다는 것을, 이 생식기에 타인을 배려하는 마음을 갖지 못한 채 울분으로

보내다가 뛰어난 머리로 한 단계라도 신분 상승, 그러니까 계층 이동을
하려는 불가능한 꿈을 품고 의대에 들어갔다.

나중에 731부대장으로 중장에까지 이르러 육군 대신 아라키 사다오의
인정을 받을 때는 억눌린 자아가 마치 자신이 육군 대신이 된 양, 아라
키 사다오 아니 아라키 사다오의 육군 대신이라는 신분과 동일시했다.
이제 천황폐하께도 인정받았으며, 천황폐하가 자신의 배경이 되었다.

어쩌면 천한 신분에서 귀족 신분으로 상승할 수 있을지도 모르기에
가슴이 벅차올랐다. 그러다 군의관은 중장 이상 승진할 수 없다는 법을
알고 또다시 잠든 분노와 구순기 때 충분히 받지 못한 사랑으로 부족한
자기애를 손가락 빨기나 손톱 깨물기 같은 자아 학대가 타인, 마루타에
게 표출되어 이것이 고착화 되었다. 염라왕은 후두암이라는 저승사자
를 보내 1959년 10월 9일 그의 나이 67세에 지옥으로 데려갔다.

연좌제, 그리고 프리메이슨

국가의 권위는 절대로 그 스스로 끝나지 않는다. 어떤 종류의 폭정
이라도 자신을 신성불가침화한다. 만일 국가 권력이 민중을 폐허
로 이끈다면, 이에 대한 저항은 민중 개개인의 권리이자 의무이다.

- 아돌프 히틀러

연좌제는 1980년 8월 1일 「헌법 제13조 제3항」의 '모든 국민은 자기
의 행위가 아닌 친족의 행위로 인하여 불이익한 처우를 받지 아니한

다.'고 규정함으로 헌법적으로 완전히 폐지됨으로써 갈림길에서는 매국이 아닌, 애국의 길을 서는 일이나 가난할지라도 의롭고 성실한 길을 어리석은 짓으로 만들었다.

이리되면 나라도 팔고 강도, 마약 밀매, 인신매매, 사기 등 무슨 짓을 해서든지 자녀를 유학도 보내고 힘과 군림의 토대인 부와 권력을 상속해야 한다. 또한, 같은 DNA를 가진 집안끼리 혼사를 맺어 대를 이어 기득권을 잇는 일이 복이 되게 했다. 이 일에 자신이 동조해 놓고는 그런 그들과 이런 세상을 보며 울분을 토하는 민중을 보면 어리석음을 넘어 어이가 없다.

1980년 5월 제5공화국 신군부 세력이 국가보위비상대책위원회를 설치해 정권을 장악하고는 1980년 9월 1일 통일주체국민회의에서 간선제로 제11대 대통령에 전두환을 등장시켰다. 여순사건 발포 진압 명령과 한강철교 폭파 명령, 박정희 · 전두환, 그 앞에 꼬리를 흔든 노태우까지 대한민국 군부 통치를 잇게 한 이 모든 배후에는 하우스만(James Harry Hausman)이 있었다.

그 어느 날, 용산 미군기지 내 멕시칸 뷔페식당 오아시스에 강사로 온 '닥터 솔로몬'과 들렀다가 뜻밖에 앤드루 화이트와 미아를 만났는데 낯선 미국인과 함께 있었다. 화이트는 한국 내 서열이 하우스만 다음이었다. 미아와는 뺨을 맞대고 화이트와는 굳게 손을 잡았으나 그자는 손도 이름도 건성으로 잡았다. 솔로몬 박사는 미아나 Y의 상담심리학 담당 교수였기에 미아가 우리 자리로 왔다. 오래간만에 만난 셈이다. 한 10여 분 시간을 가지며 Y가 물었다.

"저자가 누구냐? 첫 대면인데 거만함이 몸에 밴 자 같다. 손은 잡았지만 느낌이 맑지는 않았다. 이름을, 자세히 듣지도 않았어."

"에이브, 넌 여전하구나."

에이브는 에이브러햄의 애칭이다. 그러며 미소만 지었다.

유수와 같은 세월이었다. 시애틀 대학교(Seattle University) 특별 강사로 간 Y가 터코마에서 만난 미아도 세월을 비켜 가지는 못했으나 여전히 아름다웠다.

"앤드루는 3년 전에 소천하고 로즈는 시카고에 있는데 딸이 하나 있어."

그러다가 문득 떠올라 물었다.

"오아시스에 흘러나온 구노의 아베마리아 첼로 음이 그자를 위해서라 했는데 대체 그자가 누구이기에 미국이라는 자유국가가 그의 취향에 맞추었는가?"

"하우스만이야."

"하우스만? 그자가?"

하우스만이라는 말에 순간 참 우울했다. 유엔사 고문 하우스만이 1981년에 은퇴 후 고향 텍사스 오스틴으로 가고 2년 후 미 군사 고문이었던 화이트는 터코마로 발령 나 2년 조금 지나 소천하고 시애틀은 자신의 고향이기도 하기에 그대로 터코마에 머물러 있다고 했다. 터코마는 태평양을 끼고 있으면서 북쪽은 캐나다가 동쪽의 레이니어산, 태평양 쪽은 퓨젓 사운드에 돌출한 반도와 많은 아름다운 섬이 도시를 감싸고 있어 많은 관광객이 찾는다. 이러한 지형으로 천혜의 군사 요충지이기도 하기에 전체 인구 20여만 명의 소도시에 미군 4만여 명이 주둔하고 있는 군사도시이기도 하다.

"그런 음악을 좋아하면서 그리 잔혹하고 야비할 수 있다니, 그러면서 그렇게나 장수하다니, 그것도 부귀영화를 다 누리면서….”

존 오토 하우스만 주니어(John Otto Hausman Jr), 그는 1918년 2월 28일 태어나 입대 나이 미달로 6세 위의 형 제임스 하우스만(James Harry Hausman)을 가장해 입대할 만큼 약은 자였다. 1946년 7월 28세 때 육군대위로 한국으로 파견되어 춘천 8연대, 조선경비대 총사령관을 맡아 6·25 발발 이틀 만인 6월 27일 일본 야마치현에 세울 망명정부에 선정된 6만여 명의 명단에도 관여하면서 이 명단을 오랫동안 은밀히 보유하여 이 명단으로 대한민국 실세들을 배후 조종하는 데 사용했다.

그는 1981년까지 한국에서 국제연합 고문직을 맡아 퍼플 하트 훈장·브론즈 스타 훈장 등을 받고 여수·순천 사건 진압 공로로 레지온 오브 메리트 훈장도 받았다. 이어 오크리프 클러스터 메달과 대한민국 대통령이 수여하는 충무무공훈장과 미국 공군 훈장도 받았다. 1996년 10월 텍사스주 오스틴에서 지옥의 왕 하데스가 사자를 보낼 때까지 대한민국 딥 스테이트(Deep state) Head로 가까이서는 ‘Papa Head’라 부르기도 했다.

6·25, 4·19, 5·16, 5·18 등 대한민국 현대사 피에 깊숙이 관여했음에도 어느 정권이나 정치권은 물론 진실화해위원회·과거사 조사위원회나 언론에서도, 대한민국에서는 그 누구라도 접근은커녕 언급조차 못 한 신성불가침 존재로 미 대사나 8군 사령관은 다만 정치적 존재로 배후의 정점에는 그가 있었다.

그는 한국 로지(Lodge: 비밀 집회 장소)를 이끈 프리메이슨 32도였다. 뜻대로 무엇이든 다했으나 두 가지를 이루지 못했는데 하나는 1865년 일본 마쓰가 47번지에 세운 프리메이슨 문양이 새겨진 프리메이슨 출입문은 그곳이 주택이기에 영구히 보존하려 2004년 나가사키 오우라지구 글

로버 공원으로 옮긴 일을 생전에 맺지 못한 것과 다른 하나는 프리메이슨 300 위원회, '그랜드 마스터(Grand Master)'에 들지 못한 일이다.

양화진외국인선교사묘원에는 500여 분이 잠들어 있다. 선교사가 아닌 프리메이슨 묘도 있는데, 묘원 정상 즈음 왼쪽 주택가 인도 오른쪽에 사각형 검은색 비 왼쪽 윗부분에 십자가 대신 컴퍼스와 직각자가 겹쳐지고 가운데 G가 새겨진 프리메이슨 문양이 그려진 묘비가 그것이다.

대한매일신보 발행인인 어니스트 베델(Ernest Thomas Bethell, 1872~1909: 대한제국과 일제 치하에서 활동한 영국인 언론인으로 대한매일신보와 데일리 코리안 뉴스의 발행인. 묘비의 '나는 죽을지라도 신보는 영생케 하여 한국 동포를 구하게 하라.'는 말로 대한제국을 가슴으로 사랑했다.)도 그러한데 일제는 베델이 눈엣가시였으나 영국과는 동맹국인 데다가 자칫하면 국제 문제가 발생할 수 있기에 두고 볼 수밖에 없었으며 베델은 이를 지혜롭게 이용했다.

베델은 이화여대 창시자 메리 스크랜튼(Mary Fletcher Scranton)의 아들인 윌리엄 스크랜튼과 함께 프리메이슨 서울 지부를 창설했다. 하우스만은 그의 영향력이면 그랜드 마스트에 충분히 이를 만할 텐데 잔혹한 성정으로 이르지 못했다.

묘원에는 YMCA 일본어 교사였다가 감리회 전도사로 활동한 일본인 소다 가이치(曾田嘉伊智, 1867~1962)도 안장되어 있다. 그는 한국의 독립을 지지하면서 용산구 후암동의 가마쿠라 보육원(현 영락보린원)에서 한국인 고아들을 돌보던 중 8·15 광복으로 1947년 귀국했다가 1961년 내한해 1962년 3월 영락보린원에서 향년 95세로 소천했다. 하우스만은 이로 마지막 순간에도 채 눈을 감지 못했다.

1950년 6월 25일 북한군의 남하에 단 이틀 만인 28일 02시 30분 국군이 한강 인도교를 폭파했다. 이를 두고 당시 미군 고문인 크로퍼드 소령은 이렇게 증언했다.

"명령을 내린 사람은 대한민국 육군참모총장 고문이었던 하우스만이다. 지휘계통상 육군참모총장에게 명령을 내릴 수 있었던 사람은 하우스만 대령뿐이었다."

제임스 하우스만(James Harry Hausman)은 대한민국 국군 설립에 매우 큰 영향을 미쳐 '대한민국 국군의 아버지'라고 일컬었으나 군 조직의 '실전 경험' 우대라는 명분으로 이제 친미가 된 이형근·채병덕·정일권·백선엽·박정희 등 일본군과 만주군 출신 군인들을 중용하고 광복군 출신은 멀리해 군내 친일파 시대를 열었다.

성품은 좌익 색출 미명으로 무고한 양민 200여 명을 총살한 장면을 녹화해 훈련용 교재로 활용할 만큼 잔혹했다. 제주도 양민 20여 명의 총살을 지시한 일을 미 대사가 문책하자, 그는 이렇게 대답했다.

"불과 몇 개월 전에 민간인 200명 죽이는 것 정도는 보통이었는데 까짓것 겨우 20명인데 웬 난리냐?"

그리고 1981년 한국을 떠나면서 이 말을 남겼다.

"한국을 떠나게 되어 참 슬프다."

그랬을 것이다. 대한민국 대통령 배후에서 조선 시대 어느 왕보다 더한 권세를 누렸으니 말이다. 그러고는 1987년 영국 언론과의 인터뷰에서

"한국인은 일본인보다 더 야비하고 잔인한 새끼들."

이라고 한 것을 보면, 정말이지 인면수심의 인물이었다.

"대한민국이 어떻게 이자를 천수를 누리게 했는지…."

"앤드루가 누구라 말하지는 않았다. 하우스만이 한국을 떠나면서 6만 여 명의 명단을 자신이 위임한 '딥스테이트' Head에게 맡겼는데 그는 삼 극회 아시아 고위직으로, 언론을 장악하고 있다. 그는 이 명단으로 과 거 하우스만처럼 대한민국을 배후 조종하며 대권에의 꿈을 꾸고 있다."

시애틀 남쪽 40㎞에 있는 워싱턴주 대표 기업 보잉사를 가기 전에 터 코마(Tacoma)에서 그녀를 만난 것도, 보잉사를 들른 것도 행운이었다. 단일 건물로는 세계 최대라는 4개의 셔터가 열리면서 4대의 보잉 747 기가 동시에 나오는 장관을 보았는데 하나가 태극마크를 단 대한항공 이었다.

1899년 국립공원으로 지정되었다는 26개 빙하와 만년설의 산 레니 어로 가려 핸들을 돌렸다. 그 옛날 초기에 벌목공들의 애환을 위로했던 엘베교회를 들렀는데 확 트인 정경에 예쁘고 아담한 미국식 건물이었 으나 우수와 환희가 교차되었다.

언제부터인가 우리에게 사라진 교회 앞의 꽥꽥 울리는 기적과 떨거 덩거리며 시간의 흔적인 낡은 침목 위의 기찻길을 가는 증기 기관차는 비록 관광용이지만, 당시 노동자들의 애환뿐만이 아니라 엘베 복음주 의 루터교회당의 굵은 황톳빛 종 줄 그 느낌과 함께 어린 시절이 아련 히 와 닿았다.

마을 뒤편에 작은 철교가 있다. 철교 아래에는 서서히 흐르는 강이 있었는데 다른 데보다는 철교 아래가 유난히 깊은 소를 이루고 있는 수 영장이었다. 소 오른쪽 모래 둔덕에는 갈대가 우거져 있어 그곳에 옷을 벗어 두고는 빨가벗고 철교에서 다이빙하며 놀았다.

때로는 철교 빨리 달리기 내기도 했는데 그러다 어느 날 발을 헛디뎌 모래 둔덕으로 떨어졌다. 다행히 큰 부상은 아니었으나 갈대에 긁히고 무엇보다 매우 아팠다.

이로 고소공포증이라는 멋진 선물을 참 오랫동안 품고 살아야 했다. 그 강이 준 또 하나의 선물이 있다. 익숙한 곳인지라 사라호 태풍으로 물이 범람했음에도 여전히 우리의 제1 놀이터인 그 강에서 수영을 즐기다가 휩쓸려 10리나 떠내려갔다가 동네 큰 형, 별명이 '박치기'인 그에 의해 목숨을 건졌다. 그 후 목이 차는 물에는 들어가지 못하는 물 공포증을 얻었다. 덕분에 박치기를 잘하는 '프로 레슬러 김일'을 무조건 좋아했다.

해발 4,392m의 만년 설산을 오르는 길에는 이끼가 거미줄처럼 늘어진 울창한 침엽수림과 깊은 계곡 사이로 흐르는 명경지수는 흰 거품을 세차게 뿜고 정상이 보이는 전망대 앞의 눈은 Y가 서서 두 팔을 위로 뻗은 높이보다 더 높게 쌓여 있었다.

"한 산에 사계절이 존재하다니⋯."

Y의 고정관념이 또 한 풀 벗겨지는 듯했다.

1980년 10월 27일에는 7년의 단임제 대통령제의 제5공화국 헌법 제정으로 1981년 3월 3일 선거인단에 의해 간선제로 제5공화국 대통령 전두환이 취임하여 제5공화국 정권이 시작되었다. 법적 절차에 따랐다고는 하나 정통성이 없어 기득권자들의 마음을 얻으려 연좌제 폐지라는 큰 선물을 양껏 안겨 줌으로 5공화국을 반대해야 할 자리에 있는 그들, 그러나 절대 반대하지 않을 그들, 제5공화국은 그들에게 기득권을 지키게 해 주었다.

때에 향목(예비군 및 병사, 방위병의 정신교육을 위해 위촉한 목사) 활동과 공산주의 관한 강의에 Y에게 정식 군목 중령 자리를 제안했다.

"정보부와 일도…. 허, 참…. 각하의 제안이시니 별은 보장된 겁니다."

"5공화국 정통성을 인정할 수 없소!"

이제야 드러났다. 그곳은 우거진 소나무 밭이라는 것이. 소나무를 우리의 상징나무 화한 것은 그들의 속임수였다. 소나무·전나무 같은 침엽수 잎에는 독(毒)이 있어서 다른 식물들을 잘 자라지 못하게 한다. 그들의 독소가 이러하다. 우리의 얼인 양 해 놓고서는…. 양반(兩班)이란 고려·조선 시대의 지배층을 이루던 신분으로 원래 관료 체제를 이루는 동반과 서반을 일렀으나 점차 그 가족이나 후손까지 포괄하여 이르게 되었다. 그때나 지금이나 그들의 영역 권 안에 들어갈 수 없다. 소나무들은 자신들만의 군집을 이룬다. 대한민국의 민중은 소나무 정신으로 희생하며 정의의 열매를 맺고 열매는 그들이 거뒀다. 언제나.

악을 없앨 능력이 있음에도 하지 않는가? 그렇다면 악의를 가진
것이다. (Is he able, but not willing? Then he is malevolent.)

– 에피쿠로스(Epikouros, 기원전 341? ~ 270?의 그리스 철학자)

그해, Y가 서울 성북구 길음동 산 중턱에 초빙된 5년, 지역 재개발로
교회 내에 분쟁이 일어나자 Y는 재산을 기독교한국침례회 유지재단에
귀속시켰다. 이에 분노한 박중구와 지지자 15~16명이 야간에 목사관
에 침입하여 김봉태와 그의 아들 영준은 손과 주먹을 휘두르고 봉대 사
위 장상복은 쇠파이프를 휘두르고 영주의 아내로 자신도 같은 또래의
아이를 둔 김혜숙은 7·9세 난 아이들 방에 들어간다며 아이들을 공포
에 떨게 했다.

"갈등을 성서로 풉시다. 아니면 내규가 있지 않습니까? 그도 아니면
법정으로 가져갑시다. 폭력, 이건 아닙니다."

그러나 그들은 분노에 사로잡힌 데다가 Y가 폭력으로 대항하지 않을
것을 알기에 신앙도 이성도 없었다. 이가 알려져 가뜩이나 점점 나빠지

기만 하는 기독교의 평판을 해치면 천하보다 귀한 한 영혼을 얻기는커녕 수많은 영혼을 잃게 될 것은 물론 얼마나 많은 여린 심성의 교인 마음이 다칠까 하는 염려와 성서 누가복음 17:2절 말씀이 교차되었다.

"저가 이 작은 자 중에 하나를 실족케 할진대 차라리 연자 맷돌을 그목에 매이우고 바다에 던지우는 것이 나으리라."

Y는 박중구에게 한 번 더 권면했다.

"천하가 다 나를 반대해도 당신은 아니다. 당신이 나를 여기로 청빙했다. 사나이 의리로서도 아니다. 그런데 당신이 어떻게 앞장을 서는가?"

그러나 그는 눈에 불을 켰다. 결국 아이들과 아내를 보호하려 목회 빚 6,000만 원과 5년간 받지 못한 사례비를 뒤로한 채 단칸방으로 피신시켰다. 두려움에 떠는 막내아들은 초등학교 졸업할 때까지 엄마가 품고 재웠다.

이렇게 교회를 가로챈 박중구는 지지자들과 재단으로부터 보상금을 돌려받아 목사가 된 후 자신을 지지한 기존 교인마저 하나둘 모두 내보내고, 20여 년 동안 단 한 사람의 새 신자도 두지 않고 십여 명의 친인척으로 채웠다. 그리고는 교회 재산을 아내 최순지에게 넘겨 가로채어 중학생 외딸 영지를 미국 유학을 보내고 이를 담보로 요양원·전원주택·다른 어린이집 등을 매입하여 재산만 늘렸다. 상가건물인 현 교회당마저 은밀히 처분하려다가 마지막 남은 교인인 원로 집사 송춘식이 뒤늦게 알고 바로잡으려니 그를 제명했다.

불복한 송춘식이 북부지청에 고소했으나, 정적은 대법원판결로 30년도 더 지난 일들을 적폐 청산이란 명분으로 다시 조사하는 검찰은 기소독점주의 지나친 적용으로 장물인 건물에 살면서(2층) 1층은 어린이 집을 운영하며 지금도 소득을 창출하고 있기에 현재진행형인 죄임에도 지지부진했다. 그런데도 목사 안수한 지방회, 또한, 모든 사실을 알고도 징계하지 않는 총회였다.

이를 안 시민단체인 '구국실천국민연합(대표 연도흠)'에서 의로운 분노로 시위를 하면서 현재 법적 대응 중이다.

지금 나라는 촛불과 태극기 시위로 나라가 양분된 아픔을 겪고 있다. 이 추함을 알고 스스로 탈퇴하고 입원한 같은 지방회였던 김한성 목사를 이들 지방회 손상기 목사가 찾아와 명분도 이유도 없이 그리 가까운 사이가 아님에도 20만 원이 든 봉투를 하나 주고 갔다.

"광화문에서 뭘 판 돈입니다."

이 시위 중에 뭘 팔았는지, 무슨 돈인지를 뿌려 가며 매우 적극적이다.

박중구 · 최순지는 서울 강북 지역구 국회의원 꿈으로 오랫동안 기반을 다져 온 그 변호사와 같은 당원으로 적극적 후원인이다. 그 변호사 역시 박중구를 위해 총회에 내용증명을 보내면서까지 박중구 · 최순지의 법률적 후견인 노릇을 하고 있다.

그가 당선이라도 된다면, 그리고 이 모든 내막을 알고 그런다면 매우 부도덕한 의원이, 모르고 그런다면 매우 무능한 의원임이 틀림없다. 만일 정당이 그를 후보로 내세우기라도 한다면 그 정당 역시 부패했거나 무능하거나 둘 다이거나이다.

한 무제 때 장군 이능을 변호하다 궁형을 당한 사마천은 하늘을 우러러 통곡했다.

"천도시야비야(天道是邪非邪)? 하늘은 과연 옳은가, 그른가?"

"사마천의 가슴이 이러했는가? 이 땅, 이 대한민국 땅에 시비가 있기는 한가? 국가든, 민중이든, 정의든, 종교든, 천도든. 무엇이 문제인가? DNA인가? 뒤틀린 사회 프로이트인가? 둘 다인가?"

옛 에스키모인들은 피 묻은 칼로 늑대를 사냥했다. 예리하고 날카로운 칼날에 피를 잔뜩 묻혀서 얼리고는 그 위에 또 피를 묻혀 얼리기를 몇 번 하여 칼날이 무디어질 때까지 반복했다. 사납고 영리한 늑대는 사냥하기 어렵지만, 이렇게 피 묻은 칼을 늑대가 잘 다니는 길에 꽂아 두면 늑대가 처음엔 칼에 묻은 피를 핥다가 칼날에 자기 혀를 베임에도 혀가 이미 얼어 둔해졌기에 결국은 자기 피를 계속 먹다가 서서히 죽어 간다.

대한민국에서 피 묻은 칼인 독립운동이나 정의, 민중은 이 책임에서 벗어난다고 말할 수 있는지….

친일의 대가는 풍요로운 경제 형편으로 교육의 기회나 여건 등 출발부터 남달랐다. 무엇보다도 지금도 조상이 친일 대가로 받은 재산의 법적 권리를 요구하는 것을 보면 정의가 아닌, 불의를 지켜 주는 법치보다 그들의 임명권자 대통령이나 거부권자 국회의원의 임명권자인 민중, 그러나 그들 앞에 침묵하고 지지하는 대한민국 민중의 뒤틀린 사회 프로이트가 오히려 더 처절하게 슬프다.

연좌제 폐지에 감읍한 그들이 5공화국을 참여ㆍ지지ㆍ침묵으로 인정해 주자 5공화국 역시 그들의 부나 권력뿐 아니라 명예까지 이어 가게 해 주고 대한민국 땅에서 인과응보나 사필귀정은 뜬구름이 되게 한 뒤에는 제임스 하우스만(James Harry Hausman)이 있었다.

에필로그 ———————

헌법이 통과되는 날 밤, 그 기괴한 춤, 여기저기의 숲과 비밀 요정 곳곳에서는, 기어 나온 기괴한 모습을 하고 흐느적거리는, 보기에 따라 섬뜩하기도 하고 미친 것들 같은 자들의 카멜레온 춤, 아랫도리가 드러나도 상관없이 광란이 벌어졌다. 을사오적과 가장 큰 705인 후예들, 친일파 708인, 친인명사전 수록자 그 자손들, 친일반민족행위 705인의 후손들은 끼리끼리 혹은 따로따로 한창 무르익어 갈 무렵 누군가가 외치자 합창이 일어났다.

"연좌제를 완전히 폐지해 주셨다!"

"반자이! 반자이! 반자이!"

"5공화국 만세!"

"하우스만 만세!"

그리고 그들은 5공화국뿐 아니라 하우스만에게도 하례했다. 제2인자 노태우 중장은 함께 기념사진을 찍은 패를 하우스만에게 두 손으로 바쳤다.

겨울의 문턱이어선지 한바탕 눈이라도 흐드러질 듯 하늘이 우중충한 날 오래간만에 혁의 이모네 레스토랑에서 벗들을 만났다. 시시껄렁한 정치 얘기 끝에 Y의 말을 녀석들도 침울하게 이었다.

"DNA를 구성체인 뉴클레오타이드(nucleotide)에 의하면 여성의 난자가 남성의 정자와 만나는 순간 정자는 자신의 염색체를 난자 속에 주입하지만, 미토콘드리아는 남겨 두기에 언제나 어머니의 미토콘드리아 DNA(mtDNA)만이 전달되는 셈이니 이로 근원을 추적할 수 있지. 인류 첫 여성 이브(Eve)에서 따온 이 Eve Gene(이브의 유전자)인 mtDNA는 나머지 DNA와는 별개로 세포핵이 아닌 각 세포의 수천 개의 미토콘드리아 안에 있어."

　드디어 우울한 하늘에 두꺼운 구름장들이 첩첩이 쌓이더니 눈이 아니라 울음을 터트리듯 한줄기 겨울비를 쏟아 냈다.

　"스톡홀름 신드롬(Stockholm Syndrome)이란 납치자의 인간성에 동화된 인질이 그들을 따르고 동조한 것을 뜻하지 않나? 이것이 스톡홀름 신드롬이라면, 대한민국 민중이 인간성은 물론 정체성이나 얼이라고는 전혀 없는 이 정치·사회적 스톡홀름 신드롬에서 민중 스스로 깨어나야 하건만, 1,000년이 지나면 그리하려나…."

　지구상에는 자신의 몸빛을 이용하여 외부의 위험으로부터 자신을 보호하는 동물이 더러 있다. 자신의 몸빛을 주위의 환경의 색깔과 비슷하게 변색하여 다른 포식자들로부터 쉽게 발견되지 않으려는 보호색 역할을 한다. 보호색은 주로 자신을 지키기 위해서이지만, 역으로 먹잇감에 들키지 않고 접근하기 위한 포식자의 은폐 색이기도 하다.

　이들 중에 가장 뛰어난 변신의 솜씨를 가진 생명체가 카멜레온이다. 카멜레온의 색 변화는 보호색 이상으로 가장 수수께끼인 감정에 따라 변화하는 것에 대해서는 여전히 오리무중이다. 이를 군인이나 전투 장비에 대한 실험을 731 내에서도 극비 중 극비로 진행했다. 그리고 그 분야에 가장 뛰어난 이가와 히로유키를 미국이 보호했다.

　카멜레온의 피부에는 녹색이나 청색의 색소가 없다. 그런데 어떻게 녹색 계통의 색깔로 변화할 수 있는지 생물학자들이 아무리 찾아도 원인을 알 수 없었다. 다만, 카멜레온의 표피 밑에 있는 세 층의 색소 세포인 황색과 약간의 적색 색소를 가진 세포와 그 아래층의 자색, 청색, 녹색의 세포군 층, 가장 아래층의 멜라노포어(melanophore: 흑색 세포) 층이 있다. 이 멜라노포어의 멜라닌 알갱이가 피부 여기저기를 자유롭게 이동하며 색의 무한 다양성을 갖게 된다는 것뿐이다.

"그들의 자아에는 어쩌면 이 멜라노포어가 풍부한지도 모를 일이지."

"보호색을 띠는 다른 놈들도 있잖아?"

"그렇기도 하지. 그런데 모든 생명체가 눈으로 보고 사냥을 하는 게 아니잖아? 박쥐는 초음파로, 후각이 뛰어난 놈들은 시각보다는 후각으로, 뱀 같은 놈은 온도로 먹잇감을 알잖아? 그런데 카멜레온이 색바꿈 해서 먹잇감에 접근하면, 눈·감각·냄새·초음파·온도 등 무엇으로도 천적이 눈치채지 못하는 다른 이유가 뭔지를 찾았던 거야. 그렇게 나온 것이 스텔스 기능이야. 적의 레이더·음향·적외선 등을 흡수, 혹은 산란시키는 페라이트를 표면에 칠하거나 기체 디자인으로 레이더파를 다른 곳으로 반사되게 하는 거지. 미국은 2006년 알래스카 기지에서 'F-22 랩터'로 벌인 모의 공중전으로 'F-22 랩터' 한 대가 F-15, F-16, F-18 전투기 144대를 격추했어. 스텔스의 위력이지. 앞으로 전함·잠수함, 전자 섬유개발로 환경에 따라 색 바꿈을 할 수 있는 스텔스 전사, 어떻게 될 것 같아?"

"스텔스가 기무라 렌의 작품이야?"

"미스비치와 이가와 히로유키, 메릴랜드 연구소와 꼭짓점에 있는 미국무부라 할 수 있지. 렌은 생화학 전문가야."

추적추적 멎을 듯 멎을 듯하는 비는 멎을 기색이 보이지 않았다.

"스텔스와 생화학무기? 인류 스스로 멸망의 길로 가는 아냐? 핵무기처럼 시간이 문제지 다른 나라도 가질 거니까. 지금 은밀하지만, 많이 왔을 거 아냐?"

"이 빈자들의 핵무기라는 생화학무기는 제조 시설도 쉽고 핵무기 비용의 800분의 1로 가능하기에 테러 단체까지 가질 수 있어. 탄저균만 해도 대도시에 100kg만 살포하면 100만~300만 명의 사상자를 발생하는 공포의 무기지."

"일전에 인터넷에서 봤는데 이를 대비해 나라마다 대기 중의 오염은 99%, 심지어 방사능까지 걸러 내는 헤파 필터 같은 특수 필터를 연구소나 일부 특수 차량이나 전투 시설 등에 설치하고 있다고 했어."

"해독제나 치료제가 순식간 광범위한 피해는 감당 못 해."

"미국과 러시아 및 강대국들의 협약으로 생화학 무기를 폐기하자 북한이 세계 최대 보유 및 생산국이라 했어."

"쉽게 사용 못 할 거야. 핵 보복을 당할 것이기 때문이지."

"공격당하고 가만히 있을 수는 없겠지."

"그건 1세대야. 과거 몽골군도 페스트 감염으로 죽은 시신을 투석기로 적지에 날린 적이 있지 않았나?"

"생화학 무기도 1세대 · 2세대가 있다는 말이야?"

"감염자가 바로 죽지 않고 6개월 이상 투병 기간으로 50% 정도 회복되나 강한 전염성을 가진다면, 이것이 2세대야. 이리되면 인력과 의약품 의료진이나 시설, 장비 등이 더 많이 필요한데 전역에 광범위하게 전파되면 손쓸 수 없지 않겠어? 발목 지뢰도 발목만 끊으니 죽음보다 더 많은 전력을 잃듯이."

"그럼, 3세대는?"

"급속한 전염으로 인구가 거의 전멸할 즈음에 이르고, 이렇게 되면 국가 자체가 마비되겠지. 그러다 일정 기간이 지나면 병원균은 스스로 사멸하는 거지."

"병원균이 스스로 사멸한단 말이야?"

"그때 백신을 접종한 아군의 지상군을 투입하는 거지."

"그게 어떻게 가능해?"

"DNA 조작이지. 영아의 체온은 약 37.5도이나 7살 이후는 36.6도에서 37도 사이니까 이를 이용한다던가. 무슨 방법이 있겠지."

"국제법으로 생물 무기 사용을 금지했었잖아?"

"서명한들 규약을 지킬 나라가 몇이나 되겠어? 1975년 3월 26일 발효한 국제법에 남·북한도 1987년 모두 가입했어."

"그 연구 책임자가 렌이란 말이야?"

며칠 전 수의 말이 떠올랐다.

"부모님께서 이번에는 당신들만을 위해 미국 땅을 밟기를 원하십니다."

그것은 국무부도 CIA도 모르는 둘만의 비밀 대화였다. Y가 그를 떠나며 혹시 '후크 선장'이 '기무라 렌'이었다면 그렇게 말하기로 했었다.

"주한 미군들만 해도 오랫동안 은밀하게 실험실을 보유하고 있었어. 지금도 베일에 가려 있어. 한국에도 있는 연구실이 다른 나라나 자국의 영토 어디엔들 없겠어? 일전에 미국 어느 기자가 AIDS를 일으키는 HIV가 어느 실험실에서 의도적으로 유출한 바이러스라는 주장에 이 연구소일지 모른다는 생각이 들었어. 그때는 렌이 있었으니…."

내리는 비는 겨울비답지 않게 빗줄기가 더 굵어만 가더니 우레까지 동반하자 잠시나마 누구랄 것 없이 창밖을 내다보는 중 렌이 수에게 했다는 말이 떠올랐다.

"그 실험실의 캐비닛 뒷벽 틈바구니에 일기를 몇 겹으로 꼰 삼 실로 꽁꽁 묶어 집어넣고는 실을 당기면 나오게 보관했다. 일기에는 일본인 시각으로 본 한국인의 기질과 문화의 특성, 그리고 한국전쟁 당시 세균의 배양과 무기화한 방법, 나타난 증세 등 세균전 양상에 관한 세세한 기록을 했다. 개인적으로 기록하는 것은 사형도 당할 수 있는 일이었다. 오키나와로 철수하면서 실험 기구나 장비는 그냥 둔 채 옷이나 사물 몇 가지만 챙길 수밖에 없었다. 책이나 서류 등 기록된 자료는 건드리지 못하게 하고는 미 CIC가 와서 전부 가져갔다. 아마 노트도 찾아냈을 거다. 문책이 따를 줄 알았는데 별말이 없더니…. 한 1년여 쯤 된 날 여기로 왔다."

어쩔 수 없었다고는 하나 그 노트를 Y가 불태웠다.

"말하지 않고 빼돌리는 건데, 누구를 탓하랴, 곧이곧대로 보고한 바보 천치…."

"아까 말한 미토콘드리아DNA 말이야. 그렇다면 여성의 미토콘드리아DNA를 알아보면 일본 여성과 한국 여성의 관련성을 알 수 있지 않겠나?"

"그건 이미 밝혀졌어. 서로 같다는 것이. 한 조상, 한 어머니인 셈이지. 그러나 아직은 그 메커니즘을 밝혀내지 못했지만 통상 모계로부터 전달되는 mtDNA 일부가 부계로부터 받는 예도 있어."

"아버지로부터 말이야?"

"애초에 이 연구는 병원성 mtDNA 전달에 대한 치료법을 위해 시작되었으나 하우스만은 이를 대한민국에 대한 미국의 지배력을 이어 가는 데 이용했어."

"하우스만이? 어떻게?"

"한국인은 양질의 DNA 두뇌를 가졌잖아? 이를 없애거나 약화하는 것은 불가능하기에 야비하고 이기적이고 자신의 성씨뿐만이 아니라 애국심 따위는 언제든지 돌아설 수 있는, 카멜레온 같은 자들이 기득권을 잇게 하여 민족의 정체성을 흐리게 하고 국론을 끊임없이 분열하려는 계획을 꾸몄지. 그런 사악한 DNA를 이어 가게 하면서 그렇게 태어나 그런 프로이트적 가정환경에서 자라난 자녀들로 계속해서 기득권을 이어 가게 하려 하지.”

Y는 의아해하는 벗들을 보며 말을 이어 갔다.

“연좌제 폐지를 말하는 거야. 이는 민족 얼 정수리에 쇠말뚝을 박은 하우스만의 계략이었어. 그리고 자신들의 야망을 위해 그 뜻에 동조한 제5 공화국과 이에 놀아난 우매한 민중은 직선제를 보느라 이 끼워 넣기 음모를 읽지 못한 채 헌법 개정 찬성에 도장을 찍었지. 민중만이 마지막 희망이건만, 여전히 국가 미래에 어떤 영향을 가져올지 신중하지 못한 채 학습된 무기력과 우매함으로 선거를 찍으니….”

참 오랜 벗들이다. 고등학교 2학년 때 수업이 일찍 끝나면 가까이에 있는 여고 정문가에 숨어 있다가 1학년 한 여고생이 나오면 우르르 달려갔다.

“이모야!”

기겁한 그녀를 몇 번이나 울렸으며 덕분에 그녀의 큰언니인 혁이 엄마에게 불려가 혼도 났다. 그녀는 실재 우리보다 한 살 적은 혁의 이모였다.

“혁이 너, 그리고 너희도, 다시는 언제 어디서나 평생, 나를 이모라 부르지 마.”

혁이 엄마 앞에 굳게 약속했다.

“이모!”

이제는 그리 불러도 그녀나 우리도 함께 칠십 줄에 들어서인지 웃고 만다.

"이런 미국과 일본을 어떻게 다루어야 하나…."

"자존과 의존의 시소를 잘 타야겠지. 그러나 민중은 양극으로만 치닫고 그들 DNA는 자기 존재만이 지고(至高)의 선(善)이니…."

이모의 게살 크림수프에 해물 스파게티 맛은 여전했다.

안으로는 2019년 12월 5일 조선일보 A14면에는 「한국 보건복지 협회」가 지난해 10월 23~28일 20대 청년 1,000명(남녀 각 500명)을 대상으로 '2019년 2차 저출산 인식 조사'에 관한 온라인 설문 조사인 결과를 보도했다. '노력은 배신하지 않는다.'는 관념이 우리 사회에 통용되는지에 대해선 74%가 부정적으로 답했다. 실제 사회의 불공정함에 대해서는 45%의 사회 초년생이 그런 경험을 했다는 점은 참 가슴이 아리다.

이와는 조금 다를지나 Y가 연륜이 많은 10,000여 명 이상을 심층 상담해본 결과는 74%보다 훨씬 높았으며 사회의 불공정 경험 역시 45%보다 현저히 높았다. 이는 경험과 연륜이 많아질수록 더 높았다.

밖으로는 사회 과학자들이 각기 다른 문화를 가진 80개국에서 5년마다 사회문화·윤리·종교·정치적 가치를 조사하기 위한 학술 프로젝트인 「세계 가치관 조사(WVS, World Value Survey)」에서 '열심히 일하면 잘살 수 있는가?'에서 '그렇다'는 스웨덴·덴마크는 70%, 미국은 78%로 1990년의 83%에서 별반 차이가 없었으나 한국인은 46%로 1990년 81%의 거의 반이니 안팎으로 대한민국의 내일은 점점 더 멀어져 가고 있다.

10 · 1 사건, 4 · 19, 반민특위, 친일 청산할 기회를 서로 검을 겨누다 잃었으나 이제는 그들 후손이 아니더라도 인재도 충분하다. 오히려 더한, 바람도 가르는 날 선, 자칫하면 자신의 넋도 벨 수 있는 선거라는 양날 검을 가지고 있다. 그리고 그 검을 휘두를 기회가 4년에 한 번씩 온다. 나라나 가계에 흐르는 저주스러운 프로이트 기질, 저주스러운 DNA가 있다. 이것이 끊어져야 나라나 개인도 바로 설 수 있다.

문제는, 끊을 수 있을 것인가가 아니라 끊을 의지가 있느냐이다. 축복이라 여기고 있는 그들의 DNA도 민중만이 끊을 수 있건만, 민중은 끊지 못하고 아니, 끊지 않고 있다. 민중은 그들이나 나라나, 민중의 저주스러운 DNA를 끊기 위해서는 아픔, 그것도 지독한 아픔을 치러야 한다.

이제는 막 해방한 나라, 국민 80% 문맹, 애국자 중 행정과 치안 경험자 부재, 미국에 대한 과도한 눈치, 내재한 그들의 조직화, 굶주림, 국가 이익에 대한 자각 부족, 그럴 때도 아니다. 그러나 과연 작은 가시에도 비명을 지르는 민중이, 그 지독한 아픔을 견딜 수 있을까? 자기에게 꼭 얻어지는 것도 없는데. 단순한 민족적 정체성이나 얼의 회복이라는 너무나도 나와 동떨어진 가치를 위해.

민중은 채울 수 없는 갈증에 끊임없이 목말라하나 그들은 여전히 사무치는 절박함을 품고 기득권을 유지하려 하고 있다. 무엇이 문제인가? 이를 알면서도, 그들과 그들의 그 뻔뻔한 후손들에게 표를 주는 민중. 학습된 무기력, 저항하는 자들이 흘린 피를 먹고 자란 자유의 열매는 저항하는 자를 억압한 자와 그 후손이 먹고 저항한 자와 그 후손은 파멸하고 순응하면 그나마 생존을 이어 온 이 대한민국 민중의 뒤틀린 사회 프로이트.

마키아벨리(N. Machiavelli)는 운명과 덕을 베푸는 것, 그리고 역사가 부르는 순간 준비된, 이 세 가지가 인간의 성공 조건이라 했다. 늘 그들 편인 운명, 개미 같은 베풂, 어느 역사에도 잘 준비된. 그동안 그랬었다, 그들은. 그러나 이제 그들이나 민중의 미래를 가르는 운명, 준비됨, 베풂, 모두 민중의 손안에 있다.

어느덧 흰머리 성성한 수로부터 Y에게 막 저녁을 들었다며 오전 9시 조금 넘어 전화가 왔다. 거의 한 달 만이다.

"비버들은 집도 댐도 먹는 것도, 나무가 전부예요. 얘들이 댐을 만들면 우리가 헐어요. 쌓으면 또 헐어 녀석들로 계속 일하게 해요. 헌 나무들은 강가에 쌓아 둬요. 아니면 숲의 큰 나무들을 마구 쓰러뜨려요. 막 저녁을 들고 강기슭 벤치에 앉으니, 30여 년간 산딸기나 나무뿌리, 버드나무 가지 등을 던져 주어서인지 비버 세 마리가 다가와 빤히 처다보았어요. 혹시 싶어 버드나무 가지를 손에 쥔 채 주었는데 갉아먹기에 쓰다듬었더니 가만히 있었어요."

"야생이?"

"그러게요. 참 귀여워요. 야생이 이렇게 가축이 되었나 봐요. 신기해요. 세렝게티로 갈 걸 그랬어요."

"공감!"

나는
너를

용서할 수
있을까

YURUSENAI TOIU YAMAI by Tamami Katada

Copyright ⓒ Tamami Katada 2016
All rights reserved.
Original Japanese edition Published by Fusosha Publishing Inc.
Korean translation copyright ⓒ 2018 by Writing House
This Korean edition Published by arrangement with Fusosha Publishing Inc.
through HonnoKizuna, Inc., Tokyo, and EntersKorea Co., Ltd.

이 책의 한국어판 저작권은 (주)엔터스코리아를 통한 저작권사와의 독점 계약으로
라이팅하우스가 소유합니다. 신 저작권법에 의하여 한국 내에서 보호를 받는 저작물이므로
무단 전재와 복제를 금합니다.

행복한 인생을 위한
관계 정리의 심리학

나는
너를
용서할 수
있을까

가타다 다마미(정신과 전문의) 지음

오시연 옮김

이어달리기

우리가 인생의 전환점이라고
생각되는 순간을 맞는다면
그건 뭔가를 얻었을 때가 아니라
잃었을 때일 것이다.

_알베르 카뮈

이 험악한 세상에서 나 자신을 지키는 법

용서에 관한 책을 쓰자고 생각한 것은 나 자신이 타인을 용서할 수 없어서 줄곧 힘들었기 때문이다. 오랫동안 내가 도저히 용서할 수 없었던 사람은 다름 아닌 어머니와 할머니였다.

교사였던 어머니가 나를 임신하자 부모님은 조부모와 살림을 합쳤다. 직장을 그만둘 수 없었던 어머니가 선택할 수 있는 거의 유일한 대안이 아니었나 싶다. 다른 방법이 있었다면 결코 함께 살지 않았을 사람들이라고 생각될 정도로, 어머니와 할머니의 고부 갈등은 무시무시했기 때문이다.

할머니는 입만 열면 "환갑이 되면 이곳저곳 꽃구경이나 하며 살 줄 알았는데 애 보느라 아무것도 못 한다"고 푸념하며, 나한테서 어머니와 닮은 점을 발견할 때마다 나를 비난했다.

어머니는 어머니대로 아이 때문에 어쩔 수 없이 시어머니와 동거하게 되어 고부 갈등에 시달렸으니 항상 울화가 쌓여 있었을 것이다. 갑자기 이유 없이 화내는 일이 한두 번이 아니었다.

이것은 어머니가 친정에 기댈 수 없었던 사정도 한몫하지 않았을까 싶다. 내 외할머니는 어머니의 새어머니였다. 나는 다정한 성품의 외할머니가 좋아서 외가에 가는 날을 즐겁게 기다리곤 했는데, 어느 날 친할머니가 "네 외할머니는 실은 계모란다"라고 알려 주었다. 계모라고 하면 만화나 드라마에 나오는 심술궂은 사람밖에 몰랐던 나는 '그렇게 다정한 할머니가 계모라니⋯⋯' 하고 놀랐다. 그 이후 예전처럼 아무 생각 없이 외가에 가는 것을 즐거워할 수만은 없게 되었다. 지금 생각하면 이런 일들은 일종의 정서적 학대였다.

부모님이 '굳이' 아이에게 말하지 않았던 사실을 할머니가 폭로한 것은 내가 외할머니를 잘 따랐던 것에 대한 시샘에서 비롯되었는지도 모른다. 또는 알미운 며느리를 깎아내리기 위해서라면 뭐든지 하는 할머니의 심술궂은 면이 드러난 것일지도 모른다.

아무튼 나는 할머니의 잔인함에 어릴 적부터 괴로워했다. 할머니는 둘째도 딸을 낳은 어머니에게 '대를 이을 아들도 못 낳은 주제에'라고 비난한 적도 있다. 곁에서 그 말을 들었을 때 나는 너무나 충격을 받았다. 나 자신이 태어나지 말았어야 하는 가치 없는 존재처럼 느껴졌다.

뿐만 아니라 할머니는 사람의 죄책감을 자극하는 달인이었다. 자식과 며느리에게 자신의 희생을 강조하며 미안함을 갖게 해 부채감을 심어 주려고 했다. 심지어 손녀인 나에게도 '죄송하다'는 감정을 불러일으킴으로써 나를 지배하려고 했다.

갓난아기였을 때 나는 고관절이 빠져서 꽤 오랫동안 깁스를 하고 있었다고 한다. 깁스를 한 나를 업고 지냈던 할머니는 내가 무척 무거웠을 것이다. 할머니는 그것 때문에 위처짐이 생겼다며, 자라는 동안 수도 없이 이렇게 말했다.

"내가 건강을 해친 건 다 너 때문이야."

그 말을 듣고 또 들으면서 나는 할머니를 버리면 안 된다는 생각에 사로잡혔다. 그와 동시에 할머니에게 지배당하며 질

식사할 것만 같은 고통을 줄곧 느껴야 했다.

특히 부모님과 여동생, 할아버지, 할머니와 함께 여행을 갔을 때 내가 초경을 한 기억은 결코 잊을 수가 없다. 할머니는 나에게 "내 말을 듣지 않아서 생리를 하게 된 거야"라고 퍼부었다.

아무 인과관계가 없는 상황에서도 할머니는 '내 말대로 해야만 한다. 말을 듣지 않으면 반드시 나쁜 일이 일어난다'는 논리를 내 머릿속에 주입해 나를 항상 지배하려고 했다. 그렇다 보니 말도 안 되는 억지라는 것을 뻔히 알면서도 나는 원하지 않는 일이 일어날 때마다 정말 그럴지도 모른다는 불안을 느끼기도 했다.

나를 힘들게 하는, 사랑하는 사람들

할머니가 나를 사랑하지 않은 것은 아니다. 아니, 오히려 나를 대단히 사랑했다. 할머니는 젊었을 때 딸을 백일해로 잃었는데, 그 일을 두고두고 안타까워했다. 그 당시에는 항생제나 수액이 없어서 영유아 사망률이 지금보다 훨씬 높을 수밖에 없었다. 하지만 할머니는 좀 더 돈을 썼더라면, 자신이 간병을 제대로 했더라면 그렇게 허망하게 딸을 보내지 않았을 거라고 비통해했다.

그로부터 수십 년이 지나 가족묘를 보수하게 되었을 때 할머니는 그 딸의 무덤을 만들고 싶다고 주장하며 가족이 들어가는 무덤 옆에 작은 무덤을 만들게 했다. 그렇게까지 할 만큼 할머니는 먼저 세상을 떠난 딸에게 애착을 느꼈던 것이다.

내가 태어났을 때 할머니는 '이 아이는 내 딸이 다시 태어난 거다'라고 생각할 정도로 기뻤다고 한다. 그런 만큼 내게 쏟은 애정은 그야말로 대단했다. 하지만 애정을 쏟은 만큼 기대하는 것도 컸다. 할머니 입장에서 생각해 보면 육아를 도맡다시피 하며 소중하게 키운 손녀가 나이를 먹으면서 점점 자신에게서 멀어져 가는 것은 외롭고 괴로운 일이었을지도 모른다.

나 또한 할머니를 증오하기만 한 것은 아니었다. 나를 소중하게 키워 준 것에 당연히 감사했고 애정도 느꼈다. 그러나 어머니와의 갈등 때문에 나에게 비난을 퍼부었던 거라고 머리로는 이해할 수 있어도 마음까지 아무렇지 않은 것은 아니었다. 할머니의 모진 말들은 마음에 상처로 남았고 성장하는 내내 나로 하여금 다른 사람의 '심기'를 거스르지 않도록 만들었다. 그래서 할머니를 생각하면 사랑과 증오의 양면성 Ambivalence 속에서 오랫동안 괴로웠다.

한편 어머니도 시어머니의 인정을 받으려면 딸의 교육에 성공해야 한다고 생각했는지, 나를 열심히 가르쳐서 자신이 가장 좋다고 믿는 길로 이끌려고 했다. 나의 의사 따위는 아랑곳하지 않고 말이다.

어릴 적부터 책을 좋아했던 나는 커서 작가나 신문 기자가 되고 싶었다. 그래서 대학교는 문학부에 가고 싶다고 부모님에게 말했다. 그러자 어머니는 맹렬하게 반대하며, 의학부에 가서 의사가 되라고 강경하게 말했다. 표면적인 이유는 '그게 다 너를 위해서'라는 것이었다. 그러나 어머니의 숨겨진 진의는 달랐다.

첫 번째 이유는 '경제적 안정'이었다. 내가 태어나고 자란 시골에서는 지위가 높은 직업이라고 하면 공무원이나 의사를 으뜸으로 꼽았다. 그러니 딸이 의사가 되면 어머니의 허영심이 크게 충족되었을 것이다. 또 어머니는 내가 전문의가 되면 고향에 돌아와 개업하길 바랐다. 그러면 노후에 딸과 손주의 보살핌을 받으며 경제적으로 풍족하고 명예도 있는 생활을 할 수 있다고 생각한 것이다.

어머니가 나를 의학부에 진학시키려 한 또 한 가지 이유는 '패자 부활'이었다. 고등학교 때 어머니는 성적이 우수했다고 한다. 학창시절 내내 선생님들의 칭찬을 독차지했고, 졸업한 뒤에는 히로시마대학 교육학부에 들어가 오랫동안 교사로 일했다. 그런데 졸업한 지 얼마 되지 않아 동창회에 나갔다가 고등학교 때 성적이 어머니보다 나빴던 동급생 두 명이 오사카대학 의학부와 오차노미즈여자대학에 각각 진학했다는 이야기를 들었다고 한다.

어머니는 어릴 적에 친어머니를 잃고 새어머니의 보살핌을 받았기 때문에 타 지역에 있는 대학에 갈 경우 필요한 경제적 지원을 받을 수 없었던 모양이었다. 그래서 더 좋은 학교에 갈 기회를 포기하고 현실적인 선택을 했는데, 자기보다 성적이 떨어졌던 친구가 자신이 가고 싶었던 대학에 갔다는 소식을 듣고는 왠지 모를 억울함과 질투심에 휩싸였던 것 같다. 그래서 딸의 대학 진학을 통해 몇 십 년 전의 그 패배감을 씻어 버리려고 했던 것이다.

그 사실을 안 것은 내가 오사카대학 의학부, 내 동생이 오차노미즈여자대학 문학부에 진학한 뒤였다. 소름이 끼쳤다. 어머니가 자신의 패배감을 씻어 버리기 위해 나와 동생의 진로를 비틀어 버렸다고 느꼈기 때문이다.

나는 무사히 의학부를 졸업하고 의사가 되었지만, 프랑스 희극 작가인 몰리에르의 대표작처럼 '할 수 없이 의사가 되었다'고 느껴져 젊었을 때는 꽤나 괴로웠다. 그래도 어머니는 이런 내 마음을 전혀 알지 못했고, 나를 의학부에 들여보낸 선택이 옳았다고 믿어 의심치 않았다.

내가 전문의가 되고 몇 년 뒤, 어머니는 중매결혼을 하고 고향에서 개업하라고 권했다. 나는 거절했지만 내 거부를 받아들이기 힘들었던 어머니는 그 뒤에도 툭하면 "고향에 돌아와서 개업하면 좋을 텐데"라고 푸념했다.

나중에 들은 이야기지만 어머니는 나 몰래 정신의학 클리닉을 개업하기 위한 토지를 물색하기까지 했다고 한다. 그 이야기를 듣자 등골이 오싹했다. 어머니가 나를 어머니의 행복을 이루기 위한 도구로 보고 있다고 느꼈기 때문이다. 그 이후 나는 가능한 한 어머니와 거리를 두었다. 하지만 어머니가 내 인생에 간섭하려고 하는 것을 아주 끊어 낼 수는 없었다. 그래서 어머니를 만날 때마다 사랑과 증오가 뒤섞인 복잡한 감정을 느끼며 용서할 수 없다는 생각에 사로잡힐 수밖에 없었다.

그리하여 나는 어머니와 할머니를 아직도 용서하지 못하고 있다. 할머니가 돌아가신 지 이십 년 이상이 흘렀지만 아직도 어릴 적에 할머니가 퍼부은 비난이 귓가에 들리며 정신이 번쩍 들 때가 있다.

행복한 인생을 위한 관계 정리의 기술

지금까지 내가 많은 사람들을 상담하며 내린 결론은 용서할 수 없는 사람들은 마음만 먹으면 평생 만나지 않을 수 있는 '완벽한 타인'이 아니라는 사실이다. 싫어도 볼 수밖에 없는 가까운 사람이거나 나의 경우처럼 사랑하는 가족인 경우가 더 많다. 그래서 상처가 방치되고 원한도 깊다.

물론 용서하려고 노력하는 것은 중요하다. 상대방도 고뇌와 불행을 짊어진 탓에 그렇게 할 수밖에 없었을지도 모르니까 말이다. 하지만 그래도 도저히 용서할 수 없는 경우도 있을 것이다. 그럴 때는 어떻게 하면 좋은지, 나 자신의 경험을 돌이켜 보며 쓴 것이 이 책이다.

먼저 1장에서는 끊임없이 상처를 일으키는 인간관계에 대해 이야기할 것이다. 그리고 2장과 3장에서는 쉽사리 사라지지 않는 타인에 대한 미움과 분노 때문에 힘들어하는 사람들의 마음을 정신의학적 관점에서 고찰한다. 이 책의 후반은 처방전이다. 4장에서는 '용서할 수 없다'는 마음의 고통에서 빠져나오기 위한 열한 가지 용서의 기술을 소개한다. 그리고 마지막 5장에서는 지나간 관계에 얽매이지 않고 자유롭고 행복한 인생을 살기 위한 관계 정리법을 알려 준다.

세상에는 유독 우리를 힘들게 하는 사람이 있게 마련이다. 그들을 피할 수는 없다. 하지만 누군가에게 상처 입었어도 분노와 증오를 키우지 않고 고통에서 벗어날 수는 있다. 이것은 이른바 매듭을 짓는 것으로, 상처 준 사람을 사면해 주는 것과는 다르다. 용서는 상처받은 기억이 남은 인생을 지배하지 않도록 매듭지음으로써 불쾌한 과거와 결별하는 것이다.

이 책이 더 이상 다른 사람이 준 상처 때문에 인생을 낭비하지 않겠다고 결심한 사람들에게 힘이 되었으면 좋겠다.

가타다 다마미

contents

프롤로그

6   이 험악한 세상에서 나 자신을 지키는 법

제1장 **내가 너를 용서하지 못하는 이유**

22   어떤 성공은 태어날 때부터 결정된다
25   성희롱이라는 '좋게 좋게' 넘어갈 수 있는 일
30   네가 나보다 잘되는 게 싫어
35   무시하는 사람을 상대하는 법
38   내가 너를 용서할 수 없는 이유
42   프레너미, 적은 아주 가까운 곳에
45   인간은 사랑하는 만큼만 용서한다
47   배우자의 거짓말을 용서할 수 있을까?
53   예의 없는 이별은 원한을 만든다
56   트라우마를 뛰어넘는 방법

제2장 **누군가를 미워하느라 사랑을 잃어버린 사람들에게**

63   용서는 자비로운 선물이 아니다
67   처벌보다 용서가 필요한 순간이 있다
71   상처를 치료하는 것은 의사와 간호사다, 강도가 아니라
75   죽은 상처에 자꾸 물을 주지 마라
77   화해라는 위대한 선택
81   심술쟁이 눈에는 심술쟁이만 보인다
86   누군가를 미워하느라 기쁨을 잃어버린 사람들에게
91   권력자들을 보라, 스스로를 과대평가하면 화도 많아진다

제3장 삶을 외롭게 만드는 용서할 수 없다는 병病

98   사소해 보이나요? 마샤 로스 증후군
102 죽음을 맞이하는 다섯 단계에서 발견한 용서의 기술
106 용서할 수 있는 만큼만 용서하고 나머진 내버려 두라
107 현실을 부인하는 은둔형 외톨이
111 '화가 났어'와 '화를 느껴'의 차이
114 르상티망, 행복을 집어삼키는 마그마 분노
117 가장 큰 문제는 욕구불만이다
118 정말 포기할 게 아니면 겸손하지 마라
120 불행의 가장 큰 원인은 의논할 상대가 없다는 것이다
121 남을 탓하게 만드는 자기애
124 자신을 탓하게 만드는 피해자 의식
125 바람피우는 남편이 아내의 바람을 의심한다
130 우리를 불행하게 하는 환상적 만능감
131 인생의 대원칙, 과거와 타인은 바꿀 수 없다
133 '나도 당했으니까'라는 분노의 연쇄 작용

제4장 행복한 인생을 위한 11가지 용서의 기술

139 [1단계] 상처를 인식하라
141 치유를 거부하는 현실 부인과 감정 부인
144 [2단계] 분노를 받아들여라
151 자기 처벌이라는 복수 멈추기
     : 상대를 괴롭히기 위해 병에 걸리는 사람들
154 수동적 공격 중단하기 : 태만함으로 실패를 기원하는 사람들
157 원한을 담아 두지 않기 위하여 : 나중에 욱하지 말고 지금 화내라

159   복수심은 당연한 것이다

160   [3단계] 상대의 입장에서 바라본다

162   타인을 상처 입히는 사람들의 다섯 가지 유형

166   나쁜 사람만 내 인생에서 골라내는 방법

168   [4단계] 용서할 수 없는 관계에 매듭을 짓는다

제5장   미안해하지 않는 그 사람을 더 이상 신경 쓰지 마라

175   괜찮다, 죽도록 미워하는 것이 정상이다

179   행복해지고 싶으면 기대를 무너뜨려라

181   언제나 관대하고 다정한 사람은 믿을 수 없는 사람이다

187   간섭하는 엄마와 거절하지 못하는 딸

191   행복이야말로 최대의 복수

193   죽도록 미운 그 사람 때문에 관계를 망치고 있다면
       : '용서할 수 없다는 병' 진단 테스트 10

195   세상에 쿨한 용서란 없다

에필로그

200   분노가 없었다면 지금의 나도 없었다

제
1
장

내가
너를

용서하지
못하는
이유

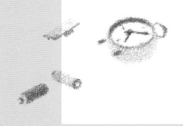

삶이란 머리카락이 둥둥 떠다니는 수프와 같다.
그렇지만 우리는 그 수프를 마셔야 한다.

_줄리언 반스, 《플로베르의 앵무새》

많은 사람들이 용서할 수 없는 타인 때문에 괴로워한다. 직장이나 가정, 또는 친구나 이웃 간에도 '저 사람만은 절대 용서 못해'라고 생각되는 사람이 한 명쯤은 있다. 나 역시도 나를 마음대로 조종하려고 했던 어머니와 할머니를 오랫동안 미워했다. 이런 미움과 분노가 오래도록 해소되지 않으면 어떻게 될까?

나의 경험상 억눌린 부정적인 감정은 '용서할 수 없다'는 원한의 감정으로 바꾸어 버린다. 더 나쁜 것은 그로 인해 상처를 준 사람의 영향력이 내 인생에서 점점 더 강해진다는 사실이다. 그들은 마치 그림자처럼 내 마음에 딱 달라붙어 불쑥불쑥 나쁜 기억을 상기시키고, 평온한 일상을 뒤집어엎고, 자존감을 훔치고, 인생을 지배한다.

어떤 성공은 태어날 때부터 결정된다

미움과 분노를 일으키는 사람을 피할 수 있다면 얼마나 좋을까. 그러나 불행이 어디에서 나타날지 알 수 없는 것처럼 상처 주는 사람을 인생에서 미리 골라낼 수 있는 방법은 없다. 그들은 험상궂은 얼굴로 본심을 드러내지 않는다. 남을 희생시켜서라도 자신의 이익과 바람을 실현하려고 하지만 절대 과격하지 않다. 은밀하고 교묘하다. 그래서 사람들은 상처 주는 사람에게 시달릴 대로 시달린 후에야 도망쳐야 한다는 것을 깨닫게 되는 경우가 많다.

문제는 거리를 두려고 해도 그럴 수 없는 관계가 훨씬 많다는 것이다. 가정이나 직장을 떠올려 보자. 이런 집단에서 한 사람과의 관계를 끊는다는 건 가족 모두, 직장 동료 모두와 불편한 관계가 된다는 뜻이다. 이것은 단순한 관계 단절이 아니다. 인생의 일부를, 그것도 아주 크고 중요한 시간을 영원히 잃어버릴 수도 있는 위험을 감수해야 한다. 이것으로 인해 남은 인생마저 뿌리째 흔들릴 수도 있는 것이다.

직장 상사 때문에 출근하기가 죽기보다 싫을 정도로 화가 난다는 영업 사원을 만난 적이 있다. 그는 불면증과 원형탈모로 극심한 스트레스를 받고 있었다.

업무 성격상 입사 동기와 매일 성과를 비교당할 수밖에 없는데, 그의 상사는 지인의 아들인 동기가 더 높은 성과를 올릴 수 있도록 거래처 배분부터 자잘한 업무 분담까지 신경 쓰고 있었다. 그의 동기는 일처리도 서툴고 게을러 그에게 업무가 과중되는 경우가 많았다. 하지만 상사의 배려로 실수는 숨겨지고 성과는 부풀려졌다.

그는 상사와의 관계가 어떻든 자신만 잘하면 된다고 생각하며 견뎠다. 그런데 승진 심사에 그의 동기만 올라가고 자신은 떨어지자 도저히 참을 수 없었다. 그는 상사에게 인사고과가 더 높음에도 불구하고 승진 대상에서 제외된 이유에 대해 따졌다. 그러자 상사는 "너는 능력이 있으니 언제든 승진

할 수 있잖아. 하지만 저 녀석은 내가 힘이 있을 때 밀어 주지 않으면 힘들어. 넌 다음에 하자"라며 성인군자 같은 말로 무마하려고 했다. 그가 받아들일 수 없다고 하자 상사는 그에게 자신이 대단한 줄 착각하지 말라며 모욕을 주고 동기도 배려하지 못하는 쩨쩨한 놈이라고 몰아붙였다.

그는 배신감과 절망감을 느끼며 분노했다. 그러나 그가 할 수 있는 일은 삼수 끝에 들어와 몇 년 동안 사력을 다해 일한 회사를 그만두는 것뿐이었다. 직급도 없고 인정도 받지 못한 채 떠난다면 앞으로 업계에서 자리를 잡는 건 더 힘들어질 것 같았다. 그는 경력을 위해 이번만 참고 넘어가기로 했다. 그러나 이후에도 달라지는 건 없었다. 그의 기회는 수시로 뒤로 밀렸다. 불면증과 원형탈모가 생길 정도로 스트레스를 받았지만, 그날 이후 그가 상사에게 다시 따지는 일은 없었다. 그 대신 스스로를 자책하기 시작했다. 나에게 문제가 있는지 모른다. 남들도 다 겪는 일을 나만 쩨쩨하게 물고 늘어진 건지도 모른다고 말이다.

직장에는 용서할 수 없는 사람이 한두 명쯤은 있기 마련이지만, '나는 지위가 높으니 이 정도는 해도 된다'고 생각하는 오만한 사람만큼 견디기 힘든 사람은 없다. 하지만 상처를 주는 쪽이 주로 권력을 가진 쪽이기 때문에 부당한 일을 당해도 저항할 수 없는 경우가 많다. 승진, 퇴사, 이직까지 영향을 줄 수 있는 사람에게 저항하는 것은 생각처럼 쉬운 일이 아니다. 차라리 사람들은 자기가 당한 일을 축소하거나 자신의 탓으로 돌려 버린다. 권력자에게 휘둘리고 굴복당한 수치심과 모멸감을 줄이고 싶기 때문이다. 가슴 아픈 사실은 그런 태도가 바로 상처 준 사람들의 의도라는 것이다.

성희롱이라는 '좋게 좋게' 넘어갈 수 있는 일

몇 해 전 진료실에 삼십대 후반의 직장 여성이 찾아왔다. 흐트러짐 없는 세련된 옷차림에 단정한 말투까지 한눈에 봐도 꽤 큰 기업의 관리자쯤 되겠구나 싶었다. 예상대로 그녀는 이름만 대면 알 만한 통신 기업의 홍보 담당자였다. 스트레스 때문에 표정은 지쳐 있었지만 일에 대한 이야기를 할 때만큼은 자부심이 느껴졌다. 그런 그녀가 나를 찾아온 이유는 새로

부임한 남자 임원 때문이었다.

그 임원은 일에는 도통 관심이 없고 시도 때도 없이 외설적인 농담만 건넨다고 했다. 대놓고 화를 낼 수가 없어서 적당히 웃으며 넘어갔는데, 어느 날은 회의실에서 미팅을 하다 말고 "왜 결혼 안 하냐, 남자친구는 있냐, 성생활은 괜찮냐, 만족스럽냐"라며 성희롱을 했다고 한다. 모욕감을 느낀 그녀가 인사부에 보고하겠다고 하자 그는 비웃으며 "농담이었다. 갑자기 웬 호들갑이냐. 남들한테 얘기하면 괜히 너만 소문 나빠진다"라고 말했다.

그녀는 너무나 화가 났지만 성희롱 피해자로 사람들 입에 오르내리는 것이 더 수치스러울 것 같다는 생각이 들었다. 그래서 더 따지지 않고 물러났다. 그런데 그다음부터는 툭하면 늦은 밤에 전화나 문자가 오기 시작했다. 그녀는 "하지 말라"고 재차 말했고 이번에도 그 임원은 별일 아니라는 듯 "급한 용건이 있어서였다. 하지 말라면 안 하겠다"고 말했다. 하지만 그런 일은 없어지기는커녕 점점 더 심해졌다. 회의를 주말에 교외로 나가서 하자고 하더니 실제로 집 앞에 찾아오기까지 했다. 그녀는 그 임원이 머지않아 집 안까지 들이닥칠지 모른다는 두려움을 느꼈다.

그녀는 고민 끝에 팀 동료에게 자신의 상황을 이야기하고 프로젝트를 함께 맡아달라고 부탁했다. 동료도 충격을 받기는 마찬가지였다. 그는 최선을 다해 그녀를 도왔다. 내부 진행은 그녀가 맡고 상사와 대면하는 일은 전적으로 그가 맡았다. 그러자 상사는 다른 방식으로 그녀를 괴롭히기 시작했다. "자기 일을 남에게 떠넘기는 무능한 인간은 우리 회사에 필요 없다"라고 비난하며 담당 업무에서 아예 그녀를 배제한 것이다. 그녀는 결국 회사 인사부에 지난 일들을 보고했다.

소문은 삽시간에 회사 전체에 퍼졌다. 위로하는 사람도 있었고, 직접적인 신체 접촉을 당한 것도 아닌데 너무 일을 크게 키운 것 아니냐며 나무라는 사람도 있었다. 또 그녀의 행실에서 원인을 찾으며 소문을 만드는 사람도 있었다. 그 임원과 임원 편에 선 사람들에게는 협박도 받았다. 그렇게 지옥 같은 반년이 흐른 뒤 부서 이동이 이루어졌다. 그 임원뿐만 아니라 그녀도 다른 부서로 발령이 났다. 사람들은 공평한 조치라고 말했다. 하지만 그녀는 동의할 수 없었다. 왜 피해자인 자신까지 똑같은 '문제아' 취급을 받아야 하는가. 경력을 유지하려면 끝내 참았어야 했다는 말인가. 그녀는 몇 년이 지난 후에도 그 일을 잊을 수 없었다. 그 임원이 생각날 때마다 속이 뒤집혔고, 억울함과 분노 때문에 마음의 병까지 얻었다.

직장 내 왕따, 갑질, 가정 폭력 같은 사건이 터질 때마다 사람들은 말한다. '왜 참고 있었던 거야?', '왜 진작 벗어나지 않았지?' 그러나 부당함에 맞선다는 것은 엄청난 용기가 필요한 일이다. 상처를 주는 사람들은 '네가 잘못된 거다', '네 편은 아무도 없다'는 말로 상대를 고립시킨다. 그때 피해 당사자가 느끼는 공포감과 고독감, 자존감 상실은 엄청나다. 마치 시한폭탄이 든 가방을 맨 채 군중 앞에 홀로 선 것 같은 두려움과 소외감을 느낀다. 빨리 사라져 주기를 바라는 적대적인 눈빛들과 마주친다는 건 상상만 해도 서러운 일이다. 상처받은 사람들에게 그런 고통까지 감수하며 정의를 실현했어야 한다고 말하는 것은 너무 잔인한 것 아닐까.

요즘은 많은 사람들이 성희롱을 심각한 사회 문제로 인식하고 있다. 그런데 일부 권력자들은 여전히 외설적인 말 정도는 아무 문제가 없다고 착각한다. 윗사람에게 밉보여 불이익을 받고 싶지 않아서, 당장 그만둘 수 없어서, 지금 하는 일이 너무 좋아서 한두 번 참고 넘어간 것인데 마치 영원한 면죄부를 얻었다고 생각한다. 이번에 아무 일 없이 지나갔으니 다음에는 더 큰 일을 저질러도 괜찮다고 착각하는 것이다. 특히 부하 직원은 당연히 상사의 말을 들어야 한다고 생각하는 권위적인 사람일수록 그렇다. 그들이 생각하는 '상사의 말'에는 성추행적인 말이 내재되어 있다. 심지어 그들은 부하 직원이 '하지 마라'고 항의하면 '기어오르면 어떻게 되는지 보여 주겠다'는 식으로 권력을 이용해 괴롭히기 시작한다. 이런 자기중심적 권력자들은 반성이란 걸 모른다. 공감 능력을 관리하는 뇌세포가 상실된 사람처럼 자신의 지배 욕구만 충족시키려 할 뿐 다른 사람의 감정은 신경도 쓰지 않는다. 경우에 따라서는 불쾌감을 줘도 괜찮다고 생각한다. '내 욕망은 언제나 옳고 정당하다'는 특권 의식에 빠져 있기 때문이다. 그들은 상당한 불행이 자신을 덮치지 않는 한 반성 같은 것은 하지 않는다.

이런 사람들에게는 유예를 두어서는 안 된다. 불쾌감을 느낀 즉시 '그건 성희롱인 것 같은데요'라고 말하며 그만하라는 신호를 주어야 한다. 같은 공간에 있는 모두가 그렇게 해야 한다. 자기중심적이고 특권의식에 빠진 권력자들에게 힘을 더 실어 주는 것은 모른 척하는 주변인이다. 침묵은 단순한 외면이 아니라 나쁜 행동을 보호해 주는 방패다. 그러니 다른 사람에게 벌어지는 일이라고 해서 외면하거나 모른 척해서는 안 된다. 그들이 늘 다음 타깃을 찾고 있다는 사실을 잊어서는 안 된다.

네가 나보다 잘되는 게 싫어

아이를 키우는 부모들이 절대 하지 말아야 할 말이 있다. 바로 비교하는 말이다. '네 언니를 봐라, 네 친구를 봐라'라는 비교의 말은 말뜻 그대로 아이로 하여금 자기가 아니라 다른 사람을 바라보게 만든다. 좀 더 정확하게 말하자면, '다른 사람만' 보게 만든다. 저 사람처럼 되어야 부모의 사랑을 받을 수 있다, 그렇지 않으면 버림받는다는 두려움을 갖게 만드는 것이다. 그래서 비교당하며 자란 아이들은 외부의 칭찬과 인정에 민감하다. 다른 사람이 자기보다 칭찬받는 것을 견디지

나는 너를 용서할 수 있을까

못하고, 더 사랑받고 더 인정받기 위해 끊임없이 경쟁한다.

그들은 마치 완벽주의자가 아니면 은둔형 외톨이 둘 중 하나만 선택할 수 있는 사람들처럼 행동한다. 칭찬을 받는 동안에는 그야말로 최선의 최선을 다하지만 만족할 만한 인정을 받지 못하거나 누군가 부정적인 말을 하는 사람이 나타나면 한순간에 열정이 식고 의기소침해진다.

가장 나쁜 케이스는 (자신이 받아야 마땅한) 칭찬을 다른 누군가가 가져갔을 때다. 그들은 상대를 깎아내림으로써 자신의 가치를 높이려 한다.

나에게도 그런 친구가 있었다. 그 친구는 동기생이 자기가 가고 싶었던 회사에 취직하고 그곳에서 좋은 남자를 만나 결혼하자 갑자기 그녀를 미워하기 시작했다. 꽤 가까운 사이였는데도 말이다. 친구들이 모여 그 동기생에 대한 이야기를 할 때도 칭찬하는 말이 나오면 불쑥 말을 자르고 끼어들어 은근히 험담을 했다. "그런데 말야 이렇게 속전속결로 결혼하다니 혼전 임신을 한 것 같지 않니?"하는 식이었다. 두 사람은 다시는 전처럼 가깝게 지내지 못했다.

끊임없이 다른 사람과 자신을 비교하는 사람들은 타인을

선망하면서 동시에 질투한다. 그 사람처럼 되고 싶어 하면서도 한편으로는 그 사람이 나보다 뒤처지길 바란다. 그렇다 보니 나의 친구처럼 상대를 깎아내릴 '변칙적인 이유'를 찾아 질투심을 해소하려고 한다. '그 사람은 뭔가 변칙적인 이유로 성공했을 거야. 아부를 잘하거나 약삭빠르거나 상사가 보는 눈이 없는 거겠지' 하는 식으로 상대의 가치를 깎아내린다. 그래도 분이 풀리지 않을 때는 근거도 없는 뒷담화로 상대를 난처하게 만들기도 한다. '저 사람은 거의 상사의 집사처럼 충성하더군요', '저 사람의 아내와 상사의 아내가 같은 대학 동기여서 뒤를 봐주는 모양이에요'라는 식이다. 만약 출세한 동기가 여성이라면 '저 사람이 출세한 것은 성 상납도 하기 때문'이라거나 '남자 상사에게 접근해 스킨십을 해서 상사 마음에 들었다'는 말을 잡담 사이사이에 끼워서 퍼뜨리기도 한다. 이런 사람은 직접적으로 악행을 휘두르는 사람만큼이나 우리 인생에 큰 불행을 가져올 수 있다.

내가 질투의 대상이 되어 피해를 보지 않더라도, 자신의 존재 가치를 다른 사람을 통해 얻으려고 하는 사람과 가깝게 지내는 것은 엄청나게 피곤한 일이다. 나의 경우 그 친구가 타

나는 너를 용서할 수 있을까

비교는 다른 사람과 자신을 끊임없이 반목하게 만든다.
그들은 진심으로 믿을 수 있는 친구를 갖고 싶어 하지만
결코 안정된 관계를 맺지 못한다.
마음을 나눌 수 있는 진실한 사람이 아니라
자신을 돋보이게 할 사람만 찾아다니기 때문이다.

인에게 얼마만큼 의지하고 있는지 뻔히 알았기 때문에 만날 때마다 만족할 만한 '좋은 말'을 들려주어야 한다는 부담감을 느꼈다. 그리고 때때로 그녀가 실망하고 위축된 이유가 나 때문은 아닐까 의심해야 했다.

사랑과 인정을 독차지하는 것은 기분 좋은 일이다. 마치 내가 엄청나게 대단한 사람이라도 된 것 같은 자신감을 불어넣어 준다. 그러나 그것이 자신의 가치를 뒷받침해 주는 유일한 이유가 되어서는 안 된다. 그러면 비교하고 질투하는 일에 중독된다. 누가 봐도 훨씬 많은 것을 가진 사람인데, 다른 사람이 받고 있는 아주 사소한 칭찬에도 '졌다'고 생각하며 상심한다. 비교할수록 자기 안의 결핍이 커지기 때문이다. 이런 사람은 아무리 행복해지고 싶어도 불행한 마음에서 벗어날 수가 없다.

게다가 비교는 자기 자신과 다른 사람을 끊임없이 반목하게 만든다. 그들은 진심으로 믿을 수 있는 친구를 만들고 싶어 하지만 결코 안정된 관계를 맺지 못한다. 마음을 나눌 수 있는 진실한 사람이 아니라 자신을 돋보이게 할 자신과 꼭 닮은 사람만 찾아다니기 때문이다.

무시하는 사람을 상대하는 법

인간사회학을 공부하는 학생들에게 학창시절 가장 기억에 남는 사람이 누구인지 물어본 적이 있다. 짝사랑했던 친구, 리더십 있던 선배, 나를 인정해 주었던 선생님 등등 풋풋한 이야기가 오가는데, 한 학생이 용기 있는 고백을 했다. 자신의 집이 가난하다고 무시했던 담임교사를 아직도 용서하지 못하고 있다는 것이었다. 그러자 갑자기 봉인이 풀린 것처럼 여기저기에서 용서할 수 없는 나쁜 사람에 대한 학생들의 고발(?)이 이어졌다. 강의실은 순식간에 은근한 분노로 단합되었다.

사람을 가장 화나게 하는 행동 가운데 하나가 무시당하는 것이다. 무례한 말, 차별, 냉대, 소외 같은 자신의 존재 가치가 부정당하는 일을 당하면 아무리 이성적인 사람이라도 침착함을 유지하기가 어렵다. 도대체 그들은 왜 그러는 걸까? 무슨 권리로 다른 사람들을 무시하고 무례하게 행동하며 상처 주는 것일까?

그런 사람들에게서 가장 먼저 발견되는 원인은 공감 능력 상실과 특권 의식이다. 심리학자들의 연구에 따르면 권력을 많이 가진 사람일수록 거울 뉴런이 작동하지 않는다고 한다.

거울 뉴런이란 타인의 얼굴과 몸짓에 나타난 감정을 따라 하는 신경 세포다. 슬픈 표정을 짓는 사람을 보면 마음이 무거워지고, 활짝 웃고 있는 사람을 보면 저절로 미소를 머금게 되는 것은 모두 거울 뉴런 때문이다. 거울 뉴런은 타인의 행동을 관찰하게 하고 의도를 파악하게 함으로써 타인을 이해하고 공감할 수 있게 해 준다. 그런데 명령하는 상황에 자주 노출되는 권력자들은 마치 뇌손상을 입은 환자처럼 거울 뉴런이 약해져 공감 능력도 떨어진다고 한다.

캐나다 윌프리드로리어대 제레미 호기븐 교수와 토론토대 마이클 인츠리트 교수의 실험에 의하면, 남에게 지시를 내렸던 경험을 글로 쓰게 한 뒤 손으로 고무공을 쥐는 영상을 보여 주면 고무공을 쥘 때 나타나는 신경 세포의 변화가 거의 나타나지 않는다고 한다. 거울 뉴런이 작동하지 않는다는 뜻이다. 이 현상은 권력을 행사하는 경험이 다른 사람의 관점에서 사물을 바라보는 노력을 멈추게 하고 자기중심적인 사고에 빠지게 할 수 있음을 보여 준다.

뿐만 아니라 공감 능력의 상실은 자신의 욕망은 언제나 옳고 정당하다는 특권 의식을 낳는다. 이런 특권 의식에 빠진 사람들은 상대에게 불쾌감을 준 일을 인식하려고 하지 않는다. 경우에 따라서는 불쾌감을 줘도 괜찮다고 생각한다. 그리고 상당한 불행이 자신을 덮치지 않는 한 반성 같은 것은 하지 않는다. 프랑스 사상가 라 로슈푸코의 말이 떠오른다.

'스스로의 삶이 완벽하다고 생각하는 행복한 사람은 자신의 잘못을 고치지 않는다. 그들은 그저 운이 좋아 악행이 드러나지 않은 상황에서도 자신이 옳다고 믿는다.'

남을 무시하는 또 한 가지 중요한 원인은 '열등감'이다. 열등감에 빠진 사람들은 스스로를 무능하고 무가치한 존재라고 생각한다. 하지만 그런 감정을 남에게 들키고 싶지 않기 때문에 남을 무시하고 깎아내린다. 자신의 결핍을 채울 가능성이 없으니 다른 사람의 약점을 최대한 크게 만들려는 것이다.

열등감에서 비롯된 무시는 가장 아프다. 고의적이기 때문이다. 그들은 상대가 어떤 감정을 느낄지 너무나 잘 알고 있다. 그러나 그것은 그들을 더 자극한다. 열등감에 사로잡힌 사람에게 잘나가는 타인은 나를 고통스럽게 하는 적이기 때

문이다. 그들은 자신이 아프다는 이유로 죄책감 없이 다른 사
람을 아프게 한다.

　이런 사람들을 만났을 때는 무작정 참기만 해서는 안 된다.
내가 기분이 상했다는 것을 분명히 보여 주어야 한다. 나에게
무례하게 굴었던 것이 그 사람의 실수였다면, 굳은 얼굴이나
'그 말은 기분이 나쁘네요'라는 말 한마디로 잘못을 일깨워
줄 수 있을 것이다. 만약 '그게 뭐' 하는 표정이라면 다시는 보
지 않으면 된다.

　정당한 분노 표현은 우리가 피해야 할 사람을 골라낼 수 있
는 기회가 될 수 있다는 사실을 잊어서는 안 된다.

내가 너를 용서할 수 없는 이유

　때로는 자기 안에 있는 분노가 너무 커서 밖으로 퍼져 나갈
때가 있다. 지나가던 사람과 어깨를 살짝 부딪쳤는데 일부러
나를 넘어뜨리고 달아난 것처럼 화가 나고, 공공장소에서 큰
소리로 통화하는 사람을 보면 입에 마스크를 씌우고 싶을 정

도로 분노를 느낀다. 지하철에서 옆자리에 앉은 사람의 음악 소리가 너무 커 이어폰을 뽑아 버리고 싶은 충동을 참느라 중간에 내려야 했다는 사람도 있었다.

이어폰을 뽑고, 마스크를 씌우고, 발을 걸어 넘어뜨렸다면 화가 풀렸을까? 정신과 의사로서 조언하건대, 아무런 효과가 없을 것이다. 불 위에 기름을 들이부은 것처럼 오히려 점점 더 화가 났을 것이다. 느닷없는 분노는 눈앞에 있는 당사자가 아니라 해소되지 못한 감정에서 비롯되기 때문이다.

나카와키 하쓰에의 소설 《너는 착한 아이야》에는 어린 시절 엄마로부터 학대받은 한 엄마가 나온다. 그녀는 현관문 밖에서는 차분하고 상냥한 웃는 엄마다. 그러나 현관문에 들어서면 신발도 벗지 않은 아이의 머리채를 잡아 내동댕이치고 그네 타는 순서를 지키지 않았다고 허벅지를 걷어차는 폭력적인 엄마다. 현관문이 닫히면 조그마한 두 손을 가슴에 포개고 온몸이 얼어붙어 엄마 눈치를 살피는 딸 아야네. 그런 딸을 볼 때마다 엄마에게 학대받았던 자신의 어린 시절이 떠오르지만 그녀는 멈추지 못한다. 신발을 신겨 줄 때 발을 잘못 내미는 건 아직 왼쪽 오른쪽을 구분하지 못하기 때문이라는 걸 알면서도, 엄마에게 들리지 않게 입을 막고 소리죽여 울고 있다는 것을 알면서도, 모든 걸 아이 잘못으로 돌리며 더 세게 폭력을 휘두른다. "왜 나를 화나게 해. 맞을 짓을 하는 건 너야. 모두 너 때문이야. 나는 착한 엄마가 되고 싶었단 말이야." 정말 그랬을지도 모른다. 하지만 그녀는 좋은 엄마가 어떤 엄마인지 알지 못했다. 그녀는 딸을 보며 매 맞을 짓만 하는 나쁜 아이라던 자신을 떠올렸고, 때린 후에는 무섭고 싫었던 엄마를 떠올렸다. 그녀의 시간은 멈춰 버렸다. 어떤 도움도 위로도 사랑도 경험하지 못한 채 어른이 되어 자신의 어린 시절을 되풀이하고 있는 것이다.

상처받은 마음은 저절로 치유되지 않는다. 위로받지 못한 상처는 불씨로 살아있다. 얕은 숨에도 되살아나 불같은 분노로 자란다. 그 분노는 우리 마음을 병들게 하고 주변으로 퍼져 나간다. 현재의 내가 아니라 과거의 내가 현재를 조종하는 것이다.

아야네의 엄마는 자신이 아이를 때리는 이유를 끊임없이 합리화하려고 한다. 아이들이란 말이 통하지 않는 법이니까 모든 엄마들이 집 안에서는 그럴 거라고 믿는다. 어쩌면 그녀가 다른 엄마들을 보며 찾고 싶었던 것은 자신이 맞아야 했던 이유였는지도 모른다.

딸을 때리고 있다는 사실을 이웃집 엄마에게 들킨 날, 그녀는 비로소 자기 안에 고여 있던 탁한 분노가 울음으로 터져 나오는 것을 느낀다. 그 엄마가 이렇게 말해 주었기 때문이다. "나도 그랬어요. 많이 힘들었죠. 당신 잘못이 아니에요."

자기 안의 분노와 증오를 엉뚱한 사람에게 덧씌워 표출하는 것은 학대받았거나 분노조절장애를 겪는 특별한 사람들만의 이야기가 아니다. 만약 우리가 하루하루 쌓이는 삶의 긴장과 스트레스를 제때 해소하지 못한다면 스트레스는 또 다른 스트레스를 낳고 세상과 타인에 대한 분노와 불신을 키우게 될 것이다. 엉뚱한 피해자를 만들지 않으려면, 또 계속 상처받지 않으려면 울음을 참기만 해서는 안 된다. 오래 품은 분노는 모두를 향해 칼을 겨눈다. 참고 견디는 노력 대신 자신의 이야기를 시작하는 것이 현명한 일이다. 과거의 감정 때문에 지금 곁에 있는 소중한 사람들까지 아프게 하지 마라.

프레너미, 적은 아주 가까운 곳에

30대 전업주부인 유키코에게는 고등학교 시절부터 친하게 지낸 친구가 있었다. 적어도 유키코는 그렇게 생각했다. 그런데 얼마 전 그 친구가 다른 동창생들에게 자신을 험담하고 다닌다는 사실을 알게 되었다. 게다가 그 친구가 퍼뜨리는 험담은 '불륜을 하고 있다', '사치에 빠져 불법 금융 기관에서 돈을 빌렸다'라는 황당하고 끔찍한 내용이었다. 더 충격적인 것은 이 말도 안 되는 소문이 동네방네 퍼질 때까지 아무도 귀띔해 주지 않았다는 사실이었다. 한 눈치 없는 동창생이 "은행 말고 돈을 빌릴 만한 데 좀 알려 줄래?"라고 전화하지 않았다면 유키코는 이 엄청난 사건을 지금까지도 몰랐을 것이다.

그런데 그 친구의 거짓말은 이뿐만이 아니었다. 그녀는 자신의 결혼에 관해서도 새빨간 거짓말을 하고 있었다. 사실 그 친구는 고등학교를 졸업한 뒤 도쿄로 이사를 가서 한동안 소식이 끊겼었다. 그러다 몇 해 전 고향으로 돌아와 재회하게 된 것인데, 당시 유키코에게 이렇게 말했다고 한다. "무역회사에 다니는 엘리트 남자와 결혼해서 도쿄에 살았는데, 남편이 남미 지역으로 발령이 났지 뭐야. 혼자 도쿄에 살면 아무래도 치안이 걱정되니까 친정에 있는 게 안심이 될 것 같아서 왔어"라고 말이다. 유키코는 이 이야기를 곧이곧대로 믿었다. 그러나 그녀의 사촌 말에 따르면 그 친구는 결혼 생활이 순조롭지 않아 이혼을 하고 친정으로 돌아온 것이라고 했다. 남편을 만나러 간다며 커다란 여행 가방을 끌고 여름마다 떠나는 것도 사실 화장품을 전시하는 일을 해서 지방 출장을 간 것이었다.

유키코는 너무나 충격을 받아서 오히려 나중에 밝혀진 사실들이 거짓이 아닐까 의심할 정도였다. 도대체 왜 그런 행동을 했던 걸까. 한동안 연락이 끊겼다고 해도 고등학교 때는 꽤 친했다. 그래서 다시 만나자마자 단짝이 되어 붙어 다녔는데 자신에게 거짓말을 한 것도 모자라 근거도 없는 황당한 소문을 퍼뜨리고 다녔다니 도무지 이해가 되지 않았다.

남편과 아이와 함께 화목하게 살고 있는 유키코를 시샘했을 수도 있다. 결혼생활도 파탄 나고 경제적으로도 어려워진 자신과 처지가 너무 달라서 순간적으로 화가 났을 수도 있다. 그렇다고 해도 그 친구의 행동이 용서되는 것은 아니었다. 유키코는 이 일 때문에 자신의 모든 인간관계에 불신을 갖게 됐다.

비즈니스 세계에는 '프레너미(Frenemy)'라는 말이 있다. 'Friend(친구)'이자 'Enemy(적)'이라는 뜻이다. 서로 경쟁 관계에 있는 회사들이 전략적으로 협업을 할 때 사람들은 이들의 관계를 이렇게 부른다. 이른바 적과의 동침이다. 자기계발 매니저들은 개인에게도 직장 안에서는 프레너미를 두라고 조언한다. 경쟁을 통해 성장할 수 있다는 것이다. 업무적인 관계라면 그럴 수도 있을 것이다. 적이라는 사실을 분명히 인지하고 있으므로 적당히 가깝게 지내면서 좋은 것만 취하는 윈윈 관계로 지낼 수도 있을 것이다. 그러나 우정을 나누는 관계에서 프레너미는 필요없다.

처음부터 관계가 나빴던 사람에게 공격받는 것과 좋은 관계였던 사람에게 공격받는 것 중 어느 쪽이 더 치명적일까. 당연히 후자가 더 아프다. 적과의 싸움은 몸만 다치지만 친구의 배신은 인간관계 전체를 불신하게 만들 만큼 마음에 상처를 입히기 때문이다. 비교하며 경쟁하려는 사람과 친구가 되지 마라.

인간은 사랑하는 만큼만 용서한다

중년 여성들의 우울증 예방 차원에서 지역구에서 진행하는 무료 강연에 나갈 때가 있다. 갱년기를 전후하여 급격한 감정 변화를 겪는 여성들에게 마음껏 속내를 털어놓을 시간을 주는데, 남편과 자식들에게 서운했던 일들이 끝도 없이 터져 나온다. 생일이나 결혼기념일을 잊어버린 남편, 시어머니 편만 드는 남편, 엄마를 가사도우미쯤으로 여기는 자식 등등. 그러면 여기저기에서 나랑 똑같네 하며 맞장구치는 말들이 튀어나온다. 어마어마한 대가족이 참가한 게 아닌가 싶을 정도로 공감대가 엄청나다. 재미있는 것은 여기에서 시원하게 뒷담화를 한 사람들은 아주 홀가분한 얼굴로 강연장을 떠난다는 사실이다. 분한 마음을 솔직히 말하는 것 자체로 치유가 되기 때문이다.

그런데 모두가 시끌벅적 화풀이를 할 때 심각한 얼굴로 구석자리에 앉아 지켜보는 사람들이 있다. 문제가 없어서 조용히 있는 것이 아니다. 단지 최근 남편이 뭘 잘못했는지에 대해 할 말이 없을 뿐이다.

그들은 남편이 그냥 옆에만 있어도 스트레스가 쌓인다고 말한다. 숨소리가 거칠어서 싫고 말할 때 입가에 침이 고여서 싫고 잔소리가 너무 심해서 싫다고 한다. 내가 상담했던 어떤 여성은 어느 날부턴가 남편의 냄새가 참을 수 없이 거슬려서 남편의 의복을 따로 세탁하고 각방까지 쓴다고 했다. 그러다 보니 섹스리스가 또 다른 문제가 되어 관계가 돌이킬 수 없을 만큼 악화되었다.

반대로 아내를 못 견디는 남편도 있다. 명품백과 고급 브랜드 옷을 사면서 남편의 월급이 적다고 불평하는 아내를 증오하고, 결혼 후에는 살이 쪄도 상관없다는 듯 몸매 관리를 하지 않는 것을 미워한다.

이들은 서로의 변한 모습을 견딜 수 없다고 말한다. 하지만 상담을 해 보면 그들이 못 견뎌하는 어떤 점도 새로 생긴 것은 없다. 달콤한 신혼 시절에는 함께 있는 것이 너무 행복해 보이지 않았을 뿐이다.

라 로슈푸코는 '인간은 사랑하는 만큼만 용서한다'고 말했다. 그의 말처럼 관계가 깨지는 이유는 달라진 생활습관이나 태도 때문이 아니다. 사랑이 사라졌기 때문이다. 그 사람이

나는 너를 용서할 수 있을까

나의 요구를 다 수용해 바뀐다고 해도 사랑하는 마음이 생기지 않으면 또 다른 불만거리가 보이기 마련이다.

철학자 에리히 프롬은 '사랑은 원래 어떤 대상에 귀속되는 것이 아니라 한 사람을 통해 다른 사람, 사회로 퍼져 나가는 감정'이라고 말했다. 늘 보던 그 사람의 행동이 견딜 수 없이 싫어지고 나쁜 기억만 떠올라 상대가 미워진다면, 내 마음에 사랑이 식어 버린 것은 아닌지를 먼저 생각해 보아야 한다. 세상에 대한 관심과 흥미를 불러일으킬 따뜻한 마음이 사라졌다면, 누구를 만나도 나는 불행할 것이기 때문이다.

배우자의 거짓말을 용서할 수 있을까?

불안과 불면에 시달리다 상담을 하러 온 40대 여성이 있었다. 내가 원인이 무엇일 것 같으냐고 묻자 그녀는 "남편이 시댁에 아침밥을 먹으러 가고 있었던 걸 용서할 수 없어요!"라고 외치며 이야기를 쏟아냈다. 결혼한 지 15년, 공무원인 남편은 성실하고 가정적인 사람이었다. 두 아들이 중학생이 된

후에는 영양사 자격증을 살려서 사회생활도 다시 시작했다. 그녀는 매일 아침 가족들을 배웅하며 이만하면 꽤 행복한 결혼생활을 하고 있다고 생각했다고 한다. 그런데 최근 큰동서에게 충격적인 말을 들었다고 한다.

"서방님 된장국 좀 주지 그래. 아침마다 어머님 된장국을 먹으러 오고 있어. 자존심 상할까 봐 말 안 했는데 해가 지나도록 모르다니 좀 심하잖아?"

그녀는 아침 일찍 출근하는 큰동서가 뭔가 잘못 알고 있는 거라고 생각했다. 몇 번 마주친 것을 오해한 거라고 말이다. 그래도 혹시나 하는 마음에 직접 묻지 않고 다음 날 아침 남편의 뒤를 밟았다. 그런데 정말 남편이 걸어서 10분 거리인 시댁에 가는 것이 아닌가. 정해진 수순처럼 머뭇거리는 기색도 없이 말이다.

그녀는 아침 식사로 홍차와 토스트를 먹었다. 어린 시절부터 쭉 먹어 왔던 터라 결혼하고 나서도 그 메뉴로 아침 식사를 했다. 남편은 그 점에 대해 아무 말도 하지 않았다. 호텔 조식 서비스 같다고 말했던 것 같다. 칭찬인 줄 알았는데 불편하고 어색하다는 말이었나? 어떤 이유든 기가 막혔다. "상사가 오기 전에 출근해야 해"라며 매일 30분씩 일찍 집을 나선 것도 그 때문이었음을 깨달았다.

이 일을 친정어머니에게 털어놓자 어머니는 "바람이 나서 다른 여자에게 가는 것도 아니니까 그냥 못 본 척하라"고 조언했다. 하지만 15년 동안이나 함께 살았는데 남편이 자신에게 '아침에 밥과 국을 먹고 싶다'고 한 번도 말하지 않았다는 사실이 말할 수 없이 섭섭했다. 게다가 일 년 가까이 몰래 시댁에서 아침밥을 먹었다니 배신감에 치가 떨렸다. 심성이 착한 남편이 자신에게 부담을 주기 싫어서 그랬을 수도 있다고 이해해 보려고도 했다. 그러나 납득할 수 없었다. 그런 것도 말하지 못하는 게 무슨 부부란 말인가.

그녀는 어쩌면 자신이 더 화가 나는 이유가 남편을 시어머니에게 빼앗겼다는 느낌 때문인지도 모른다고 말했다. 결혼 전 처음 인사를 하러 갔을 때 시어머니는 그녀를 그다지 마음에 들어 하지 않았다고 한다. "더 좋은 사람을 만날 수 있었을 텐데……"라고 시고모와 통화하는 것을 그녀가 들은 적도 있다. 하지만 그녀는 남편을 사랑했고, 그의 예의바른 태도와 효심을 높이 평가했다.

시부모에게 하는 것처럼 자신의 부모에게도 성실하게 최선을 다하는 모습을 보며, 그녀도 시어머니에게 인정받고 싶었다. 15년 동안 최선을 다했고 또 나름 성공했다고 생각했는데 그게 모두 착각이었다는 생각이 들었다. 허망함과 헛헛함에 주저앉고 싶은 심정이었다. 게다가 아침 식사라니, 영양사로서의 자존심도 무너지는 것 같았다.

'아무것도 하기 싫다. 오랜 세월 나를 속인 남편과 시어머니를 용서할 수 없다'고 호소하며 진료실에 찾아온 40대 전업주부도 있었다. 그녀의 남편은 최근 들어 전신 권태감과 식욕 부진에 시달렸다. 그래서 병원에서 검사를 받았더니 B형 간염이라는 진단이 나와 입원하게 되었다. 주치의의 진료를 받기 위해 함께 갔을 때, 그녀는 남편이 결혼 전에도 B형 간염을 진단받고 입원한 적이 있을 뿐 아니라 그 때문에 장기 휴직을 한 일도 있음을 알게 되었다.

남편과는 중매결혼을 했다. 그녀는 남편이 명문대를 나와 대기업에서 근무하고 있었고 키도 컸기에 소위 '3고(3高, 학력이 높고 키가 크고 연봉이 높다는 뜻-옮긴이)'를 그림으로 그려놓은 듯한 결혼 상대라고 생각했다. 그런데 남편은 B형 간염에

나는 너를 용서할 수 있을까

걸린 전적이 있고 재발 위험성이 높다는 진단까지 받았던 사람이었다. 결혼할 때 시어머니가 "일을 그만두고 집에서 아들을 내조했으면 좋겠다. 특히 식사를 잘 챙겨 줘라"라고 말한 것도 B형 간염이 재발할까 우려해서였다. 자신은 회사를 그만두고 커리어를 희생하면서까지 남편을 내조했는데, 남편은 시어머니와 작당해서 엄청난 비밀을 숨기고 있었다고 생각하니 도저히 남편을 용서할 수 없었다. 그녀는 결국 살림을 할 의욕이 완전히 없어지고 말았다.

게다가 결혼할 당시 시어머니는 중매자에게 조건이 맞는 사람이 아니면 이름도 꺼내지 말라고 말할 정도로 철저하게 결혼 상대를 찾았다고 했다. 그런데 정작 자신은 아들과 공모해 불리한 조건을 숨겼으니 이 여성이 용서하지 못하는 것은 당연해 보였다.

이렇게 남편과 시어머니의 지나치게 끈끈한 유대 관계로 고민하는 아내가 적지 않다. 원래 남자들은 대부분 근본적으로 마더 콤플렉스가 있다. 난생 처음으로 만나는 이성이 엄마인데, 성인이 될 때까지 자신을 가장 가까이에서 보살펴 주는 사람도 대체로 엄마이기 때문이다. 당연히 아들은 엄마에게 강한 애착을 품게 된다.

중요한 것은 프로이트가 자신의 책《정신분석 입문》에서 말했듯이, '아들에게는 자신의 리비도적 욕망을 엄마와 분리하고 현실에 존재하는 육친 이외의 누군가를 애정의 대상으로 삼아야 한다는 과제가 생긴다. 그러나 그 과제가 가장 바람직한 방법으로, 즉 심리적, 사회적으로 바른 형태로 수행되는 경우가 얼마나 적은지 주목해야 한다'는 사실이다. 그래서 부모에게 의존적인 사람들은 그로 인해 결혼 생활을 망치는 경우가 종종 있다. 사랑하는 사람과 독립된 가정을 꾸려야하는데, 배우자를 자기 가족의 규칙 속에 밀어 넣으려고 하기 때문이다. 배우자 입장에서는 자기가 자라 온 환경을 버리고 낯선 공동체의 규칙을 강요받는 것이니 당연히 낯설고 거부감이 들 수밖에 없다.

결혼은 두 사람이 새로운 세계를 만들어 가는 것이다. 서로를 배려하며 조화롭게 삶의 방식을 맞춰 가야지 어느 한쪽에 일방적으로 동화시키는 것은 불화를 일으킬 수밖에 없다.

나는 너를 용서할 수 있을까

예의 없는 이별은 원한을 만든다

사랑이 식으면 후쿠야마 마사하루(일본의 국민 배우)도 못나 보인다. 사랑 없는 마음은 상대의 결점만 찾기 때문이다. 하지만 대부분의 부부는 사랑이 식었다는 이유로 이혼하지 않는다. 처음 만났을 때처럼 뜨겁고 애틋하진 않아도 여전히 사랑으로 묶인 사람들이라고 믿기 때문이다.

부부 관계를 깨뜨리는 가장 큰 문제는 '신뢰 상실'이다. 사랑이 식은 것은 서로의 노력으로 그 온도를 다시 높일 수 있지만, 무너진 신뢰를 회복하는 것은 평생이 걸려도 어려울 수 있다. 심지어 사랑이 있어도 신뢰를 상실하면 관계는 깨진다. 아니 사랑이 클수록 신뢰 상실은 용서되지 못한다. 그만큼 중요한 신뢰를 한방에, 완전히 산산조각 낼 수 있는 것이 바로 배우자의 외도다.

진료실에 왔던 한 50대 여성은 남편이 자신의 영혼을 부숴버린 것 같다고 말했다. "남편의 외도가 탄로 났다. 두 번 다시만나지 않겠다며 용서를 빌었고, 이혼하고 싶진 않아서 용서하기로 했지만 마음이 따라오지 않는다. 얼마 전 남편의 이메

일을 훔쳐봤는데 두 사람이 주고받은 편지를 여전히 보관하고 있었다. 젊었을 때부터 남편은 애처가라는 소리를 자주 들었다. 그만큼 다정했다. 그런데 나 말고 다른 여자한테 그렇게 대했을 거라고 생각하니 분하고 억울해서 밥이 넘어가지 않는다. 인생이 헛되다. 마음에 구멍이 난 것 같다"고 말하며 눈물을 흘렸다. 아내는 시간이 갈수록 남편에 대한 화가 더 커져서 여동생의 집에 머물고 있다고 했다.

신뢰 상실이 더 아픈 이유는 배신한 사람은 시간이 갈수록 죄책감이 점점 옅어지는데, 배신당한 사람은 그 상처가 결코 작아지지 않는다는 사실이다.

만난 지 몇 개월 만에 결혼을 결심한 후배가 있었다. 대부분의 지인들이 더 만나보고 결정해도 늦지 않다고 조언했지만 후배는 천생연분과 시간 낭비하고 싶지 않다며 초고속 결혼을 성사시켰다. 그리고 3년쯤 지나 두 사람은 성격 차이로 이혼했다. 그런데 헤어지고 얼마 지나지 않아 전 남편이 누군가와 동거를 하고 있다는 소식을 들었다. 더 기가 막힌 것은 후배와 결혼하기 전부터 만났던 여자라는 사실이었다. 그 여자는 심지어 두 사람의 결혼식까지 왔었다.

나는 너를 용서할 수 있을까

후배는 너무 화가 나서 일상생활을 할 수 없을 정도라고 했다. 그 사람을 많이 이해하지 못해서 헤어지게 됐다고 미안해했던 자신이 바보 같고 한심하다고도 말했다. 후배는 "다른 여자와 함께 다니며 아이 양육을 포기한 주제에 아이와 변함없이 인연을 유지하려고 하는 이기심도 용서할 수가 없다. 남편에게는 좋기만 한 이혼이었던 것 같아서 너무 분하다. 아이 면회를 허락하기도 싫다"고 하며 애인의 존재를 숨기고 이혼한 남편에게 위자료를 추가로 청구할 수 없는지, 또 남편의 자녀 면회를 제한할 수는 없는지 변호사와 상담하고 있었다.

우리는 평생 믿을 수 있는 사랑을 찾아 헤맨다. 그리고 결혼을 한다. 최소한 이 사람만큼은 나에게 진실하길 기도하면서. 그렇기 때문에 배우자의 외도는 치유하기 어려운 상처를 남긴다. 한 설문 조사에 의하면 결혼한 남성 가운데 절반가량이 배우자가 아닌 다른 여성과 부적절한 관계를 가진 경험이 있다고 한다. 그럼에도 불구하고 대부분의 여성들은 내 남편은 그렇지 않다고 믿는다.

설사 바람을 피우더라도 자기는 모르게 했으면 좋겠다고 말하거나, 남편이 다른 여성과 바람난 것을 알고 차라리 남편이 죽어 버렸으면 좋겠다고 분노하는 여성도 있었다. 배신당한 고통을 견딜 수 없기 때문이다. 그래서 사랑만큼 중요한 것이 이별할 때의 예의다. 사랑이 끝나도 상대의 고통을 헤아리는 마음을 마지막까지 잊어서는 안 된다. 사랑했던 기억이 '거짓'으로 남는 것만큼 고통스러운 일은 없다.

트라우마를 뛰어넘는 방법

사람마다 특별히 더 아픈 부분이 있다. 어떤 사람에게는 바늘로 콕 찔린 것처럼 따끔한 일이 어떤 사람에게는 대못이 박힌 것처럼 고통스럽다. 또 어떤 사람은 웃고 넘어가는 농담이 어떤 사람에게는 상처가 되기도 한다. 흙바닥에 비가 내리면 비가 지나간 자리가 남는다. 빗줄기가 굵을수록 빗길은 깊고 넓은 물줄기를 남긴다. 우리 마음에 내린 상처도 마찬가지다. 어떤 상처는 진하게, 어떤 상처는 옅게 마음에 무늬를 남긴다. 이 무늬로 인해 우리는 저마다 다른 관점으로 세상을 바라보며 다른 인간관계를 맺는다.

나는 너를 용서할 수 있을까

대학 시절 미유키라는 친구가 있었다. 우리는 둘 다 약간 내성적이어서 활달한 사람을 만나면 오랜 시간 함께 있지 못했다. 상대의 뜨거운 열정에 보조를 맞추다 보면 배터리가 방전된 것처럼 지쳐 버렸기 때문이다. 그런 사람과 함께 있으면 얼른 집에 가서 눕고 싶다는 생각뿐이라는 게 우리의 공통점이었다. 그런데 미유키에게 예외인 사람이 있었다. 내가 보기에는 머리가 울릴 정도로 목소리가 크고 이것저것 다 참견해야 직성이 풀리는 지나치게 활달한 사람인데 미유키는 그 사람과는 잘 어울렸다. 한 번 만난 후 다음 약속은 되도록 잡지 말아야겠다고 다짐한 나로서는 깜짝 놀랄 일이었다. 미유키에게 물었더니, 부모님의 사랑을 독차지했던 오빠에게 치여서 외로웠던 어린 시절 유일하게 자기편을 들어준 할머니 같아서 좋다고 했다. 어떤 경험들은 기질과 성격을 뛰어넘는다.

나는 이런 모순적인 상황을 정신과 의사로 일하면서 자주 목격했다. 남녀평등을 무엇보다 중요하게 생각하는 자유분방한 한 여성은 매번 고압적이고 권위적인 남자들에게만 끌려 연애를 망쳤다. 알고 보니 아버지가 딱 그런 유형의 사람이었는데 그녀는 그런 아버지에게 정말 사랑받고 싶었다고 한다.

그런가 하면 자신의 존재 가치를 부정당하거나 거부당한 경험은 인간관계를 왜곡시키기도 한다. 내가 만난 한 20대 남성은 여자들이 세 명만 모여 있어도 식은땀이 난다고 했다. 그는 상당한 미남이고 직장도 좋았다. 하지만 여성들이 자신을 무시한다는 편견을 가지고 있었다. 초등학교 시절 단체 사진을 찍는데, 카메라 옆에 서 있던 여자 선생님 몇 명이 자신을 쳐다보며 "꼭 피노키오 같아" 하고 키득댔다는 것이다. 말을 꺼낸 당사자가 정말 좋아했던 담임선생님이라서 더 창피하고 분했다고 한다. 그 후 그는 소곤거리며 이야기를 주고받는 여자들만 보면 이유 없이 예민해지고 불쾌감이 들었다. 그리고 남들에게 이상하게 보이거나 험담을 듣고 있는 건 아닌지 항상 타인의 시선을 신경 쓰게 되었다고 한다.

인간은 결코 과거에서 자유로울 수 없다. 과거는 그냥 지나가는 것이 아니라 우리 인생에 녹아든다. 투명한 물에 물감이 번지듯이 마음에 흔적을 남기며 우리의 인생의 컬러를 결정하려고 한다. 이런 현상을 정신분석 용어로 '반복강박repetition compulsion'이라고 한다. 어린 시절 겪은 불쾌한 경험이 트라우마(외상 후 스트레스 장애)로 남아, 그와 유사한 일이 생길 때마다 과거의 어떤 장면이 뇌리에 스치며 같은 반응을 보이게 되는 현상이다.

트라우마는 불현듯 떠올랐다가 사라지는 게 아니라 우리를 타임캡슐에 담아 과거로 던져 버린다. 그래서 여전히 아무것도 못하는 어린 아이처럼 두려움에 떨게 만든다.

트라우마에서 벗어나는 일이 불가능한 것은 아니다. 과거를 바꿀 수는 없지만 영향을 덜 받으며 살아갈 수는 있다. 그러기 위해서는 먼저 상처받은 나쁜 기억을 떠올리고 두려움과 대면해야 한다. 단, 다시 아이로 돌아가지 말고 다 큰 어른으로서 그 사건을 다시 바라보라. 그러면 트라우마는 생각보다 작은 사건으로 느껴질 수 있다. 나의 경험상, 많은 사람들이 실제로 그랬다. 생각해 보라. 피노키오가 뭐, 대수라고!

트라우마가 고통의 주문이 되는 이유는 과거의 경험에 여전히 의미를 부여하고 그때의 감정에 갇혀 있기 때문이다. 타인의 평가로부터 자유로워지고 싶다면 자신 역시 그들을 관찰하고 평가하는 것을 그만두어야 한다. 우리는 다른 사람의 생각과 말을 통제할 수 없다. 기분 나쁜 말을 쑥덕거리는 사람들을 지구에서 완전히 내쫓을 수 없다는 말이다.

우리가 할 수 있는 일은 그들이 나에게 하는 나쁜 말에 신경을 끄는 것뿐이다. 직접적으로 단호한 대처가 필요하다면 하면 된다. 우리는 더 이상 선생님에게 야단맞을까 봐 안절부절못하는 어린 학생이 아니다. 내가 잘못한 것이 없다면 그들의 잘못된 행동을 신경 쓰며 혼자 끙끙댈 필요가 없다.

가장 중요한 것은 떠올리고 싶지 않은 불편했던 그 순간은 이미 지나갔다는 것이다. 그리고 지금의 우리는 똑같은 상처를 반복하지 않을 힘이 있다. 그 사실을 잊지 말길 바란다.

나는 너를 용서할 수 있을까

누군가를
미워하느라

사랑을
잃어버린
사람들에게

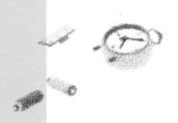

> **용서한다는 건 상대의 행동을 용납한다는 것이 아니다.**
> **나 자신이 그들의 감정적 피해자 상태에서**
> **자유로워진다는 것, 그뿐이다.**
>
> _트래비스 브래드베리,《감성지능2.0》

나는 매일 상처받고 괴로워하는 사람들을 만난다. 상처를 준 사람이 '용서받지 못해 괴로워요'라며 진료실 문을 여는 경우는 없다. 우리가 분노하는 이유는 모두 이 때문이 아닐까? 나는 고통받고 있는데 어째서 당신은 아무렇지 않은가!

용서는 자비로운 선물이 아니다

프랑스어로 용서는 'pardon'이다. 'par'는 '충분히', 'don'은

'준다'는 의미이다. 묘하게 어원에서 선물이라는 뉘앙스를 발견할 수 있다. 그래서인지 '용서'라는 말만 들어도 반감을 갖는 사람들이 많다. 용서가 상대방에게 자비를 베푸는 일이라고 느껴지기 때문이다. '저 놈은 내게 지독한 짓을 했어. 그래서 나는 밤에 잠도 못 잘 정도로 고민하고 괴로워하고 있어. 그런데 용서하라니 어림도 없지. 내가 누구 좋으라고 그런 선물을 줘야 해!'라고 생각하는 것이다.

세네카는 분노를 '벌을 내리고 싶어 하는 욕망'이라고 말했다. 그의 말처럼 격렬한 분노에 휩싸인 사람들은 용서를 거부함으로써 상대방이 고통이라는 벌을 계속 받기를 바란다.

그런데 내가 용서하기를 거부하면 나를 괴롭게 한 사람에게 정말로 벌을 줄 수 있을까? 안타깝게도 그건 아니다. 상처받은 사람이 끝까지 용서하지 않겠다고 말하면 자신이 나쁜 짓을 했다는 것을 깨닫고 반성하며 보상하려고 하는 사람도 있긴 하다. 하지만 실제로는 용서받지 못해도 아무 상관도 하지 않는 사람이 더 많다. 상대에게 상처나 피해를 입혔다는 인식 자체가 없는 경우도 있다. 그런 사람은 당연히 죄책감도 느끼지 않고 속죄할 생각도 하지 않는다. 이런 상대에게는 용서하지 않겠다는 분노를 보인들 모기에 물린 정도로밖에 생각하지 않는다. 그러면 상처받은 사람은 더욱 더 화가 치솟아 더 용서할 수 없다고 분노한다. 하지만 아무에게도 벌을 주지 못하고 자신만 고통받을 뿐이다.

용서는 이런 악순환을 멈추는 일이다. 용서가 정말 자비로운 선물이라면 그것은 남이 아니라 자기 자신에게 주는 것이다. '그때 그 사람을 만나지 않았더라면, 더 단호했더라면, 더 똑똑했더라면' 하며 자책하는 나에게, 새로운 관계를 맺고 새로운 인생을 살 수 있는 발판을 만들어 주는 일이다. 내가 받은 상처와 피해를 없었던 일처럼 덮는 것이 아니라, 상처와 피해는 잊지 않되 나의 분노가 내 인생을 망가뜨리지 않도록 지켜 주는 것이 바로 용서다.

용서하지 않겠다는 마음을 계속 가지고 있으면 그 나름의 대가를 치러야 하기 때문이다. 먼저 증오, 원한, 복수심 같은 독이 되는 감정을 계속 품고 있어야 한다. 또 어떤 사람을 용서하지 않는 탓에 소중한 사람과의 관계가 망가지는 경우도 있다. 게다가 용서하지 않기 위해 시간과 에너지를 할애하는 일은 상당히 피곤하다.

직장에서 비밀 연애 중이었던 한 20대 여성이 어느 날 애인과 말다툼을 했다. 그러자 같은 부서에 있던 친한 친구가 '두 사람이 화해할 수 있도록 남자친구에게 말을 해 주겠다'고 나섰다가 그 애인을 가로챘다고 한다. 심지어 두 사람은 속도위반으로 결혼까지 했다. 이 여성은 연인을 친한 친구에게 빼앗겼다는 슬픔과 분노 때문에 그들을 결코 용서하지 않으려 했다.

출산 휴가를 마치고 복직한 친구가 선물을 건네며 화해를 청했지만, 자신이 여전히 화가 났다는 것을 알게 해 주기 위해 차갑게 외면했다. 옛 남자친구도 마주칠 때마다 경멸하며 없는 사람 취급을 했다. 하지만 그 때문에 그녀 자신이 일에 지장을 받고 있었다.

오스카 와일드는 '사랑을 빼앗긴 슬픔은 사랑 이외의 그 어떤 손길이 어루만져도 계속 피가 솟아나는 깊은 상처'라고 말했다. 그녀 입장에서는 두 번 다시 보고 싶지 않은 얼굴들을 계속 회사에서 봐야 하니 정말 괴로울 것이다. 하지만 용서하지 않고 있으면 상처에서 계속 피가 솟구치는 것을 막을 수 없다. 게다가 정작 상처를 준 장본인들은 아이도 생기고 복직도 해서 행복하기만 하다. 이쯤 되면 벌을 받고 있는 것이 누구인지 의아해진다.

그들에게 잘못을 상기시켜 주고 싶은 심정은 이해한다. 하지만 매일 울고 있는 사람은 오히려 자기 자신이라는 사실을 알아야 한다. 이런 경우 가장 확실한 복수는 그들보다 더 행복해지는 것이다. 마음의 상처에 딱지가 앉고 그 딱지가 떨어진 뒤 흉터가 남지 않기를 바란다면, 계속 화를 내는 것이 치유를 방해할 수도 있다는 사실을 잊어선 안 된다.

처벌보다 용서가 필요한 순간이 있다

어린 시절 나에게 장발장만큼 안타까운 사람은 없었다. 굶주린 조카들을 위해 빵 한 조각을 훔친 죄로 십수 년 동안 감옥살이를 하다니. 남의 물건을 훔치면 큰일이 나는구나 하는 생각보다 정상참작이 없는 법 집행에 내 일처럼 화가 났다.

이런 경우라도 용서는 절대 용납될 수 없는 자비일까?

소규모로 놀이방을 운영하는 엄마가 이웃에 살고 있다. 육아 때문에 직장을 그만두게 되었는데 어차피 집에서 아이를 돌보고 있으니 비슷한 또래의 아이들을 돌보며 돈을 벌기로 한 것 같았다. 그런데 요즘 한 엄마 때문에 스트레스를 받고 있다고 했다. 책을 빌려 가면 가져오질 않는다는 거였다. 차라리 책을 가져가고 소식을 끊었다면 잃어버렸구나 하며 포기하겠는데, 그 사람은 아무 일도 없다는 듯이 일주일에 세 번씩 정기적으로 아이를 맡기러 왔다. 벌써 여덟 권째. 자기만 애가 타고 분한 상황이라고 했다.

도저히 그냥 기다릴 수만은 없어서 "저기… 모레 '샬롯의 거미줄'을 다른 아이들에게 읽어 주기로 했으니까 꼭 갖다 주세요"라고 말했지만 소용이 없었다. "네!" 하고 상냥하게 대답하고는 또 빈손으로 나타났다. 그러고는 자기가 깜박 잊었다면서 천진난만한 얼굴로 "어머, 저 책을 읽어 주시면 되겠네요. 저게 더 재밌잖아요"라고 말했다나. 그녀는 다시 만나면 좀 더 강하게 주의를 줄 생각이라고 했다. 자신은 참을 수 있지만 다른 사람이 또 피해를 볼 수 있으니 묵과할 문제가 아니라고 말이다.

이 정도로 무례한 사람이라면 누구라도 화가 났을 것이다.

나는 너를 용서할 수 있을까

타인의 물건을 자기 것인 양 가져가고, 자기가 마음대로 행동하는 것 때문에 다른 사람이 피해를 볼 수 있을 거란 생각은 하지 못하는 사람 앞에서 평정심을 유지하기란 정말 힘들다.

그런데 자신의 억울하고 분한 마음을 해결하는 게 목적이 아니라 다른 사람의 피해를 예방하기 위해 정의의 검을 휘두르겠다고 생각하는 건 문제가 있다. 그러면 또 다른 분노와 증오의 감정을 일으킬 수 있기 때문이다.

예를 들어, 차례대로 줄을 서 있는데 누군가 새치기를 했다고 하자. 내 감정만 생각했을 때는 그 사람에게 화를 낸다. 맨 뒤로 가라고. 그런데 또 다른 피해자가 생기면 안 된다는 생각을 하면 다시는 그 사람이 줄에 끼어들지 못하도록 추방해 버린다. 실수였거나 너무 바빴거나 하는 사정은 인정되지 않는다. 본보기가 되어야 하므로 처벌은 가차 없이 진행된다.

개인 대 개인의 관계에서는 마치 법 집행하듯 하는 그런 가차 없는 처벌은 더 큰 상처를 야기시킬 수 있다. 놀이방 엄마의 경우, 아이를 맡아 주지 않는 강한 처벌을 내린다면 잘못한 사람은 엄마인데 가장 피해를 보는 사람은 아이가 될 것이다. 그러므로 문제를 너무 확대 해석하지 않는 것이 중요하다.

작은 잘못은 넘어가라고 말하려는 것이 아니다. 분노하는 개인의 감정을 다른 모두를 위한 정의실현으로 뒤바꾸지 말라는 것이다. 당장은 잃어버린 책과 가져간 사람의 태연한 얼굴이 떠올라서 화가 나겠지만 그런 때일수록 문제와 거리를 두고 뜨거운 머릿속을 식히는 시간이 필요하다. 더 이상의 피해를 막는 것이 목적이라면, 대여중인 책이 있다면 책을 빌려갈 수 없다는 규칙을 서가에 붙여 두는 것만으로도 그 엄마를 제어할 수 있다. 그리고 이웃 관계라면 그 엄마에게 다른 사정은 없는지 다른 이웃들에게 알아보는 것이 현명하다. 상대가 아무리 미워도 공감할 수 있는 이유가 있다면 분노는 줄어들기 때문이다.

장발장을 변화시킨 건 긴 감옥생활이 아니었다. 은식기를 훔친 잘못을 감싸주고 은촛대마저 선물이라며 내어 준 미리엘 신부였다. 상대를 진심으로 뉘우치게 하고 변화시키는 것은 강한 처벌이 아니라 용서하는 따뜻한 마음일 수 있다.

나는 너를 용서할 수 있을까

상처를 치료하는 것은 의사와 간호사다, 강도가 아니라

용서는 마음의 상처가 어느 정도 아물어야만 가능한 일이다. 마음의 상처에서 피가 뚝뚝 떨어지는 동안에는 아무리 해도 그 사람을 용서할 수 없다. 서서히 고통이 줄어들고 상처에 딱지가 앉은 뒤에야 겨우 용서를 할 수 있을까 없을까 하는 생각이 들기 마련이다. 때때로 상처받았을 때의 괴로운 기억이 되살아나 평정심이 흐트러지고 다시 분노에 빠지는 과정을 수없이 반복하면서 말이다.

어떤 사람에게는 1년이, 어떤 사람에게는 10년, 20년이 필요할 수도 있다. 그렇게 시간이 가고 상처받았을 때의 기억이 조금씩 희미해지며 내 인생에 별 상관이 없어졌을 때에야 우리는 누군가를 용서할 마음을 먹을 수 있다. 사실 그것이 가장 바람직하지 않을까 싶다.

그런데 아무리 시간이 지나도 반성하지 않는 사람을 용서하는 일은 쉽지 않다. '난 아무 짓도 하지 않았다'라며 잘못을 인정하지 않고 사죄도 하지 않는다면 당연히 속이 뒤집힐 수밖에 없다. 게다가 그런 사람들은 시간이 갈수록 더 뻔뻔해진다. '당신의 행동 때문에 내가 얼마나 상처받았는지 모른 척하지 마라'라고 따지면 상대는 용서를 구하기는커녕 '왜 이제 와서 그런 말을 하냐고' 어이없어할 뿐이다. 그러면 시간이라는 약은 효력을 잃고 간신히 되찾은 마음의 평온은 깨져버린다.

나는 이런 경우, 뻔뻔한 사람들이 사죄하고 용서를 빌기만을 기다려서는 안 된다고 말한다. 나도 안다. 미안해하지 않고, 반성하지 않는 사람을 용서하기가 얼마나 어려운지를. 하지만 분노와 증오를 붙들고 있으면 우리 마음만 황폐하게 만들 뿐이다.

용서는 상대의 반성 여부와 상관없이 할 수 있다. 아까 말한 것처럼 상대를 위한 선물이 아니기 때문이다.

당신이 밤길을 혼자 걷다가 강도를 만났다고 가정해 보자. 강도는 가방을 낚아채기 위해 칼로 당신의 팔을 찌르고 도주했다. 당신은 피를 줄줄 흘리며 격렬한 고통을 느꼈다. 당연히 지혈하고 소독해야 하는데 강도가 그런 일을 해 줄까? 해 줄 리 없다. 당신의 상처를 치료해 주는 것은 의사와 간호사다. 당연한 말이지만 당신을 찌른 강도가 아니다.

나는 너를 용서할 수 있을까

우리가 분노를 느끼는 것은 한 가지 이유 때문이다.
나는 고통받고 있는데 어째서 당신은 아무렇지 않은가!

용서도 마찬가지다. 용서는 강도의 행동을 묵인하고 도망가게 해 주는 것이 아니다. 의사와 간호사에게 내 상처를 보이는 일이다. 당신의 치료는 그 상처의 원인을 만든 강도의 손에 맡겨져 있지 않다.

그런데도 상대방이 사죄하기만을 기다리며 용서할지 말지 결정을 미루는 것은, 강도가 병원에 데려다 주기를 기다리는 것만큼이나 바보 같은 일이다.

상처 입힌 사람이 사과하고 용서를 구하며 게다가 보상까지 해 준다면 얼마나 좋겠는가. 가장 바람직한 결말일 것이다. 하지만 현실에서 그런 일은 일어나지 않는다. 나는 상처 준 사람이 내가 말하지 않았는데도 잘못을 인정하고 속죄하는 것은 로또에 당첨될 확률만큼이나 적다고 말한다. 사람들은 자신의 과오를 인정하기 싫어한다. 가진 게 많은 사람일수록 잘못을 극구 부인하고 정당화하려고 한다. 그런 사람이 사과를 한다면 진심이 아니라 더 큰 피해를 막기 위한 전략일 가능성이 높다. 그리고 그런 사과라면 받는다고 해도 내 마음이 평온해질 수 없을 것이다.

그러니 상대가 내 눈물을 닦아 주길 기다리지 마라. 스스로 눈물을 그치고 맑고 안정된 눈으로 상대의 오만함을 무너뜨려야 한다. 새로운 인생으로 향하는 문을 나에게 상처를 준 나쁜 그 사람에게 열게 하지 말고 직접 여는 것이다.

죽은 상처에 자꾸 물을 주지 마라

영화 〈걸어도 걸어도〉에는 죽은 아들을 놓지 못하는 한 어머니가 나온다. 십 년 넘게 기일을 챙기고 있지만 죽은 아들의 방을 그대로 '보존'하고 매일 청소하는 어머니. 그녀는 마치 아들이 살아있기라도 한 것처럼 이름을 부르고 지난 추억을 곱씹는다. "준페이가 결혼할 사람을 데려왔을 때 말야……", "신발끈을 묶으며 잠시 바다에 다녀오겠다고 했어. 그게 마지막이었지……." 그녀는 다른 가족들에게 아들을 떠올리게 만드는 의무라도 떠맡은 사람처럼 모두가 알고 있는 이야기를 반복한다. 그렇게 하지 않으면 이미 죽은 아들이 또 한 번 죽게 되는 것처럼 말이다.

그녀에게는 아들의 죽음을 반드시 기억해야 하는 또 한 사람이 있다. 아들이 목숨을 던져 바다에서 구해 낸 요시오라는 청년이다. 그녀는 요시오를 좋아하지 않는다. 겉으로는 내색하지 않지만 마음속으로는 경멸하고 있다. 학업은 부진하고 직업도 변변치 않고 미래도 불투명한 한심한 저런 놈을 대신해, 의대생이었고 약혼자도 있었고 누구에게나 사랑을 받던 자랑스런 아들이 죽었다는 것이 원통하고 분해서다. 하지만 온화한 얼굴로 내년에도 꼭 와달라고 허리를 굽히며 부탁한다. 요시오를 계속 기일에 부름으로써 죄책감과 고통을 느끼게 해 주고 싶은 것이다. 너 때문에 내 아들이 죽었다는 것을 잊으면 안 된다고 말이다.

때로 우리는 상대에게 빼앗긴 게 너무 소중해서 잊지 않으려고 한다. 그럼으로써 빼앗긴 소중한 것의 가치를 알릴 수 있다고 생각하는 것이다. 또한 내가 기억하는 한 너의 잘못은 사라지지 않는다는 걸 보여 주고 싶은 마음도 있을 것이다. 하지만 잊지 않고 기억한다고 해도 죽은 사람을 되살릴 수는 없다.

누군가가 나를 칼로 찔러 상처를 입혔다면 나는 그 사람을 용서할 수 없을 것이다. 그러나 시간이 흐르면 분노보다는 다

나는 너를 용서할 수 있을까

시 내 인생을 안정되게 만들기 위해 무엇을 해야 할지 고민할 것이다. 그리고 상대가 진심으로 사죄하고 벌을 받는다면 그에 대한 미움도 줄어들 수 있을지 모른다. 하지만 그렇다고 그 사람의 잘못이, 나의 원통함이 별 것 아닌 사소한 일이 되는 것은 아니다.

상처를 내려놓는다는 것은 후회하고 자책하는 나를 놓아주는 것이다. 상대를 향한 미움의 칼은 동시에 나를 향하기 마련이다. 우리는 상대를 미워하고 증오하는 만큼 '내가 그곳에 가지 않았더라면, 좀 더 힘이 셌더라면' 하면서 스스로를 괴롭힌다. 상처를 내려놓는 일은 이런 원망과 자책을 남은 삶에 대한 희망으로 바꿔 주는 것이다. 상처를 잊지 않는 것은 두 번 다시 그 일을 겪지 않도록 자신을 단련하는 도구로 쓸 때 가장 유용하다.

화해라는 위대한 선택

형제끼리 싸움이 나면 엄마는 둘 모두에게 잘못을 가르쳐 주고 수긍할 때까지 기다렸다가 화해하게 한다. 여기에서 화해란 '미안하다고 사과하고 사랑해' 하며 서로 안아 주는 것이다. 그러면 형제는 다시 재미있게 논다. 상처받은 사람들이 화해라는 말에 알레르기 반응을 일으키는 이유가 여기에 있다. 화해한다는 것은 더 이상 상대를 미워하지 않는 것뿐만 아니라, 안아 주고 다시 사이좋게 지내자고 말하는 것 같기 때문이다. 넬슨 만델라나 마틴 루터 킹 목사 같은 위대한 사람들이 아니고서야 어떻게 이런 일을 할 마음을 먹겠는가.

그런데 세상에는 그런 어려운 일을 해낸 사람들이 있다. 딸을 잃고 오래도록 상담을 받았던 엄마가 있었다. 그녀의 딸은 학교에서 일진이라고 불리는 아이에 의해 지속적이고 집요한 따돌림을 당했다. 반 아이들은 똑같은 꼴을 당하지 않기 위해 그녀의 딸을 외면했다. 그 엄마는 지금도 모든 것이 선명하게 기억난다고 했다. 고등학교에 올라간 후부터 점점 어두워졌던 얼굴, 찢어진 노트와 교과서, 발자국이 나 있던 가방, 몇 번씩 다시 사 줘야 했던 운동화……. 그중에서도 열심히 공부하면 친구는 저절로 생긴다고 말했던 자신이 매일 밤 가장 또렷하게 떠오른다고 했다. 딸의 고통을 알아보지 못한 자신이 너무나 원망스럽다고 말이다.

한참이 지난 어느 날 그 엄마는 딸이 유서에서 가해자로 지목한 아이를 만나러 갔다. 만나지 않겠다는 아이를 당시 담임교사가 설득했다. 친엄마와 새아빠에게 지속적으로 폭언과 폭행을 당한 그 아이는 집을 나와 보육 시설에 있었다. 학교도 나가지 않고 아르바이트를 하며 지낸다고 했다. 세상에 대한 적개심이 고스란히 드러난 얼굴, 겁먹은 것 같기도 하고 그저 이 상황이 싫은 것 같기도 한 표정으로 자기 앞에 앉아 있는 그 아이를 보자 그 엄마는 놀랍게도 분노가 아니라 가엾다는 생각이 들었다고 한다. 그리고 생각지도 못한 말이 튀어나왔다. "난 널 용서했어. 넌 네 인생을 망치지 마."

놀란 그 아이는 눈물을 흘렸다. 그리고 용서를 빌었다. 죽을 줄은 몰랐다고. 그냥 부족한 게 없어 보여서, 그게 싫어서 괴롭혔는데 그렇게 될 줄 몰랐다면서 잘못했다고 말했다. 그녀가 면담실을 나간 후에도 한참 동안 그 아이의 울음소리가 들렸다고 한다. 그 후 그녀는 가끔씩 보육원으로 그 아이를 찾아갔다.

나는 그녀의 행동이 그 가해 여학생을 괴롭히려는 의도

가 아니란 것을 알 수 있었다. 그녀는 더 이상 원망하는 딸의 목소리가 들리지 않는다고 했다. 자기 안의 독을 뽑아 낸 사람처럼 평온해 보였다. 그리고 그 가해 학생은 대학에 진학했다. 내가 그녀의 입장이었다면 그 가해 학생을 볼 수 있었을지 확신할 수 없을 정도로, 그녀가 한 일은 정말 놀라운 일이다.

모든 용서가 화해를 동반해야 하는 것은 아니다. 화해는 양쪽 모두가 준비가 되었을 때 할 수 있는 것이다. 용서는 마음에 독을 뿌리는 증오와 원한을 더 이상 증식시키지 않기 위한 선택이다. 그 선택을 할 때마다 반드시 화해를 해야 하는 것은 아니다.

다만 용서는 나의 마음과 삶에 평화를 가져다 주지만 화해는 그 사건과 연결된 사람들을 모두 변화시킨다. 용서할 준비와 사과할 준비가 된 사람들은 화해를 통해 다시 인생을 풍요롭게 꾸려 갈 힘을 얻을 수 있다. 화해가 그런 힘을 주는 것만은 분명하다.

심술쟁이 눈에는 심술쟁이만 보인다

"○○는 심술쟁이야!"

아이가 이렇게 소리칠 때가 있다. 그 이유를 물으면 ○○가 장난감을 빌려 주지 않았다는 식이다. 아이들에게 이런 식의 일반화는 흔한 일이다. "나에게 ○○했단 말이지. 그럼 이제부터 넌 ○○이야"라고 화를 내는 것이다. 그런데 어른이 되면 그 습성이 완전히 없어지느냐 하면 그렇지는 않다.

누군가를 비난하고 분노하는 사람들 중에는 이렇게 잘못된 일반화를 적용하는 사례가 적지 않다. 어떤 때는 완전히 오해에서 비롯된 분노로 오히려 상처를 입히기도 한다. 나는 요즘 인터넷 뉴스를 볼 때마다 이런 상황을 자주 목격한다.

한 연예인이 여성에게 폭력을 행사했다는 기사가 나왔다. 사실은 툭 어깨를 밀친 것이었고, 그 여성은 스토커처럼 그를 괴롭혀 왔지만 기사 제목은 'A군 일반 여성 폭행'이라고 쓰였다. 어쨌든 이 기사에 사람들은 분노했고 순식간에 어마어마한 댓글이 달렸다. 나쁜 놈은 기본이고, 진즉에 저 놈이 그럴 줄 알았다는 글도 있었다. 대체 언제 알았다고? 하는 궁금증에 읽어 보면 지난번에 사인을 요청했는데 그냥 지나갔다는 식이다. 나한테 사인도 안 해 준 놈이니까 폭력도 휘두르는 놈인 것이다. 안티팬은 더 신이 났다. 저 놈은 쓰레기 같은 놈이므로 이 기회에 매장시켜야 된다고 한다. 정황 설명이 들어간 후속 기사가 나왔지만 댓글 공간에서는 계속 비방과 인신공격이 이어지며 그 연예인을 극악무도한 인간으로 만들고 있었다. 이름이 알려진 사람들에게 이런 성급한 일반화는 더욱 가혹한 결과를 낳는다.

성급한 일반화로 다른 사람을 몰아세우고 비방하는 사람들을 보면 매사 객관성이 없고 자기중심적이다. 성격이 조급하고 분노조절이 잘 되지 않는 경향도 있다. 한 40대 회사원은 사장이 '회사 사정이 좋지 않아 전 직원의 급여를 삭감하기로 결정했다'는 이야기를 듣자마자 흥분했다. 좀 더 상세한 설명이 있을 예정이라는 공지가 올라왔지만, 그는 이틀 내내 동료들에게 "사장은 돼먹지 않은 놈이야!"라며 분통을 터뜨렸다. 사장의 발표가 있던 날, 대부분의 직원들은 연봉 삭감을 받아들였다.

이 남자가 근무하는 회사는 중소 제조업체였는데 업계 전

나는 너를 용서할 수 있을까

체가 극심한 매출 하락에 시달리는 상황이었다. 그나마 사장이 영업력을 발휘해서 지금까지 구조조정 없이 버텨 왔던 것인데, 최근에는 제품을 생산할수록 적자가 커지는 상황이 계속되어 은행 대출을 받을 수밖에 없었다. 그런데 대출 조건이 정리 해고나 급여 삭감이었다고 한다. 사장은 정리 해고는 함께 일해 온 직원들을 배신하는 일이라, 차라리 전 직원이 고통을 분담하는 급여 삭감이 낫겠다고 판단했다면서 그동안의 고뇌를 모두 털어놓았다. 대다수의 직원들은 그런 사장의 결정에 동의했다. 하지만 그는 여전히 분통을 터뜨렸다. 열 명 중 한 명이 희생하는 게 낫지 열 명이 모두 고생하는 게 뭐가 좋은 일이냐는 거였다.

사실 그가 더 화가 난 것은 개인적인 사정 때문이었다. 그는 최근 대출을 받아 아파트를 구매했고 외아들도 명문 사립 중학교에 들어가기 위해 비싼 학원을 다니기 시작했다. 하필이면 특히나 돈이 필요한 시기에 갑자기 급여 삭감이라는 통보를 받은 것이다. 집에서 엄청난 불평과 하소연을 들었으니 그 스트레스를 풀고 싶었는지도 모른다. 그래서 회사 상황을 객관적으로 보지 못하고 사장은 돼먹지 못한 놈이라는 인신

공격까지 하게 된 것이다.

어쨌든 이렇게 객관적인 관점에서 상황을 볼 생각을 하지 못하고 자기 입장만 생각하는 사람들은 다른 사람들까지 우울하게 만든다. 어떤 일이든 자신에게 조금이라도 피해가 오거나 귀찮아지면 곧장 불평을 늘어놓으며 비난할 대상을 찾기 때문이다. 그 직원 역시 자기 혼자만 힘든 것이 아니라 동료 모두가 힘든 일인데 마치 자기만 힘든 것처럼 불평하며 다른 사람들을 힘들게 했다. 그는 사장을 용서할 수 없다고 말하지만 정작 모두가 용서할 수 없는 사람은 이 직원인 셈이다.

이런 사람들은 의도적으로라도 다른 사람의 입장에 서 보는 훈련을 해야 한다. 자네가 사장이라면 어떻게 했겠나, 자네가 구조조정의 대상이 되어 해고된다면 어땠겠나 하는 식으로 자기 자신을 대입해 보는 것이다. 그렇게라도 노력하지 않으면 언젠가는 여러 사람에게 용서할 수 없는 분노유발자로 낙인찍힐 수도 있다. 자신이 내뱉던 욕을 부메랑처럼 되받고 싶지 않다면 성급하게 남을 단정짓는 버릇을 고쳐야 할 것이다.

또 한 가지 기억해야 할 것은 이른바 '착한 사람'도 다른 사람에게 상처를 주는 잔혹한 말과 행동을 할 때가 있다는 것이다. 이것은 어떻게 보면 당연한 말이다. '나쁜 사람'이 항상 나쁜 짓을 하진 않고 때로는 죄를 갚기 위해 '착한 행위'를 할 때도 있는 것처럼, 착한 사람이 타인을 상처 입히는 행위를 할 때도 당연히 있다.

'착한 사람'이 타인을 상처 입혔을 경우는 세 가지 가능성이 있다. 먼저 나쁜 마음을 가식으로 숨겨 왔을 가능성이다. 주위 평판을 의식해 자신의 악의나 심술궂은 면을 억누르고 행동하고 있었는데 그게 어쩌다 튀어나온 경우다. 두 번째는 착한 사람이긴 한데 소심하고 완벽주의자인 경우다. 화를 잘 표현하지 못하고 계속 참기만 하면 쌓이고 쌓인 화가 타인을 상처 입히는 형태로 터져 나올 가능성이 있다. 마지막으로 큰 기복 없이 행복하게 자란 착한 사람일 경우다. 착한 사람이라고 칭송받으며 행복하게만 살았기 때문에 자신의 말과 행동이 상대방을 상처 입힐 수 있다는 사실을 전혀 짐작도 못하고 태연하게 상처를 줄 가능성이 있다. 그러므로 나쁘게 보이는 사람이든, 착해 보이는 사람이든 그 사람의 단편적인 말과 행동을 보고 전체를 판단해서는 안 된다.

누군가를 미워하느라 기쁨을 잃어버린 사람들에게

길을 가다가 갑자기 넘어졌다. 일어서자마자 우리가 하는 일은 뒤를 돌아보는 것이다. 돌부리가 있었나, 누가 발을 걸었나 하며 일이 벌어진 원인을 찾는다. 사소한 일이라도 이유가 없으면 찜찜한 법이다. 특히나 용서할 수 없는 부당한 일을 당했을 때는 더욱 그렇다. 납득할 만한 이유를 알아야 대처도 할 수 있고 용서도 할 수 있기 때문이다. 그런데 나에게 닥친 시련은 감당하기 어려울 정도로 처참한데 책임을 물을 사람이 마땅히 없을 때는, 원인이 눈앞에 있어도 믿지 않는 경우가 있다. 그러면 진짜 이유가 아니라 내가 납득할 수 있는 가짜 이유들을 찾기도 한다. 아무런 근거가 없는데도 인과관계를 연결해 버린다. 그렇게 함으로써 문제는 내가 아니라 남에게 있다고 말하고 싶은 것이다.

십 년 넘게 근무해 온 진료소에서 갑자기 정리 해고 통보를 받은 간호사가 있었다. 몇 년 전부터 환자 수가 계속 줄었고 원장이 고령이라 진료소를 축소하기로 했다는 이유였다. 그 사정은 납득이 안 되는 것은 아니었다. 하지만 진료소에 남게

나는 너를 용서할 수 있을까

된 간호사들이 모두 자기보다 젊고, 퇴직금으로 제시받은 금액이 믿을 수 없을 만큼 적다는 것을 알고는 도저히 화를 참을 수 없었다.

그녀의 마음속에 가장 먼저 치밀어 오른 감정은 '분노'였다. 비겁한 진료소 원장에 대한, 그리고 그런 원장이 운영하는 진료소에서 십 년이나 일한 자신에 대한 분노가 솟구쳤다. 그리고 장래에 대한 불안감 때문에 더욱 화가 났다. 이혼한 뒤 위자료와 양육비도 받지 못한 채 혼자 딸을 키워 온 그녀는 고등학생인 딸이 다른 지역에 있는 사립대학에 진학하고 싶어 한다는 것을 알고 있었다. 앞으로의 생활비는, 대학 등록금은 어떻게 할 것인가. 이제 와서 야근이 빈번한 종합 병원 근무를 할 자신은 없었다. 물론 써 줄 병원이 있는지도 알 수 없었다. 그녀는 아직 돈을 벌어야 할 시기에 무직 상태가 되었다는 불안감에 시달리며, 그런 불안감을 야기한 진료소 원장이 너무나 원망스러웠다.

또 하나 그녀가 분노한 가장 큰 이유는 자신이 필요한 인간이 아니었다는 '패배감'이었다. 그동안 간호사로서 충분한 경험이 있다고 자부하며 후배 간호사들을 지도해 왔는데 사실은 그게 아니었다는 패배감은 그녀를 바닥으로 내동댕이쳤다. 내가 기술적으로 뒤떨어져 있었던 게 아닐까, 내가 너무 고지식하고 깐깐한 인간이었던 건 아닐까 하며 자신을 질책하기 시작했고, 동시에 자존심을 세우고 싶어 다시 원장을 원망했다. 내 잘못이 아니다, 모두 비겁한 원장의 술수였다고 말이다.

그러다 분노는 뜬금없이 다른 간호사에게 향했다. 이런저런 생각을 하다가 문득 예전에 한 번 심하게 질책했던 간호사가 떠오른 것이다. 그녀는 그 간호사가 원장과 이야기하던 장면을 떠올리며 '나를 쫓아내려고 원장에게 있는 말 없는 말 일러바친 게 아닐까'라고 의심했다. 당시 모든 직원들이 진료소에 환자가 줄어 간호사 인력을 줄일지도 모르겠다고 걱정하던 참이었다. 그래서 그 간호사가 미리 자기 자리를 확보하기 위해 원장에게 내 험담을 한 건 아닐까 라는 거의 피해망상에 가까운 가설까지 세웠다. 진료소 상황을 누구보다 잘 알고 있었고 자기만 해고 통보를 받은 게 아니라는 걸 알면서도, 지금의 상황이 비참하게 느껴져 자꾸 원망할 수 있는 다른 원인들을 만들게 된 것이다.

이 간호사가 그 동료에 대한 의심과 원장에 대한 분노를 푸는 데는 무려 3년이 걸렸다. 한동안 여러 진료소에서 시간제 근무를 했는데, 한 진료소에서 고령의 환자에게 "안 아프게 주사를 잘 놓는 저 간호사에게 앞으로 주사를 맞게 해 달라"라는 지명을 받고 그곳에 취직하게 된 것이다. 자신의 능력을 다시 인정받자 해고당하면서 가졌던 상실감과 굴욕감을 조금은 해소할 수 있었다. 그리고 그제야 자신이 피해망상에 빠져 있었다는 걸 깨닫게 되었다.

그녀의 딸이 공립 간호전문대학에 진학한 것도 도움이 됐다. 4년제 대학을 나와도 미래가 불투명한 세상이니까 엄마처럼 전문직 간호사가 되고 싶다며 딸이 선택한 길이었다. 그녀는 그때 또 한 번 자신이 살아온 시간이 무가치한 것은 아니었다는 것을 깨달았다. 그녀는 지금 생각해도 당시 진료소에서 해고당한 일은 무척 괴롭지만, 그 경험을 한 덕택에 현재의 진료소에서 더 열심히 일하고 지금의 삶에 만족하게 되었다는 걸 최근에야 생각하게 되었다고 한다.

괴로운 경험, 특히 상실 체험을 한 직후에는 '용서할 수 없다'는 생각에 사로잡혀 원인과 결과를 잘못 연결하는 경우가 많다. 그런 상황일수록 아무 생각도 하지 않고 지켜보는 냉각 기간을 둬야 한다. 이런 일이 내게 왜 일어났는지, 그 일에 어떤 의미가 있는지는 어느 정도 시간이 흘러야 보이기 때문이다. 객관적인 증거도 없이 추측만으로 의미를 부여하며 원인과 결과를 꿰맞추려고 하면 엉뚱한 사람을 미워하느라 인생만 허비할 수 있다.

용서에 관한 사상 최대의 연구 프로젝트인 '스탠퍼드 용서 프로젝트'를 주관한 프레드 러스킨 교수는 자신의 책 《용서》에서 용서란 '자기가 원하는 것을 삶이 허락하지 않았을 때에도 평화롭게 살아가는 법을 배우는 법'이라고 정의한다. 러스킨 교수는 스스로 잘못했다고 인정하거나 다른 사람에게 용서를 구하는 데는 상당한 용기가 필요하므로 용서는 결코 패배가 아니라고 말한다. 그리고 용서를 할 때 가장 중요한 태도는 모든 것은 나에게 달려 있다는 점을 아는 것이라고 그는 강조한다. 자신이 하는 것은 자신에게 달려 있고, 다른 사람들이 하는 것은 그들에게 달려 있다는 것이다. 좀 더 관대해지고 인내하고 용서하면 그것도 습관이 된다. 부정적인 생각으로 나쁜 상황을 더 나쁘게 만들 필요는 없다. 다른 사람이 무엇을

나는 너를 용서할 수 있을까

하든 우리는 자신의 행동을 조절할 수 있는 능력이 있다.

권력자들을 보라, 스스로를 과대평가하면 화도 많아진다

먼저 양해를 구하겠다. 나는 용서할지 말지는 개인의 판단
이며, 내 입장에서 다른 사람의 말과 행동을 도저히 용서할
수 없다면 용서하지 않는 것도 하나의 선택지라고 생각한다.
그러므로 도저히 용서하지 못하는 것을 비난할 생각은 추호
도 없다.

다만 일종의 오만함 때문에 타인을 용서하지 못하고 과거
의 일을 집요하게 물고 늘어져 현재의 삶도 힘들게 하는 사람
들이 적지 않은 듯하다.

일본에는 아직도 기업과 정부조직에서 위계질서를 강조
하며 상명하복, 만장일치 같은 구호를 외치는 문화가 강하다.
잘못된 일이 있어도 내부고발이 잘 나오지도 않고, 나온다 해
도 고발한 사람이 더 큰 피해를 입는 경우가 많다. 그래서인
지 조금이라도 권력을 가진 사람들은 기세등등하게 나쁜 짓

을 한다. 친구 남편이 대기업 임원이었는데 부하 직원의 내부 고발로 좌천된 모양이었다. 그런데 그는 부끄러워하기는커녕 감히 자신의 뒤통수를 쳤다면서 그 직원을 그냥 두고 보지 않겠다고 했다. 더 놀란 것은 함께 와인을 마시던 일행들이 이구동성으로 그의 편을 드는 것이었다. 정작 원통한 사람은 잘못된 일을 고발하고도 해고될 위기에 처한 그 직원인데, 오히려 잘못을 저지른 사람이 이를 갈며 분노하는 상황을 보고 있자니 말문이 막혔다.

사람들은 돈이 많거나 지위가 높으면 큰 걱정이 없으니 세상사에 관대해질 수 있을 거라고 생각하지만 사실은 그 반대다. 기대치가 너무 높아서 요구하는 것도 많고 분노도 많아진다. 호텔 VIP룸 고객들의 만족도가 일반룸 고객들보다 항상 더 낮은 것도 같은 이치일 것이다.

오만한 사람이 타인을 쉽게 용서하지 못하는 이유는 무엇보다도 자신의 가치를 과대평가하고 있기 때문이다. 그래서 타인을 아랫사람 부리듯 하며 조금이라도 자기 이익이 침해당했다고 느끼면 격렬한 분노에 휩싸인다. 또 자기 행동은 무조건 옳다고 생각하기 때문에 스스로에게는 관대하고, 타인의 사소한 잘못이나 실수는 그냥 지나치지 못한다.

오만한 사람은 대부분 용서할 수 없는 것이 아니라 용서하고 싶지 않아서 계속 분노하는 쪽을 택한다. 용서는 양보하는 것이라고 생각하기 때문이다.

당신은 '용서할 수 없다'인가 아니면 '용서하고 싶지 않다'인가. 물론 상대방이나 상황에 따라 다르겠지만, 사소한 일에도 '나에게 감히 그런 행동을 하다니' 하며 분노한다면 자신의 권리만 너무 높게 평가하고 있는 것은 아닌지 주위를 돌아볼 필요가 있다. 고대 로마의 철학자 세네카의 말처럼, 분노는 '자신에 대한 지나친 과대평가에서 비롯된다.'

제
3
장

삶을
외롭게
만드는

용서할 수
없다는
병病

나는 깨달았다. 사람을 사귀는 것보다

자기 자신과 사이좋게 지내는 것이

더 어렵다는 사실을.

_사노 요코, 《사는 게 뭐라고》

앞에서도 계속 이야기했듯이, 결국은 용서해야 한다는 가치관을 바탕으로 이 책을 집필하는 것이 아니다. 상처받고 괴로워하는 사람을 다그치려는 의도는 눈곱만큼도 없다.

용서할지 말지는 상호 관계에 따라 자신이 결정하는 것이지 제3자가 나서서 가르칠 수 있는 일이 아니다. 다만 용서할 수 없다는 마음을 오랜 시간 갖고 있으면 분노와 원망이 커지기만 할 뿐 마음의 상처가 잘 아물지 않는다. 타인을 용서하지 못하는 사람은 결국 '애도 작업'을 할 수 없기 때문이다.

사소해 보이나요? 마샤 로스 증후군

애도 작업은 지그문트 프로이트가 그의 저서 《애도와 멜랑콜리》에서 이야기한 개념이다. 사랑하는 사람이나 조국, 자유, 이상 등 의미 있는 추상물을 잃어버리는 '대상 상실'을 극복하는 과정을 '애도 작업mourning work'이라고 말한다. 그는 이 과정을 원만하게 거치지 못하면 멜랑콜리, 즉 우울증을 겪게 되고 자살할 가능성도 있다고 경고한다.

애도 작업은 대개 사랑하는 사람의 죽음과 관련되어 있다. 사랑하는 사람의 갑작스러운 죽음은 남아 있는 사람들에게 심각한 정신적 외상을 입힌다. 사랑하는 사람을 잃은 슬픔뿐만 아니라 지켜 주지 못했다는 자책, 자신을 두고 떠난 것에 대한 분노까지 어마어마한 부정적인 감정에 휩싸여 일상생활이 불가능할 정도다. 이때 애도 작업이 제대로 이루어지지 않으면 부정적인 감정들은 우리 마음을 지배하는 주된 정서가 된다. 그러면 살아 있으면서도 죽은 사람처럼 살아간다. 웃음을 잃어버리고 자신은 행복해질 수 없는 사람이라고 믿어 버리는 것이다.

나는 너를 용서할 수 있을까

죽음은 일상에서 흔히 겪는 일은 아니라고 반문하고 싶은 사람도 있을 것이다. 그러니 애도 작업도 나에게 상처를 준 사람을 용서하는 일과는 관련이 없다고 말이다. 그러나 애도 작업은 삶을 살아가는 내내 필요하다. 정도의 차이는 있겠지만 친구의 이사, 연인과의 이별, 이혼, 노화, 경제력 상실 등 행복한 현재 상태를 깨뜨리는 모든 일이 상실감을 일으키기 때문이다.

내가 상실감이 무엇인지 어렴풋이 깨달은 때는 초등학교 시절 단짝친구가 전학 갔을 때였다. 다시는 그 친구와 놀 수 없고 얘기할 수 없다는 자각은 마치 나의 반쪽이 떨어져 나간 것 같은 공허함을 안겨 주었다. 나는 교실에 혼자 외롭게 앉아 있을 내가 불쌍해서 울었고, 부모를 따라간 그 친구를 원망하며 또 울었다. 엄마는 그런 내가 어이없다는 듯이 친구는 또 사귀면 되니 그만 좀 울라고 나를 혼냈다. 생각해 보면 그 말은 나의 애도 작업을 방해하는 말이었다. 나는 엄마 앞에서는 울지 않았지만 새로운 친구를 사귈 때까지 애꿎은 엄마를 원망했다.

대상 상실을 극복하지 못해 다른 사람을 미워하게 되는 전

형적인 사례 중 하나가 바로 '마샤(마사하루) 로스^{loss} 증후군'
이다. 가수이자 배우로 일본 여자들의 절대적인 인기를 끌었
던 후쿠야마 마사하루는 줄곧 독신이었다가 2015년, 46세의
나이로 갑자기 결혼을 발표했다. 그 뉴스에 허탈감을 느껴 일
이나 가사를 포기하는 여성 팬이 속출했다. 후쿠야마의 결혼
상대인 여배우를 '용서할 수 없다'는 댓글이 인터넷에 흘러넘
쳤고, 개중에는 그 여배우를 중상 모략하는 괴문서를 방송국
관계자나 마사하루 소속사에 보내는 이도 있었다고 한다.

  일부 남성들은 여성들의 지나친 팬심이 한심하다고 비난
했지만, 현실에서 사랑받지 못해 외로움을 느끼는 사람들에
게 '좋아하는 배우'는 단순한 연예인이 아니다. 자신의 마음
을 알아주는(알아줄 거라고 믿고 싶은) 유일한 사람이자 사랑
하는 사람이다. 현실의 외로움이 클수록 사랑하는 배우를 향
한 집착은 더욱 강할 수밖에 없다. 그런 존재를 느닷없이, 그
것도 젊은 여자에게 잃게 됐으니 충격에서 헤어 나오기가 힘
든 것이다. 나도 후쿠야마 마사하루의 결혼 발표 뉴스를 보고
충격을 받은 사람 중 하나이므로 여성 팬들의 마음을 잘 알
것 같다. 다만 사랑했던 후쿠야마를 생각해 그들이 애도 작업

나는 너를 용서할 수 있을까

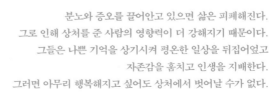

분노와 증오를 끌어안고 있으면 삶은 피폐해진다.
그로 인해 상처를 준 사람의 영향력이 더 강해지기 때문이다.
그들은 나쁜 기억을 상기시켜 평온한 일상을 뒤집어엎고
자존감을 훔치고 인생을 지배한다.
그러면 아무리 행복해지고 싶어도 상처에서 벗어날 수가 없다.

을 순조롭게 마치고 현실에서 만족할 만한 사랑을 얻기를 바랄 뿐이다.

죽음을 맞이하는 다섯 단계에서 발견한 용서의 기술

'잃어버린 대상'에 대한 미련을 끊고 상실감을 극복하는 과정은 간단하지 않다. 이 과정을 이해하기 위해 먼저 정신의학자 엘리자베스 퀴블러 로스의 '죽음을 맞이하는 다섯 단계'에 대해 이야기해 보려고 한다.

왜 갑자기 죽음을 맞이하는 단계를 꺼내는가? 의아한 사람도 있을 것이다. 그 이유는 두 가지다. 죽음은 인생 최대의 위기이자 그 누구도 결코 피해갈 수 없는 '대상 상실'이기 때문이다. 또한 우리가 죽음보다 작은 단위의 대상 상실을 맞닥뜨렸을 때에도, 죽음에 직면한 경우와 동일한 단계를 통과해야 하기 때문이다. 어느 단계든 제대로 통과하지 못하고 멈춰 있으면 애도 작업은 이루어지지 않는다. '잃어버린 대상'과 결별하지 못하고 용서하지도 못하는 것이다. 그런 이유로 죽음을 맞이하는 다섯 단계를 먼저 이해해 보려고 한다.

엘리자베스 퀴블러 로스는 죽음에 직면한 2백 명 이상의 환자를 인터뷰했다. 그리고 이 임상 경험을 바탕으로 쓴 책 《죽음과 죽어감On Death and Dying》에서 시한부를 선고받은 환자들이 '부인 – 분노 – 타협 – 우울 – 수용'이라는 다섯 단계를 거쳐 죽음이라는 최대의 '대상 상실'을 수용하는 단계에 도달한다고 말했다.

'부인denial'은 예기치 못한 충격적인 사실을 알았을 때 그 충격을 완화하기 위해 작동되는 심리적 방어 구조다. 대부분의 사람들은 불치병에 걸렸다는 통보를 받으면 '아냐, 그건 내가 아니야. 그럴 리가 없어'라고 생각한다. 눈앞에 닥친 죽음을 인정하고 싶지 않아서 엑스레이 사진이 다른 사람 것과 뒤바뀐 게 아닌가, 다른 환자의 병리검사 보고서에 내 이름이 잘못 적힌 것은 아닌가 하고 의심하며 현실을 부인한다. 후쿠야마의 결혼 소식이 알려졌을 때도 '그럴 리가 없어. 후쿠야마가 결혼하다니 말도 안 돼. 거짓 발표일 거야'라고 부인하며 믿지 않았던 여성 팬이 대부분이었다. 퀴블러 로스가 '부인은 불쾌하고 고통스러운 상황에 대한 건강한 대처법'이라고 말했을 정도로 모든 사람들이 극도로 곤란한 상황에 처하면 무의식적으로 이 방법을 사용한다.

시간이 지나 사건이 현실로 받아들여지기 시작하면 1단계 상태인 '부인'을 유지하기 힘들어진다. '아, 그렇구나. 이게 사실이구나'라고 실감하기 때문이다. 그때 등장하는 것이 '분노, 질투, 원망' 등의 2단계 감정anger이다. 불치병에 걸려 앞으로 몇 달밖에 살 수 없다고 선고받은 사람이라면 이 단계에서 '왜 하필 내가 이런 병에 걸렸을까', '왜 저 사람이 아니라 나지?'라는 의문이 고개를 든다. 이것은 매우 당연한 일이다. 나는 아무 잘못도 하지 않았는데 중병에 걸려서 하고 싶었던 일을 할 수 없게 되었기 때문이다. 그러면 내가 하고 싶었는데 못 하게 된 일을 즐겁게 하고 있는 다른 사람에게 분노의 화살이 향한다. 그것 말고는 할 수 있는 게 없기 때문이다.

이러한 분노는 엉뚱한 방향으로 퍼져 나가 온갖 곳으로 표출된다. 후쿠야마의 결혼이 발표된 뒤 인터넷상에 넘쳐흘렀던 댓글과 여기저기 보내진 괴문서도 이런 분노의 표출이라고 볼 수 있다. 그들은 갈 곳을 잃은 분노를 제대로 처리하지 못해 분풀이에 가까운 행동을 해서 발산할 수밖에 없는 것이다.

그 뒤 사람들은 어떻게든 협상하려는 단계에 접어든다. 이것이 3단계인 '타협bargaining이다. 얼마가 들어도 상관없으니 자신이 하고 싶은 일을 할 수 있을 때까지만 살게 해 달라고 의사에게 부탁한다. 갑자기 교회로 달려가 며칠만 더 살게 해 달라고 신에게 기도하는 사람도 있다.

그래도 눈앞의 사실을 외면할 수 없게 되면 4단계 '우울 depression'에 접어든다. 어디를 봐도 상황이 나아질 희망이 보이지 않자 커다란 상실감에 휩싸이는 것이다. 불치병을 선고받은 환자들의 경우 우울 상태가 상당히 오래 가는 경우가 많다. 나 역시 그런 사람을 여러 명 진찰했다.

퀴블러 로스는 이렇게 네 단계를 거치며 고뇌한 끝에야 삶의 마지막이 다가오는 것을 객관적으로 바라볼 수 있는 5단계 '수용acceptance'에 이른다고 말한다.

죽음을 맞이하는 다섯 단계는 순서를 바꾸어 나타나기도 하고 동시에 나타나기도 한다. 또 지속 기간도 제각각이며 네 단계를 거친 후 수용이 아닌 '묵인connivance'에 그치는 경우도 꽤 있다. 하지만 그 어떤 경우도 잘못된 것은 아니다. 결국 인간은 각자의 방식으로 다섯 단계를 통과한다. 많은 경우 거의 무의식중에 말이다.

용서할 수 있는 만큼만 용서하고 나머진 내버려 두라

마음의 상처를 극복하고 용서에 이르는 과정은 죽음을 맞이하는 다섯 단계와 상당히 비슷하다. 다만 3단계 '타협'과 마지막 5단계 '수용'에서 미묘한 차이가 있다.

먼저 죽음을 받아들이는 과정에서 타협은 내가 선행을 할테니 내 소망을 이루어지게 해 달라는 것이다. 즉 자신의 행위가 핵심 전제가 된다. 반면 용서하는 과정에서 타협은 상대방이 용서를 구하는지, 또는 화해하려는 모습을 보이는지가 핵심 전제다. 이 차이점을 잘 기억해야 한다.

그리고 최종 단계인 '수용'은 용서하는 과정에서는 완전히 의미가 달라진다. 수용은 완전히 이해하고 받아들이는 화해와 비슷한 일이다. 앞서 언급했듯이 용서에 항상 화해가 뒤따르지는 않는다. 상대방 때문에 자신이 상처를 입거나 소중한 대상을 잃은 것을 용서할 수는 있지만 수용할 수는 없는 경우가 훨씬 많다. 따라서 용서하는 과정의 최종 단계는 수용이라기보다는 상대가 한 일로 끙끙거리며 괴로워하고 집착하기를 그만두는, 이른바 '매듭짓는 것'일 것이다. 이 차이점도 기억해 두자.

현실을 부인하는 은둔형 외톨이

대상 상실의 경험 가운데 '자기애적 이미지'를 잃는 것만큼 후유증이 큰 것은 없다. 여기서 자기애는 '남보다 뛰어난 존재로서의 나'를 사랑하는 마음이다. 부족하더라도 있는 그대로의 자신을 존중하고 사랑하는 자존감과는 다르다. 자기애가 강한 사람은 자신이 최고가 되어야 하고 모두에게 사랑받고 칭찬받아야 한다고 생각한다. 그래서 타인의 무신경한 말 한마디나 작은 실패에도 인생을 망친 것처럼 좌절한다. 그 전형적인 예가 최근 급증하고 있는 은둔형 외톨이다.

은둔형 외톨이가 되는 계기는 너무나 다양하지만, 중·고등학교 때 등교를 거부하면서 시작되는 경우가 가장 많다. 갑자기 달라진 환경에 적응하지 못하는 상태에서 감정적으로 상처를 입은 아이들이 대인관계를 기피하는 것이다. 여기에서 감정적으로 상처를 입었다는 것은 학교 폭력이나 따돌림 같은 외부의 공격이 아니다. 많은 학부모들의 예상과 달리 등교를 거부하는 학생들의 40퍼센트 이상은 '개인적 문제'로 학교에 가지 않겠다고 선언한다. 개인적인 문제 중에는 부모나 교사의 도움이 필요한 것들도 있지만, 좋아하는 선생님에게 야단을 맞은 게 창피해서, 친구가 놀려서, 반 등수가 떨어져서 같은, 부모 입장에서는 쉽게 이해하기 힘든 사소한 이유들도 많다. 따돌림 당한 것을 숨기기 위해 엉뚱한 이유를 대는 학생들도 있기 때문에 청소년 상담을 할 때는 늘 세심한 주의를 기울여야 하는데, 그럼에도 불구하고 위와 같은 사소한 이유뿐인 경우도 꽤 있다.

초등학교 때까지만 해도 공부를 잘하는 우등생이었는데 중학교나 고등학교에 들어간 후 수업을 따라가지 못하거나 성적이 하위권으로 떨어져 학교에 다니고 싶지 않다고 하는 학생이 있는가 하면, 친구 관계도 좋고 모두가 나를 좋아한다고 생각했는데 누군가가 자신을 험담하는 것을 듣거나 교사에게 협조성이 없다고 지적받거나 해서 그 충격으로 등교할 수 없게 된 학생도 있었다. 대부분이 그때까지 유지해 온 '뛰어난 자신' 또는 '사랑받는 자신'이라는 자기애적 이미지가 무너지게 되자 학교에 다닐 수 없게 된 것이다. 그래서 등교 거부나 은둔형 외톨이가 되는 사람들 중에는 의외로 어린 시절 기대를 한 몸에 받은 영재들이 많다. 칭찬과 사랑을 받는 이상적인 자신의 이미지에 균열이 가는 것을 견디지 못하는 것이다. 이것은 '나는 최고다, 나는 모든 것을 할 수 있다'고 생각하는 유아기적 만능감에서 벗어나지 못한 것이다.

아이들은 자라면서 다양한 것들을 얻음과 동시에 포기해야 할 것들도 있다는 사실을 배운다. 하지만 부모로부터 과잉보호를 받은 아이들의 경우 실패 경험을 하지 못해 모든 걸 할 수 있다는 환상을 스스로 깨지 못하는 경우가 많다. 이런 아이들은 좌절의 기미만 보여도 도망치려고 한다.

물론 등교 거부를 하는 아이들이 모두 은둔형 외톨이가 되는 것은 아니다. 하지만 등교 거부 사태를 방치하면 그중 10퍼센트는 은둔형 외톨이가 될 가능성이 농후하다. 은둔형 외톨이는 유일한 안전지대인 자기 방으로 도피하는데, 이것은 자기애를 상처 입힐지도 모르는 현실을 되도록 보지 않기 위한 방어 반응이다.

은둔형 외톨이는 현실을 부인하기가 점점 곤란해지면 분노와 질투를 느끼는 일도 적지 않다. '같은 반 친구들은 모두 대학에 들어가고 취직도 하고 결혼했는데 나만 이 상태다', '왜 그 녀석이 아니라 내가 이 상태가 된 거지?'라는 생각이 증폭되면 자신이 은둔형 외톨이가 된 이유를 외부에서 찾기 시작한다. '부모님이 사립중학교에 보내려고 내게 공부를 강요했기 때문이다', '담임선생님이 진심으로 나를 지도해 주지 않았기 때문이다', '같은 반 친구가 나를 험담했기 때문이다'라는 식으로 지금의 상황을 타인의 탓으로 돌리기도 한다. 그러다 보면 자신을 이렇게 비참한 상태에 몰아넣은 '책임자'를 절대 용서할 수 없다는 생각을 하게 된다. 그 결과는 폭력으로 이어진다. 불안함과 초조함을 발산할 곳이 없으므로 종종 부모, 특히 어머니를 상대로 가정 폭력을 일으킨다. '내 청춘을 돌려 줘', '내가 이렇게 된 건 당신 때문이야'라고 외치면서 말이다. 물론 대부분의 은둔형 외톨이는 사회활동에 공포감

나는 너를 용서할 수 있을까

을 느끼는 얌전한 은둔자들이지만, 어느 쪽이든 장기간 방치하면 방에서 탈출하는 것은 점점 더 어려워진다.

지금의 지나친 경쟁 환경은 사람들에게 자존감이 아니라 자기애만 기르게 만든다. 모든 것을 다 가진 이상적인 나를 꿈꾸게 만들기 때문에 그렇지 않은 지금은 불행한 것이다. 하지만 이것은 애초에 실현 불가능한 꿈이다. 완벽한 인간은 없다. 자기애에서 빠져 나와 성숙해지지 않는다면 행복을 찾을 수 없다.

'화가 났어'와 '화를 느껴'의 차이

스토아 학파를 대표하는 철학자 세네카에게는 화를 잘 내는 노바투스라는 동생이 있었다. 욱하는 분노 때문에 일을 그르치곤 했던 노바투스는 세네카에게 화를 다스리는 법을 알려 달라고 했다. 동생의 요청에 세네카는 도대체 '화'란 무엇이고 인간과 인간의 삶에 어떤 영향을 끼치는지에 대한 철학적 담론을 담아 편지로 썼다.

세네카는 화를 내는 원인은 '나는 잘못한 게 없다'는 생각 때문이라고 말한다. '나는 죄가 없고 잘못한 건 오직 너'라고 생각하기 때문에 마치 누명을 쓴 것처럼 억울해하며 분노를 폭발시킨다는 것이다. 그러나 화라는 것은 누명을 벗겨 주지도 않고 문제를 해결하지도 못한다. 격렬한 분노는 더 큰 분노를 야기할 뿐이다. 고통을 준 사람에게 더 큰 고통을 주는 것을 유일한 목표로 삼게 만들어, 칼끝이 자신을 향해 겨눠진 것을 뻔히 보면서도 무작정 덤벼들게 만든다.

실제로 분노조절장애를 겪는 사람들의 대다수가 화를 낼수록 더 격한 분노에 사로잡힌다고 말한다. 처음엔 고함만 치다 나중엔 욕을 하고 그다음에는 물건을 집어던지고 나중에는 뭘 해도 화가 풀리지 않는다고 한다. 게다가 자주 욱하는 사람은 화를 내는 것이 마치 성격처럼 굳어져 매사 불평불만이 많아진다. 나는 잘못이 없는데 만족스러운 일이 하나도 생기지 않으니 세상이 마음에 들 리 없다. 결국 불만족스러운 세상은 나에게 상처만 주는 상처투성이로 변하고 만다.

물론 분노는 지극히 자연스러운 감정이며 표현되어야 마땅하다. 그러나 흥분한 상태에서 즉각적으로 표출된 격한 분노는 문제를 꼬이게 만들고 폭력을 정당화하며 결국 우리 몸을 병들게 한다. 분노가 많은 사람이 50대 전에 사망할 확률은 그렇지 않은 사람보다 네 배가량 많다고 한다. 또 심장병이나 당뇨병을 유발하는 원인이 되는 것은 물론 면역력 약화에도 영향을 끼친다.

격렬한 분노일수록 고요하게 전달되어야 한다. 분노라는 감정에 휘둘리기 시작하면 인생의 결정권이 우리를 화나게 만드는 상처 주는 사람에게 넘어가게 된다. 영화나 드라마를 보면 주인공이 분노에 휩싸여 실수할 줄 알고 일부러 자극하는 나쁜 인물이 나온다. 보는 사람들은 뻔히 알고 있는 함정 속으로 제 발로 걸어 들어가는 주인공은 얼마나 한심한가. 순간적인 격렬한 분노를 그대로 표출하는 것이 익숙해지면 우리 모두 그렇게 될 수 있다. 우리만 알지 못하는 함정 속으로 걸어 들어가는 것이나 다름없다.

화는 그 자체로 아무것도 바꾸지 못한다. 오히려 우리의 고통을 즐기는 상처 주는 사람들의 욕구만 충족시켜 주게 될 수 있다. 더 이상 상처를 주지 못하게 하려면, 그리고 내가 원하는 목적을 이루려면 차분하고 분명하게 말을 해야 한다. 그렇지 않으면 화를 내는 단계에 얼어붙어 버려 상처에서 벗어날 수 없다. 상처받아서 화를 내는 것이 아니라 자꾸 화를 내기 때문에 더 상처받게 될 수도 있다.

심리치료사 필립파 페리는 자신의 책 《인생학교 : 정신》에서 '화가 났을 때는 화를 바라보는 사람이 되어야지 우리 자신이 화가 되어서는 안 된다'고 말한다. 분노라는 감정과 자신을 한 덩어리로 묶지 말고 분리시키라는 말이다. 그래서 말을 할 때도 '나 화났어'가 아니라 '나는 화를 느껴'라고 말하라고 한다. 그래야 분노라는 감정을 억누르지도 않고 그 감정에 휘둘리지도 않을 수 있다.

르상티망, 행복을 집어삼키는 마그마 분노

마음에서 쉽게 사라지지 않는 상처들이 있다. 건드리기만 해도 아프고 순식간에 불쾌한 기분에 사로잡히는 좀비 같은 상처들이다. 이런 상처를 가진 사람들과 이야기를 해 보면 상처를 준 사람 또는 그 상황에 여전히 분노하고 있다는 것을 알 수 있다. 그런데 여기에서 말하는 분노는 통상적인 분노와는 좀 다르다. 통상적인 분노는 순간적으로 끓어오르는 전기포트처럼 단숨에 치솟는 감정이다. 그래서 길게 가지 않는다. 얼마 지나면 대개는 사그라지고 나중에는 화를 냈던 일조차 잊어버리기도 한다.

반면 상처를 아물지 못하게 막는 분노는 아무리 시간이 지나도 끈질기게 지속되는 감정이다. 철학자 니체는 자신의 책 《도덕의 계보》에서 이 감정을 '르상티망ressentiment'이라고 했다. 르상티망은 프랑스어로 '원한'을 의미하는데, 땅속에 있는 마그마처럼 분노 에너지를 마음속에 쌓아 두고 있는 상태를 가리킨다. 켜켜이 쌓여 가는 원한은 시간이 지날수록 뜨거워지며 결국 좋은 것이든 나쁜 것이든 녹아들게 만든다.

어느 명상원에서 진행하는 워크숍에 강연을 하러 갔다가, 아내에게 배신감을 느낀다는 한 40대 남자를 만난 적이 있다. 그는 억울하게 이혼 청구를 당했다고 말했다. 매달 네다섯 번씩 거래처 접대를 하느라 회식이 잦은 편인데, 어느 날 회식을 마치고 집에 들어가니 아내가 이혼 서류를 내밀더란다. 사실 그날은 장인이 암 치료를 위해 입원하는 날이었다.

그는 아내가 자신을 타박하기 위해 장난을 치는 거라고 생각했다. 그런데 이튿날 아침 아내가 다시 한 번 이혼 서류를 보이며 자신은 결심을 굳혔으니 그렇게 알라고 했다고 한다. 그러면서 "우리 아이가 갓난아기였을 때 한밤중에 열이 40도까지 올라가서 사경을 헤매는데 당신은 술에 취해 새벽에 들어왔어요"라고 말했다고 덧붙였다. 그는 그날 병원에 가지 못한 건 미안하지만 난데없이 십 년도 더 지난 이야기를 꺼내면서 이혼하자고 하는 아내가 도저히 이해가 안 된다고 분개했다. 분명 다른 이유가 있을 거라면서 말이다.

그에게는 십 년도 더 지난 옛일이, 아내에게는 여전히 생각날 때마다 화가 치미는 상처라는 것을 그는 알지 못했다. 모든 게 서툰 초보 엄마가 열이 펄펄 끓는 아이를 안고 느꼈을 두려움에 대해 한 번도 생각해 보지 않은 것이다. 뒤늦게라도 남편이 맘고생 심했을 아내를 위로해 주었더라면 이런 일은 없었을 텐데, 아침에 아이가 괜찮은 걸 보고는 대수롭지 않게 아이를 잘 좀 보라고 했다는 것이다. 아내가 느꼈을 배신감과 원망은 엄청나게 컸으리라. 그때 말하지 못한 억눌린 분노와 서운함이 원한으로 굳어 버린 것이다. 진심 어린 헤아림과 반성이 없는 한 원한은 해소되지 않는다. 그리고 마음속에 원한이 있는 사람과 평화롭게 살 수 있는 방법은 없다.

가장 큰 문제는 욕구 불만이다

좀처럼 상대를 용서하지 못하는 원한이 생기는 이유는 무엇일까? 가장 큰 원인은 욕구 불만이다. 기대와 다른 현실에 대한 좌절과 실망감, 충분히 인정받지 못하는 것 같은 불안, 하고 싶은 일을 하지 못하는 상실감 등의 욕구 불만이 원한으로 쌓이는 것이다.

앞서 나온 부부의 사례를 살펴보면, 어쩌면 부인에게는 더 큰 원한이 있을 수도 있다. 아이가 아픈 날 혼자서 전전긍긍해야 했던 일뿐만이 아니라 평상시에 친정 부모님에게 무심했던 남편, 육아 때문에 일을 그만둘 수밖에 없었던 것, 혼자 집안일과 육아를 도맡아야 했던 것에 대한 불만이 켜켜이 쌓이고 있었던 것이다.

특히 지나치게 예의를 차리거나 좋은 사람 콤플렉스에 빠져 있는 사람일수록 원한을 품기 쉽다. 자신의 불만을 상대에게 말하거나 행동으로 드러내면 안 된다고 생각해 습관적으로 분노를 억누르기 때문이다. 억누르기만 하는 분노는 한꺼번에 너무나 극단적으로 폭발할 위험이 있다. 부부싸움 한 번 하지 않다가 이혼을 하게 만드는 식이다.

다시 한 번 말하지만, 분노를 느끼는 것 자체가 부끄러운 일은 아니다. 즉각적이고 폭력적으로 분노를 분출하는 것이 문제인 것이다. 라 로슈푸코는 '분노를 외면한 관대함은 허영심, 나태함, 공포의 산물'이라고 말했다. 자신의 선한 성품을 보여 주고 싶거나 벌을 내리기 귀찮아 하거나 나중에 보복당하지 않을까 두려워서 보이는 관대함은 원한의 다른 얼굴일 뿐이다.

정말 포기할 게 아니면 겸손하지 마라

우리는 어쩔 수 없이 타인과 자신을 비교하며 산다. 내가 남에게 어떻게 비칠지 인식하는 것으로만 자기 확인을 한다.

심리학자인 오구라 치카코가 말했듯이 인간은 '타인의 시선의 수로 자신의 존재를 확인하는 생물'이며 '타인의 시선 없이 자신감을 갖기 힘들다'(《증보판 마쓰다 세이코론增補版 松田聖子論》). 인간이라는 생물이 태생적으로 그러한데 자기긍정감이 부족한 사람이라면 오죽 심하겠는가. 자신의 가치를 의심하는 사람들은 누군가 자기보다 주목받고 인정받으면 그 자체만으로도 상대 또는 주위 사람 모두를 향한 원한의 씨앗을 틔운다. 행복해 보이거나 좋은 환경의 혜택을 누리는 것처럼 보이는 사람과 나를 비교할 때마다 타인의 행복을 견디지 못하는 분노, 즉 선망이 생기기 때문이다.

격렬한 선망과 질투는 늘 상처를 발생시킨다. 중요한 것은 상처를 받기도 하지만 다른 사람들에게 주기도 하기 때문에 바이러스를 퍼뜨리듯 원한을 전염시킨다는 점이다. 그러므로 자기긍정감이 부족한 사람들은 시시때때로 스스로에게 이렇게 말해 주어야 한다. '나는 이 정도면 괜찮은 편이다'라고 말이다. 그래야 자기 마음에 원한을 쌓지도 않고 타인으로 하여금 원한을 갖게 하지도 않을 수 있다.

불행의 가장 큰 원인은 의논할 상대가 없다는 것이다

우리에게 고통을 준 사람을 용서할지 말지 고민하는 이유는, 용서하지 못하는 마음이 다른 인간관계에 영향을 미치기 때문이다. A라는 사람에게 배신당한 사람은 처음 보는 B나 C라는 사람도 자신을 배신할 것이라고 생각한다. 그래서 B나 C에게 진심을 보이지 못한다. 상처가 클수록 믿지 못하는 인간관계가 확대된다. 자기 자신을 지키기 위해 스스로를 고립시키는 것이다. 친한 친구에게 애인을 빼앗겼거나 가까운 지인에게 사기를 당했던 사람은 누구도 믿을 수 없게 되어 교류하는 것을 피하다가 결국 가족 이외의 인간관계가 거의 끊어지는 경우가 많다. 심지어 가족들까지 멀리하는 경우도 있다. 그러나 타인으로부터 자신을 고립시키는 것은 지난 과거 속에 자신을 가두는 것이나 다름없다. 맹수를 피해 도망간 곳이 맹수 우리인 셈이다.

또 고립되어 있으면 의논할 수 있는 상대가 없으므로 아무도 자신의 고민을 들어 주지 않는다. 다른 사람과 의논하다 보면 다른 관점에서 현실을 바라볼 수도 있을 텐데 그것도 불

나는 너를 용서할 수 있을까

가능하다. 그러면 아무래도 시야가 좁아지고 원한이라는 응어리도 깊어질 수밖에 없다. 상처 주는 사람들이 가장 공격하기 쉬운 대상이 되는 것이다.

남을 탓하게 만드는 자기애

불행의 이유를 남에게서 찾으려는 사람들이 있다. 어떤 문제나 실수의 원인이 자신에게 있다고 생각하지 않고 다른 누군가가 자신을 실망하도록 만들었다고 확신하여 그 상대에게 분노의 화살을 겨누는 것이다. 이렇게 만사를 타인의 탓으로 돌리는 타책적他責的 경향은 상처와 원한을 키우는 중요한 요인이다.

타책적 경향이 강한 사람들은 자신이 선택받지 못한 것을 선택받은 사람 때문이라고 여긴다. 예를 들어, 같은 회사에 입사 지원서를 냈는데 친구만 붙고 자신은 떨어졌다고 하자. 그러면 그들은 자신이 부족해서가 아니라 그 친구가 자기 '대신' 붙었다고 생각한다. 신호등이 자신의 차 바로 앞에서 바꿔면 앞차 때문에 신호를 받지 못했다고 생각하고, 친구가 먼저 성공하면 마치 자기 기회를 빼앗긴 것처럼 분해한다. 인과관계도 없고 심지어 우연히 일어난 일조차 남을 탓하고 핑계를 댈 이유를 찾는다.

왜 이런 식으로 책임을 전가할까? 자신이 되고 싶은 이상적인 자아상과 현실 사이의 괴리를 인정하고 싶지 않기 때문이다. 모두 남의 탓으로 돌림으로써 자신의 능력 부족을 덮어버리고 싶은 것이다.

때로 도저히 남 탓을 할 수 없을 만큼 자신의 능력으로는 이룰 수 없는 꿈이라면 공상에 빠지기도 한다. '내가 ○○였으면 좋을 텐데'라는 식으로 상상을 하는 것이다. 예를 들어, 모두의 인정과 칭찬을 받고 싶은 영업사원이라면, '남들이 따라올 수 없는 실적을 계속 내서 영업 실적 넘버원이 된' 자신을 상상함으로써 현실에서 충족되지 못한 욕망을 해소하려고 한다.

정신의학은 이를 '환상적 기대 충족'이라고 부르는데 현실에서의 비참함을 완화하는 방법으로 종종 이용된다. 뚱뚱한 사람이 날씬한 모델 사진을 붙여 놓고 마치 자신인 것처럼 상상하며 대리만족을 하는 것과 같은 심리다. 그러나 이런 환상적 기대 충족은 일시적인 만족을 줄 수는 있지만 눈앞의 현실을 바꿀 수는 없다.

원하는 것을 얻지 못하는 이유를 계속 다른 사람에게서 찾으려고 하면 꿈꾸는 삶은 점점 더 멀어진다. 앞서 달려가는 사람들을 바라보며 저 사람은 신발이 비싼 거다, 다리가 튼튼하다 투덜대 봤자 자신이 뒤처지고 있다는 사실은 변하지 않는다. 그 시간에 한 발이라도 내딛어야 한다. 우리가 바꿀 수 있는 건 오직 자기 자신뿐이다.

그리고 도저히 이룰 수 없는 꿈이라면 포기할 줄도 알아야 한다. 환갑이 넘은 사람이 십대들의 생기와 가능성을 보며 상심하고 질투한다면 그 인생은 희망이 없다. 다시 태어나야 얻을 수 있는 것들을 갈망하는 데 시간을 낭비해서는 안 된다. 행복한 사람들은 모든 것을 다 이룬 사람들이 아니라 자신이 할 수 있는 것에 최선을 다한 사람들이다. 행복한 인생을 원한다면 자기애적 이미지를 현실에 맞게 낮출 필요도 있다.

자신을 탓하게 만드는 피해자 의식

모든 일이 남 탓이라고 말하는 사람이 있는가 하면, 모든 일이 자기 탓이라고 울부짖는 사람들이 있다. 얼핏 보면 착하고 겸손한 것 같지만 자책적自責的 경향도 남 탓만큼 이기적인 사고방식이다. 자책하는 근거가 '자신이 모든 일을 할 수 있었는데 하지 않아서'라고 생각하기 때문이다. 다시 말해, 자기애가 너무 강하다 보니 죄책감까지 느끼게 된 것이다. 슈퍼맨이 '내가 세상을 구하지 못했어'라고 좌절하는 것처럼 모든 일을 더 잘할 수 있었다고 자책한다.

이런 사람들은 자신이 최선을 다하는 만큼 상대도 그래야 한다고 생각한다. 그래서 상처를 받으면 모두가 자신을 비난한다고 여기는 피해의식에 빠지기 쉽다. 무례한 대접이나 퉁명스러운 대응에 과민하게 반응하고 다른 사람은 별로 신경 쓰지 않는 일에도 계속 집착한다. 상대의 말과 행동을 제멋대로 해석하며 '나를 적대시한다', '나를 무시한다', '나를 피하고 있다'는 식으로 받아들인다.

또 자신이 상대방에게 해 준 일은 과대평가하고 반대로 상대가 자신에게 해 준 일은 과소평가하며, '난 이렇게 잘해 줬는데 저 사람은 이만큼밖에 돌려주지 않았다'고 받아들이기도 한다. 타책적 경향을 가진 사람이 자신의 불행을 남 탓으로 돌려 발뺌하려고 한다면, 자책적 경향이 있는 사람들은 없는 불행도 만들어 내 괴로워한다. 자책이라는 필터를 거치면 외부의 모든 메시지가 공격적인 것으로 바뀌기 때문이다. 하지만 대부분의 사람들은 자기 문제를 생각하는 것 말고는 관심이 없다. 거울 속의 자기 모습을 뚫어지게 보며 못난 점을 찾고 있는 사람은 자기 자신뿐이라는 걸 알아야 한다.

바람피우는 남편이 아내의 바람을 의심한다

프레드 러스킨 박사는 자신의 책 《용서》에서 '용서하려면 자신의 규칙을 타인에게 강요하는 것을 그만둬야 한다'라고 강조한다.

러스킨 박사에 의하면 용서하기의 첫 단계는 내가 '바로 지금', '어제가 아닌 오늘' 분노하고 있음을 아는 것이다. 그리고 둘째로 분노의 원인이 비단 가해자의 부당한 행위뿐 아니라, 내가 옳다고 믿는 규칙을 타인에게 강요하려 하는 것에도 있음을 알아야 한다. 러스킨 박사가 꼽은 타인에게 강요하기 쉬운 규칙은 다음과 같다.

① 내 남편(아내)은 나에게 성실해야 한다.
② 사람들은 내게 거짓말을 하면 안 된다.
③ 인생은 공평해야 한다.
④ 모두들 친절하고 세심하게 나를 대해 줘야 한다.
⑤ 내 인생은 경제적으로 풍족하고 쾌적해야 한다.
⑥ 내 과거는 달랐어야 한다.
⑦ 어머니 아버지는 내게 더 잘해 줬어야 한다.

이것은 전부 얼핏 보면 옳은 내용이다. 특히 ① 내 남편(아내)은 나에게 성실해야 한다와 ② 사람들은 내게 거짓말을 하면 안 된다는 정말로 옳은 말이지만, 그것을 강요하는 게 항상 적절한지는 생각해 봐야 할 문제다.

배우자에게 성실해야 한다는 것은 부부가 서로 지켜야 하는 당연한 규칙이다. 배우자 이외의 상대와 육체관계를 갖는 것은 용납될 수 없다. 그러나 그렇다고 해서 자기 이외의 이성과 메일을 주고받았거나 함께 식사한 것도 용서할 수 없다고 책망하는 것은 좀 지나치지 않을까?

또 거짓말을 하면 안 된다는 것도 맞는 말이지만, 태어나서 단 한 번도 거짓말을 하지 않은 사람이 과연 있기는 할지 의문이다. 특히 자신에게 불리한 것을 '굳이' 말하지 않는 '부작위의 거짓'은 누구나 많건 적건 하면서 살고 있다.

그럼에도 불구하고 상대가 조금이라도 거짓말을 하면 용서할 수 없다고 책망하는 것은 두 가지 이유 때문이다. 먼저 완벽주의 때문이다. 뭐든지 백 점 만점이 아니면 직성이 풀리지 않는 사람은 상대방에게도 똑같은 태도를 요구한다. 이런 사람은 배우자에게도 한 치의 거짓도 없는 완벽한 충실함을 요구한다.

또 다른 이유는 자신의 죄의식을 감추기 위해서다. 나는 이미 거짓된 행동을 했다. 하지만 그걸 들키고 싶지 않으므로 자기 내면에는 거짓말쟁이라는 '악'이 존재하지 않는다고 주장하고 싶은 것이다. 뒤집어 보면 그만큼 자신의 거짓에 죄의식을 느끼고 있다는 말이기도 하다. 또한 죄책감이 강할수록 타인에게서 자신과 비슷한 '거짓'을 발견하면, 그 점을 철저하게 공격하여 자신의 거짓이 보이지 않도록 감춘다. 그럼으로써 자신을 정당화하려는 것이다. 이런 진단에 꼭 들어맞는 40대 부부를 상담한 적이 있다.

한 40대 남성이 '혼자 있으면 불안하다'고 호소하며 아내와 함께 진료실을 찾아왔었다. 내가 그렇게 된 계기를 물었더니 "아내가 다른 남자와 메일을 주고받는 것 같다. 아내는 메일을 하지 않았다고 하지만 휴대전화의 메일 기록을 지운 흔적이 있다. 아내가 곁에 없으면 바람을 피우는 것 같아 불안하고 배신감까지 든다"고 토해 내듯이 말했다.

아내가 메일을 보낸 상대 남성은 친구의 오빠이자 남편의 지인이기도 하다고 한다. 아내는 자녀의 사교육 문제 때문에 자문을 구한 것이지, 바람을 피우다니 말도 안 된다고 말했다. 상대 남성으로부터 해명까지 받았다. 하지만 남편의 불안은 더 심해졌고 아내의 귀가가 조금이라도 늦어지면 아내를 책망하면서 용서할 수 없다고 분노했다. 아내는 아예 휴대전화 번호를 바꾸고 집에 있을 때는 항상 남편 앞에 전화기를 두었지만 남편은 지금도 아내가 바람을 피우고 있는 건 아닌지 의심하고 아내를 용서하려 하지 않았다. 그 때문에 힘들어하던 아내가 "그렇게 불안하다면 병원에 가서 진찰을 받자"고 권한 것이 진료실을 찾아온 계기였다.

진찰을 받고 나서 남편은 조금씩 침착함을 되찾았다. 그런데 그 후 충격적인 사실이 밝혀졌다. 실은 남편이 바람을 피우고 있었던 것이다. 남편이 젊은 여자와 사이좋게 팔짱을 끼고 번화가를 걷는 모습을 우리 병원 직원이 직접 목격했다. 그 남성이 아내가 바람을 피우고 있다고 의심한 것은 사실 자신의 불륜 사실을 부인하고 죄의식을 덜고 싶었기 때문이었던 것이다. 이런 사례는 의외로 많다. 자신의 거짓된 행동으로 죄의식을 느끼는 사람들이 상대에게서 자신과 똑같은 거짓된 행동을 집요하게 탐색하는 것이다.

왜 그런 행동을 할까? 프로이트의 말에 의하면 '불성실하고 싶은 자신의 충동을 성실해야 하는 책임을 함께 나누는 상대를 향하여 투사함으로써 양심의 가책에서 무죄 방면되기' 때문이다(프로이트 '질투, 편집증 그리고 동성애의 몇 가지 신경증적 메커니즘', 《정신병리학의 문제들》).

그러므로 가까운 누군가가 자꾸 나의 결백을 의심하며 집요하게 물고 늘어진다면 그 사람 안에 동일한 문제가 존재하는 것일 수 있다. 반대의 경우 역시 마찬가지다. 나에게 큰 잘못을 한 것도 아닌데 그 사람의 행동이 의심스럽고 신뢰할 수 없다면, 내가 싫어하는 나의 모습, 죄책감을 일으키는 나의 행동이 그 사람에게 보여서일 수도 있다는 사실을 생각해 볼 필요가 있다.

우리를 불행하게 하는 환상적 만능감

　러스킨 박사의 규칙 이야기로 돌아가자. ③ 인생은 공평해야 한다와 ④ 모두들 친절하고 세심하게 나를 대해 줘야 한다 ⑤ 내 인생은 경제적으로 풍족하고 쾌적해야 한다는 규칙은 모두 이상적 자기애를 충족시키기 위한 소망들이다. 하지만 현실은 이상과 다르다. 아니 오히려 이상대로 되지 않는 것이 현실의 인생이다.

　그럼에도 불구하고 자기애적 이미지와 현실의 간극을 받

　　　　　　　　　　　나는 너를 용서할 수 있을까

아들이지 못하는 사람은 위 세 가지 규칙을 내려놓지 못한다. 아직 유아기적 만능감에서 벗어나지 못한 아이 같다. 어린 시절 부모에게 공주나 왕자처럼 떠받들어지며 어떤 요구도 거부당한 적 없는 아이는 커서도 세상이 자기중심으로 돌아간다고 생각한다. 특권 의식에 빠져 있는 사람과 비슷하다. 다른 사람의 마음을 헤아릴 필요가 없었기 때문에 남을 배려해야 한다는 것을 이해하지 못한다. 자기만 존중받으면 그만이다. 이런 사람은 자신을 과대평가하기 쉽고 '나는 사람들이 다정하게 대할 만한 가치가 있는 사람'이라거나 '나는 호화로운 삶을 살아야 하는 사람'이라고 생각하며 과도한 기대를 품는다. 이런 오만한 사람은 당연히 현실에 만족하지 못하고 불행할 수밖에 없다.

인생의 대원칙, 과거와 타인은 바꿀 수 없다

러스킨 박사의 규칙 중에서 ⑥ 내 과거는 달랐어야 한다와 ⑦ 어머니 아버지가 내게 더 잘해 줬어야 한다는 것은 지금까지 말한 그 어떤 규칙 중에서도 결코 이루어질 수 없는 환상이다. '과거와 타인은 바꿀 수 없다'는 대원칙을 망각했기 때문이다. 대표적인 사례가 자신의 모든 좌절과 실패의 이유를 유년시절과 부모에게서 찾는 경우다.

한 30대 남성은 자신이 어중간한 인생을 살고 있는 이유가 부모 때문이라고 말한다. 요즘은 집값이 비싸 부모가 보태 주지 않으면 내 집 마련은 넘볼 수도 없는데, 자신은 부모 형편이 좋지 않으니 포기할 수밖에 없다고 말한다. 또 집이 없으니 능력 있는 여자를 만나 결혼하는 것도 진즉 포기했다. 고만고만한 직장에 들어간 이유도 학창시절 충분히 사교육을 받지 못해 고만고만한 대학에 들어갔기 때문이며, 부모가 유학만 보내 줬더라도 성공했을 거라고 한탄한다. 이런 사람들을 만날 때면 안타까움을 넘어 답답함을 느낀다. 더 어려운 상황 속에서도 성공한 사람들의 이야기를 해 주면 자신은 영웅이 아닌 평범한 사람이라고 항변하고, 주어진 조건 안에서 행복을 찾으라고 하면 자신은 더 크게 될 재능이 있었다고 하며 실망한다. 그들은 가지 않은 길에 대한 환상만 가지고 있다. 아무것도 하지 않고 풍요만 누리고 싶은 것이다.

어쩌면 넉넉하지 않은 성장 환경은 그들에게 정당성을 부여하는 가장 필요한 환상인지도 모른다는 생각이 들 정도다. 성장을 거부하고 다른 사람에게 의존하려는 사람들에게 하고 싶은 말은 하나뿐이다. 지금 이 순간, 나 자신만이 내 인생을 구원할 수 있다.

'나도 당했으니까'라는 분노의 연쇄 작용

칭찬이 인색했던 부모 아래에서 자란 아이는 다른 사람을 칭찬하는 일을 어색해한다. 마찬가지로 직장 상사나 동료들에게 너그러이 이해받지 못한 사람은 다른 사람에게 냉정하고 엄격한 기준만 내세울 가능성이 크다. 예를 들어, 부하의 사소한 실수를 좀처럼 용서하지 못하는 상사가 있다고 하자. 이런 상사는 '내가 업무상 실수를 했을 때 상사에게 엄청나게 질책당하고 용서받지 못했으니까 나 같은 실수를 하는 부하 직원이 있으면 용서하지 않는 것이 당연하다'라고 생각할 수도 있다. '나도 당했으니까…'라는 식이다.

모든 상사가 이런 논법으로 행동하진 않겠지만 개중에는 정말 이렇게 생각하고 행동하는 사람도 있다. 상사가 자신을 용서해 주지 않았던 것을 일종의 공격으로 간주하고, 자신을 상사라는 공격자와 동일시하여 자신이 당한 일을 그대로 부하 직원에게 하는 것이다.

이것은 '공격자와의 동일시'라고 불리는 메커니즘으로, 프로이트의 딸 안나 프로이트가 《자아와 방어 기제》에서 설명했다. 쉽게 풀어서 말하자면, 내가 당한 일을 나보다 약한 자에게 되풀이함으로써 내가 공격당했을 때 느낀 공포와 무력감을 극복하려 하는 것이다. 이 공격자와의 동일시는 괴롭힘을 당한 아이가 괴롭히는 아이가 되는 과정에 단적으로 나타난다.

이때 무서운 것은 공격자와의 동일시 때문에 공격이 연쇄 작용을 일으킨다는 점이다. 사소한 일로 번번이 질책당한 부하 직원은 자신의 후배에게 똑같은 방법으로 일을 가르칠 가능성이 높다. 누군가 공격자와의 동일시 현상을 인식하고 일부러 끊어 내지 않는 이상, 공격은 공격으로 순환된다. 용서하지 않는 것도 이 메커니즘으로 말미암아 연쇄 작용을 일으킬 가능성이 크다. 그러므로 만약 타인을 좀처럼 용서하지 못하는 사람이 있다면 '예전에 나도 당했으니까'라는 논법으로 용서하지 않는 것은 아닌지 생각해 보아야 한다. 용서받지 못한 사람은 용서하는 것도 어려워한다.

제
4
장

행복한
인생을
위한

11가지
용서의
기술

나는 신이 결국 용서해 주실 거라는 걸 안다.

신은 네 아버지와 나, 그리고 너까지 용서해 주실 것이다.

하지만 가장 중요한 건 너 자신을 용서하는 것이다.

_할레드 호세이니,《연을 쫓는 아이》

용서할 수 없다는 분노와 증오에서 벗어나기 위해서는 4단
계 감정의 변화 속에서 열한 가지 용서의 기술을 배워야 한다.

[1단계] 상처를 인식하라

우선 자신이 상처받았다는 사실을 인정해야 한다. 당연한
말이 아닌가 의아해할지도 모르지만 실은 이렇게 하지 못하
는 사람이 꽤 많다. 무시당하거나 모욕당해도 '설마 그럴 리

가 없어. 저 사람이 나에게 상처 주는 말을 할 리가 없어'라며 그 일을 억지로 마음속에서 지워 버리고 인정하려 하지 않는 것이다.

이것은 죽음을 맞이하는 다섯 단계에서 언급했던 '부인'이다. 부인은 어떤 충격을 받았을 때 그 충격을 완화시키기 위한 방어 메커니즘으로 종종 이용된다. 너무 강한 충격은 심신을 파괴할 수도 있기 때문에 방어 메커니즘이 작동하는 것은 당연한 반응이다. 그 덕분에 사람들은 엄청나게 상처받고 좌절했음에도 불구하고 어떻게든 일상생활을 영위해 나가기도 한다.

누구나 각자의 방식으로 다양한 방어 메커니즘에 의지하며 세상을 살아가고 있다. 다만 부인하며 그 일을 뭉개 버리면 아무 일도 없었던 것처럼 깨끗이 잊을 수 있느냐 하면 그렇지 않다는 것이다.

상처받은 사실을 계속 부인하는 것은 방탄조끼를 입고 테러범을 진압한 경찰이 근무를 마친 뒤에도 그 조끼를 벗지 않고 행동하는 격이다. 맞아도 아프지 않으니 상처에 대한 감각이 무뎌져 점점 더 큰 상처를 받게 된다. 그리고 언젠가 조끼를 벗었을 때 모든 통증이 한꺼번에 찾아온다.

예를 들어 자신을 지키기 위해 상처받은 사실을 계속 부인하기만 하면, 상대의 잘못된 행동을 바로잡을 타이밍을 놓친다. '그렇게 무례한 말을 들었는데 왜 받아치지 못했을까?'라는 후회가 밀려오며 오히려 뒤늦게 원한을 품을 수도 있다. 그러면 반성도 사죄도 하지 않는 상대를 한층 더 용서할 수 없게 되어 '내가 이렇게 상처받은 것을 되갚아 주고 싶다'는 복수심이 자라게 된다. '용서할 수 없다'는 원한을 키우지 않기 위해서는 먼저 최초의 충격이 사라진 시점에서 자신이 상처받았음을 인정해야 한다. 즉 부인하기를 그만둬야 한다.

치유를 거부하는 현실 부인과 감정 부인

'부인'에는 두 종류가 있다. '현실 부인'과 '감정 부인'이다. 현실 부인은 자신이 받은 충격을 조금이라도 줄이기 위한 방어 기제다. 극단적인 경우에는 직접 보고도 못 본 척한다. 이런 전형적인 자기기만은 가족이나 연인 같은 사랑하는 사람의 배신이나 부정행위를 목격했을 때 종종 나타난다.

예를 들어 밤늦은 귀가, 와이셔츠에 묻은 립스틱 자국, 주머니에서 나온 호텔 영수증 등 얼마든지 증거가 있는데도 남편이 바람을 피우고 있다는 현실을 아내가 인정하지 않는 경우가 있다. 아내는 '일이 바쁘니까 어쩔 수 없이 늦게 오는 거야', '지하철에서 여자 승객과 부딪쳤겠지', '업무상 미팅 때문에 호텔을 이용할 수도 있지'라고 변명하며 현실을 외면한다.

또는 중학생 아들의 방에서 담배 냄새가 나거나 담배 연기가 나는 것을 봤는데도 '설마 우리 아이가 그럴 리가 없어'라며 아들의 흡연 사실을 인정하지 않는 경우도 있다. 담뱃불이 붙어서 소동이 벌어져도 '친구가 두고 간 라이터가 자연 발화한 것'이라는 아들의 황당무계한 변명을 믿으려고 한다.

사실을 인정하면 실망과 고뇌를 맛볼 것을 알기 때문에 눈앞에 있는 위험을 직시하려 하지 않는 것이다. 되도록 문제를 키우지 않고 일단 그 자리를 벗어나기 위한 고육지책이지만 어차피 언 발에 오줌 누기다. 결국 괴로운 현실을 부인할 수 없는 지경에 이르게 되면 그 빚을 청산해야 한다.

감정 부인은 현실을 부인하는 과정에서 동시에 일어나며

나는 너를 용서할 수 있을까

더 오래 계속될 수 있다. 상처와 충격을 받았다고 인정하면, 자신이 얼마나 약하고 쉽게 상처받는 무력한 사람인지 모두에게 공개하는 셈이라고 생각하기 때문에 감정을 부인하는 것이다. 특히 사랑받고 싶은 사람에게 상처받으면 굴욕감과 실망감은 배가 된다. 이것은 누구에게나 불쾌한 감정이다. 그래서 내 마음속에는 이런 불쾌한 감정 따윈 없다는 듯이 행동하며 무의식중에 감정을 봉인해 버린다.

하지만 자신이 상처받아서 느끼는 굴욕감과 실망감을 마음 한구석에 쑤셔 넣은 채 지내는 것은 폭탄이 설치된 출구 없는 터널로 들어가는 것과 같다. 억압된 것은 반드시 회귀하는 법이다. 골치 아픈 감정을 계속 부인하면 불발탄 같은 그 감정이 언제 폭발할지 모른다.

게다가 부인당하고 억압당한 감정은 형태를 바꾸어 나타남으로써 다양한 폐해를 낳는다. 먼저 굴욕감이나 실망감이 낳은 무력감을 회피하는 사람은 항상 자신이 정당하다는 방어적 자세를 취하며 모든 인간관계에서 자신의 우위성을 확인하려고 한다. 자신이 항상 옳고 누구보다 뛰어나다는 것을 과시해야 직성이 풀리며 타인의 의견을 다짜고짜 부정하거나 무례한 태도를 취하기도 한다. 당연히 주위 사람들은 그를 거만한 사람이라고 생각한다.

그런가 하면 완벽주의에 빠지는 일도 적지 않다. 다시는 굴욕감이나 실망감을 느끼고 싶지 않기 때문에 절대로 비난받지 않도록 과도하게 신경을 쓰는 것이다. 이것은 다시 상처받고 괴로워하게 되진 않을까 하는 불안을 불식시키기 위한 일종의 방어 기제이기도 하다. 얼핏 장점으로 보이지만 완벽주의를 지속하려면 많은 시간과 노력을 들여야 한다. 또 그렇게까지 에너지를 썼는데도 상처받았을 때는 결국 우울해진다.

이처럼 현실이나 감정을 부인하면 나중에 그 대가를 크게 치르게 된다. 그러므로 부인하기를 그만둬야 한다. 자신이 상처받았음을 제대로 인식하고 대체 무엇을 잃었는지 파악하고 나서야, 진정으로 용서할 수 있게 된다는 것을 잊지 말자.

[2단계] 분노를 받아들여라

용서하는 것과 자신의 분노를 받아들이는 것은 물과 기름이 아닌가 생각할 수도 있다. 하지만 용서하기 위해서는 애도 과정을 통해 대상 상실과 마주해야 한다. 그러므로 대상 상실을 받아들이는 과정인 '분노'를 제대로 자각하고, 그런 부정적인 감정이 내면에 있다는 사실을 받아들이는 시간이 필요하다. 그래야 비로소 용서를 위한 첫 걸음을 뗄 수 있다.

그런데 이 세상에는 잘못된 인식이 통용되고 있다. '용서하려면 분노처럼 골치 아픈 감정을 억눌러야 한다. 가능하면 마음속에서 쫓아내야 한다'는 생각이다. 이것은 말도 안 되는 착각이며 이런 식으로 생각하는 사람은 결국 욱하는 격한 형태로 자신의 화를 표출한다.

한 20대 남성은 이렇게 이야기했다.

"대학 입시 때 내게 의학부 진학을 강요하던 아버지에게 화를 냈더니 아버지는 '화내는 것은 나쁜 일이다. 다시는 화내지 마라!'라고 소리 지르며 방문을 발로 차고 나가 버렸습니다."

그야말로 블랙 코미디다. 우리는 그의 아버지와 같은 행동을 흔히 볼 수 있다. 아무리 분노를 억누르고 봉인하려고 해도 분노 자체가 사라지지는 않기 때문이다. 억압된 분노는 시간이 흘러 다른 형태, 주로 아래의 세 가지 형태로 표출된다.

① 심신 질환
② 수동적 공격(passive aggression)
③ 욱하는 형태로 나타나는 분노 폭발

먼저 도저히 용서할 수 없는 상대를 향한 분노를 억누르다가 여러 병증이 심신에 나타나는 경우가 많다. 분노는 외부로 표출되지 못할 때 그 방향을 반전시켜서 자기 자신을 향해 화를 표출하기 때문이다.

한 60대 부인이 불면증을 호소하며 외래 진료를 받으러 왔다. 내가 불면증에 걸린 계기를 묻자 남편이 바람피운다는 사실을 알았기 때문이라고 했다. 젊었을 때부터 남편의 외도 때문에 힘들었는데, 최근에 남편이 이혼한 여성과 둘이서 여행을 갔다는 사실을 알게 된 것이다. 이 부인은 화가 나서 집을 나와 한 달 정도 딸 집에 머물렀다. 그러다가 남편이 그 여성과 만나지 않겠다고 약속해서 집으로 돌아갔다. 그런데 얼마 뒤 남편의 휴대전화를 엿봤더니 또 그 여성과 단둘이서 여행

나는 너를 용서할 수 있을까

을 다니며 찍은 사진이 저장되어 있었다.

약속을 지키지 않은 남편을 용서할 수 없다고 생각했지만 그녀는 아무 말도 하지 못했다. 남편 쪽에서 이혼하자고 하면 당장 경제적으로 힘들어질 것 같아 고민스러웠기 때문이다. 게다가 젊었을 때도 집안 분위기가 험악해지는 게 싫어 여태까지 참고 살았는데, 이제 와서 남편과 언성을 높이며 싸우고 싶지는 않았다.

딸과 친구에게 고민을 털어놓았지만 딸은 "우리 집은 좁아서 엄마와 함께 살 수는 없다"라고 했다. 친구도 "나이 먹어서 혼자 살면 외로워"라고 그녀를 설득했다. 그래서 일단 계속 못 본 척하기로 마음먹었다. 하지만 하루에도 몇 번씩 그 여자와 계속 만나는 남편을 향한 분노가 치밀어 올랐고, '도저히 용서할 수 없다'고 생각하며 괴로워하다가 불면증에 걸린 것이다.

이런 사례는 상당히 많다. 특히 전업주부이고 경제력이 없는 경우에는 남편의 외도나 폭력에 시달려도 좀처럼 이혼을 결심하지 못한다. 자신이 분노를 드러내면 남편에게 버림받지 않을까 하는 공포 때문에 계속 참기만 하다가 두통이나 어지럼증, 구토, 설사, 가슴 두근거림, 두드러기 등 각종 신체 증상에 시달리게 되어 병원에 오는 경우가 많다. 때로는 수술까지 해야 하는 심각한 증상이 나타나기도 한다.

한 20대 여성은 오른쪽 얼굴에 경련이 일어나는 안면 경련과 폭식으로 말미암은 비만 때문에 진료를 받으러 왔다. 그녀는 어머니와 새아버지에게 강한 분노를 느끼고 있었다.

어머니는 그녀를 낳은 뒤 이혼하고 그녀가 초등학교 4학년일 때 재혼했다. 얼마 후 어머니가 새아버지와의 사이에서 딸을 출산하여 어딘지 모르게 마음이 편치 않았던 그녀는 그 집을 나갔다. 새아버지가 술에 취해 "이 집에서 나가라"고 소리쳤던 일이 직접적인 계기였다고 한다. 이후 친할머니 집에서 지냈지만 함께 살던 작은어머니에게 구박을 받아서 어머니가 있는 집으로 다시 돌아갔다.

그 후 중학교 1학년 때 다시 새아버지에게 이 집에서 나가라는 말을 들었고, 이번에는 친아버지 집에서 생활하게 되었다. 그런데 고등학교 1학년 때 친아버지가 어디론가 사라져다시 어머니에게 돌아갈 수밖에 없어졌다. 참고로 친아버지에게는 방랑벽이 있어서 지금도 안정된 일자리를 얻지 못하

나는 너를 용서할 수 있을까

고 돈이 떨어질 때마다 딸에게 전화를 한다.

그녀는 고등학교를 중퇴한 뒤 통신교육을 받는 고등학교에 다시 들어가 힘겹게 졸업하고 도쿄로 상경했다. 선술집에서 아르바이트를 하며 독립해 살았는데, 동일본대지진으로 살고 있던 아파트에 금이 가는 바람에 다시 어머니 집으로 갈 수밖에 없었다. 그 무렵부터 뇌신경외과에서 수술을 권유받을 정도로 안면 경련이 심해졌지만, 어머니는 "얼굴 떨리는 게 뭐 대단한 일이라고 수술이냐"며 접시를 집어던졌다고 한다.

그녀도 어떻게든 집을 나가고 싶어서 직장을 찾고 있지만 면접을 볼 때마다 떨어졌다. 주로 외식업계의 일을 찾고 있었는데 안면 경련이 있어서 취직이 어려울 것 같다는 말을 들었다. 가장 용서할 수 없는 일은 어머니와 새아버지, 이부 여동생이 셋이서 즐겁게 이야기하거나 자기만 집에 남겨 두고 사이좋게 외출하는 것이었다. 그 광경을 볼 때마다 자신은 역시 '필요 없는 아이'라고 실감했기 때문이다.

이렇게 분노를 드러내지 못해서 신체적 병증으로 나타나는 경우는 여성에게 압도적으로 많다. 아무래도 화를 내면 안 된다는 무언의 압박을 더 강하게 받기도 하고, 화를 낼 수 없는 위치에 놓여 있는 경우가 많기 때문일 것이다.

물론 남성도 쌓이고 쌓인 분노가 다양한 증상으로 나타나기도 한다. 한 50대 남성은 음식을 삼키지 못하고 토하는 증상이 나타나 내과에서 정밀 검사를 받았지만 이상이 없다는 말을 듣고 심료내과에 진찰을 받으러 왔다.

그의 경우 정성 들여 키워 온 정원수를 함께 살고 있는 장인이 처분한 일이 계기였다. 이 남성은 데릴사위로 들어와 장인이 하는 조경업을 이어받아 삼십 년 가까이 성실하게 일했다. 그러나 장인의 과도한 간섭에 시달려야 했고 그때마다 갈 곳 없는 분노를 술로 달래 왔다.

하지만 이번만큼은 술도 소용이 없었다. 최근에는 집으로 돌아가려 하면 가슴이 두근거리고 구토감에 휩싸여 업무용 차량에서 자거나 싸구려 비즈니스호텔을 전전했다고 한다. 장인에게 대놓고 화를 낼 수도 집을 나올 수도 없었기 때문에 그 분노를 반전시켜 자신의 몸을 향하게 한 결과 구토, 즉 토한다는 '거절'을 상징하는 증상으로 나타난 것이다.

나는 너를 용서할 수 있을까

자기 처벌이라는 복수 멈추기 :
상대를 괴롭히기 위해 병에 걸리는 사람들

자기 내면에 치밀어 오르는 분노를 받아들일 수도 없고, 그 원인을 제공한 상대에게 분노를 제대로 전달하여 현 상태를 개선할 수도 없는 경우 다양한 신체 증상이 나타날 수 있다. 그리고 이와 더불어 마음에서도 병이 생긴다.

최근에는 '우울 증상'에도 억압된 분노가 엿보이는 경우가 적지 않다. 일이 잘 풀리지 않는 것을 타인의 탓으로 돌리며 책망하는 타책적 '신형 우울(기분 나쁜 일을 겪었을 때 주로 증상이 나타난다)'의 경우에는 분노를 억제하지 못하고 발작을 일으키는 일이 많아서 오히려 어떤 종류의 분노인지 알아차리기 쉽다. 그런데 얼핏 보면 자신을 질책하는 것 같은 자책적 '기존형 우울' 환자의 배후에도 종종 분노가 숨어 있다. 이런 환자는 일견 자신을 책망하는 듯이 보이지만 다양한 자책적 말에 끈기 있게 귀 기울여 보면 실은 프로이트가 지적했듯이, '이 호소 내용을 들어 보면 자신에게 해당하는 내용은 별로 없고 약간의 수정을 가하면 환자가 사랑하거나 예전에 사랑했거나 또는 사랑해야 하는 타인에게 해당하는 내용이라는 인상을 받는다.'(《애도와 멜랑콜리》).

예를 들어 '나처럼 쓸모없는 여자와 함께 사는 남편이 불쌍하다'며 남편을 동정하는 아내가 있다고 하자. 얼핏 보면 자신을 책망하는 듯이 보이지만 실은 남편의 쓸모없음을 힐책하고 있다. 또 '내가 제대로 챙기지 못해서 부모님과 삐걱거리는 관계가 되어 미안하다'고 아내에게 사과하는 남편의 속내는 아내가 시부모와 친척을 좀 더 잘 챙기기를 바라는 마음이 숨어 있다. 즉 '나를 향한 경멸'의 말은 근본적으로는 '타인을 향한 것'이며 그들의 '호소'는 실은 '고소'인 것이다.

따라서 자책적 우울형인 환자가 책망하는 대상은 실은 타인, 그것도 내 곁에 있는 용서할 수 없는 상대방이다. 프로이트의 말처럼 '자기 비난은 사랑하는 대상에게 향하는 비난이 방향을 바꾸어 자신의 자아에 반전된 것'일 뿐이다.

더구나 이 반전으로 말미암아 환자는 자기 처벌이라는 우회로를 통해 본래의 상대방에게 복수할 수 있다.

이 '복수'는 중요한 동기다. 처음에 말했던 60대 아내가 불면증이 악화되어 살림을 제대로 할 수 없게 되면 가장 곤란한 사람은 외도를 거듭해 온 남편이다. 그다음에 언급한 20대 여성도 안면 경련이 악화되어 앞으로도 취직이 안 되면 어머니와 새아버지도 힘들어질 것이다. 세 번째로 이야기했던 50대 남성도 구토감이 한층 심해져 일하지 못하게 되면 아내도 걱정하고 정원수를 마음대로 버린 장인도 곤란할 것이다.

프로이트는 이런 메커니즘에 대해 다음과 같이 분석했다. '그들은 적의를 직접 나타낼 수는 없으므로 스스로 병에 걸려 그 병을 통해 사랑하는 사람을 괴롭힌다. 그의 병이 목표로 하는 상대는 환자의 감정 장애를 일으키는 원인 제공자, 보통 환자의 곁에 있는 사람이다.'

정말 뛰어난 통찰력이다.

이렇게 내 주변에 있는 상대에게 분노나 적의를 품고 있으면 몸과 마음에 다양한 병이 나타난다. 경우에 따라서는 무의식적으로 '병을 통해 사랑하는 사람을 괴롭히는' 형태로 복수하려고 한다. 그러면 자신의 심신이 다칠 뿐 아니라 인간관계도 망가질 것이다. 그렇게 되지 않기 위해서라도 마음속에 분노나 복수심이라는 감정이 있는지 파악하고 그 감정을 받아들여야 한다.

수동적 공격 중단하기 :
태만함으로 실패를 기원하는 사람들

내 마음속에 분노가 숨어 있다는 사실을 받아들이지 못하여 우회적인 복수로만 울분을 풀 수 있는 상황에 놓이면 자기도 모르게 '수동적 공격passive aggression'을 하기도 한다.

수동적 공격은 적극적active이 아니라 소극적passive으로 공격하는 방법이다. 하기 싫은 일을 울며 겨자 먹기로 해야 하는 경우 어이없는 실수나 실패를 거듭한다든가, 좋아하지 않는 상대방과 함께 살아야 하는 결혼 생활에서 해야 할 일을 하지 않는 태만한 태도를 취하는 것이 그 전형적인 예다. 대부분의 경우 본인도 의식하지 못한 채 그렇게 한다.

용서할 수 없는 상대방에게 분노나 적의를 대놓고 표현하지 못하기 때문에 어떤 일을 하지 않거나, 잊어버리거나, 늦게 하는 식의 거부적 태도를 통해 간접적으로 표현하는 것이다. 때로 이 방법은 큰소리로 한바탕하는 것보다 더 효과적으로 상대방을 괴롭히고 상처 줄 수 있다.

예를 들어 상사의 편애로 중요한 프로젝트를 동기에게 빼앗긴 직장인을 떠올려 보자. 잘해 보려는 의욕에 찬 그 동기가 그에게 프레젠테이션에 필요한 자료를 작성해 달라고 부탁했다. 일단 쿨하게 받아들였지만 자신이 만든 자료가 라이벌의 성공에 기여한다고 생각하니 왠지 모르게 마음이 내키지 않았다. 그래서인지 '다른 일로 바쁘니까 좀 나중에 해도 되겠지. 직속 상사가 지시한 것도 아니고'라는 변명을 머릿속에 떠올리며 방치하다가 그 일을 잊어버리고 말았다.

결국 기다리다 못한 동기가 '그 자료 어떻게 되었어?'라고 메일을 보냈다. 그는 '다른 자료를 만드느라 잊어버렸어. 미안해'라고 답신했다. 이것은 본인은 의도하지 않았다고 해도 그 일, 즉 동기에게 부탁받은 자료 작성을 소홀하게 생각했기 때문이다. 다른 일에 비해 별로 열심히 하고 싶지 않았기에 '잊어버린' 것이다.

본인은 그것이 억압한 분노 때문임을 깨닫지 못하는 경우가 많다. 아니, 그런 사악한 의도가 마음속에 잠재한다는 것을 알고 싶지 않아서 모르는 척하는 것일 수도 있다.

동기의 재촉을 받았으니 일단 자료를 작성하긴 한다. 그러나 원래부터 잘할 마음이 없었고, 벼락치기로 자료를 만들어서 동기의 프레젠테이션에는 별 도움이 안 되었다. 이렇게 해서 동기가 실력 발휘를 할 수 있는 기회인 프레젠테이션에 실패하거나 힘들어한다면 내면에 숨겨진 음험한 꿍꿍이가 목적을 이루는 셈이다.

이런 수동적 공격을 당한 상대는 자존심에 상처를 입어서 우울이나 분노를 느끼게 된다. 그러면 이번에는 상대방도 수동적 공격으로 응수할 수 있다. 이런 식으로 분노의 악순환이 이루어지면 결국 인간관계가 엉망진창이 되고 만다.

그 전형적인 예가 앞서 다룬 프레너미다. 이 직장인도 마음속으로는 동기가 실패하기를 빌면서도 표면적으로는 쿨한 척 부탁을 수락했으니 '프레너미'라고 할 수 있다.

프레너미 같은 관계가 지속되면 양쪽 다 상대방을 용서할 수 없다고 생각하게 될 가능성이 크다. 그러면 서로 상대를 불신할 것이다. 무엇보다 뒤에서 음험하게 수동적 공격을 주고받다가 둘 다 만신창이가 된다. 그런 사태를 막기 위해서라도 자신의 내면에 분노가 있다는 사실을 받아들이고 그것을 상대방에게 가능한 한 말로 전달하려고 노력해야 한다.

나는 너를 용서할 수 있을까

내면의 분노를 받아들이지 못하고 억누르려고만 하면 당
연히 욱하는 형태로 폭발하기 쉽다. 분노는 참으면 저절로 소
멸하는 감정이 아니라 어떤 형태로든 반드시 표출되기 때문
이다.

여기서 무엇보다 욱해서 폭발하는 일을 막기 위해서라도
분노를 인식하고 담아 두지 않도록 해야 한다. 특히 내가 아
끼는 대상이 상처받거나 남에게 그 대상을 빼앗겨서 느끼는
분노가 원한으로 변하지 않도록 주의해야 한다.

원한은 마음속에 켜켜이 쌓인 분노 에너지다. '용서할 수
없는 병'을 앓고 있는 사람은 원한의 화신이 되는 경우가 적
지 않다. 바로 앞에서 소개한 사례를 다시 살펴보면 잘 알 수
있을 것이다.

그러므로 용서할 수 없는 병에서 빠져나오려면 원한을 쌓
아 두지 않아야 하며 그러려면 분노를 인식하고 조금씩 표현
해야 한다.

데라야마 슈지는 「깨어나 화내라」라는 에세이에서 '하루 한 번 화내기를 반드시 실행'하라고 했다(《가출을 권한다家出の すすめ》).

「깨어나 화내라」는 '분노는 배설물 같은 것으로 일정량이 뱃속에 쌓이면 반드시 배출해야' 한다. '거의 한계까지 참다가 더 이상 참을 수 없을 때 배출하면 안 된다. 뱃속에 있는 분노를 인식하고 조금씩 배출해야 한다'는 내용이다.

하루 한 번 화내기를 많다고 볼지 적다고 볼지는 사람마다 다를 것이다. 다만 마음속에 분노의 파도가 일렁일 때마다 뭔가 잘 되지 않는 것이 있다는 신호로 받아들이고 그 이유를 분석하는 일은 누구에게나 필요하다. 잘 풀리지 않는 현 상태를 조금이라도 개선하기 위해 상대에게 분노를 제대로 전달할 수 있다면 '깨어나 화내라'를 가장 바람직한 형태로 실행하는 것이리라.

나는 너를 용서할 수 있을까

복수심은 당연한 것이다

분노와 동시에 복수심도 인식할 필요가 있다. 대부분의 사람은 자신에게는 복수심이라는 사악한 감정이 없다고 부정하지만 그건 잘 몰라서 하는 소리다. 세네카가 말했듯이 '분노는 부정에 대해 복수하고 싶어 하는 감정'이기 때문이다.

또 세네카에 따르면 '분노는 해를 입혔거나 해를 입히고 싶어 하는 자를 해하기를 원하는 마음의 격동'이다. 그러므로 분노에는 필연적으로 복수심이 따라온다. 이것은 누구에게나 분노라는 감정이 생겨나는 것처럼 피하기 어려운 일이니, 원래 그런 거라고 받아들이고 '복수심도 분노와 함께 내 마음속에 잠재되어 있음'을 알아야 한다.

분노도 복수심도 그 존재를 인정해야 비로소 통제할 수 있다. 사악한 감정이라는 이유로 외면하고 부인하기만 하면 결국 원한이 마그마처럼 쌓여 간다. 그러면 심신의 이상 증상에 시달리거나 자신도 모르게 수동적 공격을 거듭할 수도 있다. 가장 무서운 것은 쌓이고 쌓인 원한이 폭발하여 이성을 잃는 경우다.

그런 사태를 방지하기 위해서라도 마음속에 숨죽이고 있는 분노나 복수심과 마주해야 한다.

[3단계] 상대의 입장에서 바라본다

자신의 상처를 인식하고 분노를 부인하기를 그만둔 다음에는 용서할 수 없다고 생각하는 상대를 이해하려고 해야 한다. 내가 진료실에서 이런 말을 하면 대개는 반론이 돌아온다.

앞서 소개한 60대 아내는 "어떻게 그렇게 할 수 있나요. 남편은 약속을 깨고 계속 바람피우며 나를 배신했는데 그런 남자의 마음을 이해하라니 말도 안 돼요!"라고 화를 냈다.

20대 여성도 "그 사람들(엄마와 새아버지, 이부 여동생)은 내가 없어지면 좋겠다고 생각해요. 그런 사람들의 마음을 이해할 수는 없어요"라고 반발했다. 마지막으로 50대 남성도 "제가 소중하게 키워 온 정원수를 버린 장인의 마음 따위를 왜 이해해야 합니까"라고 거부했다.

많은 사람들이 주로 두 가지 이유로 이렇게 반응한다. 먼

나는 너를 용서할 수 있을까

저 상대방의 부정한 행위로 해를 입었다는 생각이 너무 강해서 분노 단계에 얼어붙어 좀처럼 분노를 마음으로 받아내지 못한다. 내가 왜 분노와 같은 불쾌한 감정을 품어야 하느냐며 울분을 토하기도 한다.

이런 경우에는 억지로 상대를 이해하려 하지 않아도 된다. 아직 그 단계에 도달하지 않았으니 좀 더 분노와 마주하는 편이 좋을 것이다. 그러다 보면 서서히 화를 내는 게 더 바보 같다고 느껴질 수도 있다. 억지로 이해하려고 애쓰는 것이 가장 좋지 않다. 그렇게 하면 결국 원한이 고개를 들며 '용서할 수 없다'는 마음의 병이 악화된다.

또 하나의 거부 이유는 이해하려고 하는 행위를 착각하기 때문이다. 이해하려고 하는 것은 상대의 말과 행동을 인정하는 것이라고 생각하는 사람이 많다. 혹자는 이해와 공감을 혼동하기도 한다. 그래서 상대를 이해하는 일 따위는 절대로 불가능하다고 생각하는 것이다.

하지만 상대를 이해하려고 노력하는 것은 상대가 나에게 상처를 준 이유와 배후에 깔린 사정이 무엇인지 내 나름대로 납득할 수 있는 설명을 찾는 과정이다. 그러려면 상대를 차분히 관찰하고 분석할 필요가 있다.

또 아무리 납득할 만한 설명을 찾으려 해도 도저히 찾지 못
하거나 상대를 도저히 이해할 수 없다는 결론이 날 수도 있
다. 그럴 때는 사람과 사람 사이에는 도저히 서로 이해할 수
없는 것이 있기 마련이며, 용서하지 못하는 상대에게는 서로
이해할 수 없는 것이 한층 강하게 존재한다는 적나라한 사실
을 받아들이면 된다.

타인을 상처 입히는 사람들의 다섯 가지 유형

상대를 이해하기 위해 필요한 관찰과 분석을 하려면 타인
을 상처 입히는 사람의 유형을 알아 두어야 한다. 동기별로
대개 다음과 같이 다섯 가지로 분류할 수 있다.

① 이득형
② 자기애형
③ 선망형

나는 너를 용서할 수 있을까

④ 부인형

⑤ 치환형

　가장 알기 쉬운 것은 첫 번째 '이득형'이다. 손익에 밝고 그 것을 기준으로 행동하는 유형이다. 자신에게 득이 된다고 생각하면 자신의 권리를 강하게 주장한다. 때로는 타인이 아끼는 것을 태연하게 가로챈다. 반대로 자신이 손해를 보거나 자신에게 득이 되지 않을 경우에는 상대를 철저하게 공격한다. 자신의 주장이 정당한지 또는 근거가 있는지는 전혀 개의치 않는다.

　그다음 '자기애형'은 자신이 타인보다 우월하거나 옳다는 것을 주장해야 직성이 풀린다. 이것은 자기애에 기인한 승인 욕구와 자기현시욕이 강하기 때문이다.

　누구에게나 많건 적건 자기애가 있기 마련이지만 그것이 지나치게 강하면 남에게 피해를 준다. 예를 들어 자신보다 영업 실적이 높은 동료에게 실력으로는 이길 수 없지만 자신의 우위성을 과시하고 싶어서 학벌을 자랑하고 다니는 것이다. 또는 전업주부일 경우, 남편의 직장과 직책을 내세우며 '내가 너보다 위'라고 암시하기도 한다.

세 번째 '선망형'은 타인의 행복을 견디지 못하는 분노인 선망에 사로잡혀 자기보다 행복해 보이는 사람을 깎아내린다. 우수한 동기가 남보다 빨리 출세하자 온갖 소문을 퍼뜨리거나 뒷담화를 하는 것이 전형적인 예다.

앞에서 나온 여성은 학창 시절의 친구가 '자신이 불륜을 저지르고 있다'는 사실무근의 소문을 퍼뜨렸다는 사실을 알고 아연실색했다. 그러나 다른 친구에게 이 친구가 자신에게 말했던 남편 이야기가 실은 새빨간 거짓말이고 사실은 이혼해서 경제적으로 쪼들리는 처지라는 이야기를 듣고는 약간은 이해가 갔다고 한다. 이 여성은 평범한 샐러리맨과 결혼하여 그다지 풍족한 생활을 하고 있진 않았지만, 이혼해서 생활수준이 떨어진 친구 눈에는 부러운 대상으로 보였을 테니까 말이다.

네 번째인 '부인형'은 자신의 실수나 잘못을 인정하지 않고 자신을 정당화하기 위해 타인을 격렬하게 비난한다. 자신의 악함과 잘못을 상대에게 투사하여 책임을 전가하는 것이다. 상사가 부하 직원이 무능해서 자기 부서의 영업 실적이 나쁜 거라고 비난하는 경우가 그 전형적인 예다. 반대로 상사의 지도 방식에 문제가 있어서 자신의 영업 실적이 오르지 않는 거라고 적반하장 격으로 나오는 젊은 사원도 있다. 둘 다 자기 보신을 위해, 그리고 자신이 비난받지 않기 위해 타인을 책망한다. 또 어떤 문제가 발생했을 때 죄책감에 시달리고 싶지 않기 때문에 타인을 비난하여 그 사람에게 죄책감을 떠안기는 경우도 있다.

마지막으로 '치환형'은 자기보다 강한 입장인 인간에게 공격당하여 마음속에 품고 있던 욕구 불만이나 분노의 배출구를 약한 입장인 인간에게서 찾는다.

예를 들어 부장이 직권을 남용하며 과장을 괴롭혔다고 하자. 과장은 분노와 욕구 불만을 느꼈지만 상사가 두려워서 반론할 수가 없었다. 그래서 부하인 계장에게 화풀이를 했다. 계장은 자신의 부하 직원을 공격했다. 그리고 그 부하 직원은 아랫사람이 없으므로 파견 사원이나 인턴 같은 자기보다 입장이 약한 사람을 표적으로 삼아 공격했다. 3장에서 다룬 '공격자와의 동일시' 메커니즘이 작용하여 윗사람에게 공격받은 것과 같은 방식으로 아랫사람을 공격하는 것이다.

그리하여 공격은 입장이 약한 사람, 더 약한 사람에게 연쇄적으로 작용한다. 직장에서 공격 대상이 된 평사원이나 파견 사원은 편의점이나 술집 점원, 또는 지하철 역무원 등 강하게 반격할 수 없는 위치에 있는 사람에게 또 다른 공격의 화살을 날릴 것이다. 그리고 아무에게도 직접 말할 수 없는 사람은 인터넷상에서 남을 헐뜯는 사이트의 게시판에 글을 올리며 근거 없는 중상모략을 할 것이다.

나쁜 사람만 내 인생에서 골라내는 방법

이 다섯 가지 유형들은 딱 부러지게 분류되기보다 실제로는 약간씩 겹쳐져 있는 경우가 더 많다.

예를 들어 앞서 나온 남편의 직장이나 직책을 내세우며 자신의 우위성을 과시하는 여성은 물론 자기애가 강한 유형이다. 그런데 상대 여성이 자기보다 미인이고 스타일도 좋아서 미모로는 대적할 수 없었다고 가정하면, 남편이라는 요소를 통해서라도 자신이 우월하다는 점을 과시해야만 하는 선망형이기도 하다.

그리고 남보다 빨리 출세한 동기를 험담하고 다니는 회사원의 경우, 그 역시 질투심을 통제하지 못하는 선망형에 속한다. 그와 동시에 자신의 중상모략 때문에 동기가 그 자리에서 물러나는 비운을 겪는다면 자신이 그 자리를 차지할지도 모른다는 꿍꿍이도 있을 수 있다. 그렇다면 이 사람은 자신에게 조금이라도 득이 된다고 생각하면 무슨 일이든 다 하는 이득형이기도 하다. 또한 자신이 타인보다 뛰어나다는 걸 항상 과시해야 직성이 풀리는데, 동기가 더 빨리 출세하여 자신의 우월성을 과시하기 힘들어서 뒷담화를 했을 수도 있다. 그렇다면 그는 자기애형에도 속한다고 할 수 있다.

용서할 수 없는 행위를 하는 상대가 있다면 그를 찬찬히 관찰하여 다섯 가지 유형 중 어느 유형에 해당하는지 파악하자. 그리고 분석하자. '왜 이런 부당한 일을 했을까' 하고 말이다.

예를 들어 자기애형인 사람이 '나는 ○○대학을 나왔다'고 자랑하는 이유는 뭘까? 혹시 과거의 영광을 들먹거릴 수밖에 없을 정도로 지금은 잘나가지 못하는 걸까? 이득형이라면 무엇을 얻으려 하는 것일까? 그리고 왜 그것을 원할까? 선망형이라면 자신의 어떤 점을 부러워하는 걸까? 부인형이라면 무엇을 부인하고 싶을까? 치환형이라면 상사에게 심한 말을 들은 적이 있는 걸까? 라는 식으로 구체적이고 상세하게 분석한다.

요는 상대가 공격하는 원인을 찾는 것이다. 그러면 서서히 마음에 여유가 생긴다. 상대의 공격을 받고 궁지에 몰려 용서할 수 없다는 마음에 사로잡혀도 그런 상황에서 약간 거리를 두고 이성적으로 사태를 바라볼 수 있을 것이다.

자신에게 용서할 수 없는 일을 한 사람이긴 하지만 약간 불쌍한 구석도 있구나 하고 연민 섞인 시선으로 볼 수 있을지도 모른다.

[4단계] 용서할 수 없는 관계에 매듭을 짓는다

마지막 단계는 '용서할 수 없는 관계'에 매듭을 짓는 것이다.

매듭을 짓는 가장 이상적인 방법은 지금까지 말했듯이 자신이 상처받았음을 인식하고(1단계), 분노를 받아들이며(2단

나는 너를 용서할 수 있을까

계), 상대방을 이해한 뒤(3단계) 용서하는 것이지만, 원한과 증오 때문에 용서할 수 없는 마음의 병에 걸린 사람에게는 기나긴 세월이 필요할지도 모른다. 매듭을 짓는다는 의미는 '아무래도 상관없다고 생각하는 상태'에 이르는 것이다.

용서할 수 없는 일을 한 상대이긴 하지만 타인을 바꾸기는 지극히 어려우므로 그 사람을 상대하지 않고 거리를 둘 수밖에 없는 경우가 꽤 있다.

이런 식으로 매듭지을 수밖에 없는 것은 내가 용서할 수 없다고 생각하는 일을 아무렇지도 않게 하는 사람들 중 상당수가 죄책감을 거의 느끼지 않기 때문이다. '이런 일도 못 한다면 차라리 회사를 그만둬'라거나 '회사에 얼마나 손해를 입혔는지 알아? 전부 네 월급에서 차감할 테다'라고 자신의 권한을 업고 폭언을 퍼붓는 상사도 '업무상 필요한 일이어서', '부하에게 애정이 있으니까 하는 말이다'라고 진심으로 믿기 때문인 경우가 적지 않다.

어느 회사에서 강연했을 때 이런 이야기를 했더니 "그런 사람이 있다니 믿을 수가 없네요"라고 놀란 사람이 있었는데, 주위 사람들은 오히려 그의 말에 아연실색했다. 그 사람이야말로 직장에서 폭언을 일삼는 장본인이며 그 때문에 우울증이나 자율 신경 기능 이상에 걸려 휴직한 부하 직원이 몇 명이나 있었기 때문이었다.

거리를 두려면 때로는 상대에게서 물리적으로 떨어질 필요가 있다. 규모가 큰 회사라면 인사이동을 신청하는 방법도 있다. 도망치는 것은 지는 게 아니라는 점을 잊어서는 안 된다. '권토중래捲土重來'라는 고사성어도 있지 않은가.

이것은 가족도 마찬가지다. 계속 바람을 피우면서 반성도 사죄도 하지 않는 남편을 용서할 수 없다면 별거나 이혼을 고려해야 한다. 그런 선택을 하면 생활수준이 떨어지거나 외로워질 수도 있다. 하지만 용서할 수 없다고 생각하며 원한을 키우는 것보다는 훨씬 바람직하다.

최근 개호 살인 사건이 종종 보도된다. 특히 아내가 자리보존한 남편을 간호하다가 살해하는 경우가 많다. 물론 병수발에 지쳐서 범행을 한 사례가 많겠지만, 개중에는 젊었을 때부터 남편의 외도를 용서하지 못해 원한과 복수심을 키워 온 아내가 남편을 살해한 예도 있다. 그런 사태를 막으려면 거리를 두는 것이 현명한 선택이다.

나는 너를 용서할 수 있을까

세 번째로 도저히 용서하지 못하는 자신을 내버려 두는 방법이 있다. '나는 용서하지 않겠다'라고 생각해 버리는 것이다. 그러면 아무것도 해결되지 않는 것 아니냐고 화내는 독자도 있을 것 같다. 하지만 시간이 더 흐른다면 용서할 수 있을지도 모르지만 적어도 현시점에서는 도저히 용서할 수 없는 경우가 많다.

그런 경우 억지로 용서하려고 할수록 원한이 증폭되어 복수심이 커질 가능성이 크다. 그런 사태를 막으려면 용서하려고 애쓰기를 그만두는 수밖에 없다. 그런 다음 용서하지 못하는 자신을 바라보며 그런 자신을 받아들여야 한다.

그때 용서할 수 없다는 심정을 되도록 주위 사람들에게 털어놓는 것이 중요하다. 혼자서 다 끌어안지 않고 누군가에게 이야기를 하면 마음이 편해지기 때문이다.

내게 상담하러 온 사람들은 고립되어 있는 경우가 많다. 동료나 상사, 친구나 연인, 가족이나 친척 등과 의논한다면 약간 다른 관점에서 사물을 바라보게 될 수도 있다. 혹시 내가 고민을 털어놓는 상대도 나를 힘들게 한 사람에게서 똑같은 공격을 받아서 고통받고 있을지도 모른다. 그러면 나를 이해하는 것뿐만 아니라 공감하며 함께 해결책을 찾을 사람을 만나게 될 수도 있다.

쿨하게 용서하는 게 멋진 일이라고 스스로를 닦달하는 것을 그만두자. '상대가 뭘 하든 이제 나랑은 상관없다'는 둔감한 상태에 이르는 정도의 관계 정리면 된다. 그것이 우리에게 필요한 '나를 위한 용서'다. 그리고 다른 사람을 향해 열려 있는 모든 문을 닫지 마라.

나는 너를 용서할 수 있을까

제
5
장

미안해하지
않는
그 사람을

더 이상
신경
쓰지 마라

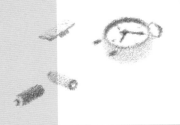

너무 착하게 굴려고 하거나,

너무 정직하려고 애쓰지 않는다.

다른 사람들에게 맞추느라 진을 빼지도 않는다.

이것이야말로 심신의 건강을 지키는 방법이다.

_도미니크 로로, 《지극히 적게》

어떤 방법을 써도 도저히 용서할 수 없다면 어떻게 해야 할까? 용서하지는 않지만 더 이상 상처받지도 않는 상태로 살아갈 수는 없는 걸까?

괜찮다, 죽도록 미워하는 것이 정상이다

도저히 용서할 수 없다면, 용서하려고 애쓰기를 그만두는 것이 중요하다. 이렇게 쓰면 독자들은 '그럼 뭣 때문에 여태까지 이 책을 읽은 거야!'라고 화를 낼지도 모르겠다.

하지만 나는 용서하는 것이 절대적으로 옳다고 생각하지 않으며 용서하지 못하는 것을 질책하거나 설교할 생각이 전혀 없다. 그러므로 용서하지 못해 고민하는 사람에게는 용서하려고 애쓰기를 그만둘 것을 가장 먼저 권한다.

이유는 간단하다. 용서하려고 노력하는 성실하고 순수한 사람일수록 '그 사람이 싫다, 망하길 바란다'라고 소리치며 누군가를 증오하는 자신의 모습에 죄책감을 느끼고 다시 괴로움에 빠지기 쉽기 때문이다. 이런 악순환에서 빠져나오려면 용서해야만 한다는 윤리관을 그대로 받아들이는 것을 멈춰야 한다.

우리는 어릴 때부터 가정과 학교에서 남을 용서해야만 한다는 윤리관을 배워 왔다. 이런 윤리관은 사회 전체에서 활발하게 통용되고 있으며 그것을 주된 교리로 삼은 종교도 있다.

그러나 한번 잘 생각해 보자. 쉽게 할 수 있는 일이라면 '○○해야 한다'고 가르칠 필요가 있을까? 실제로는 용서가 어렵기 때문에 '용서해야만 한다'고 가정과 학교, 사회에서 거듭 가르치는 것이다.

나는 너를 용서할 수 있을까

이런 윤리관을 가르치는 이유는 고대 로마의 극작가 플라우투스의 격언에도 나타나듯이 '인간은 인간에게 늑대Homo homini lupus'이기 때문이다. 게다가 인간이 할 수 있는 일은 프로이트가 《문명 속의 불만》에서 날카롭게 지적했듯이, '공격적인 욕동에 제약을 가하는 것뿐'이기 때문이다.

인간이란 '자신의 공격 충동을 향해 노동력을 대가 없이 착취하고 동의 없이 성적으로 이용하며 그가 가진 것을 빼앗고 모욕하고 고통을 주며 고문하고 살해하도록 유혹하는 존재'다. 그로 말미암아 당신이 해를 입으면 당신은 당연히 용서할 수 없다고 화를 낼 것이다. 분노와 복수심은 짝꿍이므로 아무런 제어 장치가 없으면 '눈에는 눈, 이에는 이'라는 식으로 복수하려 할 것이다.

그러면 어떻게 될까? 복수를 당한 쪽도 똑같이 화를 내고 앙갚음을 할 터이니 복수의 연쇄 작용이라는 사태에 빠질 것이다. 그렇게 되면 사회가 제대로 돌아가지 않으므로 '용서해야 한다'고 가르쳐서 제동을 걸려 하는 것이다. 용서해야 한다고 생각하지만 용서하지 못하고 괴로워하는 사람은 이 점을 반드시 염두에 두기 바란다.

원래 사회는 인간의 복수심에 제약을 가하기 위해 다양한 노력을 기울여 왔지만 그것이 성공했다고 말하기는 힘들다. 프로이트도 말했듯이 '인생이 타인의 악의로 얼마나 힘들고 고통스러운 것이 되었는지 똑똑히 느낄' 기회가 얼마든지 있기 때문에 사람들은 용서할 수 없다고 화내며 복수심을 품는다. 이런 복수심의 강력함이 단적으로 나타나는 것이 '원한이 있는 상대에게 복수를 대신해 줍니다'라고 표방하며 의뢰인을 끌어 모으는 '복수 대행업체'의 존재다.

최근 복수 대행업체가 체포되는 사건이 연이어 일어났는데, 의뢰인이 수십만 엔, 경우에 따라서는 수백만 엔이나 지불했다고 한다. 그런 말을 들으면 그렇게도 복수를 하고 싶었단 말인가 하고 등골이 오싹해진다.

또 〈필살사업인必殺仕事人〉 같이 원한을 풀어 주는 청부살인 업자를 다룬 TV드라마가 인기를 끄는 것도 그만큼 원한이나 복수심이 쌓인 시청자가 많기 때문이다. 도저히 용서할 수 없는 사람이 있지만 직접 분노를 표현하거나 되갚아 줄 수 없기 때문에 드라마에서 통쾌하게 복수하는 장면을 보며 카타르시스를 느끼는 것이다. 이렇게 원한과 복수심은 무척 끈질기고 아무리 사회가 제동을 걸려고 해도 통제하기 어려운 감정이다.

행복해지고 싶으면 기대를 무너뜨려라

용서해야 한다고 생각하기 쉬운 사람은 가정이나 학교, 직장, 사회가 암묵적으로 자신에게 기대하거나 요구하는 것이 무엇인지 민감하게 파악하고 되도록 그에 부응하려고 한다. 즉 저도 모르는 새 '타자의 욕망'을 충족시키려고 하기 때문에 아무래도 과잉 순응하기 쉽다.

이것은 '초자아'가 강하기 때문이다. 프로이트는 초자아를 '자아에서 분리된 비판적 심판'이라고 했다. 이것은 통상 '양심'이라고 불린다(《애도와 멜랑콜리》).

초자아는 부모나 스승, 또는 사회나 국가로부터 주입된 규범과 가치관을 기초로 형성된다. 당연히 규범의식이 강한 가정에서 엄하게 자랐거나 단 하나의 가치관만이 옳다고 가르침을 받은 사람일수록 초자아가 강하게 형성된다.

초자아가 강한 것은 얼핏 좋은 것처럼 생각할 수도 있다. 물론 초자아가 강한 사람은 양심에 따라 행동하고 타인에게 손가락질 당할 짓을 하면 안 된다고 항상 자신을 타이르기 때문에 '착한 사람'이 되려고 최대한 노력한다. 다만 '지나친 것은 모자람만 못하다'라는 말도 있듯이 초자아가 너무 강하면 현실에서는 꽤 노력하고 있거나 일이 잘 풀리고 있는 경우에도 자아에게 비정상적으로 가혹하고 엄격해지는 경향이 있다. 그러면 다른 사람들은 별로 신경 쓰지 않는 사소한 일로도 죄책감을 느끼며 '나는 못난 사람'이라고 인식하게 된다.

당연히 '○○해야 한다'는 의식이 강하므로 용서해야만 한다고 생각하여 타인을 용서하려고 한다. 그런데 자신에게 엄격한 만큼 타인에게도 엄격하기 때문에 좀처럼 상대를 용서하지 못한다. 그리하여 용서하지 못하는 자신을 책망하는 일도 적지 않다.

물론 주변 사람이 보기에는 타인에게 엄격하고 자신에게 관대한 사람보다는 훨씬 나을 것이다. 하지만 이런 사람이 부모이거나 상사라면 그 사람의 아이나 부하 직원은 숨이 막히지 않을까?

용서해야 한다고 생각하며 타인을 용서하려고 노력하지만 아무리 해도 엄격한 시선으로 상대를 보게 되어 용서하지 못하는 사람은 오랜 세월에 걸쳐 엄격한 규범의식이나 가치관이 주입되었을 가능성이 크다. 그러니 자신의 인생을 돌아보며 초자아가 강해진 원인을 먼저 분석해 보는 것이 좋겠다.

언제나 관대하고 다정한 사람은 믿을 수 없는 사람이다

아무리 마음을 넓게 써도 다시는 만나고 싶지 않은 사람들이 있다. 그런데 그런 마음을 품고 있다는 것을 부끄러워하고 힘들어하는 사람들이 많다. 그들은 남들에게 집요하다거나 속이 좁다고 비난받지는 않을까 걱정한다. '다정하고 관대한 나'라는 자기애적 이미지를 갖고 있으며, 착한 사람이고 싶고 그래야 한다고 생각하는 사람일수록 이런 경향이 강하게 나타난다.

사실 누구나 웬만한 일은 웃으며 넘기는 마음이 넓은 사람이 되고 싶어 한다. 그래야 주위 사람들에게 높은 평가를 받고 자기애도 충족될 테니까. 다만 진정한 의미에서 용서할 수 있게 되려면 대상 상실과 마주하고 극복하는 애도 작업이 반드시 필요한데, 그 과정에서는 분노와 복수심 등 자신의 어두운 면과도 마주해야만 한다. 그러려면 당연히 부정적인 감정이나 충동이 자신의 내면에 숨죽여 있음을 인정할 필요가 있다.

용서는 자신이 받은 해가 클수록, 그리고 잃어버린 대상이 자신에게 중요할수록 무척 힘든 작업이며 그에 상응하는 충분한 시간이 필요하다. 때로는 아무리 용서하려고 노력해도 도저히 용서하지 못하는 경우도 얼마든지 있다. 그러니 소심하다는 비난을 두려워하지 말길 바란다.

그런데 어떤 사람들은 그런 현실을 직시하지 않고 나는 반드시 용서할 수 있다고 믿는다. 이런 생각은 '쿨하게 용서하는 관대한 사람이 되고 싶다'라는 기대와 현실을 혼동하는 환상적 기대 충족에서 기인하는 경우가 많다.

환상적 기대 충족에 빠지기 쉬운 사람은 자기애가 강하고 때때로 환상적 만능감을 갖고 있다. 그 전형적인 예가 STAP(자극 촉발에 의한 다분화능 획득) 세포 사건을 일으킨 일본 이화학연구소 연구주임인 오보카타 하루코다(줄기세포 생물학자인 오보카타 하루코 박사는 단순하고 큰 비용이 들지 않는 방법으로 줄기세포를 생산할 수 있는 STAP 공법을 발견했다고 발표했다. 그러나 재현에 실패한 후 일본이화학연구소에서 사임했다. 이 일로 〈네이처〉에 실려 미디어의 각광을 받았던 논문 두 편이 모두 철회되었다. 일본판 황우석 사건이라고도 불린다. - 옮긴이). 오보카타 하루코가 기자회견에서 'STAP 세포는 존재한다', '200회 이상 재현하는 데 성공했다'라고 주장한 것은 물론 자신을 정당화하기 위해서였을 것이다. 그와 동시에 '만능세포를 쉽게 만들고 싶다'라는 기대와 현실을 혼동한 것도 작용했을 것이다. 오보카타 하루코의 허언이 얼마나 많은 다른 연구자들을 휘두르고 비극적인 결말을 초래했는지 지금도 생생하게 기억난다. 이것은 자신의 기대감이 투영된 공상과 현실을 혼동하여, 어디까지가 사실이고 어디까지가 거짓인지 스스로도 알 수 없게 되었기 때문이라고 생각된다.

이처럼 눈앞의 현실을 외면하고 '○○였으면 좋을 텐데'라는 기대감을 투영한 환상이나 공상을 진실이라고 믿게 되면 스스로 자신에게 거짓말을 하는 자기기만에 빠진다.

이것은 '용서할 수 있으면 좋을 텐데'라는 기대와 '용서할 수 있다'는 현실을 혼동하는 경우에도 마찬가지다. 자신은 타인을 쉽게 용서할 수 있는 다정하고 착한 사람이라고 확신하는 탓에 현실에서는 그렇지 않은데도 그 생각을 정정하지 못하는 것이다.

예를 들면, 내가 아는 한 여성은 "나는 누가 나한테 심술궂은 짓을 해도 금방 용서해 버려. 내가 생각해도 너무 정이 많은 것 같아"라고 입만 열면 자화자찬을 한다. 그런데 실제로는 툭하면 과거사를 꺼내어 신세한탄을 한다. "그때 시어머니가 그렇게 말했어"라거나 "아이 친구 엄마가 그렇게 심한 짓을 했다니까"라고 피해자 의식을 드러내며 뒷담화를 하는 것에 주위 사람들은 진저리가 난 상태다.

'사실은 용서한 게 아니지 않아?'라고 말하면 이 여성이 미친 듯이 화낼 것이 빤하므로 아무도 그런 말을 하지 않는다. 그렇다 보니 자신은 착한 사람이라고 확신하며 어떤 일로 "절대로 용서할 수 없어!"라고 화내는 친구에게 "용서하고 없었던 일로 해. 그렇게 속 좁은 짓을 하면 안 돼"라고 설교하기까지 한다.

이 여성이 자기기만의 화신이라는 점은 입만 열면 "타인을 상처 주면 안 돼. 전부 부메랑이 되어 자신에게 돌아오니까"라고 말하면서 정작 자신은 칼로 찌르듯이 남에게 상처 주는 말을 아무렇지도 않게 하는 것만 봐도 알 수 있다.

또 "난 절대 며느리 시집살이 시키는 시어머니는 되지 않을 거야. 그럴 생각도 없어"라고 하지만 아들 집의 가구, 가전제품, 주방용품, 커튼 등 모든 것을 자신이 정하고 일체 의견을 말하지 못하게 한다고 한다. 본인은 친절을 베푸는 셈일지도 모르지만 며느리 입장에서는 '우리 부부가 사는 집이고 요리도 내가 하는데 왜 전부 시어머니가 결정하는 거야!'라고 화가 날 것이다. 나도 이 이야기를 들었을 때 며느리가 엄청 힘들겠다고 생각했지만 당사자는 전혀 그렇게 인식하지 못하는 것 같았다.

자신이 타인을 상처 주고 있다거나 질리게 한다는 자각이 없는 것은 정말 곤란한 일이다. 그런 사람일수록 꼭 자신은 다정하고 선한 사람이고 항상 타인을 위해서 생각하며 행동한다고 믿는다. 하기야 자각이 없으니까 말도 안 되는 착각을 해도 태연한 것인지도 모른다.

정신의학에서는 자신이 병에 걸렸다는 자각을 '병식病識'이라고 하는데 병식이 없는 환자를 치료하기가 가장 어렵다는 것이 상당수 정신과 의사의 공통된 인식이다. 그와 마찬가지로 자신의 부정적인 감정이나 충동을 알지 못할 뿐 아니라 알려고 하지도 않는 사람과 교류하는 것은 정말 힘든 일이라고 새삼 느낀다.

이런 사람에게는 현실의 자신이 제대로 보이지 않는다. '○○라면 좋을 텐데'라는 바람을 투영한 자기 이미지와 현실의 자신을 혼동한다. 이 역시 자기애 때문이다. 라 로슈푸코가 말했듯이 자기애는 '우리의 눈과 흡사하다. 뭐든지 볼 수 있지만 자신만은 볼 수 없기' 때문이다.

착한 사람이라는 자기애적 이미지에 매달린 나머지 실제로는 좀처럼 용서하지 못하고 아무렇지 않게 타인을 상처 입히는 현실의 자신을 외면하고 있는 셈이다. 이런 자기기만의 화신은 약간만 주의 깊게 관찰하면 금방 알 수 있다. 무엇보다 남의 일에 사사건건 간섭하며 이래라저래라 가르치기 때문에 무척 볼썽사납다. 그러므로 그렇게 되지 않기 위해서라도, 사람에게는 용서하지 못하는 일도 있다는 현실을 받아들이고 자기 자신에게든, 남에게든 '반드시 용서할 수 있다'고 강요하는 태도를 버려야 한다.

간섭하는 엄마와 거절하지 못하는 딸

내가 용서하려고 애쓰기를 그만두라고 권하는 이유는 억지로 용서하려고 하다가 각종 증상이 나타난 사례들을 많이 봐 왔기 때문이다.

한 30대 여성은 어릴 적부터 과보호와 간섭이 심한 어머니 때문에 줄곧 괴로워했지만 반론이나 반항을 하지 못했다. 그래서 어른이 되고 나서는 어머니를 용서할 수 없다고 생각하며 되도록 거리를 두었다.

이 여성은 중학생 때 섭식장애에 걸려 정신과에서 통원 치료를 받은 적이 있다. 주치의가 "어머니가 따님을 과보호하며 자기 생각대로 움직이게 하려 한다"고 주의를 주었기 때문에 어머니는 한동안 딸의 생활에 간섭하는 것을 삼갔다. 그러나 섭식장애가 치유되자 다시 만사에 간섭하기 시작했다. 섭식장애는 재발했고, 이 여성은 어머니에게 '○○해야 한다'고 설교당할 때마다 어머니 몰래 음식을 먹고 토하기를 반복했다고 한다.

대학을 졸업하고 취직한 뒤에는 집을 나와 혼자 살게 되었다. 어머니의 전화가 걸려 온 날에는 두통에 시달리거나 밤에 잠을 이루지 못했지만 되도록 본가와 거리를 두었으므로 폭식과 구토 증상이 나타나진 않았다. 이윽고 직장 선배와 결혼을 했다. 이 여성은 섭식장애에 관한 온갖 책을 다 읽었고, 지배적이고 뭐든지 자기 뜻대로 해야 직성이 풀리는 어머니가 딸을 섭식장애로 만들기 쉬운 어머니의 전형임을 알아차렸다. 그런 어머니를 용서할 수 없었으므로 되도록 친정과 거리를 두고 싶었다. 그런데 남편은 "당신이 친정에 가지 않으면 남편인 내가 못 가게 한다고 생각하실 거야"라며 친정에 전혀 가지 않는 아내를 나무랐다.

이 여성은 남편에게 어릴 적 공부나 예체능 수업에서 시키는 대로 하지 않으면 어머니에게 맞았던 일이나 어머니의 마음에 든 친구와만 놀아야 했던 일을 지금도 용서할 수 없다고 털어놓을까도 생각했다. 그러나 어머니를 험담하면 남편이

188   나는 너를 용서할 수 있을까

자신을 싫어하지 않을까 두려워 그만뒀다. 시부모님은 온화하고 아들의 자주성을 존중해 주는 유형이었으므로 이 여성의 어머니와 같은 '독친毒親', 즉 자녀 인생에 독이 되는 부모가 존재하는 것 자체를 상상도 못 할 것 같았다.

다정한 남편의 영향도 있어서 이 여성은 어머니를 용서해야 한다고 생각하게 되었다. 자신도 용서할 수 없다는 생각을 계속 끌고 가기는 싫었고, 이제 결혼해서 성도 바뀌었으니(일본은 결혼하면 여자가 남자의 성을 따른다. – 옮긴이) 어머니도 약간은 조심성 있게 대해 주리라고 기대했기 때문이다.

하지만 이것은 안이한 생각이었다. 취직하고 나서 친정과 소원해진 딸이 결혼한 뒤 남편과 함께 자주 오게 되어 기뻤는지, 아니면 아주 심한 짓만 아니면 용납될 거라고 생각했는지 어머니는 툭하면 딸의 신혼생활을 간섭했다.

가장 고통스러웠던 일은 어머니가 입만 열면 "빨리 손주 얼굴 좀 보자"고 하는 것이었다. 이 여성은 어릴 적부터 자신이 어머니의 꼭두각시 인형 취급을 받고 있다고 느꼈으므로 자신이 아이를 낳으면 어머니처럼 지배적인 엄마가 되진 않을까 두려워했다. 그래서 반드시 아이를 낳겠다기보다는 '생기면 낳겠다' 정도로 생각했다. 남편도 서두르지 않아도 된다고 찬성했다.

그런데 결혼한 지 삼 년이 지나도 임신 소식이 없자 어머니는 "빨리 낳지 않으면 늦어"라고 간섭하며 난임전문병원 카탈로그까지 갖고 왔다. 게다가 남편에게 "불임은 남자 쪽에 문제가 있을 수도 있으니까 함께 검사받는 게 좋다더라"고 권유까지 했다. 그때 그녀는 항상 온화하기만 하던 남편의 낯빛이 확 변하는 걸 보았다. 이 여성은 '난 엄마 같은 엄마가 될까 봐 아이를 낳고 싶지 않은 거야!', '엄마가 우리 집에 매일 밤 찾아와서 시끄럽게 떠드니까 부부관계를 못 하는 거잖아!'라고 외치고 싶었지만 도저히 그렇게 할 수 없었다.

그날 밤 십 년 만에 처음으로 음식을 먹고 토했다. 어머니의 무신경하고 과도한 간섭에 진력이 난 것인지, 다정한 남편의 애정을 잃을까 두려웠던 것인지, 아니면 전혀 변하지 않는 어머니에게 분노와 무력감을 느낀 것인지 모르겠다고 했다. 어느 쪽이든 어머니를 용서하려고 노력했지만 역시 무리였다는 현실에 직면하여 폭식과 구토라는 증상이 다시 나타난 것이다.

나는 너를 용서할 수 있을까

행복이야말로 최대의 복수

이렇게 억지로 용서하려 하면 상처받은 직후에 나타나는 심신 질환이 생기는 일이 상당히 많다. 그럴 때는 원인으로 짚이는 것을 즉시 그만둬야 한다.

아무리 다정한 남편이 권유했다고 해도 어머니와 다시 가깝게 지내는 것은 시기상조였다. 만약 좀 더 시간이 지나 어머니가 더 늙으면 안타까운 마음에 용서할 수 있을지도 모른다. 또는 이 여성이 아이를 낳고 어머니가 되면 자신의 어머니가 딸을 마음대로 통제해야 직성이 풀렸던 이유를 다소 이해할 수 있게 될지도 모른다.

그러나 어머니가 앞으로 크게 변할 가능성은 거의 없다. 또한 딸에게 한 행위를 반성하거나 사죄하리라고도 기대할 수 없다. 오히려 엄마로서 당연한 일, 아니 올바른 일을 했을 뿐인데 왜 그걸로 비난받아야 하는지 의아해할 것이다. 손주를 낳으라고 강요하며 난임전문병원 카탈로그까지 갖고 온 것도, 자신의 가치관에 근거하여 그것이 딸을 행복하게 해 주는 일이라고 믿고 있기 때문일 것이다.

이렇게 자신의 행동이 옳다고 믿는 사람을 용서하는 일은 더 힘들다. 그 사람은 절대 반성도 사죄도 하지 않을 것이기 때문이다. 그러므로 이 여성이 현시점에서 어머니를 용서하지 못하는 것은 어쩔 수 없는 일이다.

그 때문에 자신을 책망할 필요는 없다. 오히려 억지로 용서하려고 하면 증상이 악화될 수도 있고 부부 사이에 금이 갈지도 모른다.

이럴 때는 용서하려는 노력을 일단 중단하고 독신이었을 때처럼 어머니와 거리를 두는 것이 현명하다. 다행히 다정한 남편을 만났으므로 어머니의 간섭을 한동안 차단하고 둘이 행복한 가정을 이루면 자연스럽게 어머니에 대한 애증도 가라앉을 것이다.

그리고 '행복이야말로 최대의 복수'라는 것을 좌우명으로 삼고 '어머니 같은 엄마는 되지 않겠다', '어머니보다 더 행복한 가정을 이루겠다'는 목표를 가져야 한다. 그래야 어머니 때문에 아이를 갖는 것을 기피하고 엄마가 되는 일을 두려워하는 것을 멈출 수 있다.

나는 너를 용서할 수 있을까

죽도록 미운 그 사람 때문에 관계를 망치고 있다면 :
'용서할 수 없다는 병' 진단 테스트10

지금까지 계속 언급했듯이 나는 나를 상처 입힌 사람을 반드시 용서해야 한다고 생각하지 않고 용서하지 못하는 것을 비난할 생각도 없다. 오히려 자신이 타인을 용서하지 못하는 것을 부인하거나 억지로 용서하려고 하는 것이 더 곤란한 문제라고 생각한다.

다만 용서할 수 없다는 병이 악화되어 다양한 증상이 나타날 때는 적극적으로 해결법을 모색해야 한다.

그러면 어떤 증상이 나타나는지 알아보자.

① 용서할 수 없는 사람의 모습이 머리에서 떠나지 않고 그 사람이 한 말이나 행동이 종종 뇌리를 스친다.

② 용서할 수 없는 사람을 생각하면 격렬한 분노에 사로잡히고 내 인생이 잘 풀리지 않는 것은 전부 그 사람 때문이라고 생각한다.

③ 용서하지 못하는 사람에게 받은 피해만 생각하다가 사람을 못 믿게 되고 대인공포증 증상이 나타난다.

④ 용서하지 못하는 사람이 그토록 심하게 대했는데 아무 말도 못했던 자신이 바보 같고 계속 화가 난다.

⑤ 용서하지 못하는 사람을 피하거나 말을 걸지 않는 것 때문에 일이나 인간관계에 지장이 생긴다.

⑥ 용서하지 못하는 사람에게 복수하려면 어떻게 하는 게 가장 좋을지 생각하느라 공부나 일, 살림이 손에 잡히지 않는다.

⑦ 용서하지 못하는 사람을 깎아내릴 수 있다면 뭐든지 하겠다는 마음이 생기며 실제로 다른 사람에게 뒷담화를 하거나 인터넷에 그를 비방하는 글을 올린 적이 있다.

⑧ 용서하지 못하는 사람의 실수나 실패를 유도하기 위해 마음의 평정을 흐트러뜨리는 말을 시치미 떼고 한 적이 있다.

⑨ 용서하지 못하는 사람이 곤란해지도록 필요한 자료를 제공하지 않거나 작업을 질질 끄는 등 수동적 공격을 한 적이 있다.

⑩ 용서하지 못하는 사람을 향한 분노를 참지 못해 상대가 아끼는 물건을 몰래 망가뜨리거나 버린 적이 있다.

위의 항목들 중 5개 이상 해당하는 사람은 용서할 수 없다고 생각하는 마음의 병이 상당히 심각하게 진행되었다고 인식해야 한다. 특히 ⑦번부터는 용서할 수 없는 사람에게 음험하게 해를 입히는 짓을 실제로 하고 있는 것이므로 위험하다. 누군가를 미워하다 경찰서 신세를 질 수도 있다. 그러므로 ⑦번 이후의 항목이 2개 이상 해당되는 사람은 좀 더 적극적으로 분노와 증오를 가라앉혀야 한다.

세상에 쿨한 용서란 없다

상처를 준 사람도 용서하지 못하고, 분노하고 증오하는 자신도 용서하지 못하는 내담자가 있었다. 그녀는 누구보다 자신감 넘치고 긍정적인 사람이었는데, 남편과 이혼을 하는 과정에서 마음이 너덜너덜해질 정도로 상처를 입어 인생 최대의 위기를 맞은 상태였다.

그녀의 남편은 회사 신입사원을 임신시킨 사실이 알려지고, 불법 대부업체가 회사까지 쳐들어와서 해고당했다. 그녀는 외도를 반복하고 도박으로 몇 백만 엔의 빚을 진 남편의 거짓말을 계속 믿어 왔지만 이번만큼은 참을 수 없다고 생각하여 남편과 이혼했다. 가장 용서할 수 없었던 것은 이혼을 요구했을 때 남편이 "돈줄이 끊기니까 인연도 끊겠다는 거야?"라고 소리친 일이라고 한다.

남편은 상당한 수입이 있었지만 집에 거의 생활비를 갖다 주지 않았다. 그래서 이 여성은 학원 강사 아르바이트를 하며 빠듯한 생활을 해 왔다고 한다. 게다가 살고 있던 집도 친정 부모님이 사 준 것이었지만, 공동명의를 했던 바람에 남편의 빚을 변제하기 위해 그 집을 팔고 나서야 이혼할 수 있었다. 그럼에도 마치 자신이 아내를 부양해 왔다는 듯이 말한 남편을 결코 용서할 수 없었다. 더 화가 났던 것은 자신의 어리석음이었다. 그녀는 '오랫동안 남편은 외도를 일삼고 도박으로 빚까지 졌는데 남편의 거짓말을 믿었던 나를 용서할 수 없어', '결혼하기 전에 부모님이 그렇게 반대하셨는데도 결혼하고 결국 부모님에게 폐를 끼친 나를 용서할 수 없어', '결혼하기 전에 그 사람의 인간성을 파악하지 못했던, 사람 보는 눈이 없는 나를 용서할 수 없어'라는 생각에 사로잡혔다.

이렇게 자신을 용서하지 못하고 질책하는 것은 나쁜 사람을 선택한 자신을 받아들일 수 없기 때문이다. 그러나 생각

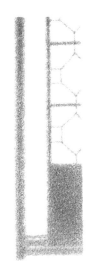

용서는 자책하는 나, 후회하는 나에게 자유를 주는 것이다.
'그때 그 사람을 만나지 않았더라면, 더 단호했더라면,
더 똑똑했다면' 하며 괴로워하는 나에게 새로운 관계를 맺고
새로운 인생을 살 수 있는 발판을 만들어 주는 것이다.

해 보자. 인간은 신이 아니므로 모든 거짓말을 꿰뚫어 볼 수도 없고 그 사람이 실은 어떤 사람인지 완전히 간파할 수도 없다. 그 사실을 머리로는 알고 있지만 마음속 한구석에서는 '할 수 있었을 거야'라고 생각하기 때문에 그렇지 못한 자신은 틀렸다고 질책하는 것이다. 이런 사람은 용서도 능력의 문제라고 생각하기 쉽기 때문에 타인을 용서하지 못하는 자신을 다그치기도 한다.

이처럼 타인을 용서할 수 없는 것과 자신을 용서할 수 없는 것은 동전의 앞뒷면과 같아서 그 밑바닥에는 '반드시 할 수 있을 것'이라는 생각이 숨어 있다. 그것은 강한 자기애로 말미암아 자신을 과대평가하며 '나는 원래 이렇지 않아. 사실은 더 잘할 수 있어'라고 착각하기 때문이다. 이 착각, 즉 환상적인 만능감을 버리는 것이 자신을 스스로 용서하기 위한 첫걸음이다.

이 첫걸음을 떼려면 어떻게 하면 좋을까? 먼저 현실의 자신과 마주해야 한다. 그리고 분노와 복수심이 내 마음속에 숨어 있는 까닭에 용서할 수 없는 것이라는 진실을 받아들여야 한다. 그 때문에 자신을 책망할 필요는 없다.

나는 너를 용서할 수 있을까

누구나 마음속에 분노와 복수심이 있기 마련이다. 당신만 상대방을 용서하지 못하는 게 아니다. 모두 용서하지 못하여 고뇌하고 몸부림치고 있다. 그런 자신을 받아들이고 용서할 수 있다면 타인을 대하는 눈빛도 바뀔 것이다. 지금은 용서할 수 없지만 좀 더 시간이 흐르면 용서할 수도 있겠다고 생각하게 될 수도 있다. 용서해도 되고 용서하지 않아도 된다고 생각할 정도로 그 일에 집착하지 않게 될 수도 있다.

그렇게 되기 위해 우선 '용서하는 좋은 사람이 되어야 한다'는 강박관념을 버리고 무엇이든 할 수 있을 것 같은 생각을 체념하는 것부터 시작하자. 체념의 '체諦'는 불교 용어로 '진리를 관찰하여 명확하게 보는 것'을 뜻한다. 비록 남을 용서하지 못하는 자신이지만 그런 현실의 자신을 '명확하게 보아야' 비로소 용서하지 못하는 마음의 병에서 빠져나올 수 있다.

분노가 없었다면 지금의 나도 없었다

이 책을 쓰면서 나 자신도 용서할 수 없다는 병에 걸려 있었고 지금도 완치되지 않았음을 통감했다. 그것은 프롤로그에서 언급했듯이 어머니와 할머니를 도저히 용서할 수 없다는 생각을 품고 있기 때문이다. 사실 나에게도 용서할 수 없다는 생각을 질질 끄는 사람의 특징이 꽤 여러 개 있는 것 같다.

이 나이가 되어서도 어머니와 할머니를 용서할 수 없다고 생각하는 것 자체가 용서할 수 없다는 병에 심각하게 걸려 있음을 방증하는 가장 큰 증거이리라. 특히 할머니는 돌아가신 지 이십 년도 더 되었는데 말이다.

비단 나만 그런 것이 아니다. 나에게 진료를 받으러 온 사람들 중에는 60대, 아니 70대임에도 "아직도 돌아가신 어머니를 용서하지 못해서 괴로워요. 어릴 적 들었던 말이나 당한 행동을 생각할 때마다 미칠 듯이 화가 납니다"라고 말하는 사람들이 꽤 있는 걸 보면 분노와 증오가 만성화되는 경우는 그리 드물지 않은 듯하다.

용서할 수 없다는 병은 자신의 마음과 제대로 마주하는 것이 중요하다. 누구나 이렇게 골치 아픈 감정은 인식하기 싫어한다. 그러나 '용서해야 한다'는 듣기 좋은 말만 하고 있으면 오히려 분노와 증오가 악화될지도 모른다. 그러므로 자신의 내면에 용서할 수 없다는 마음이 있음을 파악한 다음, 세 가지 출구를 통해 그 상태에서 빠져나가도록 노력해야 한다.

가장 건강하고 바람직한 출구는 용서할 수 없는 행위를 했거나 또는 지금도 그렇게 하고 있는 상대에게 '자신의 마음을 제대로 전하여 그만두게 하는 것'이다. 그러면 분노의 원인이 된 문제를 해결하거나 현 상황을 개선할 수 있으므로 가장 바람직하다.

상대가 자신보다 강한 위치에 있는 경우에는 자신의 마음을 전하기 어려울 수도 있다. 용기를 내어 전달했지만 반성이나 사죄를 하지 않고 전혀 고치지 않는 상대도 있을 것이다. 그러면 용서할 수 없다는 생각이 한층 커지면서 괴로워하게 된다.

그럴 경우에는 '거리를 두는' 방법밖에 없을지도 모른다. 친구라면 가능한 한 교류를 끊는다. 직장 상사나 동료가 그렇다면 부서 이동을 신청하거나 경우에 따라서는 이직해서 그 사람과 마주치지 않도록 한다.

사실은 가족이 가장 어려운데, 도저히 용서할 수 없는 상대와 따로 살 수밖에 없는 경우도 있다. 용서하지 못하는 대상이 부모라면 경제적으로 독립하는 길을 찾아서 혼자 살기 시작한다. 용서하지 못하는 대상이 배우자라면 별거나 이혼이라는 선택지가 있다.

'나는 전혀 잘못한 게 없는데 왜 그렇게까지 해야 하는가'라고 의아해하는 독자도 있을 것이다. 하지만 용서할 수 없다는 생각을 질질 끌고 원한을 키우면서 함께 일하거나 한 집에서 살다가 비극적 결말을 불러일으킨 사례가 꽤 있다. 그 전형적인 예가 '존속 살해'다.

나는 너를 용서할 수 있을까

경찰청의 보고에 따르면 2013년 살인사건 검거 건수 중 피의자와 피해자 관계가 친족 간인 비율은 53.5퍼센트였다. 무려 절반 이상이 존속 살해라는 충격적인 수치가 나온 것이다. 살인사건은 제2차 세계대전 후 1950년대부터 감소해 왔지만 부모, 형제, 배우자 등 친족 관계 살인을 살펴보면 크게 사정이 달라진다. 2003년까지의 과거 25년, 친족 간의 살인은 전체 검거 건수의 40퍼센트 전후로 추이되었지만 2004년에 45.5퍼센트로 상승했다. 그 이후 10년간 10포인트가 추가 상승하여 2013년에는 53.5퍼센트까지 증가했다.

물론 그 배경에는 '초고령화에 의한 노노老老간호'나 '길어진 불황에 따른 경제적 곤궁'이 있다. 다만 "부모를 간호하다가 어릴 적에 느낀 용서할 수 없다는 분노가 되살아나서 살인을 하진 않을지 불안하다"거나 "자리보전한 남편을 간호하고 있는데 젊었을 때는 그렇게 바람을 피우더니 늙어서는 병시중까지 하게 한다는 생각이 들 때면 남편을 학대하고 싶어진다"는 환자의 말을 듣고 있으면 용서할 수 없다고 생각하면서도 함께 살아온 대가를 치르고 있는 듯이 보인다.

또 하나의 출구로 용서할 수 없는 상대가 자신을 다시 보게 끔 '분노를 지렛대 삼아 노력하는 것'을 권한다.

청색발광다이오드LED를 개발하여 2014년 노벨물리학상을 수상한 나카무라 슈지는 기자회견에서 이 연구를 하게 된 원동력에 대해 이렇게 말했다. "분노다. 지금도 때때로 화가 나고 그것이 연구를 향한 의욕으로 바뀐다." 나는 깜짝 놀랐다. 사실은 나도 같은 식으로 분노를 긍정적인 에너지로 전환해 왔기 때문이다.

나카무라 슈지는 농담조로 "분노가 없었다면 지금의 나도 없었다"고도 말했다. 이것은 여러 가지 갈등이 있었던 전 직장이 자신을 포기한 것을 후회하게 만들 만큼 성공했기에 할 수 있는 말이다. 이거야말로 용서할 수 없는 상대에 대한 분노를 가장 바람직하게 해결하는 방법이다.

나도 할머니와 어머니를 '용서할 수 없다'고 생각하며 분노와 원한을 키워 왔다. 하지만 바로 그렇기 때문에 그들이 나를 다시 보게 만들기 위해 작가로 인정받으려고 열심히 원고를 썼다.

이것은 나를 의학부에 진학시킨 선택이 옳았다고 확신하는 어머니에게 복수하기 위해서도 필요한 일이었다.

내 책은 처녀작을 낸 지 10년이 지나도록 전혀 팔리지 않았다. 그러다가 할머니와 어머니처럼 타인의 인생을 지배하려고 하는 사람들을 관찰하면서 깨달은 바를 쓴《나를 미치게 만드는 사람들》이 26만 부를 돌파하는 베스트셀러가 되었다.

그 책의 성공과 함께 행복을 얻게 되자 이제 그만 할머니와 어머니를 용서할 수 없다는 마음을 매듭지어야 하지 않을까 생각하게 되었다. '행복이야말로 최대의 복수'라는 말이 진리라는 것을 경험을 통해 느낀 것이다.

이 경험에서 분노는 대단한 에너지가 된다는 점을 실감했다. 다만 분노의 에너지를 생산적인 방향으로 바꾸려면 분노가 내 마음속에 있다는 사실을 먼저 인정해야 한다. 물론 용서할 수 없다는 마음도 마찬가지다.

분노와 용서할 수 없다는 마음은 모든 이의 내면에 많든 적든 분명히 존재한다. 그 점을 받아들이고 조금이라도 앞으로 나아가기를 바란다. 또 본문에 종종 인용한 라 로슈푸코의 독설은《La Rochefoucauld : Maximes et reflexions diverses》 (Flammarion, 1977)를 참조했다. 이 책을 출간할 때 후요샤의

서적·무크 편집부의 아키바 슌지 편집장과 오가와 아야코 부편집장에게 큰 신세를 졌다. 이 자리를 빌려 감사의 말을 전하고 싶다.

가타다 다마미

오시연

동국대학교 회계학과를 졸업하고 일본외어전문학교 일한통역과를 수료했다. 번역에이전시 엔터스코리아에서 출판기획 및 일본어 전문 번역가로 활동하고 있다. 주요 역서로는 『엄마가 믿는 만큼 크는 아이』, 『생각만 하는 사람, 생각을 실현하는 사람』, 『병에 걸리지 않는 15가지 식습관』, 『회계의 신』, 『돈이 당신에게 말하는 것들』, 『부자 삼성 가난한 한국』, 『세상에서 제일 쉬운 회계수업』, 『드러커 사고법』, 『월급쟁이 자본론』 등이 있다.

나는 너를 용서할 수 있을까

초판 1쇄 인쇄 2018년 5월 31일
초판 1쇄 발행 2018년 6월 15일

지은이 | 가타다 다마미
옮긴이 | 오시연
발행인 | 정상우
편집인 | 주정림

디자인 | 어나더페이퍼
일러스트 | 수명
인쇄·제본 | 두성 P&L
용지 | 이에스페이퍼
펴낸곳 | 이어달리기
출판신고 | 제2017-000113호 (2017년 4월 28일)
주소 | 서울시 마포구 월드컵북로 400 문화콘텐츠센터 5층 10호
주문전화 | 070-7542-8070   팩스 | 0505-116-8965
이메일 | relaybooks@naver.com
홈페이지 | www.relaybooks.co.kr

ISBN 978-89-98075-53-8 03180

■ 이어달리기는 라이팅하우스의 임프린트입니다.
■ 이 책은 저작권법에 따라 보호를 받는 저작물이므로 무단 전재와 복제를 금지하며,
  이 책 내용의 전부 또는 일부를 이용하려면 반드시 저작권자와 라이팅하우스의 서면 동의를 받아야 합니다.
■ 파손된 책은 구입하신 서점에서 교환해 드리며 책값은 뒤표지에 있습니다.